Mariko Turk
So federleicht wie meine Träume

Mariko Turk

So federleicht wie meine Träume

Aus dem Englischen
von Michaela Link

Penguin Random House Verlagsgruppe FSC® N001967

 Die Beauftragte der Bundesregierung
für Kultur und Medien

1. Auflage 2024
Erstmals als cbt Taschenbuch Juli 2024
Copyright © 2021 by Mariko Turk
Published by Arrangement with Mariko Turk
Die amerikanische Originalausgabe erschien 2021
unter dem Titel »The other side of perfect« bei Poppy, an imprint of
Little, Brown and Company, Hachette Book Group, New York.
© 2022 für die deutschsprachige Ausgabe cbj Kinder- und Jugendbuchverlag
in der Penguin Random House Verlagsgruppe GmbH,
Neumarkter Straße 28, 81673 München
Alle deutschsprachigen Rechte vorbehalten
Dieses Werk wurde vermittelt durch die
Literarische Agentur Thomas Schlück GmbH, 30161 Hannover.
Aus dem amerikanischen Englisch von Dagmar Schmitz
Lektorat: Gabriele Rahnfeld
Umschlaggestaltung: © buxdesign | Lisa Höfner
unter Verwendung eines Motivs von Plainpicture (Irina Sokolova)
skn · Herstellung: LH
Satz, Druck und Bindung: GGP Media GmbH, Pößneck
ISBN 978-3-570-31625-2
Printed in Germany

www.cbj-verlag.de

FÜR MOM UND DAD

MÄRZ

PROLOG

»WANN KANN ICH WIEDER TANZEN?« Meine Stimme klang dünn in dem kleinen sterilen Aufwachraum. Der Arzt blätterte weiter abwesend in seinen Unterlagen, deshalb wusste ich nicht, ob er mich gehört hatte. Ich wollte gerade noch einmal fragen, wurde aber von den Metallstäben abgelenkt, die in meinen Knochen steckten und deren herausragende Enden an einem Gestell um mein Bein befestigt waren. Seit ich aus der Operation aufgewacht war, konnte ich nicht aufhören, dieses Gestell anzustarren. Nach zehn Jahren an der Kira Dobrow Ballet School hatte ich meinen Anteil an körperlichem Grauen abbekommen: nässende Blasen an den Zehen, eine gerissene Achillessehne und etliche andere Blessuren, aber nicht so etwas. Es hieß Fixateur externe und übertraf alles, was ich bisher an Schrecklichem erlebt hatte.

Colleen starrte es auch an – ihre Finger klopften die Melodie der Kitri-Variation aus *Don Quijote* an den Stahlpfosten meines Krankenhausbettes. Ich fing ihren Blick auf und wir führten eine unserer stummen Unterhaltungen.

Es ist doch nicht so schlimm, oder?
Überhaupt nicht so schlimm.

9

Ich stieß den Atem aus und schaute zu meinen Eltern, die hinter Colleen standen. Dads Augen waren beharrlich auf den Boden gerichtet, damit er nicht aus Versehen noch mal den externen Fixateur ansah und sich so wie vorhin hinsetzen musste, den Kopf zwischen die Beine gesenkt. Mom schenkte mir ein Lächeln, von dem ich wusste, dass es beruhigend sein sollte, was es aber hundertprozentig nicht war.

»Wann kann ich wieder tanzen?«, wiederholte ich laut. Der Arzt schrak zusammen, ließ die Unterlagen sinken und nahm auf dem Hocker neben meinem Bett Platz.

»Wir wollen nichts überstürzen.« Er schaute auf mein Bein und lachte leise. »Das sollte keine Anspielung sein.« Als niemand reagierte, räusperte er sich. »Du wirst dich ein paar Wochen nur zwischen Bett und Stuhl hin- und herbewegen, bis wir dich von dem externen Fixateur befreien und dir einen Gips anlegen. Etwa zwei Monate danach kannst du anfangen, wieder gehen zu lernen.«

Wenn er meine Frage nicht beantworten wollte, musste ich eben selbst dahinterkommen. Ich überschlug die Sache kurz im Kopf. Die Sommerakademie des American Ballet Theatre in New York fand im Juli statt. In vier Monaten. Wenn ich in zwei Monaten wieder gehen konnte, konnte ich in vier wieder tanzen. »Das heißt, ich kann den Intensivkurs im Juli trotzdem machen«, sagte ich. »Ich kann immer noch teilnehmen.«

Meine Eltern traten von einem Fuß auf den anderen und der Arzt seufzte. »Alina«, sagte er behutsam. »Wenn es ein glatter Bruch gewesen wäre, könnten deine Knochen von selbst zusammenwachsen. Dann hättest du vielleicht in vier Monaten wieder Spitzentanz machen können. Aber es war kein glatter Bruch.«

Er hörte auf zu reden, als würde das alles erklären. Als ich ihn weiter anstarrte, seufzte er noch mal. »Wir mussten dir sechzehn

Schrauben und zwei Stahlplatten einsetzen, um deine Knochen wieder zu richten. Das Metall soll für immer in deinem Bein bleiben. Das bedeutet, es wird nicht mehr so belastbar und auch nicht mehr so dehnbar sein wie …«

»Also wann? Wenn ich es ausheilen lasse und Physiotherapie mache und alles tue, was nötig ist, wann wird es wieder so sein wie vorher?«

»Nie«, sagte der Arzt schlicht. »Was auf diese Weise gebrochen ist, kann man nicht so leicht wieder zusammensetzen. Und wenn man es tut, wird es nicht mehr so sein wie vorher.«

Das war der Inbegriff von absolutem Schwachsinn, aber das auszusprechen, hatte keinen Sinn. »In vier Monaten werde ich wieder tanzen«, erwiderte ich kühl. »Ich gehe nach New York.« Ich schaute meine Eltern an, damit sie wussten, dass sich an meinen Plänen nichts geändert hatte. Dad sah aus, als wäre ihm schlecht. Mom sah aus, als müsste sie die Tränen zurückhalten. Nur Colleen war unbeeindruckt.

»Definitiv«, sagte meine beste Freundin und wandte sich an den Arzt. »In einem Artikel habe ich gelesen, dass Orthopäden inzwischen alles wieder hinbekommen können, außer vielleicht die Knie, aber am Knie hat sie ja nichts.«

»Genau.« Ich klammerte mich an Colleens Worte. »Mein *Knie* ist nicht gebrochen.«

»Süße …« Mom kam neben mich und legte eine Hand auf meine Schulter. »Lass uns nicht darüber nachdenken, was in Zukunft vielleicht passieren oder nicht passieren wird. Im Moment kannst du nichts anderes tun, als dich darauf zu konzentrieren, wieder gesund zu werden. Das hat Vorrang.«

Dad schaute jetzt doch wieder zum Fixateur, fluchte und ließ sich auf den Stuhl an der gegenüberliegenden Wand sinken, die Ellbogen auf die Knie gestützt. Mom drückte noch mal meine

Schulter, als wollte sie, dass ich etwas erwiderte, aber ich wusste nicht, was. Nicht über die Zukunft nachzudenken, fand ich völlig abwegig. Die Zukunft war alles für mich und sie hatte immer nur aus Ballett bestanden.

Ein Anfall von Schläfrigkeit überkam mich, die Nachwehen der Narkose, die alles wie hinter einer Nebelwand verschwimmen ließen. Irgendwann registrierte ich, dass meine Eltern miteinander flüsterten, dass es draußen dunkel und Colleen gegangen war. Ich schloss die Augen wieder und spürte meinen Körper tanzen, spürte mich in meinen Spitzenschuhen Pirouetten drehen und schnelle Brisés über den Boden springen.

Während ich in den Schlaf hinein- und wieder herausglitt, war es schwer zu unterscheiden, was real war und was nicht, was jetzt im Moment geschah und was eine Erinnerung war.

Aber eins war klar. In vier Monaten würde ich wieder auf den Spitzen tanzen. In vier Monaten würde ich in New York sein.

NOVEMBER

1

VON JEAN-PAUL SARTRE STAMMT DAS ZITAT: »Die Hölle,
das sind die anderen.« Ich finde, eine zutreffende Aussage
wäre: »Die Hölle, das sind die anderen, die nächstes Frühjahr
für das Eagle-View-Highschool-Musical *Singin' in the Rain*
vorsprechen.« Das ist vielleicht etwas übertrieben. Aber nachdem sich herausgestellt hat, dass dieser blöde Arzt recht behalten sollte, was mein Bein betraf, musste ich das elfte
Schuljahr als ganz normale Vollzeitschülerin anfangen. Und
so schlimm die letzten zwei Monate auch gewesen waren,
hatte ich *so etwas* bis dahin noch nicht erlebt. Links von mir
schmetterte ein Mädchen mit Lockenkopf »Ma me mi mo
mu«. Rechts von mir übte ein klapperdürrer Typ in Capri-
Tights Bauchtanz.

Ich entdeckte Margot, meine Rettung, in der Schulaula neben
der Bühne, an einem Becher Eiskaffee nippend, der so groß war
wie ihr Kopf. Ich schlängelte mich die brechend vollen Gangreihen entlang zu ihr durch.

»Wer *sind* diese ganzen Leute?«, zischte ich. Sie sah mich mit
einem Ausdruck an, den ich vorher noch nie bei ihr gesehen
hatte. Entschuldigend? Verlegen? Aber weil es Margot war, ver-

schwand er in der nächsten Sekunde wieder und wurde durch ein Grinsen ersetzt.

»Leute mit Rhythmus im Blut«, sagte sie. Fügte dann aber, weil sie offenbar etwas spürte, was nur als hochgradiger Groll meinerseits bezeichnet werden konnte, hinzu: »Ich weiß, dass es ziemlich abgedreht wirkt, aber eigentlich ist es toll.«

Ich zog die Brauen hoch und sah sie an, total perplex, dass sie so etwas gut fand. Margot stand sonst immer über allem und diese Leute waren das genaue Gegenteil. Die standen über gar nichts, da war ich mir ziemlich sicher. Andererseits, was wusste ich schon von Margot? Ja, okay, wir hatten uns letztes Jahr in Chemie angefreundet. Und ja, sie war lustig, aber abgesehen von dem einen Mal, als sie bei mir zu Hause war, um mir zu helfen, einen Song fürs Casting auszusuchen, hatte ich noch kein einziges Mal außerhalb der Schule etwas mit ihr gemacht. In letzter Zeit hatte ich nachmittags viel zu viel damit zu tun, Nickerchen zu halten, allein in meinem Zimmer zu hocken und tütenweise Käse-Nachos zu verschlingen, um mit irgendjemandem irgendwas zu machen. Aber Margot war meine Rettung an der Eagle View. Wir sahen uns in der ersten Stunde im Klassenraum zur Anwesenheitsprüfung und dann nachmittags wieder in der neunten zum freien Lernen in der Study Hall, weshalb mein Schultag mit ihr begann und mit ihr endete. Zum Glück.

Am ersten Tag nach den Ferien hatte ich Margot erklärt, dass ich von jetzt an den ganzen Tag kommen würde, weil stundenweise Online-Unterricht nur solchen Schülern vorbehalten war, die planten, »beruflich eine künstlerische Laufbahn einzuschlagen«, und ich … plante das nicht mehr. Ich warnte sie, so was wie »Nichts passiert ohne Grund« zu sagen oder »Vielleicht ist es zu deinem Besten« oder »Wenn dir das Leben dein Bein zertrümmert, dann öffnet sich eine andere Tür« oder solchen Scheiß. So etwas hatte ich schon oft genug zu hören bekommen und glaubte kein Wort davon.

Aber Margot hatte mich nur angeguckt und gemeint: »Quatsch, ich bin froh, dass du dir das Bein gebrochen hast und jetzt mit uns Normalos zur Schule gehen musst. Die Nachmittage ohne dich waren ziemlich öde.«

Das festigte unsere Freundschaft, zumindest von meiner Seite aus. Nachdem ich mein Leben lang verzweifelt versucht hatte, anspruchsvollen Ballettlehrerinnen ein kleines Wort des Lobes abzuringen, fühlte ich mich zu Leuten hingezogen, die mich mit einem perfekt konstruierten Krümelchen der Anerkennung zu ködern wussten. Wenn mir jemand übermäßig schmeichelte, stieß mich das bloß ab.

»Jetzt *könntest* du noch aussteigen«, sagte Margot und wischte sich einen Tropfen Kaffee von der Jeans-Shorts, die sie über einer schwarzen Strumpfhose trug. Das smaragdgrüne Steinchen über ihrer Oberlippe fing glitzernd das Licht ein. Mit diesem Piercing und ihrem türkis gefärbten Bob erinnerte sie mich immer an eine punkige Meerjungfrau. »Aber dann würdest du nicht zehntausend übertrieben dramatische Versionen von ›On My Own‹ aus *Les Misérables* zu hören bekommen.«

»Wenn du jetzt anfängst, mit Musical-Titeln um dich zu werfen, bin ich weg.«

»Und wer weiß.« Margot tat so, als hätte sie mich nicht gehört. »Vielleicht gefällt es dir ja.«

Ich umfasste die Riemen meines Rucksacks und ließ den Blick durch die schäbige Aula wandern. Unwillkürlich verglich ich das hier – die dunkelbraunen Plastikstühle, den deprimierend grauen Teppichboden, die zerschlissenen schwarzen Vorhänge und das kalte Deckenlicht – mit der luxuriösen Ausstattung des Epstein Theatre im Stadtzentrum, wo die Kira Dobrow Ballet School ihre Inszenierungen aufführte. Ich vermisste die dick gepolsterten Theatersessel, die goldenen Wandleuchten entlang der Ränge und den roten Samtvorhang, an dem Colleen und ich vor dem Auftritt immer unsere kleinen Finger gerieben hatten, damit er uns Glück brachte.

Entsetzlicherweise fingen meine Augen an zu brennen. Ich hustete und blinzelte ein paarmal schnell hintereinander. »Und wie läuft das hier jetzt ab?« Meine Stimme klang kühl und sachlich.

»Zwei Tage Vorsingen, das fängt heute um drei an. Ab halb fünf zeigen sie uns eine Tanz-Kombination. Kein Problem für dich. Morgen wieder Vorsingen bis halb fünf und danach ist dann Vortanzen angesagt. Freitag finden die Callbacks für die Hauptrollen statt.«

Ich seufzte und ließ meinen Rucksack auf den Boden fallen. Zwei Nachmittage außerschulische Verpflichtungen in dieser abgrundtief hässlichen Aula, umgeben von einem Pulk von Leuten, die es auf die Bühne zog, war alles andere als optimal. Und warum blieb ich dann? Vielleicht um den zunehmend weniger subtilen Andeutungen meiner Eltern zu entkommen, »doch mal wieder vor die Tür zu gehen und etwas zu unternehmen«. Vielleicht weil Margot tatsächlich meine einzige Freundin hier war und es sich falsch anfühlte, sie im Stich zu lassen. Vielleicht aus einem anderen Grund, über den ich noch nicht richtig nachgedacht hatte.

Ich hatte gerade mein Bein auf den Bühnenrand platziert – darauf achtend, dass meine Narben nicht zu sehen waren –, um meine hintere Oberschenkelmuskulatur zu dehnen, als zwei weiße Jungs »Margot!« riefen und auf uns zugeschlendert kamen.

Der eine war groß und schmal und hatte dichte, kunstvoll verwuschelte kastanienbraune Locken. Ich kannte ihn vom Englischkurs, er musste demnach in der Zwölften sein – ich glaube, er hieß Ethan. Ich war zwar erst in der Elften, durch meinen Online-Unterricht aber etwas voraus. Den anderen kannte ich nicht. Er hatte schwungvoll zur Seite fallende dunkle Haare und ein breites, strahlendes Lächeln, das albern gewirkt hätte, wenn es seine Sonnenbräune nicht so gut in Szene gesetzt hätte. Nicht dass es wichtig gewesen wäre.

»Margot lügt nie«, sagte Strahlemann. Er sah Ethan um Bestätigung heischend an. »Stimmt doch, oder? Margot Kilburn-Correa sagt immer, wie es ist.«

Ethan schüttelte den Kopf. »Nein, Margot ist Nonkonformistin. Sie sagt einfach nur das Gegenteil von dem, was alle anderen sagen. Das ist ihr Ding.«

Margot boxte Ethan in den Arm. »Das ist nicht mein Ding.«

»Siehst du?«, sagte Ethan. Margot boxte ihn noch mal.

»Na schön, dann frage ich eben eine Außenseiterin.« Strahlemann wandte sich mir zu, und ich schwöre, er hatte tatsächlich ein Glitzern in den Augen. »Oder hast du mich schon mal irgendwo gesehen?«

»Nein«, sagte ich und wechselte das Bein.

Seine Mundwinkel zuckten kurz nach oben, als hätte er eine Wette gegen sich selbst gewonnen. »Genau. Also mit frischem Blick und ohne jedes Vorurteil«, er winkte zwischen sich und Ethan hin und her, »wer ist Fred Astaire und wer Gene Kelly?«

»Ich hab keine Ahnung, wovon du redest.«

Strahlemann tat so, als würde er in Ohnmacht sinken, und klammerte sich Halt suchend an Ethan. Und ich dachte immer, *ich* wäre dramatisch.

Ethan stützte ihn und schüttelte enttäuscht den Kopf. »Margot, hast du etwa eine Musical-Anfängerin in die heiligen Hallen der Eagle-View-Aula gebracht, Geburtsstätte des Happy Crack?« Woraufhin sich alle drei vor Lachen bogen.

Echt wahnsinnig lustig, so ein Insiderwitz, wenn du die Außenseiterin bist.

Nach einem unnötig langen Lachflash (der Happy Crack konnte nicht *derart* lustig sein, ganz egal, was es war) kam Margot endlich wieder zur Vernunft. »Sch-sch, ihr verschreckt Alina noch. Das ist Ethan.« Sie machte eine Handbewegung zu ihm hin, und er neigte den Kopf, sodass ihm seine Locken noch mehr über die Augen fielen. Wenn er sich aus dem Englischkurs an mich erinnerte, ließ er es sich nicht anmerken, deshalb tat ich es auch nicht.

»Und das ist Jude.« Strahlemann hatte also auch einen Namen.

»Hey, Alina, wir freuen uns wirklich über Neuankömmlinge, ganz ohne Scherz«, sagte Jude und hatte wieder dieses Glitzern in den Augen. »Bist du in der Neunten?«

Ich schnaubte abschätzig. »In der Elften«, erwiderte ich ausdruckslos, nahm mein Bein vom Bühnenrand und zog mein Handy aus der Tasche meines Sweatshirts. Der Wink mit dem Zaunpfahl perlte an ihm ab.

»Ich dachte, ich würde alle aus der Elften kennen. Wieso kenne ich dich nicht?«

Ich seufzte. »Ich war sonst immer nur morgens hier.«

»Warum?«

»Es war die Tageszeit, zu der ich am wenigsten dazu neigte, auf Fremde loszugehen, die mir zu viele Fragen stellen.«

Margot prustete. Ethan schnipste mit den Fingern, als säße er im Unterricht. Aber Jude lächelte weiter auf diese nervige Art, als wäre er dabei, ein Spiel zu gewinnen, von dem ich nicht wusste, dass ich es spielte. »Ah ja. Man kann nie vorsichtig genug sein, besonders bei Fremden.«

Ich starrte ihn an. Ein Spinner unter lauter Spinnern.

»Okay, Jungs, haut ab.« Margot scheuchte sie weg. »Wir müssen uns vorbereiten. Nicht jeder hier ist ein Musical-Gott.« Die Typen verzogen sich und unter normalen Umständen hätte ich Margot wegen der Formulierung »Musical-Gott« in die Zange genommen. Aber es wurde plötzlich still in der Aula, weil zwei Frauen mit Klemmbrettern die Bühne betraten. Eine von ihnen kannte ich, es war Mrs Sorenson, die Musiklehrerin, deren rötlich blonde Haare von einem mauvefarbenen Stirnband zurückgehalten wurden, das farblich perfekt auf ihren Sweater und ihre Pumps abgestimmt war. Margot zufolge führte sie jedes Jahr Regie bei der Musical-Inszenierung. Neben ihr stand eine hochgewachsene Frau um die fünfzig mit krisseligen, ins Orangefarbene tendierenden Locken die sie mit einem schwarzen Band hochgebunden trug. Ms Langford, allem Anschein nach. Die Choreografin. Sie hätte auch Mrs Sorensons überkandidelte ältere Schwester sein können.

Mrs Sorenson klatschte in die Hände. »Das Vorsingen beginnt jetzt«, rief sie in förmlichem Tonfall. »Ihr kommt bitte einer nach dem anderen nach oben, gebt mir eure Noten, stellt euch in die Mitte der Bühne und sagt euren Namen. Wenn wir genug gehört haben, gibt euch Ms Langford ein Zeichen, und ihr geht wieder an euren Platz zurück.«

Mit diesen Worten setzte sie sich an das abgenutzte Klavier, das auf der Bühne stand, und Ms Langford nahm unten auf einem Sitz in der vierten Reihe Platz. Sofort stürmte ein umwerfend schönes, indisch aussehendes Mädchen mit langen schwarzen Haaren, die ihr in großen Wellen bis zur Taille fielen, auf die Bühne.

»Diya Rao«, sagte sie betont deutlich. »Ich singe ›No One Else‹ aus *Natasha, Pierre and the Great Comet of 1812*.«

Margot stieß ein abschätziges Schnauben aus. »Keinen interessiert, was du singst, Robobitch.«

»Freundin von dir?«, flüsterte ich, froh über die Ablenkung durch Margots Kommentar.

Margot verzog das Gesicht und tat so, als müsste sie sich übergeben, als Mrs Sorenson in Moll zu spielen begann und Diya mit einer verblüffend klaren Stimme anfing zu singen. Ihre Stimme vibrierte und changierte. Auf meinen Armen bildete sich Gänsehaut. Als sie weitersang, wurden die Töne wärmer und voller. Das Lied handelte vom Sichverlieben, und sie ließ die Worte klingen, als würden sie auf der Melodie fliegen.

Mir fiel die Kinnlade herunter. Es war nicht so, dass ich davon ausgegangen war, dass niemand hier gut sein würde. Ich hatte nur nicht damit gerechnet, dass jemand *derart* gut war. Ich schaute um mich, um zu sehen, ob noch andere so fassungslos waren wie ich. Aber viele guckten wie Margot – sauer und genervt. Vereinzelt hörte ich Leute »Robobitch« murmeln. Margot war also nicht die Einzige, die sie so nannte.

Als Diya fertig war, warf sie ein selbstbewusstes Lächeln ins Publikum, ging von der Bühne und setzte sich auf einen Stuhl ganz außen in der ersten Reihe, abseits von allen anderen.

»Robobitch geht immer als Erste nach oben, um die Leute einzuschüchtern«, sagte Margot. Tatsächlich meldete sich niemand mehr, bis Mrs Sorenson Ethan aufrief. Sein Song hatte einen altmodischen Doo-Wop-Rhythmus und handelte davon … ein sadistischer Zahnarzt zu sein? Ethan kostete seinen Auftritt jedenfalls voll aus und trug ziemlich dick auf, stolzierte über die Bühne wie eine schräge Version von Elvis und ließ seine Locken jedes Mal hochfliegen, wenn er den Kopf hob, um theatralisch »Ich bin Zaaaaahnarzt!« zu schmettern.

Es war bizarr, aber es lockerte die Stimmung, und von da an lief alles ziemlich geschmeidig. Die Leute sangen mit unterschiedlichem Talent vor, kehrten anschließend wieder an ihren

Platz zurück und kassierten unterwegs High-Fives oder Klapse auf den Po oder Schulterklopfen. Alle fühlten sich so sauwohl hier, dass mir mulmig wurde.

Etwa nach der Hälfte des Vorsingens ging Jude auf die Bühne. »Jude Jeppson«, verkündete er. Ich prustete. Irgendwie passte dieser lustige Name zu ihm. Er gab sich nicht selbstverliebt wie Ethan oder selbstbewusst wie Diya. Er war einfach sorglos und unbeschwert, als würde er mit Freunden abhängen. Mrs Sorenson begann zu spielen und Jude fing an zu singen.

Okay, na schön. Ich konnte verstehen, woher die Sache mit dem Musical-Gott kam. Er war *gut*. Seine Stimme war voll und tragend, dabei aber weich genug, um das versonnene Glücksgefühl des Songtextes zu transportieren, der nach einer Weile nur noch aus dem Namen »Maria« bestand. Ich bekam zwar keine Gänsehaut wie vorhin, als Diya gesungen hatte, das lag aber vielleicht daran, dass die ringsum ausbrechende allgemeine Verzückung ein bisschen störte. Anscheinend war niemand immun gegen die Anziehungskraft eines süßen Typen, der den Namen eines Mädchens wieder und wieder auf so romantische Weise sang.

Beim letzten »Maria« setzten die »Whoas!« und »Ow-ows!« ein und Jude fing mitten im Singen an zu grinsen. Ethan zückte sein Handy und schoss ein Foto. Vielleicht würde es Jude später für seine Fans signieren. Als er fertig war, nahm der Jubel zu und folgte ihm bis zu seinem Platz in der zweiten Reihe.

Jude musste meinen Blick gespürt haben, denn er schaute zu mir rüber. Immer wenn ich beim Starren ertappt wurde, versuchte ich, nicht wegzuschauen. Deshalb erwiderte ich seinen Blick und mimte höflichen Applaus. Er lächelte und bedankte sich mit einem pantomimischen An-den-Hut-Tippen.

Unser Austausch wurde von einem blonden Jungen mit einer

locker sitzenden Beanie unterbrochen, der mit steifen Schritten den Gang entlangstakste und die Hände immer wieder zu Fäusten ballte.

»Ach du Scheiße, Harrison Lambert?«, sagte Margot.

»Wer ist das?«

»Das ist … Harrison Lambert. Eigentlich nicht der Typ, der auf Musicals steht. Er ist die Sorte Typ, der dich nach deinem Lieblingsfilm fragt, und wenn du dann einen anderen als den düstersten Arthouse-Film aller Zeiten nennst, sagt er so: ›Stimmt, den fand ich auch mal gut. In der *Middleschool*.‹«

»Echt, das hat er gesagt?«

»Nein. Aber würde er, wenn ich jemals mit ihm sprechen sollte.«

Margot warf Harrison einen unnachgiebigen Blick zu, als er zu einer zittrigen A-cappella-Version von »In the Aeroplane Over the Sea« von Neutral Milk Hotel ansetzte. Einen Uralt-Indie-Rocksong für ein Vorsingen zu einem Highschool-Musical auszusuchen, fand ich echt schräg, aber er sang nicht schlecht, als er erst mal in Fahrt kam. Und er führte es beeindruckend zu Ende, wobei er total erleichtert aussah, als er von der Bühne stakste.

Und er stakste immer weiter, aus der Aula raus. Als die Tür hinter ihm zuschlug, setzte das Getuschel wieder ein, und der Junge, den ich vorhin Bauchtanz üben gesehen hatte, stieß ein lautes »Waaaaas?« aus, was ihm einige Lacher einbrachte.

»Vielleicht eine Wette«, überlegte Margot.

Das Vorsingen zog sich in die Länge, und die Aula leerte sich, weil die Leute rausgingen, um sich Knabberzeug zu besorgen oder sich fürs Tanzen umzuziehen. Irgendwann stieg Margot auf die Bühne und sang in einem übertrieben näselnden New Yorker Akzent, was mich ebenso beeindruckte wie irritierte.

»Jetzt ist vielleicht ein guter Zeitpunkt für dich«, sagte Margot anschließend mit Blick auf die Uhr. Ich schaute mich um und vergewisserte mich, dass Jude, Ethan und Diya nicht mehr da waren. Es war nicht nötig, dass die Besten hier mitbekamen, wie grottenschlecht ich sang.

Auf meinem Weg nach vorn versuchte ich auszublenden, wie grotesk es war, zum Singen auf die Bühne zu gehen und nicht zum Tanzen. Ich hatte Margot gefragt, ob es irgendeine Möglichkeit gab, das Vorsingen zu überspringen und nur vorzutanzen – es war ja schließlich nicht so, als hätte ich es auf eine der Hauptrollen abgesehen –, aber sie hatte gemeint, es sei Pflicht.

»Alina Keeler«, krächzte ich. Dann sang ich die ersten Takte von »Wouldn't It Be Loverly« aus *My Fair Lady*. Margot hatte das Lied vorgeschlagen, weil es nicht allzu schwierig war. Es kam ziemlich leise heraus, und Ms Langford wirkte gelangweilt, aber niemand hielt sich die Ohren zu.

Ich atmete erleichtert auf, als ich von der Bühne ging. Eine Musical-Göttin war ich nicht. Aber wenigstens hatte ich mich nicht bis auf die Knochen blamiert.

»Gehen wir es noch einmal durch!«, übertönte Ms Langfords Reibeisenstimme den Lärm auf der vollgepackten Bühne. Es waren noch zehn Minuten, bis der erste Casting-Tag zu Ende war und alle nach Hause gehen durften, um die Tanzkombination für morgen einzuüben. Sie war überschaubar: mehrere Grapevines, ein paar Hüftschwünge, ein vom Charleston inspirierter Schritt, zwei Grands Battements (Ms Langford nannte sie »Hochkicks«!) und eine kurze Pirouette.

Für Nichttänzer war es eine Herausforderung. Margot fluchte wie verrückt, als sie versuchte, die Pirouette zu drehen, ohne das

Gleichgewicht zu verlieren. Diya Rao dagegen bekam sie ganz gut hin, Jude und Ethan auch. Margot hatte mir erzählt, dass Ethans ältere Schwester Stepptanzkurse beim YMCA gab und beide Jungs seit Jahren Unterricht bei ihr nahmen. Irgendwie überraschte mich das nicht.

Ich hatte die Kombination noch nicht voll ausgetanzt. Da nicht genug Platz war, um sich zu bewegen, deutete ich die Schritte nur an und ging sie im Kopf durch, auf diese Weise prägten sie sich in mein Muskelgedächtnis ein. Ms Langford ließ uns schließlich gehen, aber Diya, die ihre Haare zu einem Ballerinaknoten hochgebunden hatte, hob die Hand. »Ms Langford? Ich habe morgen Probe für das Shakespeare-Festival. Kann ich vielleicht jetzt schon vortanzen?«

Margot verdrehte die Augen, während sie sich Luft in den Nacken fächelte. »Das macht sie auch jedes Jahr. Sie behauptet gern, sie hätte noch was anderes Wichtiges vor. Als wäre es *so* beeindruckend, dass sie den Tanz schon kann, ohne ihn richtig geübt zu haben. Ich bin mir sicher, du könntest ihn auch.«

Alle machten die Bühne frei, als Ms Langford fragte, ob noch jemand schon jetzt vortanzen wollte. Vielleicht war es, weil ich mir morgen den Nachmittag für mein Nickerchen freischaufeln wollte. Oder vielleicht war es mein Ehrgeiz, der mit mir durchging. Vielleicht war es aber auch ein Grund, den ich die ganze Zeit auszublenden versuchte: Ich wollte einfach wieder auf einer Bühne tanzen.

Ich ging noch mal zurück und stellte mich neben Diya.

Sie musterte mich mit einem Röntgenblick, der bei meinen Haaren hängen blieb, die ich nicht zurückgebunden trug wie die anderen alle. Sie hingen mir schnurgerade den Rücken hinunter. Ihre Augen verengten sich. »Brauchst du ein Haargummi?«

»Nicht nötig, danke.«

Diya zog eine Braue hoch. Oje. Ich wollte nicht eingebildet rüberkommen. Ich hatte nur einfach keine Lust, mir die Haare zusammenzubinden.

Diya und ich nahmen jeweils am anderen Ende der Bühne Aufstellung. »Ihr werdet die Kombination zweimal tanzen, damit wir auf jede von euch einen guten Blick bekommen.« Ms Langford trat an die Stereoanlage und drückte auf Play.

Und da packte es mich endgültig. Sicher, es war nur eine simple kleine Tanzeinlage aus einem albernen Musical. Aber zum ersten Mal seit acht Monaten würde ich tanzen. Das Herz schlug mir bis zum Hals.

Als die Musik begann, nahm etwas Vertrautes von mir Besitz. Ich führte die Schritte alle fehlerlos aus und passte mein Timing dabei der Melodie an. Als Gene Kellys Stimme die Worte in die Länge zog, verlangsamte ich meine Armbewegungen und wurde erst schneller, als die Blasinstrumente wieder einsetzten. Mein Charleston-Schritt war federleicht, meine Battements sausten hoch bis zu meinen Ohren, und ich leitete meine Pirouette mit einem grazilen Pas de Bourrée in die vierte Position ein. Aus dem Augenwinkel sah ich Diya statt einer einfachen eine doppelte Pirouette drehen. Sie geriet zum Schluss etwas aus dem Takt, aber ich konnte Ms Langford nicken und lächeln sehen, als wir auf unsere Positionen zurückgingen, um es noch einmal zu tanzen.

Unwillkürlich bogen sich meine Mundwinkel nach oben. Wenn es okay war, die Choreografie zu verändern, hatte ich nichts dagegen.

Beim zweiten Mal machte ich meine Bewegungen noch leichter, noch luftiger. Ich verwandelte das zweite Battement in ein Développé Layout, beugte mich weit nach hinten zurück und streckte ein Bein hoch, sodass die Zehenspitzen zur Decke zeigten. Zum Schluss, kurz vor der Pirouette, erschien meine Ballettlehrerin Kira vor meinem inneren Auge. Weißblonde Haare, leuchtend blaue Augen, von Fältchen eingerahmt wie von Sonnenstrahlen. Sie beobachtete mich, spornte mich dazu an, mich selbst zu übertreffen. Also machte ich eine dreifache Pirouette.

Na ja, ich versuchte es.

Mein Tempo stimmte, aber mein rechtes Fußgelenk, das von Schrauben zusammengehalten wurde, hielt dem Druck nicht stand. Irgendwie schaffte ich es, meine Körpermitte dazu zu zwingen, das Gleichgewicht zu halten und in der Drehung zu bleiben, aber ich bekam nur eine schwache doppelte Pirouette hin, und selbst die konnte ich nicht im Takt halten.

Ich achtete nicht auf irgendwelche Reaktionen, als ich von der Bühne ging, hörte nur vereinzeltes Klatschen. Zu viele Gedanken und Gefühle konkurrierten um meine Aufmerksamkeit: wie schnell und trotzdem gleichmäßig mein Herz nach einem Auftritt schlug, das Kribbeln, das so ein Wettstreit in meinem Bauch auslöste. Es fühlte sich angenehm vertraut an, fast so, als wäre alles wieder in Ordnung. Aber ich konnte diesen Wackler nicht ausblenden. Wie sehr er mich aus dem Takt gebracht hatte. Wie plump und schwerfällig er mich gemacht hatte. Die Tatsache, dass ich tatsächlich nie wieder auf den Spitzen tanzen würde.

Ich war so dumm gewesen zu glauben, wenn ich in dem Musical mittanzte, würde das einen Teil der inneren Leere füllen, die mich seit acht Monaten in ihren Klauen hielt. Mein Tanzen würde nie mehr dasselbe sein. *Ich* würde nie mehr dieselbe sein. Und nichts konnte daran etwas ändern.

Ich hielt nach Margot Ausschau, weil ich hoffte, sie würde mich mit einer spöttischen Bemerkung aus meinen Grübeleien reißen. Aber als ich den Blick über die Sitzreihen wandern ließ, entdeckte ich stattdessen Jude. Er starrte mich vom anderen

Ende der Aula mit offenem Mund an. Das weckte ein anderes vertrautes Gefühl in mir: Stolz, der in mir anschwoll, wenn mich die Leute anschauten, als hätte ich gerade etwas Wunderschönes vollbracht.

Ich sehnte mich so sehr nach diesem Blick. Aber als ich ihn jetzt sah, fühlte ich mich nur leer und hohl. Ich verdiente ihn nicht mehr. Die Leere füllte sich mit Wut.

Jude starrte mich immer noch an. Seine Lippen bogen sich zu einem Lächeln, als er mein angedeutetes höfliches Klatschen von vorhin erwiderte. Aber anstatt zurückzulächeln oder mir wie er dankend pantomimisch an den Hut zu tippen, zeigte ich ihm den Stinkefinger.

2

KAUM HATTE ICH DIE HAUSTÜR hinter mir zugemacht, kam Mom von der Terrasse hereingesaust und Dad stand vom Klavier auf. »Und?«, fragten sie im Chor. »Wie ist es gelaufen?«

Sie waren ganz aus dem Häuschen, weil ich für das Musical vorsingen wollte. Vermutlich hatten sie ein kleines Stoßgebet zum Himmel geschickt, als sie von der Arbeit nach Hause kamen und mich nicht unter der Bettdecke vergraben Ballettvideos guckend in meinem Zimmer vorfanden.

»Gut.« Ich ließ meinen Rucksack auf den Boden fallen und stieß ihn mit einem Fußtritt von mir. Und obwohl ich versuchte, es nicht zu tun, huschte mein Blick zu den Bildern auf dem Kaminsims, wo früher meine Ballettfotos gestanden hatten. Immer noch verschollen.

»Rühren, Soldaten.« Ich salutierte vor meinen Eltern und machte mich auf den Weg in die Küche.

»Wir wollen ein bisschen mehr hören als das, General Grumpy Pants.« Dad folgte mir.

»General Grumpy *Leggins*«, korrigierte ihn Mom auf meine Beine zeigend. »So nennt man diese Dinger. Die Leute tragen sie zwar wie Hosen, aber mich wirst du nie davon überzeugen können, dass es auch tatsächlich welche sind.«

Ich seufzte laut; ich wusste, ich würde ihnen etwas mehr erzählen müssen. »Es lief wirklich gut. Mein Gesang war nicht total grauenhaft.« Ich öffnete den Kühlschrank, nahm mir einen Cheesestring heraus und biss hinein. »Und die Tanzkombination war leicht«, sagte ich mit vollem Mund.

Und außerdem habe ich jemandem grundlos den Stinkefinger gezeigt.

Ich war froh, dass Jude nach meiner spontanen Entscheidung, ihm den Mittelfinger entgegenzuhalten, nicht beleidigt gewirkt hatte. Überrascht schon, ja. Irritiert, definitiv. Aber nicht sauer. Hoffentlich würde er mich nicht darauf ansprechen und nach dem Grund fragen.

»Wir waren übrigens damals an der Kalani in der Zwölften bei *Carousel* dabei«, sagte Mom mit einem hoffnungsvollen Lächeln.

»*Ihr* seid in einem Highschool-Musical aufgetreten?« Mir fiel fast der Käse aus dem Mund. Ich wusste mehr über Moms und Dads Highschool-Romanze, als mir lieb war, aber das war mir neu.

»Na ja, nein, eigentlich nicht.« Dad strich sich über seinen kupferroten Bart. »Aber ich glaube, wir hatten Freunde, die darin aufgetreten sind. Und wir haben es uns angeschaut. Und es war wirklich toll!«

Klar doch. Dad war Pianist in einer Band, die schräge experimentelle Musik spielte. Ich hatte ihn den Titel eines Musicalstücks noch nie auch nur mit einer Silbe erwähnen hören. Und Mom hatte sich *Carousel* irgendwann mal im Fernsehen angeschaut und es »klebrig seicht« genannt. Meine Eltern hatten sich aufs Lügen verlegt, um mich aus dem Haus zu locken.

»Schön für sie.« Ich steckte mir den restlichen Käse in den Mund und steuerte auf die Treppe zu.

»Und außerdem …«, Mom umrundete mich, legte den Arm um meine Schultern und lotste mich in die Küche zurück, »… hat dir *Singin' in the Rain* doch so gut gefallen, als du den Film gesehen hast.«

»Ach ja?«

»Ja! Erinnerst du dich nicht, dass du ihn dir mit Grandma Shiho angeschaut hast?«

»Vage. Ich war erst sechs oder so«, sagte ich. Es regnete an dem Tag in Honolulu, sodass wir nicht an den Strand gehen konnten, wie wir es eigentlich vorgehabt hatten. Ich war am Boden zerstört, aber dann hatte mich Grandma Shiho mit zu Matsumoto's genommen, wo wir uns Geschabtes Eis holten, das wir löffelten, während wir *Singin' in the Rain* schauten. Ich erinnerte mich noch an den säuerlichen Geschmack des Eises und daran, dass Grandma Shiho oft gelacht hatte – ihr Lachen ist mein absolutes Lieblingslachen: rau und trotzdem scheu. Aber ich erinnerte mich nicht an die Handlung des Films.

»Jedenfalls habe ich ihr von deinem Vorsingen erzählt, und sie ist begeistert«, sagte Mom. »Ich habe mir den Film heute während der Arbeit angesehen und er ist ziemlich lustig. Er spielt in den 1920er Jahren und handelt von zwei Stummfilmstars namens Don Lockwood und Lina Lamont.«

Ich seufzte. Mom hatte den Arm noch immer wie beiläufig um meine Schultern gelegt. Ich würde nirgendwo hingehen.

»Don und Lina drehen alle Filme gemeinsam, aber dann wird der *Tonfilm* erfunden.«

»Uh-oh«, warf Dad mit dem ganzen subtilen Feinsinn einer Comicfigur ein.

»Uh-oh, *allerdings*, weil nämlich Lina Lamont eine grauenhafte Stimme hat. Schrill und nervig und noch dazu spricht sie mit einem äußerst merkwürdigen Akzent. Außerdem hat sie einen schlechten Charakter.«

Ich rieb mir den Nasenrücken. »Okay, okay, und wie geht's

weiter?« Je schneller sie damit durch war, desto schneller kam ich hier weg.

»Gut, dass du fragst, Liebes – also, Don Lockwood lernt Kathy Selden kennen und verliebt sich in sie. Und jetzt haltet euch fest, Kathy hat schauspielerisches Talent, eine schöne Stimme *und* einen feinen Charakter.«

»Eine dreifache Bedrohung also«, sagte Dad.

»Ganz genau. Cosmo Brown, Dons bester Freund, schlägt daraufhin vor, dass Kathy für nur einen einzigen Film Linas Rolle sprechen und singen soll und danach kann sie ihre eigene glanzvolle Karriere verfolgen. Natürlich läuft nicht alles wie geplant und es gibt eine Menge ausgelassene Späße und Stepptanzeinlagen und zum Schluss ein Happy End.«

»Toll«, sagte ich ausdruckslos.

»Ich bin ganz deiner Meinung, Süße.« Mom drückte mich an sich und trat dann endlich zur Seite. »Dann gehst du also morgen noch mal zum Vortanzen hin?«

»Nein, das habe ich gleich heute hinter mich gebracht, ich bin durch für diese Woche.« Meine Eltern zogen lange Gesichter, vermutlich befürchteten sie einen weiteren Streaming-Marathon unter der Bettdecke.

Und weil ich heute Nachmittag schon so ruppig zu ihnen gewesen war *und* einem harmlosen Typen den Stinkefinger gezeigt hatte, fügte ich hinzu: »Margot war richtig gut.«

Sofort hellten sich ihre Mienen wieder auf. Meine Eltern liebten Margot. In ihren Augen war sie meine Retterin. Als sie letzte Woche vorbeikam, um mit mir zusammen einen Song fürs Vorsingen auszusuchen, war es seit Monaten das erste Mal, dass ich Besuch hatte. Mom brachte uns hawaiianisches Hurricane-Popcorn, und Dad fragte Margot, ob sie zum Abendessen bleiben und noch einen Film mit uns schauen wollte. In meinem früheren Leben hätten meine Eltern angesichts Margots Monroe- und Brauen-Piercings und ihres »KEEP CALM AND KISS MY ASS«-T-Shirts vermutlich komisch geguckt. Aber nicht an diesem Tag. An dem Tag war sie die heilige Margot, die zu unser aller Rettung gekommen war.

Auf der Treppe waren Schritte zu hören, die polternd heruntersprangen, gefolgt von einem lauten Aufprall, als Josie die letzten beiden Stufen ausließ und auf dem Boden landete. »Letztes Jahr in der Schulcafeteria«, verkündete sie, »hat Paul Manley ständig irgendwelche Mädchen blöd angemacht, und Margot meinte daraufhin zu ihm, er würde das nur machen, weil er Minderwertigkeitskomplexe wegen seines Penis hätte.«

Meine Schwester gab Gesprächen gern eine neue interessante Wendung.

»Woher willst du das wissen? Du warst doch letztes Jahr noch gar nicht da«, erwiderte ich. Wobei ich zugeben musste, dass es schon sehr nach Margot klang. Und Josie war mittlerweile in der Neunten und hatte einen großen eigenen Freundeskreis, sie war also vermutlich weitaus besser in den Tratsch an der Eagle View eingeweiht als ich.

Josie zuckte mit den Schultern. »Es stimmt aber. Und er ist wahrscheinlich wirklich unsicher, ich hab nämlich gelesen, dass …«

»Okay«, fiel ihr Mom ins Wort. »Von mir aus dürfen meine Mädchen gern weiter über Penis-Minderwertigkeitskomplexe reden, aber erst, wenn sie den Tisch gedeckt haben.«

»Ganz meine Meinung«, brüllte Dad, schon halb draußen auf der Terrasse.

Nach dem Abendessen nahmen Josie und ich die Küche in Angriff, während sich meine Eltern für einen Spaziergang warm einpackten und sich darüber unterhielten, wie schön der November in Pennsylvania doch sei. Meine Eltern waren beide in Hawaii geboren und aufgewachsen, weshalb es mich fassungslos machte, wie sehr ihnen die Landschaft hier gefiel. Sie waren ein Jahr vor meiner Geburt hergezogen, weil Mom hier in der Nähe eine Stelle als Professorin für Vergleichende Literaturwissenschaften an einem kleinen College für Geisteswissenschaften angeboten bekommen hatte. Früher war ich immer unglaublich dankbar für diese Entscheidung gewesen, weil ich sonst nicht auf die Kira Dobrow Ballet School gegangen wäre. Jetzt träumte ich davon, meine Sachen zu packen, nach Honolulu zu ziehen und mich unter all die anderen Mädchen zu mischen, die halb Weiße, halb Japanerinnen waren, und nie wieder einen Fuß nach Pennsylvania oder an die Eagle View zu setzen.

»Teller bitte.« Josie streckte ihre Hand nach dem Teller aus, den ich vorspülte. »Und? Machst du mit, wenn sie dich nehmen?«

Eigentlich dachte ich, wir hätten das Thema Musical beim Abendessen erschöpfend abgehandelt, aber anscheinend nicht. »Zum tausendsten Mal – kann schon sein.«

»*Alina.*« Josie stöhnte. »Du musst endlich drüber wegkommen.«

»Wie bitte?«

»Wolltest du echt dein Leben lang deine Möpse vermessen, deine ekligen Füße desinfizieren und zu Musik tanzen, die weiße Männer komponiert haben, die schon hundert Jahre tot sind?«

»Jep«, sagte ich, ohne zu zögern.

»Ich mein's ernst.«

»Ich weiß.«

Josie hatte immer schon etwas gegen Ballett gehabt. Sie war

zwar auch Tänzerin, machte aber Modern Dance in einem Studio namens Variations, wo sie viermal die Woche hinging, allerdings nur abends. Bei Variations fand tagsüber während der Schulstunden kein Unterricht statt, nicht wie an der KDBS und anderen berufsvorbereitenden Schulen.

»Ich meine ja bloß, die ganze Sache mit deinem Bein, vielleicht ist es das Beste so«, sagte sie.

Ich musste mich zusammenreißen, ihr nicht die Salatzange an den Kopf zu werfen. Mir war diese Denkweise zuwider. Wie konnte es »das Beste« sein, wenn man die Fähigkeit verlor, das zu tun, was man am meisten liebte? Aber so etwas bekam ich von den Lehrern und Schülern an der Eagle View ständig zu hören.

Vielleicht ist es das Beste so – jetzt kannst du eine ganz normale High-schoolzeit erleben!

Vielleicht ist es ja besser so, jetzt kannst du jeden Tag Pizza und Eis essen!

Vielleicht ist es zu deinem Besten, nichts passiert ohne Grund.

Diesen ganzen dämlichen Argumenten fügte Josie noch hinzu: »Jetzt kannst du wenigstens auch mal andere Tanzrichtungen ausprobieren.«

»Zum Beispiel im Musical?« Ich sah sie fragend an. »Warum willst du unbedingt, dass ich da mitmache?«

Josie biss sich auf die Unterlippe. »Okay. Kennst du Laurel Adams und Noah Parker?«

»Nein.«

»Sie sind in der Neunten«, sagte sie, als wäre das irgendeine Hilfe.

»Nein.«

Josie gab einen entnervten Laut von sich. »Also, sie sind mit mir im Kurs bei Variations. Ich arbeite an einer Choreografie für unsere Schüleraufführung im Juni und würde sie gern auf die beiden zuschneiden. Sie sind echt gut.«

»Okay …«, sagte ich und tat so, als wüsste ich längst, dass sie choreografierte. Eigentlich machte sie es tatsächlich immer schon, sie entwickelte ständig irgendwelche seltsamen Bewegungen, zum Beispiel wenn sie am Toaster stand und darauf wartete, dass die Brotscheiben hochsprangen. Ich hatte nur nicht gewusst, dass sie es neuerdings auch woanders als zu Hause tat. Aber ich wusste sowieso nicht viel von Josies Leben. Durch mein intensives Ballett-Programm war ich nie die Sorte große Schwester gewesen, die genau wusste, was ihre kleine Schwester so trieb und wer ihre Freunde waren und welchen Rat sie brauchte. Nicht, dass Josie meinen Rat jemals angenommen hätte.

»Das Problem ist, dass die beiden Trevor verehren, einen Typen aus der Zwölften, und ich weiß, dass er sie fragen wird, in *seinem* Stück mitzumachen, und ganz bestimmt sagen sie ihm zu und nicht mir, weil er ein Junge ist und in der Zwölften und ich ein Mädchen und erst in der Neunten.«

»Und was soll ich dagegen unternehmen?« Ich schwenkte Wasser durch die Salatschüssel und goss es in den Abfluss.

»Noah und Laurel machen auch im Musical mit. Wenn sie sehen, was für eine gute Tänzerin du bist, denken sie vielleicht, dein Ausnahmetalent liegt in der Familie, und nehmen mich ernster.«

Ich drückte Josie die Salatschüssel in die Hand und drehte das Wasser ab, damit sie mich klar und deutlich verstehen konnte. »Erstens ergibt das keinen Sinn. Zweitens bin ich nie ein Ausnahmetalent gewesen. Und drittens bist du mit diesen Leuten im Fortgeschrittenenkurs. Nehmen sie dich nicht sowieso schon ernst?«

Josie zog ihr »Ich erklär's dir«-Gesicht. Gott, wie ich diesen

Gesichtsausdruck hasste. »Mädchen aus der Neunten werden *nie* ernst genommen«, sagte sie. »Wenn du schon in der Neunten den ganzen Tag an der Highschool gewesen wärst, wüsstest du das.« Sie bückte sich und fand in der viel zu vollgepackten Geschirrspülmaschine irgendwo noch Platz für die Salatschüssel.

»Ich will einfach nur die gleiche Chance.« Sie richtete sich auf und strich sich ein paar dunkelbraune Haarsträhnen aus den Augen. »Wenn Noah und Laurel Trevors Choreo besser gefällt, okay. Aber ich will nicht, dass sie mich automatisch übergehen. Und ich *würde* ja zwei andere Leute aus meinem Kurs fragen, aber sie sind nun mal die Besten, deshalb will ich *sie* für mein Stück. Es wird ein superintensives Duett über Widerstände und Gegensätze auf der Welt, die einerseits aufeinanderprallen, sich andererseits aber auch zu außergewöhnlichen Harmonien verbinden können – so nenne ich meine Choreografie. *Außergewöhnliche Harmonien.*«

Mein Herz rebellierte, als ich Josie dabei beobachtete, wie sie ihr Stück beschrieb, denn ich erkannte in ihrem Gesicht etwas wieder. Eine Mischung aus Inspiration, Ehrgeiz und Beseeltheit. Diesen Ausdruck hatte ich in den Spiegeln der KDBS schon tausendmal in meinem eigenen Gesicht gesehen.

Josie drehte sich zur Spüle und sammelte das Besteck ein. »Und? Tust du es? Machst du mit im Musical und beeindruckst alle mit deinen Tanzkünsten, damit Laurel und Noah wenigstens darüber nachdenken, in meinem Stück aufzutreten?«

Und dann passierte es. Josie so glücklich und ungebrochen vor mir stehen zu sehen, löste *tick tack tick tack* die Neidbombe in mir aus, die drauf und dran war zu explodieren, und mich dazu brachte, sie und alle anderen und mich selbst zu hassen.

»Ich weiß es nicht, Josie. Und dein beschissener Tanz wird nicht das Entscheidungskriterium sein.« Ich drehte mich auf dem Absatz um und ging nach oben. Als ich über den Flur in mein Zimmer marschierte, hörte ich Josie unten die Geschirrspülmaschine schließen, fraglos unbeeindruckt von meinem dramatischen Abgang. Er kam zurzeit nicht gerade selten vor.

Ich zog die Tür hinter mir zu, setzte mich auf die Bettkante und starrte auf die hellen Vierecke an meinen pfirsichfarbenen Wänden, Umrisse der Bilder, die dort mal hingen. Colleen und ich in *Der Nussknacker*. Colleen und ich in *Coppélia*. Colleen und ich in *Ein Sommernachtstraum*. Im Lauf des Sommers hatte ich sie alle in einen Schuhkarton und ganz nach hinten in meinen Schrank gestopft. Als Mom und Dad es mitbekamen, wechselten sie einen der besorgten, angespannten Blicke, an die ich mich mittlerweile gewöhnt hatte. Ich rechnete damit, dass sie darüber reden wollen würden, aber als ich am nächsten Morgen nach unten kam, waren alle meine Ballettfotos verschwunden. Vom Kaminsims, vom Kühlschrank, von überall. An ihrer Stelle standen und hingen jetzt Porträts von mir aus der Schule und Schnappschüsse von meinen Geburtstagen und Weihnachten. Niemand verlor ein Wort darüber.

Es war, als hätte ich nie Ballett getanzt. Als wäre alles nur ein Traum gewesen. Ich schrak zusammen, als mein Handy summte und auf dem Display Colleens Name aufleuchtete.

Kira hat uns heute DREI Adagios tanzen lassen. Meine Theorie: Sie hatte gestern Abend zu viel Wodka und langsame Musik war besser für ihren Kater. Keiner glaubt mir.

Ich atmete tief ein und langsam wieder aus. Colleen und ich hatten uns nach meiner Verletzung noch eine Zeit lang regelmäßig getroffen. Aber als sie letzten Juli vorbeikam, nachdem sie die Sommerakademie am Boston Ballet absolviert hatte, so schön, stark und gesund, war das einfach ... zu viel. Ich konnte sie nicht ansehen, ohne an Ballett zu denken. Ohne von Neid zerfressen zu werden. Danach schrieb ich ihr, dass ich eine Zeit lang nicht mit ihr sprechen könnte.

Sie schrieb zurück, dass sie es verstehen würde, fragte aber, ob sie mir trotzdem weiter schreiben dürfte.

Du musst mir nicht antworten, schrieb sie, und wir müssen uns auch erst mal nicht sehen. Schreib Nein, wenn du es nicht möchtest. Schreib nichts, wenn es okay ist.

Ich hatte nicht geantwortet und so bekam ich jetzt ein-, zweimal die Woche Nachrichten von Colleen. Sie schrieb über alles Mögliche – über ihren Pitbull Ferdinand, über Kira natürlich und über Juliet und Spencer, die Mädchen in unserem Kurs, die immer die besten Rollen bekamen.

Ich las Colleens Nachricht noch mal und hörte im Kopf ihre fröhliche, perlende Stimme. Natürlich glaubte keiner an ihre Kater-Theorie. Colleen hatte im Lauf der Jahre eine Menge kruder Thesen aufgestellt: dass Kira früher Burlesque getanzt hätte. Dass Darcio, der Pianist, ein belgischer Prinz im Exil wäre. Dass Khloé Kardashian ein verkapptes Genie sei. Ich wusste, Colleen glaubte selbst nicht hundertprozentig an ihre Theorien. Ihr gefiel einfach die Vorstellung, dass sie wahr sein könnten.

Ich legte mein Handy auf den Nachttisch und versuchte, das Druckgefühl in meinem Bauch zu ignorieren. Ich war froh, dass Colleen nicht so komplett von der Bildfläche verschwunden war wie meine Fotos. Trotzdem spürte ich jedes Mal, wenn ich ihr nicht antwortete, einen Schlag in die Magengrube. Weil Colleen nun mal meine beste Freundin war und ich vier Monate nicht mit ihr gesprochen hatte. Was vermutlich bedeutete, dass sie jetzt nicht mehr meine beste Freundin war.

Ich ließ mich rücklings auf meine hellrosa Bettdecke fallen und versuchte abzuschalten. Irgendwann donnerte es laut und ich machte erschrocken die Augen auf. Ich hörte Josie und meine

Eltern unten lachen, als sie die Terrassenmöbel abdeckten und schnell wieder ins Haus liefen. In meinem rechten Bein, in dem das Metall steckte, pochte ein Schmerz, der auf meinen ganzen Körper übergriff. Das passierte immer, wenn es regnete. Ich rollte mich wie ein Embryo zusammen und durchlebte ein weiteres Mal den schrecklichen Sekundenbruchteil, der alles veränderte.

Ich hatte nach der Ballettstunde an der KDBS noch Fouettés geübt. Meine Arme waren immer überstreckt, wenn ich ins Plié ging, und ich wollte erst nach Hause, wenn ich es richtig hinbekam. Vielleicht hatte ich nicht genug Harz auf meine Schuhe gegeben. Vielleicht war ich aber auch erschöpft vom Unterricht und hätte eine Pause machen sollen. Ich weiß nur, dass ich in der einen Sekunde noch durch die Luft wirbelte und in der nächsten nicht mehr. Ein ekelhaftes Knacken hallte von den Studiowänden wider. Meine Knochen waren gebrochen. Und nichts würde je wieder so sein wie vorher.

Und jetzt fühlte ich mich wie ein Fremdkörper in meinem pfirsichrosafarbenen Zimmer, in dem ich und Colleen früher die Nacht durchgemacht, Pyjamapartys gefeiert und uns vorgestellt hatten, wie es sein würde, Profi-Balletttänzerinnen in New York zu sein. Wir würden zum Ensemble des American Ballet Theatre gehören. Uns eine Wohnung teilen. Wären Stammgäste in angesagten Sushi-Restaurants und romantischen Cafés. Wir würden unsere Lieblingsrolle tanzen: Giselle.

Ich zog mir die Decke über den Kopf und zerrte meinen Laptop zu mir. Kaltes blaues Licht erfüllte meine traurige kleine Deckenburg, als Marianela Núñez über den Bildschirm tanzte und die *Giselle*-Melodie aus dem zweiten Akt leise aus den Lautsprechern strömte.

In dem Ballettstück stirbt Giselle an gebrochenem Herzen, weil sie von dem Mann, den sie liebt, im Stich gelassen wird, und

41

verwandelt sich dann in eine der Wilis – Geister von verlassenen Mädchen, die bis in alle Ewigkeit dazu verdammt sind, nachts durch den Wald zu spuken und Männer zu Tode zu tanzen, die dort herumirren.

Ich war nicht tot. Und niemand hatte mich im Stich gelassen. Aber *etwas* schon. Ich liebte das Ballett nach wie vor, aber es erwiderte meine Liebe nicht mehr. Alles, was ich tun konnte, war weiterzuexistieren wie ein trauriger, zurückgewiesener Geist und Menschen vor den Kopf zu stoßen, die das nicht verdient hatten.

3

ICH SPÜRTE EINEN LEICHTEN KLAPS auf den Arm und sah Margot an. Gott sei Dank fingen unsere Nachnamen beide mit K an. So hatte ich Ablenkung während der öden morgendlichen Anwesenheitsprüfung.

»Ich schreibe dir …«, begann Margot, wurde aber von einem gigantischen Gähnen überwältigt. Ich gähnte auch und das nicht nur wegen Margot. Dank allabendlichem *Giselle*-Schauen bis spät in die Nacht und den Erinnerungsfetzen, die mich wachhielten (darunter Highlights wie das grauenhafte Geräusch meiner brechenden Knochen; der schneidende Schmerz, mit dem ich in die Klinik eingeliefert worden war; der Arzt, der mit den Worten »Die hast du ordentlich zertrümmert« auf mein Röntgenbild zeigte), bekam ich nie genug Schlaf.

»Gott, bin ich müde«, sagte Margot, die mit ihrem Stift auf ein halb fertiges Geometrie-Arbeitsblatt tippte.

»Wilde Nacht gehabt?«, fragte ich und rieb mir die Lider.

»Wenn du mit Ethan *Der kleine Horrorladen* schauen unter wild verstehst, dann ja.«

Ich schüttelte den Kopf. Ethan kam jeden Donnerstag zu einem Filmabend zu Margot und sie sahen sich ausschließlich

Musicals an. »Habt ihr nicht irgendwann mal die Nase voll von Musicals?«

»Was fällt dir ein!«

Ich verdrehte die Augen. *Ich* hatte schon nach einem einzigen Casting-Tag die Nase voll von Musicals. Das erste Vortanzen hatte sich ja noch ganz gut angefühlt, weil ich mich endlich wieder zu Musik bewegen konnte. Aber das zweite war definitiv grauenhaft gewesen und ich danach komplett durch den Wind.

»Jetzt mal im Ernst. Was magst du daran?«, fragte ich. »Musicals sind so …« Ich suchte nach einer Beschreibung, die zutreffend, aber nicht superabfällig war.

»Schmalzig? Peinlich?«, sagte Margot.

»Genau. Und du bist keins von beidem.«

»Woher weißt du das? Äußerlich bin ich vielleicht hart und sarkastisch, aber innerlich bin ich weich und schmalzig.«

Ich grinste. »Soll das dein Jahrbuch-Spruch sein?«

»»Das Chaos hat die Dinosaurier vernichtet, mein Schatz.‹« Margot wirbelte ihren Stift um den Mittelfinger.

»Was?«

»Das ist mein Jahrbuch-Spruch. Ein Zitat aus *Heathers*.«

»Ist das ein Musical?«

Margot kniff ein Auge zusammen und versuchte zu ergründen, ob ich sie veräppeln wollte. »Es ist ein Film und später wurde ein Musical daraus gemacht. Und um deine voreingenommene Frage zu beantworten, ich mag Musicals, weil sie laut und schräg sind. Ich bin auch laut und schräg. Und den Leuten, die beim Musical mitmachen, ist es völlig egal, ob sie cool oder beliebt oder sonst was sind. Das finde ich wohltuend.«

Ich nickte. Es leuchtete mir ein. So wie ich es sah, war es allen anderen an der Eagle View extrem wichtig, »cool« zu sein. Über zweitausend Schülerinnen und Schüler gab es hier, man hätte also einiges an Verschiedenheit vermuten sollen. Aber die Leute waren meistens in großen, gleichförmigen Rudeln unterwegs, redeten über belangloses Zeug und wirkten generell unbeeindruckt von allem anderen um sie herum.

»Sind die Leute beim Ballett auch so?«, fragte Margot. »Wollen sie auch unbedingt cool sein oder sind sie zu sehr aufs Tanzen konzentriert?«

Ich zögerte. Ich wollte nicht übers Ballett reden. Sicher, dazu hatte man Freunde – um mit ihnen über die heftigen Sachen zu sprechen –, aber unsere Freundschaft war neu, lustig und so frei von Schrecklichem wie nur irgendwas. Ich wollte sie nicht damit belasten. Und Margot konnte sowieso nicht wirklich verstehen, was in mir vorging.

»Warte, was wolltest du vorhin eigentlich sagen? Als du meintest, du würdest mir schreiben?«, lenkte ich ab.

»Ach so, ja. Ich wollte sagen, ich schreibe dir, wenn die Callback-Liste raus ist.« Margot hatte gleich im Anschluss Musikunterricht im Chorraum, wo Mrs Sorenson die Liste aushängen würde.

»Okay, aber wenn sie nur diejenigen, die für eine der Hauptrollen infrage kommen, ein zweites Mal sehen wollen, stehe ich bestimmt nicht drauf. Du hast mich doch singen gehört, oder? Nicht gerade der Stoff, aus dem Musical-Götter gemacht sind.«

»Man kann nie wissen«, sagte Margot. »Da wir gerade von Musical-Göttern reden, hast du Jude den Mittelfinger gezeigt?«

»Kein Kommentar.«

»Du *hast*?« Sie setzte sich kerzengerade auf, gleichermaßen erfreut und verwirrt. »Warum? Ich meine, ich stehe voll dahinter, aber was hat *Jude* dir getan? Er ist doch das Paradebeispiel für einen echten Schatz.«

Ich warf ihr einen vielsagenden Blick zu. »Ein echter Schatz?

Die Art von Schatz, der deinen ›Kein Date mit einem von derselben Schule‹-Grundsatz ins Wanken bringen könnte?«

»Ganz sicher nicht. Er ist viel zu anständig. Aber noch mal, wieso hast du ihm den Stinkefinger gezeigt?« Sie machte ungeduldige Kreise mit der Hand.

»Na gut, okay. Er hat mir nichts getan. Ich war nur mies drauf und er war eben einfach da. Hat gelächelt und war nett und … *da*.«

Margot legte irritiert den Kopf schräg. »Was für ein Schuft.«

»Nein, es macht mich bloß wahnsinnig, wenn jemand zu nett zu mir ist oder mir zu sehr schmeichelt oder so. Ich frage mich dann, was dahintersteckt.« Den Teil mit meiner Beinahe-Panikattacke, nachdem ich die dämliche Pirouette verpatzt hatte, verschwieg ich.

Margot ließ es eine Sekunde sacken. »Nur um es noch mal klarzustellen, du kannst es also nicht leiden, wenn Jungs nett zu dir sind? Du bist aber keins von den Mädchen, die auf Arschlöcher stehen, oder?«

Ein paar Typen eine Reihe weiter kicherten laut. Margot starrte sie an und begann ganz langsam zu klatschen. »Wow, ihr habt gerade den Ewiggestrigen-Preis gewonnen, der nur solchen Leuten verliehen wird, die noch über das Wort *Arschloch* lachen. Glückwunsch, ihr könnt *echt* stolz auf euch sein.«

Verlegen setzten sich die Jungs schnell woandershin. Ich lächelte und sah Margot kopfschüttelnd an. »Was?«, sagte sie mit Unschuldsmiene. Ich hatte mich in den letzten Monaten an Margots spezielle Margot-Art gewöhnt. Sie ließ nie etwas unwidersprochen auf sich beruhen, was anstrengend hätte sein können, bei ihr aber lustig war.

»Du hast meine Frage nicht beantwortet«, sagte sie.

»Nein. Ich kann Arschlöcher nicht ausstehen«, erwiderte ich, dann fiel mir ein, dass es immer noch darum ging, warum ich Jude den Mittelfinger gezeigt hatte. »Ich hatte nur einen schlechten Tag. Hoffentlich ist er nicht sauer.«

»Nö.« Margot zuckte mit den Achseln. »Ich glaub nicht, dass Jude jemals sauer wird.«

Genau. Jude Jeppson mit der Engelsstimme und dem Fanklub, der ihn anhimmelte, lebte wahrscheinlich in seiner eigenen glücklichen kleinen Blase.

Es läutete. Margot stopfte ihr Arbeitsblatt in ihren Rucksack und stand auf – auf die Art, wie sie es immer tat, indem sie sich verdammt viel Zeit ließ. Der einzige Hinweis darauf, dass sie es kaum erwarten konnte, die Callback-Liste zu sehen, war das leichte Heben ihrer Stimme, als sie sagte: »Behalt dein Handy im Auge.«

»Viel Glück, Lina«, erwiderte ich und stand ebenfalls auf. Auch wenn mir Margot nicht verraten hatte, dass sie gern die Rolle der Lina Lamont spielen wollte, hatte ich es mir zusammengereimt, als Mom sagte, Lina hätte eine grauenhafte Stimme und spräche mit einem merkwürdigen Akzent. Das erklärte, warum Margot beim Vorsingen so seltsam genäselt hatte.

Margot schaute eine Sekunde überrascht. Dann lächelte sie. »Danke.«

Ich drehte mich um und begann den Marsch zur Englischstunde. Die Eagle View ließ ein neues gigantisches Gebäude errichten, in dem irgendwann mal die gesamte Schülerschaft unterkommen sollte, aber bis dahin waren die alte Schule und der schon fertiggestellte neue Teil durch einen ellenlangen Tunnel verbunden. Die endlosen Wege von einem Raum zum anderen störten mich nicht. Es war eine willkommene Abwechslung davon, den ganzen Tag still sitzen und den Monologen der Lehrer zuhören zu müssen, während die Mädchen hinter mir darüber tuschelten, wie schrecklich sie sich langweilten oder wie schwer es war, im Internet ein »stylishes« silberfarbenes Kleid zu finden. Früher hatten mich solche Gespräche nicht gestört. Ich hatte sie kaum wahrgenommen, weil ich jeden Tag Punkt elf Uhr zum sonnendurchfluteten Studio der KDBS aufgebrochen war, wo alle hochkonzentriert und leistungsbereit und das Gegenteil von gelangweilt waren.

Jetzt gab es kein Entrinnen mehr. Ich steckte hier fest und musste mir hohles Geschwafel anhören und, noch schlimmer, die spektakulär dämlichen Kommentare gewisser dumpfbackiger Typen. Da ich in der Neunten und Zehnten nicht viel Zeit in der Schule verbracht hatte, betrachteten mich einige von ihnen als Frischfleisch.

Ich bog in den Englischraum ab und sah zwei Paradebeispiele: Dumpfbacke A und Dumpfbacke B. Ihre richtigen Namen waren Jake Lux und Paul Manley, der mit dem angeblich kleinen Penis. Sie saßen ganz hinten in der Ecke, rissen Witze über Ms Belsons Kleidung und lasen grundsätzlich keins von den Büchern, die wir lesen sollten.

Paul legte seine Hände wie zum Gebet zusammen und verneigte den Kopf vor mir. »Sei gegrüßt, Eisprinzessin aus dem Osten.«

Immerhin. Der war neu. Ich verdrehte die Augen und ging zu meinem Platz. Am ersten Tag nach den Ferien hatte ich in meiner Ahnungslosigkeit den Fehler begangen, mich vor Paul und Jake zu setzen. Dann hatte Ms Belson einen Sitzplan gemacht und ich saß für immer dort fest. Und weil ich nie über die dämlichen Witze der beiden lachte, war ich die »Eisprinzessin«. Heute hatten sie wohl die Nase voll davon, ganz normale Dumpfbacken zu sein, und wollten eine Zeit lang versuchen, rassistische Dumpf-backen zu sein.

Als ich im Begriff war, mich zu setzen, verneigte sich Paul

noch mal und zwinkerte mir zu. Ich starrte ihn nur ausdruckslos an und setzte mich.

Ich hatte nicht Margots Hau-drauf-Mentalität, wenn es um dummes Gelaber ging. Meine Philosophie lautete: abprallen lassen und ausblenden. Letztendlich würde es immer dummes Gelaber geben, wozu also Energie verschwenden, um gegen etwas anzukämpfen, das sich sowieso nie ändern würde?

Etwas im Raum war anders als sonst, als ich meine Tasche öffnete. Normalerweise achtete niemand in der Klasse auf das, was Paul oder Jake zu mir sagten, oder jedenfalls taten alle so, als bekämen sie es nicht mit. Und Ms Belson saß in einem Beratungsausschuss, der im alten Gebäudetrakt tagte, weshalb sie immer erst in letzter Minute vor Unterrichtsbeginn eintraf.

Aber ich hatte das Gefühl, dass mich jemand beobachtete. Ich schaute nach vorn zur Ecke bei den Fenstern, wo mir unter verwuschelten Locken ein Paar blaue Augen zublinzelte. Ethan. Der sadistische Zahnarzt aus dem Casting. Er reichte einen zusammengeknüllten Zettel an seinen Sitznachbarn weiter, und ich beobachtete, wie der Papierball im Zickzackkurs seinen Weg zu mir fand.

Ich verkrampfte, als ich danach griff, weil ich mich auf eine dumme Bemerkung von Paul oder Jake gefasst machte, aber sie waren in ein Gespräch über ein Mädchen aus dem Fußball-Team vertieft. Ich entfaltete den Zettel.

Es wäre meine moralische Pflicht gewesen, dich am ersten Tag zu warnen, dich nicht in die Nähe der Neandertal-zwillinge zu setzen. Ich hab's verpennt. Bitte nimm diesen knittrigen Zettel als meine Entschuldigung an. Und bitte zeig mir nicht den Stinkefinger. Das wäre extrem unhöflich. Und verwirrend. Und irgendwie extrem witzig.

Ich schaute zu Ethan, der mich mit neugieriger Miene beobachtete. Verlegenheit kroch mir den Rücken hoch, als ich mir vorstellte, wie ihm Jude erzählt hatte, dass ich ihm völlig grundlos den Mittelfinger gezeigt hatte.

Mach dir keinen Kopf und ich garantiere für nichts, kritzelte ich und schickte den Zettel auf die Rückreise. Als Ethan ihn las, zuckten seine Mundwinkel nach oben. Dann nickte er mir kurz anerkennend zu.

Ich nickte zurück und musste tatsächlich lächeln.

Wow. Im Englischunterricht einen Austausch zu haben, der in mir nicht den Wunsch auslöste, mir mit dem Stift die Augen auszustechen, war ganz was Neues. Es war irgendwie traurig, mir einzugestehen, wie viel besser ich mich dadurch fühlte.

Auf meinem Handy leuchtete eine Nachricht von Margot auf, und da Ms Belson noch nicht da war, öffnete ich sie.

»Wem schreibst du?« Paul beugte sich über meine Schulter.

»Meiner Freundin Privatsphäre.« Ich rutschte ein Stück nach vorn und senkte das Handy auf meinen Schoß.

»Ganz schön frostig heute«, flüsterte Jake. »Holt die Decken raus.«

Margot hatte zwei Fotos geschickt. Das erste zeigte ihren Namen auf der Callback-Liste für die Rolle der Lina Lamont. Ich wusste es! Das zweite war eins von meinem Namen für die Callbacks zu etwas, das »Vamp« hieß.

Einen Moment später kam noch eine Nachricht von Margot: **Krass, Glückwunsch! Schau dir Cyd Charisse an, den Original-Vamp!** Darunter war ein Link zu einem YouTube-Video. Das Vorschaubild zeigte eine glamouröse Frau in einem smaragdgrünen Kleid, die ihre schwarzen Haare zu einem seidig glänzenden kinnlangen Bob trug und auf einem Stuhl sitzend ihr langes Bein bis über den Kopf hochgestreckt hatte.

Meine Gedanken gingen wirr durcheinander – ich war mir nicht mal sicher gewesen, ob ich wirklich für das Musical genommen werden würde oder ob ich es nach dem Desaster beim Vortanzen überhaupt noch wollte. Und jetzt war ich bei den Callbacks für eine richtige Rolle dabei?

Ich musste nicht hingehen. Ich konnte nach Hause fahren und schlafen. Das sagte ich mir immer wieder, während ich den hochgewölbten Fußspann, die Verlängerung von Cyd Charisses ausgestrecktem Bein, anstarrte.

Als Ms Belson hereinkam, legte ich mein Handy weg und richtete mich auf ihren fünfundvierzigminütigen Vortrag über Existenzialismus ein, auf die geistreichen Bemerkungen, die Paul und Jake mit Sicherheit über ihren mit magentafarbenen paillettenbestickten Pullover von sich geben würden, und darauf, einen weiteren Tag nach dem Unterricht in der Schule zu verbringen. Wenn ich nur daran dachte, war ich schon erschöpft.

4

WIKIPEDIA ZUFOLGE HIESS CYD CHARISSE mit richtigem Namen Tula Ellice Finklea (Chapeau, dass sie ihn geändert hatte) und hatte eine klassische Ballettausbildung absolviert, bevor sie sich Filmmusicals zuwandte. Margot und ich kauerten während der Callbacks in der Aula über Margots Handy und schauten Cyd Charisse zu, wie sie mit Gene Kelly in einem kleinen Ausschnitt von »Broadway Melody« tanzte, laut Margot die größte und längste Tanznummer in *Singin' in the Rain*. An der Auswärtsdrehung von Cyd Charisses Füßen und an ihrer Kopfhaltung konnte ich ihre Ballettausbildung erkennen, trotzdem war der Tanz von Ballett weit entfernt.

Gene Kelly trug eine gelbe Weste und eine absurd dicke Brille und Cyd Charisse verführte ihn als Vamp mit ihrem Tanz. Sie umschlängelte ihn auf ihren langen Beinen auf eine Weise, die aufreizend und doch unnahbar war, anstößig und gleichzeitig anmutig. Ich kam nicht dahinter, wie sie es schaffte, diese Wirkung zu erzielen.

»Und was macht sie sonst noch? Singt sie?«, fragte ich, ohne die Augen vom Display zu nehmen.

»Nope«, sagte Margot. »Sie singt nicht und hat auch keinen Text. Sie tanzt nur.«

In den ganzen Jahren meiner klassischen Ausbildung hatte ich noch nie auf diese Weise getanzt.

Margot klickte das Video weg und fächelte sich mit ihrem Callback-Skript Luft zu. Sie war mit ihren Lina-Lamont-Szenen schon fertig, aber noch geblieben, um mir beizustehen. Sie schaute nach vorn zu den drei Jungs, die es in die Callbacks für die Rolle des Don Lockwood geschafft hatten: Jude, Ethan und zur Überraschung aller Harrison. Gesungen hatten sie schon, jetzt warteten sie noch auf ihren Einsatz als Partner für die drei Mädchen, die ein zweites Mal für den Vamp vortanzen sollten.

»Schlaf mit einem von den dreien, heirate einen von ihnen, töte einen davon.« Margot zeigte auf die Don Lockwoods. »Los, such's dir aus.«

»Nichts davon, mit keinem von ihnen.«

»Ach komm, einer von denen wird dein Tanzpartner. Du musst sie verführen *und* Ballett mit ihnen tanzen, das bedeutet …«

»Wie bitte?«, unterbrach ich sie. »Ballett?«

Margot runzelte die Stirn. »Ach, ich dachte, das wüsstest du. Erst kommt der Part als sexy Vamp, und später tritt sie bei dem Song noch ganz in Weiß auf und Don und sie tanzen Ballett.«

Ich hörte quasi auf zu atmen. »Es wird vermutlich nicht das sein, was du gewöhnt bist«, sagte Margot vorsichtig. »Letztes Jahr in *42nd Street* haben wir auch eine Ballettnummer aufgeführt, aber das war eigentlich mehr ein Sich-hin-und-her-Wiegen mit Blumen. Ms Langford versteht mehr von Stepptanz und Jazzdance. Sie hat keine große Balletterfahrung, deshalb wird das Ballettstück wohl mehr ein ›Ballettstück‹ sein.« Margot malte übertrieben große Anführungszeichen in die Luft. »Sorry.« Sie sagte das Wort leise, als täte es ihr wirklich leid.

»Ist schon gut«, erwiderte ich, und es klang sogar halbwegs

überzeugend. Aber dann durchzuckte mich ein schrecklicher Gedanke. Was, wenn wir auch jetzt, im Callback, Ballett tanzen mussten? Wilde Panik ergriff mich und ich umklammerte die Kante meines harten Plastikstuhls. Ich beruhigte mich, indem ich mir in Erinnerung rief, dass es im Zweifelsfall nur Blumen-Hin-und-Herschwenken sein würde, wie Margot gesagt hatte. Ballett mit in die Luft gemalten Anführungszeichen. Kein richtiges Ballett. Mein Pulsschlag beruhigte sich wieder auf Normaltempo.

»Hey, sag mal, was machst du heute Abend?« Margot klang überraschend sanft. »In Harrisburg macht ein neuer Plattenladen auf, scheint echt cool zu sein. Wollen wir hingehen?«

»Oh, ähm, sorry. Ich bin ziemlich müde. Ich glaube, ich fahre lieber nach Hause und leg mich schlafen.« Ich wünschte, ich läge jetzt schon unter der Decke in meinem Bett und würde *Giselle* schauen.

»Okay«, sagte Margot. »Aber dann komm doch nächste Woche vorbei, wenn Ethan und ich unseren Filmabend haben. Wir müssen ja nicht unbedingt ein Musical gucken. Und du kannst aussuchen, was es zu snacken gibt.« Sie lächelte mich vorfreudig an.

»Äh, vielleicht.« Es war nicht so, dass ich nicht gern Zeit mit Margot verbrachte. Mir war nur lieber, wenn es sich auf die Schule beschränkte. Wenn sie sich zu sehr in mein echtes Leben einschlich, würde sie merken, wie armselig es war. Wie armselig *ich* war. Sie würde mich bemitleiden. Oder noch schlimmer, sie würde sagen »Komm drüber weg«, was ich nicht ertragen könnte.

Ich schaute zu Ms Langford und fragte mich, wann das Vortanzen für den Vamp endlich losging, damit ich es hinter mich bringen und nach Hause fahren konnte. Als ich mich wieder Margot zuwandte, fuhr sie mit ihrem Fingernagel eine Laufmasche in ihrer schwarzen Strumpfhose entlang und es lag ein bitterer Zug um ihren Mund.

Sie merkte, dass ich sie ansah, und richtete sich auf. »Ich kann immer noch nicht fassen, dass Harrison hier ist«, sagte sie. Ich schaute mich um und sah Harrison abseits von den anderen alleine sitzen. Er zog sich immer wieder nervös die Beanie vom Kopf, strich seine Haare glatt und setzte die Mütze wieder auf.

»Vamp-Mädchen und Don Lockwoods, Aufstellung bitte!«, rief Ms Langford endlich.

»Los, zeig's ihnen, Champ«, sagte Margot, als ich aufstand, um mich zu Laurel Adams und Diya Rao – den anderen beiden Mädchen, die für die Vamp-Rolle vortanzten – auf die Bühne zu gesellen. Diya durchleuchtete mich wieder mit ihrem Röntgenblick. Was hatte sie für ein Problem? Sie war auch noch für die Rolle der Kathy Selden im Callback, eine mit richtigem Text, hatte also vermutlich gar kein Interesse am Vamp.

Diya und Laurel trugen beide eng anliegende Bodys und Tanzshorts, die ihre nackten Beine zeigten. Ich kam mir in meiner Leggins und meinem grauen langärmeligen Shirt deplatziert vor, aber ich würde mich auf keinen Fall umziehen. Niemand sollte meine Narben zu sehen bekommen.

Ms Langford teilte die Partner nach Größe ein. Weshalb die hochgewachsene Diya mit Ethan tanzen sollte (was beiden nicht zu passen schien), die kleine Laurel mit Harrison und ich, mittelgroß, mit Jude.

»Hey, Alina.« Jude kam mit seinem breiten unbekümmerten Grinsen auf mich zu, als hätte ich ihm nicht kürzlich erst den Stinkefinger gezeigt. Was … na gut, mir sollte es recht sein. Wenn er die Sache auf sich beruhen ließ, würde ich sie auch nicht zur Sprache bringen.

»Die Partner stehen sich gegenüber, mit etwa zwei Fuß

Abstand voneinander«, wies uns Ms Langford an. »Seht euch in die Augen. Stellt eine Verbindung her.«

Langer Blickkontakt war immer irgendwie peinlich, aber ich war durch den Ballettunterricht mit Partner daran gewöhnt. Ich ging das Ganze gern emotionslos an, konzentrierte mich auf Augenfarbe, Wimpernbeschaffenheit und solche Dinge. Jude hatte dichte dunkle Wimpern, die aussahen, als hätte er Eyeliner aufgetragen. Seine Augenfarbe war ein dunkles Haselnussbraun. Um seine Mundwinkel bildeten sich kleine Fältchen von dem Lächeln, das sich langsam auf seinen Lippen ausbreitete.

Irgendwie machten wir es von allen drei Paaren am besten.

Ethan und Diya standen viel weiter als zwei Fuß auseinander, und es hörte sich an, als würden sie versuchen, sich gegenseitig unter genervtem Seufzen und abschätzigem Schnauben mit Nichtachtung zu strafen. Laurel fing immer wieder an zu kichern, während Harrison ständig »Was?« sagte. Ich unterbrach den Blickkontakt mit Jude einen Moment lang, um zu Laurel zu schauen, weil mir einfiel, dass ich sie und Noah mit meiner Ausbildung in klassischem Ballett beeindrucken sollte, damit sie vielleicht in Josies Choreografie für das Schülerprojekt von Variations auftraten.

Selbst wenn dieser krude Plan Hand und Fuß gehabt hätte, wusste ich mittlerweile, dass ich beim Vortanzen keine beeindruckenden Ballettkunststücke vorführen würde. Der Bewegungsablauf, den uns Ms Langford gezeigt hatte, war schockierend simpel. Ich musste Jude nur die Brille abnehmen, sie zwischen Daumen und Zeigefinger halten und kreisen lassen, mit hohen, sexy Storchenschritten um ihn herumstolzieren, auf die Brillengläser hauchen und sie möglichst verrucht an meinem Oberschenkel reiben. Ms Langford sagte, momentan ginge es ihr mehr um Stil als um Technik.

»Cyd Charisse vereinte wunderbare Gegensätze«, schwärmte sie, und ihre orangefarbenen Locken wippten, während sie enthusiastisch mit den Händen fuchtelte. »Sie war sinnlich, aber kultiviert, gelassen, aber explosiv. Fred Astaire hat sie mal ›wunderschönes Dynamit‹ genannt. Und das ist es, wonach ich heute suche.«

Beim Proben der Kombination rief Ms Langford Sachen wie »Glüht!« und »Wunderschönes Dynamit!«. Aber ich fand es schwierig, mein Tanzen zu korrigieren, wenn ich nicht wusste, welchen Körperteil ich korrigieren sollte. Im Ballettunterricht hatte Kira immer genaue Anweisungen gerufen: »Schultern runter!«, »Achtet auf die Fußspitzen!«, »Beugung aus der Hüfte heraus!«. Außerdem fiel es mir schwer zu »glühen«, nachdem ich den ganzen Tag an der Eagle View auf unbequemen Stühlen gesessen, von Trigonometrie eine bleibende Furche auf der Stirn bekommen und mittags einen Salat mit fragwürdigen Hühnchenfleischstreifen gegessen hatte. Zu allem Überfluss stach ich Jude mit dieser blöden Brille jedes Mal fast ein Auge aus.

»Das ist wohl kein gängiger Move im Ballett, was?«, fragte er, sich das Auge reibend.

»Woher weißt du, dass ich Ballett tanze … getanzt habe?«, fragte ich, wobei ich mir beinahe den Hals verrenkte, weil ich sehen wollte, wie Diya und Laurel das mit der Brille hinbekamen. Laurel hatte sie Harrison abgenommen, aber Diya riss sie Ethan viel zu rabiat herunter und stach ihm die Bügelspitze in die Nase. Ich war mir nicht ganz sicher, ob sie es nicht mit Absicht getan hatte.

»Ach, das sehe ich«, antwortete Jude. »An der Art, wie du tanzt, wie du dich bewegst und mit nach außen gedrehten Fußspitzen gehst wie eine Ente.« Mein Blick zuckte zu seinem

Gesicht zurück. Er lächelte. »Meine Cousine macht Ballett. Ich weiß die Zeichen zu deuten.«

Ich guckte auf meine Füße. Nach außen gedreht wie immer. Dann schaute ich wieder ihn an und verengte die Augen.

»Oh-oh, zeigst du mir jetzt wieder den Stinkefinger?«

»Noch nicht.«

Jude betrachtete mich interessiert. »Nur so aus Neugier …«

Ich wedelte mit der Hand vor seinem Gesicht. »Sch-sch, ich muss wunderschönes Dynamit werden.«

Nachdem die Callbacks vorbei waren, trödelte ich Margot, Ethan und Jude, die unaufhörlich miteinander schnatterten, nach draußen auf den bereits im Dämmerlicht liegenden Parkplatz hinterher. Als mein Handy mit einer Nachricht von Colleen summte, ging ich sogar noch langsamer.

Heute sind zwei Neue gekommen. Definitiv Jodys. Wirken nett.

Ich seufzte, wunderte mich aber nicht. Jody hieß die Protagonistin in *Center Stage*, ein Ballettfilm, den Colleen und ich eine Million Mal gesehen hatten. Wir benutzten den Namen Jody, um eine bestimmte Sorte Mädchen zu beschreiben – die blonden blauäugigen Schönheiten, denen es unabhängig davon, wie herausragend oder mittelmäßig ihre Technik war, immer gelang, aufgrund irgendeines besonderen Etwas, das sie alle zu besitzen schienen, Kiras Gunst zu gewinnen.

Alles in allem war die KDBS voll von Jodys, was bedeutete, dass Colleen und ich besonders hart arbeiten mussten, um bemerkt zu werden. Wir haben nie darüber gesprochen, wie sehr wir in der Unterzahl waren, aber wir waren es definitiv. Es gab noch ein paar andere Asiatinnen in den Anfängerkursen der

Schule und einige davon waren im Lauf der Jahre auch in unserem Kurs aufgetaucht und wieder verschwunden. Colleen blieb allerdings bisher die einzige Schwarze an der KDBS.

Es dauerte eine Sekunde, bis ich merkte, dass das Geschnatter aufgehört hatte und eine eigentümliche Stille in der Luft hing. Ich blickte von meinem Handy auf. Margot, Ethan und Jude standen etliche Schritte entfernt und sahen mich an. »Sorry. Was ist?«, sagte ich.

»Willst du irgendwas?« Margot zeigte mit dem Daumen hinter sich zu den zwei beleuchteten Verkaufsautomaten neben der Schule.

»Nein danke.« Ich ließ das Handy in meine Jackentasche fallen. Der Schlag in die Magengrube, den ich jedes Mal spürte, wenn ich eine Nachricht von Colleen bekam und nicht beantwortete, mischte sich jetzt mit der Verlegenheit darüber, dass ich völlig ausgeblendet hatte, wo ich mich befand. Noch war ich nicht in meinem Zimmer, wo ich mich unbeobachtet meinen Gedanken hingeben konnte.

Margot und Jude gingen zu den Automaten, während Ethan und ich blieben, wo wir waren. Ich wollte mich gerade auf den Weg zu meinem Wagen machen, als sich Ethan die Kapuze seines Sweatshirts über den Kopf zog und sich mir zuwandte. »Ich kann doch davon ausgehen, dass du meinen Entschuldigungszettel annimmst?«

Ach ja, richtig. Englisch. Paul und Jake. »Klar.« Ich grinste. »Neandertalzwillinge. Der war gut.«

»Danke. Und hey, weil du neu bist, werde ich sie mir mal vorknöpfen und ihnen gründlich Bescheid stoßen.«

»Was?« Ich schaute ihn mit großen Augen an. Das konnte er nicht ernst meinen. Er sah ernst aus. »Bitte nicht.«

»Es ist längst überfällig. In der Fünften habe ich mich nämlich zur Halloween-Parade als rosa Flamingo verkleidet, und Paul und Jake behaupteten, ich wäre schwul und jeder, der mit mir in Berührung käme, würde auch schwul werden. Ich meine, ich *war* schwul, und es war ein zauberhaftes Kostüm, ich kann es ihnen also nicht zum Vorwurf machen, dass sie dachten, es hätte magische Kräfte, aber trotzdem. Es hätte therapeutische Wirkung.«

»Aber …« Ich zögerte irritiert, weil er es offenbar tatsächlich für eine gute Idee hielt. »Ich glaube nicht, dass es irgendwas ändern würde.« Es war wie eine KDBS voller Jodys. Die Dinge waren nun mal so, wie sie waren, und ich konzentrierte meine Energie lieber auf die Sachen, die ich tatsächlich beeinflussen konnte.

»Bist du sicher?« Ethan beäugte mich skeptisch. »Ich beherrsche die Kunst der Einschüchterung vielleicht nicht so perfekt wie Margot, aber ich kann desaströs sein, wenn ich will. *Desaströs.*« Er riss die Augen weit auf und guckte betont böse, wie er es beim Vorsingen als sadistischer Zahnarzt getan hatte.

Jude und Margot schlossen mit raschelnden Kartoffelchips- und Erdnussflipstüten wieder zu uns auf. »Was ist desaströs?«, fragte Margot kauend.

Ich schaute Ethan mahnend an und schüttelte leicht den Kopf. Ich wollte nicht, dass sonst noch jemand von Pauls und Jakes Dumpfbacken-Aktionen in Englisch erfuhr.

»Mit Robobitch zu tanzen«, antwortete Ethan aalglatt. »Ich hab mich immer noch nicht davon erholt.«

Margot prustete, und ich nickte Ethan zu, froh, dass wir auf einer Wellenlänge waren. Dann teilte sich unser Grüppchen, und da Judes Wagen neben meinem stand, gingen wir zusammen über den Parkplatz.

»Und … bist du nervös, ob du die Rolle bekommst?«, fragte ich, um das Schweigen zu brechen. Nur noch ein paar Sekunden und ich würde nach diesem viel zu langen Tag nach Hause unterwegs sein.

»Nö.« Jude zog die Schulter zu einem abschätzigen Achselzucken hoch. »Wenn ich sie kriege, super. Wenn nicht, ist es kein Weltuntergang. Das Leben geht weiter. Et cetera bla bla.«

Das war nicht das, was ich erwartet hatte, und aus irgendeinem Grund ärgerte es mich. »Wie abgeklärt von dir«, murmelte ich.

»Wow.« Jude schaute mich an. »Meine Antwort passt dir nicht.«

»Ich wundere mich bloß. Nach dem, was ich von dir gesehen habe, dachte ich, dir würde etwas mehr daran liegen, die beste Rolle zu ergattern.«

»Aha, nach dem, was du von mir gesehen hast. Du hast also eine gute Beobachtungsgabe?« Da war wieder dieses Glitzern in seinen Augen, begleitet von einem wissenden Lächeln.

Irgendetwas an beidem bewirkte, dass jede Menge Worte aus meinem Mund sprudelten. »Ja. Habe ich. Ich habe zum Beispiel beobachtet, dass du von allen hier der beste Sänger bist. Und ich habe außerdem *beobachtet*, dass du mit einer Art lässigen aristokratischen Eleganz tanzt. Mehr wie Fred Astaire als wie Gene Kelly. Und ja, ich weiß tatsächlich, wer die beiden sind. Beim Casting hab ich nur nichts gesagt, weil ich keine Lust dazu hatte. Und ich bin davon ausgegangen, dass du die Rolle haben willst, wirklich unbedingt haben *willst*, weil sie dir die Chance gibt, das zu tun, was du gut kannst.«

Jude sah mich blinzelnd an, sein Gesichtsausdruck wechselte von verwirrt zu extrem erfreut. Irgendwie hatte mich mein Drang, ihm beweisen zu wollen, dass ich eine gute Beobachterin war, dazu gebracht, ihm übertrieben viele Komplimente zu machen.

»Wow, danke«, sagte er. Ich schaute ihn an, ließ seine Eyeliner-Wimpern auf mich wirken, seine kaffeebraunen Haare, die mit sanftem Schwung zu einer Seite fielen, die leichte Röte, die seine Wangen überzog – das alles war, wie ich nur äußerst ungern zugab, ziemlich anbetungswürdig.

Ich guckte weg. »Lass es dir bloß nicht zu Kopf steigen«, sagte ich spitz. »Arroganz killt Eleganz. Sie ermordet sie quasi kaltblütig.«

»Gut zu wissen.« Judes Mundwinkel hoben sich, als er auf einen alten weißen SUV zuging und seinen Schlüssel herauszog. »Und keine Sorge, ich lasse es mir schon nicht zu Kopf steigen.«

»Ich kann es dir sagen, wenn doch. Gute Beobachtungsgabe, du erinnerst dich?« Ich tippte mir an die Schläfe und steuerte auf meinen Wagen zu, der nur wenige Plätze von seinem entfernt stand.

»Dir entgeht auch gar nichts.« Er winkte kurz.

Auf der Heimfahrt fühlte ich mich … überraschend gut. Okay, ich war müde, und die Vorstellung, dass Colleen ohne mich mit zwei neuen Jodys klarkommen musste, versetzte mir einen Stich; außerdem wusste ich immer noch nicht, wie ich zu dieser ganzen Vamp-Sache stand. Aber plötzlich fragte ich mich, wie es wohl wäre, wenn Jude und ich die Rollen bekämen und tatsächlich zusammen tanzen würden. Wenn ich mich dazu durchringen könnte, nachmittags nach der Schule noch zu den Proben zu bleiben, anstatt mich in meinem Zimmer zu verkriechen. Und wenn mich das Musical nicht ständig daran erinnern würde, dass alles, wofür ich gearbeitet hatte und was ich wirklich wollte, jetzt unmöglich geworden war.

Plötzlich fühlte ich mich nicht mehr so gut. Vor einer roten Ampel trat ich viel zu hart auf die Bremse und ein heftiger Schmerz schoss mir ins Bein. Ich schloss die Augen und atmete tief durch. Dazu hatte mir meine Physiotherapeutin Birdie geraten. Immer wenn ich mich am liebsten zu einem Ball zusammenrollen oder in Luft auflösen oder weinen oder Schimpfwörter brüllen wollte, sollte ich tief ein- und ausatmen. Tief ein- und ausatmen war quasi Birdies Lösung für jede allgemein als unpassend betrachtete Gefühlsregung, und ich war ziemlich verblüfft, als ich merkte, wie gut sie im Notfall funktionierte.

Tiefe Atemzüge konnten einen zwar nicht von dem Wunsch kurieren, sich in Luft auflösen oder weinen oder schreien zu wollen. Aber sie betäubten ihn, sodass man den Tag überstehen und aussehen und sich verhalten konnte wie ein relativ normaler Mensch. Ich nannte sie Ibuprofen natur.

Während einer unserer Physiostunden hatte ich Birdie gefragt, ob sie den Trick mit den tiefen Atemzügen auch für sich selbst schon ausprobiert hatte. »Zum Beispiel wenn dir Leute einfach ohne zu fragen an den Bauch fassen«, sagte ich. Birdie war im sechsten Monat schwanger und konnte es nicht leiden, wenn jemand so etwas tat.

»Tiefe Atemzüge helfen in dem Fall nicht«, hatte sie geantwortet, während sie mir den Unterarm verband, den ich mir aufgeschürft hatte, als ich die Treppe zum Physiotherapieraum runtergefallen und anschließend fluchend und schluchzend zusammengebrochen war.

»Solchen Leuten erkläre ich ganz ruhig, dass sie sterben werden, wenn sie nicht sofort ihre Hand wegnehmen«, fuhr Birdie fort. »Tiefe Atemzüge helfen nur, wenn die Wut von hier drinnen kommt.« Sie tippte mir aufs Brustbein.

Birdie sagte ständig so komische Sachen. Sie würde ihr Kind total verwirren, wenn es alt genug war, Probleme zu haben. Trotzdem, ich konnte mir nicht vorstellen, wie ich den Sommer ohne sie überstanden hätte. Vor meinen Eltern konnte ich nicht zusammenbrechen, weil ich wusste, dass es sie umbringen würde. Josie verstand mich nicht mal ansatzweise, und Colleen hatte es zwar versucht, sie hatte sich wirklich Mühe gegeben, aber wenn ich sie zum Ballettunterricht oder zu den Proben hatte gehen sehen, hatte ich mich nur noch schlechter gefühlt.

Und dann hatte ich ja im Juli ganz aufgehört, mit ihr zu sprechen.

Im Juli war auch meine Physiotherapie ausgelaufen, weil ich wieder gut gehen konnte. Seitdem hatte ich Birdie nicht mehr gesehen.

Die tiefen Atemzüge hatten ihren Zweck erfüllt und meine Wut in ein leises Rumoren gedämpft.

Als ich das nächste Mal Rot hatte, schaute ich in den Rückspiegel. In dem alten weißen SUV hinter mir saß Jude und bewegte den Oberkörper im Rhythmus eines Songs, den ich nicht hören konnte. Mir war noch immer schleierhaft, wie er etwas derart auf die leichte Schulter nehmen konnte, für das er so viel Zeit geopfert hatte. Ich fragte mich, ob er sich überhaupt jemals über irgendetwas Gedanken machte.

Auf der Heimfahrt klebte Jude die ganze Zeit hinter mir. Ich vermutete, dass er in einer der zahllosen Neubauten wohnte, die in dieser Gegend hochgezogen worden waren, bis ich rechts in mein Viertel fuhr und ihn immer noch im Rückspiegel hatte.

Als ich in unsere Einfahrt bog, fuhr sein SUV vorbei, wendete ein Stück weiter oben am Stoppschild, kam zurück und parkte vor dem Haus gegenüber von unserem.

Ich stieg langsam aus meinem Wagen aus.

»Hi, Nachbarin!«, rief Jude, das wissende Lächeln auf volle Wattleistung geknipst.

5

FRAGMENTE UNSERER GESPRÄCHE SCHOSSEN MIR durch den Kopf: Jude, der mich fragte, ob ich ihn schon mal irgendwo gesehen hätte. Ich, die ihn einen Fremden nannte. Er, der mich für meine Beobachtungsgabe lobte – ironisch gemeint, wie mir jetzt dämmerte. Verdammt.

»Wie lange wohnst du schon hier?«, fragte ich misstrauisch.

Jude kam über die Straße auf mich zu. »Erst drei Jahre.«

Ich rieb mir den Nasenrücken. Ich wohnte schon mein ganzes Leben hier. Wieso hatte ich ihn nicht erkannt? Ich ließ den Blick zu den anderen Häusern ringsum wandern, und mir wurde klar, dass ich wahrscheinlich keinen ihrer Bewohner bei einer Gegenüberstellung erkennen würde.

Natürlich suchte sich Mom ausgerechnet diesen Moment aus, um im Minivan vorzufahren und Jude hinter der Windschutzscheibe überschwänglich zuzuwinken. Josie sprang mit einem Armvoll Bibliotheksbücher aus dem Auto. »Jude!«, rief sie. »Wie geht's?«

»Ganz gut. Wie gefällt dir der Unterricht bei Mrs Palladino?«

Josie hielt die ausgeliehenen Bücher hoch. »Du hattest recht, sie ist eine Fanatikerin.« Ich schaute mit offenem Mund zwischen den beiden hin und her.

Mom stieg aus, das Handy am Ohr. *Hi Jude*, formte sie stumm mit den Lippen, bevor sie sich umdrehte und den Weg zum Haus hochging. Sie versuchte es zwar zu verbergen, aber ihre Augen leuchteten auf, als sie Jude und mich zusammenstehen sah. Es war der gleiche Blick wie neulich, als Margot das eine Mal vorbeigekommen war. *Sieh an*, dachte sie wahrscheinlich. *Jetzt hat sich meine Tochter sogar mit zwei Leuten angefreundet.*

»Du schaffst das schon«, sagte Jude zu Josie, die Mom nach drinnen folgte. »Ach ja«, rief er ihnen noch hinterher. »Richtet Arthur bitte aus, ich hab das Buch, das er sich leihen wollte.«

Arthur. Mein Dad. Jude lieh meinem Dad Bücher.

Die Haustür fiel zu und wir waren wieder allein. Jude war klug genug, nichts zu sagen, aber sein Lächeln sprach Bände.

»Na schön«, sagte ich. »Du hast mich kalt erwischt. Meine Beobachtungsgabe ist scheiße.«

»Nicht unbedingt scheiße. Du hast einfach nur nie in diese Richtung beobachtet.« Er zeigte zu seinem Haus. »Oder in diese.« Er zeigte zu beiden Seiten wie ein Flugbegleiter. Er hatte nicht ganz unrecht. Bis vor acht Monaten hatte meine ganze Welt nur aus Ballett bestanden.

»Ich war ... beschäftigt.«

»Oh, ich weiß. Es war kein Vorwurf. Nur eine Beobachtung.«

Ich prustete. Dann überraschte ich mich selbst. »Hast du Lust auf einen Spaziergang?«

Judes Brauen schossen in die Höhe. Schätze, *ihn* hatte ich auch überrascht. »Okay.«

Mich plagte ein schlechtes Gewissen, weil ich ihn bisher nie wahrgenommen hatte. Und außerdem, wenn Mom und Dad sahen, dass ich nach meinen außerschulischen Aktivitäten noch zusätzlich Kontakte knüpfte, würden sie es mir vermutlich eher durchgehen lassen, wenn ich den Rest des Wochenendes zu Hause verbrachte.

Ich hielt den (Zeige-)Finger hoch, zum Zeichen, dass er warten sollte. Dann lief ich zur Haustür, öffnete sie und rief nach drinnen: »Ich gehe mit Jude spazieren. Und ich weise ausdrücklich darauf hin, dass ich heute nach Schulschluss noch drei Stunden außer Haus verbracht habe. Richtet euer Genörgel bitte darauf ein.«

»Machen wir, Süße«, sagte Dad von hinterm Klavier und hob den Daumen. Mom, die verdächtig nah am Vorderfenster stand, salutierte.

Jude wollte um 18:15 Uhr ins Kino, wir hatten also ungefähr eine halbe Stunde Zeit für unseren Spaziergang. Wir schlenderten den Gehweg entlang und ich zog meine rote Fleecejacke enger um mich. Wenn die Sonne untergegangen war, wurde es an Herbstabenden wie diesem ziemlich kalt. Noch kein Mützenwetter, aber nah dran. »Wieso kennst du meine ganze Familie?«, fragte ich.

»Meine Mom schmeißt jedes Jahr am 4. Juli eine Barbecue-Party für die Nachbarschaft.«

»Ach so.« Im Juli war ich fast nie zu Hause. In dem Monat fanden die Sommerakademien statt – strenge Ballett-Intensivkursprogramme, für die man erst einmal ein Casting durchlaufen musste und die einem später einmal Türen öffneten. Als ich jetzt darüber nachdachte, konnte ich mich vage erinnern, dass meine Eltern Sachen gesagt hatten wie: »Wir sind heute Abend zum Barbecue bei den Jeppsons eingeladen«, wenn wir telefonierten. Ich hatte nur nie gefragt, wer die Jeppsons waren.

»Die Partys sind grandios. Die Burger schmecken sensationell und Mrs Garber trinkt immer zu viel und imitiert dann Elvis.« Als ich darauf nicht reagierte, sagte Jude: »Das würdest du lustig finden, wenn du Mrs Garber kennen würdest. Glaub mir.« Er steckte die Hände in die Taschen seiner braunen Bomberjacke. Auf dem linken Ärmel prangten bunte Aufnäher: ein Pizzastück, das Batman-Zeichen, eine Regenbogen-Flagge, ein roter Mund, der von den Worten »Rocky Horror Picture Show« umschlossen war. Die Aufnäher hätten die Jacke eigentlich affig wirken lassen müssen, aber in Kombination mit seinen zur Seite geschwungenen Haaren sah es irgendwie retro und cool aus.

Ich räusperte mich und wandte den Blick ab. »Kann ich dich was fragen? Woher wusstest du, dass ich dich nicht erkennen würde? Als du mich beim Vorsingen gefragt hast, ob ich dich schon mal irgendwo gesehen hätte, schienst du dir ziemlich sicher gewesen zu sein, dass ich Nein sagen würde.«

Jude lächelte und schaute zum dunklen Himmel hoch, als würde er sich an etwas Lustiges erinnern. »Okay. Vor zwei Jahren war meine Tante Liddy zu Besuch und hat mir geholfen, das Auto meiner Mutter zu waschen. Du hast auf eurer Veranda gesessen und deine Kopfhörer aufgehabt. Tante Liddy wollte mit mir um zehn Dollar wetten, dass du mich spätestens in zwei Minuten anlächeln würdest. Ich sagte, ich würde zwanzig Dollar wetten, dass du überhaupt nicht rüberschaust. Kein einziges Mal. Ich wusste, dass ich gewinnen würde, und ich hab auch gewonnen.«

»Aber *woher* wusstest du es?«

»Ganz einfach, weil du immer so gewirkt hast, als wärst du woanders. Besonders, wenn du deine Ohrhörer drinhattest. An dem Tag damals hast du nur dagesessen und ständig irgendwelche kleinen Bewegungen gemacht, so …« Jude neigte leicht den Kopf und drehte kleine Kreise mit der Hand, um es zu demonstrieren.

Ich nickte. Die Erinnerung schnürte mir die Kehle zu. Früher hatte ich mir die Melodie der jeweiligen Rolle oder Variation, an der ich gerade arbeitete, wieder und wieder angehört. Im Geist ging ich dabei den Tanz durch und folgte ihm mit angedeuteten Bewegungen. Das half mir, die Musik in meinen Körper aufzunehmen. Als ich auf der Veranda saß, war ich eigentlich nicht anwesend gewesen. Ich tanzte, auch wenn ich es in Wirklichkeit nicht tat.

»Ich …« Jude zögerte. »Ich hab das mit deinem Bein gehört. Deine Mom hat es meiner Mom erzählt. Es muss schwer gewesen sein, so lange nicht zu tanzen. Besonders für jemanden, der so gut ist wie du.«

»Gut *war*«, korrigierte ich, ermahnte mich dann aber, mir das Melodrama für später aufzuheben, wenn ich allein in meinem Zimmer war.

Jude schaute verwirrt. »Aber du bist es immer noch. Du warst großartig beim Casting. Und das sage ich nicht nur, weil du mich elegant genannt hast.«

»Ich hab gesagt, dass du elegant *tanzt*.«

»Stimmt. Und genau das tust du auch.«

»Na ja, ich kann zwar noch tanzen. Aber ich kann nicht mehr …« Ich suchte nach Worten, um zu beschreiben, wie sich Tanzen früher angefühlt hatte. Auf die Fußspitzen zu gehen und sofort federleicht zu werden. Mit schnellen Bourrées übers Parkett zu gleiten. In einem Grand Jeté durch die Luft zu fliegen. Zu einer anderen zu werden. Eine Fee oder ein Geist oder ein verzauberter Vogel – Wesen, die es im wirklichen Leben nicht gab, die aber zum Leben erweckt wurden, wenn ich sie tanzte.

Sagen konnte ich allerdings nichts davon. Nicht jetzt. Daher verlegte ich mich auf das praktische Problem. »Ich kann nicht mehr in Spitzenschuhen tanzen. Und ohne Spitzentanz ist es kein Ballett. Jedenfalls nicht, wenn man es ernst meint. Und ich will es nicht tanzen, wenn es nicht ernst gemeint ist.«

»Aber ...«, Jude legte den Kopf schräg, »selbst wenn du es nicht ernsthaft ausüben kannst, als Beruf meine ich, könntest du nicht einfach ...«

»Nein.« Ich konnte nicht »einfach nur so« Ballett tanzen, bloß zum Spaß oder irgendwie nebenbei. Ohne die Kraft und Leistungsfähigkeit, die ich einmal hatte, würde Ballett für mich nur ein trauriger Abklatsch dessen sein, was es einmal war. Es würde mir zu sehr wehtun, es auf diese Art zu machen.

Ich lächelte gezwungen. »Ich erwarte nicht von dir, dass du verstehst, was es bedeutet, etwas ernst zu nehmen, Mr ›Das Leben geht weiter et cetera bla bla‹.«

»Mega Spitzname, erst mal«, erwiderte er trocken.

»Danke.«

»Und außerdem nehme ich die Dinge sehr wohl ernst. Nur weil ich mich nicht verrückt mache, ob ich die Don-Lockwood-Rolle kriege, heißt das nicht, dass es mir damit nicht ernst ist. Ich mache eben eine Menge Dinge gern und Musicals sind eins davon.«

»Eine Menge Dinge«, wiederholte ich. »Sport zum Beispiel?« Ich erinnerte mich, dass Margot gesagt hatte, Jude hätte letztes Jahr wegen Fußball nicht im Musical mitgemacht.

»Nein. Ich hab zwar lange Lacrosse und Fußball gespielt, dieses Jahr aber damit aufgehört. Es hat zu viel Zeit in Anspruch genommen.«

»Oh. Und was machst du sonst noch gern?«

»Hmm, mal überlegen. Gamen, Whiffleball spielen, Horrorfilme gucken, Taylor-Swift-Karaoke, in der Badewanne grünen Tee trinken, Lesen, besonders Fantasy, mich mit Freunden treffen, Stricken – ach ja, und bei Fly Zone arbeiten. Das ist ein Indoor-Trampolinpark«, erklärte er angesichts meiner verwirrten Miene.

Okay, die Sache mit Fly Zone war nicht das, was mich irritierte. Sie leuchtete mir absolut ein. Aber was er sonst noch alles aufgezählt hatte, konnte ich nicht zu einem Bild von ein und demselben Menschen zusammenbringen. Klar, das mit den Fantasyromanen und dem Gamen und dem Whiffleball schon. Und er war ein Musical-Gott, was vielleicht seine Vorliebe für Taylor-Swift-Karaoke erklärte. Aber grüner Tee in der Badewanne? Stricken? Ich hatte noch nie einen Jungen in meinem Alter zugeben gehört, dass er solche Dinge mochte, nicht mal die Jungs beim Ballett, die es gewöhnt waren, sich gegen Klischees zu wehren. Was mich daran erinnerte …

»Vergiss nicht das Stepptanzen im YMCA. Margot hat mir davon erzählt.«

»Ach ja, Stepptanz.« Er schnipste mit den Fingern. »Ich wusste, ich hab was vergessen. Aber grundsätzlich mache ich gern das, was ich gerne tue.« Er drehte sich mir mit einem stolzen Lächeln zu. »Schätze, ich nehme es ernst, mich des Lebens zu freuen.«

»Pfff.« Der Laut entwischte mir, bevor ich es verhindern konnte.

»Was? Zu kitschig?«

Ja. »Nein, sorry. Ich kann mich nur zurzeit über nichts richtig freuen, deshalb …« Ich verstummte und hätte mich ohrfeigen können. Ganz toll, Alina. Einen fast Fremden zu einem Spaziergang durch die Kälte einladen und ihm dann einen wehleidigen Stimmungsdämpfer verpassen.

»Oh.« Jude holte Luft, als wollte er noch etwas sagen, tat es dann aber nicht.

»Gib nichts auf mein Gerede, ich bin bloß müde«, sagte ich. Wir gingen noch an mehreren Häusern vorbei, als der Wind auffrischte. Der sanfte Schein der Straßenlampen tauchte die

Umgebung in ein goldgelbes Licht. Jude kickte gegen einen Stein. Er rollte den Bürgersteig entlang und verschwand mit einem leisen Rascheln in einem zusammengeharkten Laubhaufen.

»Mir ist bewusst, dass wir uns eigentlich erst seit fünf Tagen kennen«, sagte er. »Aber da wir nun mal Nachbarn *sind*, könnte ich dir einen nachbarschaftlichen Rat geben.«

»Ähm, okay …«

»Ich bin kein Experte oder so. Aber ich denke, wenn man Grund hat, traurig zu sein, sollte man zwei Dinge tun. Willst du sie hören?«

Er klang wie ein Motivations-Coach. Aber egal, ich würde ihm die Freude machen. »Klar.«

»Die erste Sache ist schwer. Nämlich seinen Frieden mit dem schließen, weswegen man traurig ist. Sich nicht im Schmerz suhlen, aber auch nicht versuchen, ihn auszumerzen.«

Ich dachte an die kahlen Wände in meinem Zimmer. An den Ausraster beim Vortanzen. Den Stinkefinger. Die ständig explodierenden Neidbomben. Ich spürte überhaupt keinen Frieden. Ich scheiterte schon am ersten Punkt kläglich.

»Die zweite Sache macht mehr Spaß: etwas finden, das dich glücklich macht, und es voll auskosten. Besonders wenn es etwas ist, das du vorher nicht tun konntest.«

»Was meinst du mit ›etwas, das du vorher nicht tun konntest‹?«

»Etwas, für das du bisher nie Zeit hattest oder das du nicht gemacht hast, weil du das Gefühl hattest, du könntest es nicht …« Er verstummte, den Mund noch geöffnet, als würde er versuchen, sich darüber klar zu werden, wie er in Worte fassen sollte, was ihm durch den Kopf ging. Dann zuckte er mit den Achseln und sagte: »Oder so.«

»Hast du das aus einem dieser Selbsthilfebücher, die es im Laden um die Ecke zu kaufen gibt?«

Er lachte. »Leider nein. Ich hab's von meiner Mom geklaut. Das ist es nämlich, was wir gemacht haben, nachdem uns mein Dad verlassen hat.«

»Oh ... das tut mir leid.« Wie schrecklich. Von seinem Dad. Von mir. Keine Ahnung, warum ich davon ausgegangen war, dass er den ganzen Kram aus irgendeinem blöden Buch hatte und nicht aus seinem richtigen Leben. Wir schwiegen noch ein paar Schritte. »Ich wollte mich nicht darüber lustig machen«, sagte ich.

»Hey, du kannst dich lustig machen, so viel du willst. Wenn es dich glücklich macht«, fügte er augenzwinkernd hinzu. Er musste mir mein Unbehagen immer noch angesehen haben, weil er hinterherschob: »Ist schon okay, wirklich. Es ist jetzt zwei Jahre her.«

Er nahm ein paar dicke grüne Handschuhe aus seiner Jackentasche und zog sie an.

»Am Anfang war es schlimm. Und es ist manchmal immer noch schwer, aber ich denke, meine Mom hatte die richtige Idee. Zu den Sachen, die sie früher nie gemacht hatte, gehörte zum Beispiel Grillen. Das war immer Dads Aufgabe. Er grillte die leckeren Burger und sie war für den Salat zuständig. Als er weg war, hat sie einen Magellan Deluxe Gourmet Grill gekauft und angefangen, am 4. Juli Barbecue-Partys zu schmeißen. Und deshalb kommen wir jetzt jedes Jahr in den Genuss, Mrs Garber beschwipst ›Love Me Tender‹ singen zu hören, was, und das musst du mir einfach glauben, echt saukomisch ist.«

Ich lächelte. Ich hätte ihn gern noch mehr gefragt, zum Bespiel ob er seinen Dad noch sah oder nicht. Aber dazu kannte ich ihn nicht gut genug.

Wir kehrten um und blieben mitten auf der Straße zwischen unseren Häusern stehen. Ich warf einen Blick auf mein Handy: 18:14 Uhr. Er hätte schon vor einer Weile fahren müssen, um zu seinem Film pünktlich zu sein. Außerdem wurde es allmählich echt kalt. Aber ich wollte den Spaziergang nicht mit einem bedrückenden Thema beenden, deshalb durchforstete ich mein Hirn nach etwas, das ich noch sagen konnte.

»Hast du die gestrickt?« Ich zeigte auf die grünen Handschuhe.

»Jep. Mein erster Versuch mit Handschuhen, deshalb sind sie ein bisschen krumpelig.« Im goldenen Schein der Straßenlampen konnte ich erkennen, dass sie an manchen Stellen knotig waren und einer der Finger deformiert. Trotzdem, sie sahen warm aus.

Ich zuckte mit den Schultern. »Sie sind nicht schlecht.«

Jetzt war es 18:15 Uhr. Aber Jude schien es immer noch nicht eilig zu haben, wegzukommen. Ich erstaunlicherweise auch nicht. Dann fiel mir etwas ein, das er beim Vorsingen zu mir gesagt hatte. »Hey, Moment mal, wenn du schon die ganze Zeit gewusst hast, wer ich bin, wieso hast du mich dann gefragt, ob ich in die Neunte gehe?«

Jude lachte. »Zugegeben, das war unfair. Aber ernsthaft, ich weiß seit Jahren, wer du bist, und du hattest mir gerade noch mal bestätigt, dass du keinen blassen Schimmer hattest, wer ich bin. Schreib es meinem empfindlichen Ego zu.«

Ich musste an Jake und Paul denken. Sie hatten wirklich ein empfindliches Ego, das ich angeknackst hatte, weil ich nicht über ihre dummen Witze lachte, und sie hatten sich auf ziemlich fiese Art gerächt. Jude – der an diesem besonders kalten Herbstabend mit mir spazieren ging, weil ich ihn darum gebeten hatte, der versuchte, mich aufzumuntern, nachdem ich etwas Ruppiges zu ihm gesagt hatte – war ganz anders.

»Ich finde dein Ego ganz in Ordnung.«

»Echt?« Er neigte sich etwas vor, als würden wir Geheimnisse teilen.

Ich hatte einen Flashback und sah im Geiste die vielen

Mädchen vor mir, die ihn anhimmelten, als er beim Casting »Maria« gesungen hatte. »Ja«, sagte ich ausdruckslos.

In der darauf folgenden Gesprächspause schaute ich noch mal auf mein Handy: 18:17 Uhr. Er war offenbar nicht der Typ, den es störte, wenn er zu einem Film zu spät kam, was für mich ins Bild passte. Ich stellte mir vor, wie er ins Kino schlenderte und die anderen fragte, was er verpasst hatte, und sie es ihm freudig erzählten, weil er Jude Jeppson war, Sänger von Songs, Springer auf Trampolinen, Genießer des Lebens.

Aber ich verbot mir, in das plakative Bild zurückzufallen, das ich mir in den letzten Tagen von ihm gemacht hatte. Es war nicht so, als würde ich seine strahlende Laune und energiegeladene Art für aufgesetzt halten, jetzt nachdem ich erfahren hatte, dass sein Dad weg war. Vielmehr war mir klar geworden, dass er sich seine Zuversicht erarbeitet hatte. Dass er sich irgendwie durch den Sumpf der Traurigkeit geschleppt hatte und auf der anderen Seite herausgekommen war.

»Was meinst du?«, sagte er schließlich. »Würde dich ein Horrorfilm mit einem Zombie-Clown glücklich machen? Den will ich mir nämlich ansehen.«

»So was sollte niemanden glücklich machen.«

Er lächelte. Und auch wenn ich erst seit fünf Tagen von Jude Jeppsons Existenz wusste, wurde mir klar, dass ich ehrlich sagen konnte, sein Lächeln war eins der schönsten, das ich je gesehen hatte. Ich winkte kurz und ging auf unser Haus zu, aber mir stand nach wie vor sein Grinsen vor Augen. Es war glücklich und albern und süß und aufrichtig. So aufrichtig, dass es mich zu ihm hinzog und gleichzeitig vor ihm zurückschrecken ließ.

»Schönes Wochenende, Alina«, rief er mir nach.

»Dir auch.« Ich drehte mich um und sah Jude zu seinem SUV gehen, mit leichten, eleganten Schritten wie immer.

6

MEINE ELTERN LIESSEN MICH ÜBERS Wochenende zufrieden, wie ich es geplant hatte. Aber als ich am Montagmorgen in Ruhe frühstücken wollte, fing Mom an, auf mich einzureden. »Lade doch mal deine Musical-Freunde Margot und Jude zu dir ein!«

Ich gab vor, etwas in meinem Zimmer vergessen zu haben, und strebte Richtung Treppe. Auf halbem Weg nach oben versperrte mir Josie den Weg.

»Kannst du mich nachher vom Tanzen abholen? Dad spielt auf irgendeinem Jazz-Abend, und Mom hat eine Besprechung, zu der sie muss. Ich möchte *echt* nicht von Fionas Mom mitgenommen werden. Sie will mir ständig Kristallsteine verkaufen.«

»Dann kauf ihr einen ab, damit sie Ruhe gibt.«

Josie schnaubte abschätzig. »Das *will* sie doch nur. Ich darf nicht einknicken!«, rief sie mir hinterher, als ich die Treppe wieder runterging. Auf keinen Fall würde ich sie abholen. Das konnte eine Lawine lostreten, und ich hatte nicht vor, sie ständig zum Tanzen hin- und herzufahren. Scheiße, nein! Wenn sie tanzen wollte, sollte sie sich verdammt noch mal selbst eine Mitfahrgelegenheit suchen.

Dann schrieb Margot und fragte, ob wir uns heute etwas früher in der Schule treffen konnten. Sie bestach mich sogar mit einem Karamell-Apfel-Latte, meiner absoluten Lieblingsgeschmacksrichtung unter den Herbst-Heißgetränken. Ich schnappte mir meine Jacke und meinen Rucksack und war durch die Tür.

Heißer Kaffee war alles, woran ich denken konnte, als ich vom Parkplatz Richtung Schule ging und mich die kühle Morgenluft, die durch meine noch feuchten Haare wehte, frösteln ließ.

»Warum sind wir fünfzehn Minuten früher hier, als wir müssen?«, fragte ich Margot, nachdem sie mir den Latte gereicht hatte. Ich wusste, er würde mir die Zunge verbrennen, wenn ich ihn jetzt trank, aber ich nahm trotzdem einen Schluck.

»Die Casting-Liste hängt aus«, sagte sie und lotste mich zum Chorraum, der sich am anderen Ende des Gebäudes befand. Als wir dort ankamen, hatte sich bereits eine kleine Menschentraube vor der Flügeltür gebildet.

Ethan zwängte sich zu uns durch und fuhr sich mit der Hand durch seine verstrubbelten Haare. »Frohen Casting-Tag«, sagte er verschlafen und begrüßte Margot mit einem Faustcheck und mich, indem er seine Kakaoflasche gegen meinen Latte stieß.

»Okay, Party-Leute, hört mal alle her!« Davis, der Typ aus der Zwölften, den ich beim Bauchtanz beobachtet hatte, wurde von zwei anderen Jungs auf die Schultern gehievt und klatschte mit erhobenen Armen in die Hände, bis alle still waren. »Heute Abend um sieben Pre-Cast-Party bei mir. Bringt keine Loser mit. Und bildet Fahrgemeinschaften, der Umwelt zuliebe. Das war's.« Davis wurde unter allgemeinem Jubel wieder abgesetzt.

Es war so wahnsinnig laut und so wahnsinnig früh. Beides trug dazu bei, dass ich den Drang verspürte, mir meine Hoodie-Kapuze über den Kopf zu ziehen und mich auf dem Gang zusammenzurollen.

»Die Pre-Cast-Party ist was Besonderes. *Ganz* anders als die Cast-Party nach der Aufführung«, sagte Ethan.

»Wieso?« Ich unterdrückte ein Gähnen.

»Auf der Abschluss-Cast-Party kennen sich alle von ihrer allerbesten und von ihrer absolut schlimmsten Seite. Liebesgeschichten haben begonnen und wieder geendet. Rivalitäten sind aufgeflackert und wieder erloschen. Sie ist lustig, aber *nervenaufreibend*.« Er schaute Bestätigung heischend Margot an.

»Das ist zwar ziemlich dramatisch ausgedrückt, aber es kommt hin«, sagte sie.

»Die Pre-Cast-Party ist nicht so überfrachtet«, fuhr Ethan fort. »Alles ist noch ganz am Anfang, frisch und voller Möglichkeiten. Süße, ungeahnte Möglichkeiten.« Er lächelte fröhlich Davis an, der seine Dreadlocks über die Schulter zurückwarf und ihm zuzwinkerte.

»Die Pre-Cast-Party findet außerdem an einem Wochentag statt, weshalb um halb zehn Schluss ist«, ergänzte Margot.

Ethan seufzte. »Ja, das auch.«

Margot schaute sich um. »Kommt Jude nicht?«

»Ich glaub nicht«, sagte ich zeitgleich mit Ethan, der »Er ist unterwegs« sagte. Beide starrten mich an.

»Oh, ich hab seinen Wagen in der Einfahrt stehen sehen, als ich losgefahren bin, deshalb dachte ich, er würde nicht kommen.«

»Sag bloß, dir ist endlich aufgefallen, dass Jude dein Nachbar ist.« Ethan grinste und Margot lachte.

Mein Magen machte einen komischen kleinen Hüpfer. Ethan wusste, dass wir Nachbarn waren, das bedeutete, Jude hatte es ihm erzählt, das bedeutete … Jude sprach mit seinem besten Freund über mich? Keine Ahnung, wie ich das fand.

Margot und Ethan starrten mich schon wieder an und warteten

auf meine Antwort. »Ja, ich hab bloß drei Jah...«, begann ich, wurde aber von Jude unterbrochen, der plötzlich vor mich sprang.

»Machen dich Pre-Cast-Partys glücklich?«, fragte er und führte einen albernen Ellbogengewackel-Tanz auf. Margot und Ethan ließen mit hochgezogenen Augenbrauen den Blick zwischen uns hin- und herwandern.

Meine Wangen fingen an zu glühen, was bescheuert war. Ich musste mich zusammenreißen. »Ich war noch nie auf einer, aber wie ich höre, sind sie um halb zehn zu Ende. Also ja, schon möglich.«

Ethan wandte sich kopfschüttelnd an Jude. »Ich schwöre, ich hab's ihr besser verkauft.«

»Da bin ich mir sicher, Gene.« Jude boxte Ethan leicht gegen die Schulter.

»Danke, dass du an mich glaubst, Fred.« Ethan boxte Jude zurück.

Margot verdrehte die Augen. »Was soll das denn jetzt?«

»Alina hat unsere ›Gene Kelly-Fred Astaire‹-Streitfrage geklärt«, sagte Jude. »Er ist Gene.« Er zeigte auf Ethan.

»Er ist Fred.« Ethan zeigte auf Jude.

»Ja, schon gut, allmählich nervt es«, sagte Margot. »Das ist übrigens der Grund, warum man ihnen nie auf solche Fragen antworten sollte, Alina. Es führt nur zu so was.«

»Ist notiert«, sagte ich und schaute zu, wie sich Ethan und Jude in ihre Gene-und-Fred-Nummer hineinsteigerten. Bald forderten sie sich zu einem Duell heraus und begannen auf dem Flur einen Fechtkampf zu imitieren. Ich nahm einen großen Schluck von meinem Karamell-Apfel-Latte. Es war viel zu früh für so was.

Ringsum wurde aufgeregtes Getuschel laut, was mich von

Judes und Ethans Musical-Gott-Theater ablenkte. Das Klackern von Mrs Sorensons Pumps, die mit ein paar Seiten Papier in der Hand auf uns zukam, schallte über den Flur. »Ich will euch nicht länger warten lassen«, sagte sie und heftete die Seiten ans Schwarze Brett.

Alle stürmten vor. Ich machte einen Schritt zurück. Einen Moment später stürzte Margot aus der Menge heraus und hielt mir ihr Handy vors Gesicht. Sie hatte ein Foto vom oberen Teil der Liste gemacht.

Don Lockwood ... ... Jude Jeppson
Kathy Selden ... ... Diya Rao
Cosmo Brown ... ... Ethan Anderson
Lina Lamont ... ... Margot Kilburn-Correa
R. F. Simpson ... ... Will Braddock
Production Tenor ... ... Harrison Lambert

»Wow ...«, begann ich.

»Warte«, sagte Margot und öffnete noch ein Foto. Es zeigte die Liste der Revuetänzerinnen. Darauf stand mein Name. Und neben meinem Namen: Vamp.

Bevor ich reagieren konnte, boxte mich Margot hart in den Bizeps. »Hey, Glückwunsch!«

»Au!«

»Sorry, ich hab's nicht so mit Umarmungen, aber *irgendwas* musste ich machen.«

Ich funkelte sie an, aber eigentlich war ich nicht sauer. So strahlend hatte ich Margot noch nie lächeln gesehen.

»Dir auch Glückwunsch«, sagte ich und erwiderte ihren Bizeps-Hieb. Über ihre Schulter hinweg sah ich Jude und Ethan ein kunstvoll choreografiertes Händeschütteln voller Sprünge und

Drehungen aufführen. Ein Pulk von Leuten umringte sie und feuerte sie an.

Diya Rao verdrehte die Augen und ging um die Gruppe herum. Vor der Besetzungsliste angekommen, nickte sie knapp, so als wäre die Welt ganz und gar in Ordnung, und verschwand dann um die Ecke. Nach ein paar Sekunden sah Ethan, dass Margot und ich abseits standen. Er rannte auf uns zu und zog Jude mit sich.

Ich fürchtete schon, eine unfreiwillige Gruppenumarmung wäre unausweichlich, aber kurz bevor sie uns erreichten, rutschten beide auf die Knie, hoben die Arme und schwangen mit gespreizten Fingern Jazzhände. »Za-zow!«, riefen sie im Chor.

Ich rechnete damit, dass Margot entnervt aufstöhnen würde, aber sie warf die Arme hoch und schrie »Za-zow!« zurück. Dann brachen alle drei in hysterisches Gelächter aus. Oh Gott. Schon wieder eine Happy-Crack-Situation.

»Das sagt Ms Langford ständig, wenn sie choreografiert«, erklärte Margot, sobald sie wieder Luft bekam. »Du wirst schon sehen.«

Ein aufgeregtes Kribbeln breitete sich in mir aus und ließ mein Herz beharrlich laut und schnell pochen. Ich war tatsächlich in dem Musical dabei. Ich hatte sogar eine richtige Rolle, eine Tanzrolle. Ich dachte an Cyd Charisses faszinierenden Stil und an die kleine Schrittfolge, die uns Ms Langford bei den Callbacks hatte vortanzen lassen und die mir ganz gut gelungen war. Sie hatte überhaupt nichts mit Ballett zu tun, es war also eigentlich alles bestens. Trotzdem ging mir das alles zu schnell, und ich kam nicht dahinter, was mich so nervös machte.

Ich beruhigte mich genug, um zu registrieren, dass Ethan und Jude aufstanden und sich mit Margot über die Pre-Cast-Party unterhielten. »Sollen wir zusammen hinfahren?«, fragte Margot.

Ethan nickte. »Klar.«

»Ich kann euch alle so um sieben abholen«, sagte Jude. Sie schauten mich an.

Euch alle? Wann war ich Teil von »euch alle« geworden? »Ich fahre lieber selbst«, sagte ich.

»Ah, okay.« Margot sah enttäuscht aus, aber ich würde auf gar keinen Fall bis halb zehn auf dieser Party bleiben.

Zehn Minuten nachdem ich an dem Abend bei Davis angekommen war, verfluchte ich meine Entscheidung, allein hinzufahren, ohne mich vorher vergewissert zu haben, dass Margot, Ethan und Jude schon da waren. Im Wohnzimmer tobte eine lärmende Tanzparty, weshalb ich mich unauffällig Richtung Küche verzog, wo ich vorhatte, die nächsten fünfzehn Minuten zu verbringen. Danach würde ich abhauen, egal ob Margot hier war oder nicht.

Davis' Küche war geräumig und ruhig. In der Mitte thronte ein großer Inselblock, der von hohen Hockern umstanden war und auf dem sich Chips und noch verpackte Cookies türmten. Ich bediente mich gerade an den Chips, als sich hinter mir jemand räusperte. Ich wirbelte herum.

Ein blonder Junge mit einer Beanie lehnte am Kühlschrank in der Ecke. Harrison. »Sorry«, sagte er. »Ich wollte dich nicht erschrecken.« Er hatte eine tiefe Reibeisenstimme wie in einem Werbespot für Whiskey.

»Schon gut.« Ich zeigte mit einem Chip auf ihn. »Harrison, richtig?«

»Ja.« Er machte eine fahrige Handbewegung, ein halbherziges Winken. »Und du bist ...«

»Alina.«

»Cool.« Harrison nickte. »Cool.«

Ich knabberte noch einen Chip und fragte mich, ob sich Harrison wünschte, dass ich aus seinem Versteck verschwand. Ich wünschte mir jedenfalls, er würde aus meinem verschwinden. Er war zwar zuerst hier, aber egal.

»Tja also …«, begann er und trommelte mit den Fingern gegen den Kühlschrank, anscheinend suchte er nach etwas, das er sagen konnte. Er fand nichts.

»Welche Rolle hast du?«, fragte ich.

»Production Tenor.«

»Was ist das?«

Harrison zuckte mit den Schultern. »Keine Ahnung. Ich hab den Film nicht gesehen.«

Mir fiel ein, dass Margot gesagt hatte, Harrison wäre der Typ Angeber, der nur auf schwer verständliche Arthouse-Filme stand. Einige Augenblicke herrschte verlegenes Schweigen, dann kreischte im Wohnzimmer jemand so laut auf, dass ich vor Schreck den Chip fallen ließ, den ich in der Hand hielt. Aus dem Kreischen wurde ein hexenartiges schrilles Gackern und der ganze Raum brach in schallendes Gelächter aus.

»Jesus«, murmelte ich und versuchte, meinen Herzschlag zu beruhigen.

»Genau.« Harrison zog sich die Beanie vom Kopf, strich seine Haare zurück und setzte die Mütze wieder auf. »Ich hab nur mal kurz für eine Minute eine Verschnaufpause gebraucht. Oder für zwanzig.«

Ich prustete. Harrison fühlte sich hier genauso unwohl wie ich. »Verstehe. Ich bin erst seit zehn Minuten hier und schon völlig fertig.«

»Krass, oder?« Harrison stieß sich vom Kühlschrank ab. »Ständig zitiert jemand irgendwelche Textstellen aus Sachen, die ich nicht kenne. Das ist ein völlig anderer Planet da draußen, echt Wahnsinn.«

»Ein krass abgedrehter Planet.«

Nicht, dass mir Abgedrehtheit nicht gefallen hätte. Ballett-tänzer waren ein ultrakrass abgedrehtes Völkchen. Ich musste an eine typische Szene vor Kursbeginn an der KDBS denken: Juliet schabte mit einem Messer über die Sohle ihrer Ballettschuhe. Spencer klaubte mit ihren Zehen Murmeln auf. Colleen redete mit ihren Fußschwielen. (»Hallo, Maria. Du siehst ganz besonders hübsch aus heute Morgen.«)

Aber das war *meine* Art von Abgedrehtheit. Das da draußen war … es nicht.

»Ich würde sagen, wir bleiben einfach hier, so lange wir wollen«, schlug ich vor und pflanzte mich auf einen Hocker.

Harrison lächelte. »Einverstanden.« Er schwang sich auf einen der Hocker an der anderen Seite der Insel und riss eine Cookie-Packung auf.

»Darf ich dich fragen, warum du beim Vorsingen warst?«, sagte ich nach einer Minute. »Die anderen wirkten überrascht.«

»Das war ich auch, wenn ich ehrlich bin.« Harrison aß ein Cookie, griff sich noch eins und gestikulierte beim Reden damit. »Ich hab Musicals immer für ziemlich kommerziell gehalten. Seelenlose Unterhaltung statt wahrer Kunst.«

Ein Stückchen von dem Cookie bröckelte ab und segelte durch die Küche, als er das Wort *Kunst* sagte. Irgendwie ließ das seine Bemerkung weniger angeberisch wirken. Ich lächelte. Harrison auch. Verlegen hob er das Cookie-Stückchen mit einem Papiertuch auf und warf es in den Mülleimer.

»Und dann, was hat dich dazu gebracht, jetzt mitzumachen?«, fragte ich, als er wieder auf seinem Hocker saß.

»Ich … ähm … hab *42nd Street* gesehen, das Musical, das sie letztes Jahr aufgeführt haben. Meine damalige Freundin wollte hingehen und ich war irgendwie …« Er stockte und sah aus dem schmalen Küchenfenster über der Spüle nach draußen. Dann zuckte sein Blick zu mir zurück, als wäre ihm gerade wieder eingefallen, dass ich da war. »Ich weiß nicht, es hat mir eben gefallen«, sagte er schnell und stopfte sich das restliche Cookie in den Mund. Das laute Klackern von Absätzen übertönte die Musik und Diya Rao kam in die Küche. Sie trug ein schwarzes Sweaterkleid, eine graue Strumpfhose und schwarze Stiefel, ihre langen, sanft gewellten Haare glänzten im Licht der Deckenlampe. Sie stutzte, als sie Harrison und mich sah, aber nur kurz. Dann ging sie zum Kühlschrank, nahm sich ein LaCroix heraus und riss die Dose auf. Sie trank einen Schluck, bevor sie sich auf den Hocker neben meinem setzte.

»Warum gehst du nicht mehr zum Ballettunterricht? Ist die Sache mit deinem Bein so schlimm?«

Wow. Ganz schön direkt. Vielleicht begann ich allmählich zu verstehen, wieso man ihr den Spitznamen Robobitch verpasst hatte. »Jep«, sagte ich. Diya sah mich an und wartete auf mehr. Aber ich hatte keine Lust, noch irgendwas zu erklären. Also trank sie schweigend ihr LaCroix, während sie mich weiter beäugte und Harrison unverhohlen ignorierte.

»Tja, ähm, ich geh dann mal wieder rüber«, sagte Harrison und stand auf. Am liebsten hätte ich ihm ein lautloses *Sorry* zugeworfen. Ich hatte das Gefühl, gegen den Küchenversteck-Kodex verstoßen zu haben oder so was. Aber es war Diyas Schuld, nicht meine. Ich sah Harrison tief durchatmen und ins lärmende Wohnzimmer verschwinden. Ich knabberte schweigend noch ein paar Chips.

»Du bist an dieser Ballettschule in New York angenommen worden«, sagte Diya. »Das weiß ich aus der Zeitung.«

Ich stutzte, überrascht, dass sie es gelesen hatte. Es hatte in einem kleinen Artikel gestanden, der letzten März über Schülerinnen und Schüler berichtet hatte, die an Ferien-Intensivkursen unterschiedlicher Fachrichtungen teilnehmen würden.

Die 16-jährige Alina Keeler wird die Sommerakademie des American Ballet Theatre in New York City besuchen. Sommerakademien sind strenge Trainingsprogramme, die dazu dienen, Technik, Kraft und Beweglichkeit der Tänzerinnen und Tänzer zu verbessern. Sie fungieren außerdem als ein erweitertes Casting. Sollte sich Alina während des fünfwöchigen Trainings gut schlagen, wird man sie vielleicht sogar dazu einladen, das ganze Schuljahr dort zu verbringen. Sofern sie sich an dieser Schule profiliert, könnte sie eine der wenigen Auserwählten sein, die sich dem Ensemble des American Ballet Theatre anschließen dürfen, eine der angesehensten Ballettkompanien weltweit.

Ich hatte diese Zeilen immer wieder gelesen, weil ich sie nie richtig glauben konnte. Das ABT war die Ballettkompanie meiner Träume und ich hatte es dorthin an die Sommerakademie geschafft. *Ich.* So daran gewöhnt, die ewige Zweite hinter Juliet und Spencer zu sein, hätte ich niemals gedacht, eine echte Chance zu haben. Damals kam ich ins Grübeln, ob man an der ABT etwas in mir sah, das Kira nicht wahrnahm. Vielleicht konnte mein Traum tatsächlich wahr werden – in New York zu tanzen, am Metropolitan Opera House die Giselle zu spielen. Es war eine prickelnde, berauschende Vorstellung, die ich beinahe angefangen hatte zu glauben. Zwei Wochen nach Erscheinen des Artikels brach ich mir das Bein.

Eigentlich hätte ich Diya antworten sollen, aber das Gewicht meiner zerschlagenen Hoffnungen lähmte mir die Zunge.

Schließlich, nach einem gefühlt sehr langen Schweigen, sagte sie: »Ich wette, du wünschst dir, du wärst dort anstatt hier.«

Ich sah sie an. Sie war wieder mal ganz schön direkt, aber es klang nicht gehässig. Nach so vielen *»Vielleicht ist es das Beste so«* klang es nur zutreffend. Mit »hier« war nicht bloß die Party gemeint. Es umfasste das Ganze – die Highschool und das Musical und das stinknormale Leben einer Sechzehnjährigen. Und »dort« war mein Traum – das Ballett. Mitglied in einem Ensemble zu sein. Mein Leben dem Tanz zu widmen.

Diyas Blick, mit dem sie mich prüfend gemustert hatte, wanderte an mir vorbei Richtung Wohnzimmer. Ich drehte mich um und sah Margot, Jude und Ethan durch die Haustür kommen. *Na endlich.* Mein Körper entspannte sich und Diya merkte es. »Sie sind deine Freunde«, sagte sie. Keine Ahnung, ob es eine Frage war oder eine Feststellung.

»Ähm, ja?«

»Was hältst du von ihnen?«

Ich zuckte irritiert mit den Schultern. »Ich kenne sie noch nicht so gut, aber sie sind echt nett zu mir.«

Diya seufzte. »Na ja, jetzt sind sie natürlich nett zu dir. Aber du warst ... du warst eine unfassbar gute Tänzerin.« Sie schaute mir direkt in die Augen, ihre Miene verhärtete sich. »Da konnten sie dich nicht besonders leiden.«

Sie hielt meinen Blick noch einen Moment fest. Dann trank sie ihr LaCroix aus, warf die Dose in den Eimer für Recycling-Abfall und schob sich an Margot vorbei, die im Türrahmen stand.

7

»WAS WAR DAS DENN?«, FRAGTE MARGOT. Jude und Ethan waren von ein paar Mädchen aus der Zwölften zum Tanzen ins Wohnzimmer gezogen worden, Margot und ich waren also allein in der Küche.

Was hatte Diya damit gemeint, dass die drei mich nicht besonders leiden konnten, als ich noch Ballett getanzt hatte? Zu der Zeit kannte ich Margot noch kaum und Jude und Ethan kannte ich überhaupt nicht.

Margot räusperte sich laut.

»Ach, sie hat mich bloß gefragt, was ich von euch halte. Von dir und Ethan und Jude. Keine Ahnung, wieso.«

»Pah, ich weiß, wieso.« Margot ging um die Kücheninsel herum auf die andere Seite und nahm sich ein Cookie. »Diya und Jude waren in der Zehnten zusammen.«

»Echt?« Ich konnte es mir nicht vorstellen. Die beiden wirkten vollkommen gegensätzlich.

»Jep. Für ungefähr zwei Sekunden. Sie waren ein Musical-Pärchen. Die finden sich jedes Jahr und bleiben selten länger als bis zur Abschlussparty zusammen. Jude und Diya haben nicht mal die Weihnachtsferien überstanden. Ich hab vergessen, was genau passiert ist, aber vermutlich hat sie sich zu wichtig genommen. Jude ist jedenfalls ein echter Schatz, und alle im Musical mochten ihn, deshalb waren sie nicht gerade nett zu ihr, als mit den beiden Schluss war.«

Mich durchzuckte ein Gedanke. »Kam da der Name Robobitch auf?«

Margot schaute über meine Schulter zu der tanzenden Meute. »Kann sein. Von Jude kam er jedenfalls nicht. Aber er passt zu ihr, deshalb ist er haften geblieben. Also ich wette, sie hat dich beim Callback mit Jude tanzen gesehen und ist eifersüchtig geworden.«

»Ja, vielleicht«, sagte ich. Was Diya vorhin gesagt hatte, klang allerdings überhaupt nicht so, als ginge es dabei um Jude. Aber wieso wollte ich Diya eigentlich in Schutz nehmen? Ich kannte sie schließlich kaum. Und sie war gerade mit kryptischen Andeutungen über die einzigen drei Leute hergezogen, mit denen ich an der Schule redete.

Die Musik im Wohnzimmer änderte sich und wurde lauter, weshalb ich nicht mehr denken konnte. Allgemeines Aufkeuchen und spitze Schreie gingen durch die Menge. Margot warf mir einen listigen Blick zu, packte mich am Ellbogen und zog mich in das Chaos im Wohnzimmer.

In dem Song, der gerade lief, redete eine näselnde Männerstimme zu einem schnellen Beat und wie auf Kommando stellten sich alle Partygäste in zwei Reihen einander gegenüber auf.

»Was geht denn jetzt ab?«, rief ich Margot zu. Ich hatte noch nie davon gehört, dass Schüler, die bei Musicals mitmachten, irgendwelche erniedrigenden Einführungsrituale durchlaufen mussten, aber was wusste ich schon?

»Das ist der ›Time Warp‹«, sagte Margot. »Er ist Kult. Mach einfach mit und stell keine Fragen.«

Der Beat wurde schneller und die Männerstimme begann zu schrei-singen. Das war offenbar das Signal für alle, die sich in den beiden Reihen gegenüberstanden, zu tanzen. Na ja, eigentlich war es weniger Tanzen als ein kollektives Ausrasten.

Ich sah Headbanging, Charleston, Twist, gute Bodyrolls, schlechte Bodyrolls, etwas, das an Voguing erinnerte, etwas, das an tödliche Stromschläge erinnerte, Breakdance und eine Menge anderer Sachen, deren Namen ich nicht kannte. Ethan praktizierte Floss Dance, Jude versuchte es ebenfalls, bekam aber seine Arme und Hüften nicht koordiniert und sah aus wie eine durchgeknallte Aufziehpuppe.

Ich nahm Blickkontakt zu Harrison auf, der am anderen Ende des Wohnzimmers stand und dessen erschrockene Miene mein eigenes Grauen widerspiegelte.

Trotz meines Entsetzens sprudelte Lachen in mir auf. Es entwischte mir als schrilles Kichern, bevor ich mir den Mund zuhalten konnte. Keine Ahnung, woher es kam, aber Harrisons Gesichtsausdruck, die ganzen fremden Leute, die der Rhythmus dieses bizarren Songs in krampfartige Zuckungen versetzte, Jude, dessen schwungvoll zur Seite gekämmten Haare im Takt seiner abgehackten Flossing-Bewegungen auf und ab wippten …

Im Song ertönte jetzt eine andere Sprechstimme und forderte alle auf, einen Sprung nach links zu machen und dann einen Schritt nach rechts und das Becken mehrmals vor- und zurückschnellen zu lassen. Ich war noch dabei, die vielen Beckenstöße zu verarbeiten, als plötzlich jemand Ethan und Davis in die Mitte zwischen beide Reihen schubste. Alle johlten und klatschten, als Ethan Davis in eine Drehung zog, ihn ein paarmal herumwirbelte und dann rückwärts neigte. Nach acht Takten zog Ethan Jude in die Mitte, damit er seinen Platz einnahm.

Und Davis zerrte mit einem boshaften Grinsen Harrison rein.

Jude machte sofort den Running Man, während Harrison in eine Art Schockstarre verfallen zu sein schien. Ich fühlte mit ihm, er tat mir leid, wirklich, und ich wollte schon die Augen schließen, um nicht Zeugin dieser Demütigung zu werden. Aber dann … machte Harrison ebenfalls den Running Man.

Die Leute tobten. Margot neben mir johlte. Harrisons gequältes Lächeln verwandelte sich in ein echtes. Als Jude und Harrison ihre acht Takte beendet hatten, drehten sie sich um, um die nächsten beiden Opfer herauszupicken. Dummerweise begegnete ich Judes Blick, während er ihn die Reihe entlangwandern ließ, und er kam direkt auf mich zu. *Hölle*, nein. Ich duckte mich hinter Margot. Sie streckte mir die Zunge raus, gesellte sich dann aber unbekümmert zu dem anderen Mädchen, das in die Mitte hineingezogen worden war. Ich beobachtete, wie Margot die Knie beugte, den Kopf in den Nacken legte, zur Decke schaute und die Schultern schüttelte. Ihr Gesicht hatte den für sie typischen »Mir doch scheißegal, was du denkst«-Ausdruck, aber diesmal war er nicht trotzig, sondern einfach da. Und alle bejubelten sie dafür.

Ich verstand allmählich, warum Margot es so liebte, bei Musicals mitzumachen. Dann konnte sie diesen albernen »Time Warp« tanzen, sie konnte mitsingen und ihr Becken vor- und zurückschnellen lassen. Genau wie Jude und Ethan war sie hier in ihrem Element. Als ich die anderen ringsum tanzen sah, wurde mir klar, was sie alle so an Musicals liebten. Darin konnten sie die sein, die sie sein wollten.

Plötzlich brannten mir Tränen in den Augen und meine Fingernägel gruben sich in meine Handflächen. Ich atmete ein paarmal hintereinander tief ein und aus.

Aber die Neidbombe explodierte trotzdem.

Ich würde nie die sein können, die ich sein wollte. Und das

war nicht gerecht. Die anderen hatten nicht mal ansatzweise die Opfer gebracht, die ich gebracht hatte. Sie hatten nicht ihr Leben damit verbracht, zu trainieren, bis ihnen alles wehtat, den Körper zu dehnen, bis ihre Muskeln taub waren, und sie hatten nicht ständig hilflos zusehen müssen, wie sie von Kira übergangen wurden für …

»Das ist aus der *Rocky Horror Picture Show*!«, schrie Margot, rüttelte an meiner Schulter und riss mich wieder in die Gegenwart zurück. Der Song war zu Ende.

»Den ›Time Warp‹ tanzen wir auch auf der Abschlussparty im Frühling«, sagte sie. »Jetzt bist du gewappnet.«

Meine Gedanken jagten voraus in den März, wenn wir *Singin' in the Rain* aufführen würden. Februar und März brachte die KDBS immer ein großes Märchenballett auf die Bühne. Nächstes Jahr war es *Giselle* – mein Lieblingsstück, das mit den sitzengelassenen Mädchen, die sich in Wilis verwandeln. Während Colleen, Juliet und Spencer dabei wären und diese wunderschönen Geistwesen zum Leben erwecken würden, wäre ich hier und würde mich auf noch einer Cast-Party durch den »Time Warp« schummeln und mir noch immer wünschen, woanders zu sein.

Ich bekam keine Luft mehr. Ich konnte hier nicht bleiben. Ich konnte nicht bei dem Musical mitmachen.

Ethan rief Margot etwas zu, und während sie den Kopf abgewandt hatte, schob ich mich unauffällig Richtung Tür. Dann kramte ich meine Jacke aus dem Klamottenstapel und lief zu meinem Wagen.

Auf der Heimfahrt klammerte ich mich ans Lenkrad und versuchte, nicht zu denken. Mein Handy summte, als ich in unsere leere Auffahrt bog. Margot: **Wo steckst du?**

Bin nach Hause gefahren. Sorry. Hatte Kopfschmerzen, schrieb ich zurück.

Bist du okay?

Ich schleppte mich aus dem Wagen, ohne zu antworten. Wenigstens waren meine Eltern noch nicht von Dads Gig zurück und konnten mich nicht über die Party ausquetschen.

Als ich ins Haus kam, hatte sich Josie auf dem ganzen Küchenboden ausgebreitet und klebte Papier-Amöben auf eine glänzende dreiteilige Papptafel. Sie hielt inne und schaute hoch zur Mikrowellenuhr. »Hast es also nicht mal bis halb zehn durchgehalten?«

»Halt die Klappe.« Am liebsten wäre ich ihr komplett aus dem Weg gegangen, aber meine Kehle war wie ausgedörrt und ich brauchte dringend Wasser.

»Vorsicht!«, jammerte sie, als ich über die zahllosen Farbtuben, Glitzertiegel und das ausgeschnittene Papier stieg. Ich griff mir einen Becher und hielt ihn unter den Hahn. Meine Hand zitterte, weshalb Wasser über den Rand schwappte. Als ich mich umdrehte, um nach oben zu gehen, rutschte mir der Becher aus den Fingern und fiel polternd zu Boden.

»Mein Gott, *spinnst* du?«, schrie Josie und riss die Papptafel hoch, eine Ecke war klatschnass geworden. Sie schnappte nach Luft, als sie sah, dass ein paar von ihren auf dem Boden verteilten Amöben jetzt in einer Pfütze schwammen.

»Es war aus Versehen«, sagte ich und griff mir ein Küchentuch. »Reg dich ab.«

»Ich muss es morgen abgeben!«

»Das kriegst du hin. Du hast doch schon mindestens eine Million Amöben auf dem Ding.«

»Es sind *Pantoffeltierchen*«, giftete sie mich an, riss mir das Küchentuch aus der Hand und tupfte wutentbrannt auf der nassen Ecke herum.

Ich verdrehte die Augen, suchte mir ein anderes Handtuch und begann, den Boden trocken zu wischen. Die Lippen trotzig aufeinandergepresst, würdigte mich Josie keines Blickes. Ich seufzte. »Ich hab es wirklich nicht mit Absicht ge...«

»Schon klar«, sagte sie. »Du sagst und tust, was du willst, und wir müssen es uns alle gefallen lassen, weil du *traurig* bist wegen deinem *Ballett*.«

Ich erstarrte mitten in der Bewegung. »Du kannst mich mal, Josie.« Ich wusste, sie hatte nie verstanden, was mir Ballett bedeutete, aber ich hatte es gründlich satt, dass sie so tat, als wäre das alles keine große Sache. Sie hatte in ihrem ganzen Leben noch nie etwas verloren. Absolut gar nichts. Nicht mal ihr dämliches Amöbenposter. Mich überkam auf einmal der Drang, es in Stücke zu reißen und in den Müll zu werfen.

Während Josie mit der Hand über die nasse Ecke fächelte, sah ich, wie ihr widerstrebend dämmerte, dass ich recht hatte: Das blöde Ding schien vollkommen in Ordnung zu sein.

»Ich mein ja nur«, murrte sie.

»Was?«, blaffte ich. »Was meinst du nur?«

Josie nahm eine Tube mit grüner Plusterfarbe und fing an, den oberen Rand des Posters zu verzieren. »Zum Beispiel dass Ballett und Kira längst nicht so toll sind und dass du vielleicht froh sein solltest, dass du nicht mehr bei ihr tanzt.«

»Deine Meinung über Kira und Ballett sind mir so was von egal, dass es schon nicht mehr lustig ist.«

Josie war eine Sekunde still. Dann sagte sie mit nervtötender Gelassenheit: »Was würdest du gerade machen, wenn du dir nicht das Bein gebrochen hättest?«

Ich kniff die Augen zusammen. Es war November. Ich wäre bei den Proben zu *Der Nussknacker*. Seit ich sieben war, trat ich jedes Jahr in der *Nussknacker*-Aufführung der KDBS auf. Für mich gehörte es mehr zu Herbst und Weihnachten als Kälte,

Schnee und Lichterglanz. Und ich hatte mir alle Mühe gegeben, nicht daran zu denken, aber natürlich musste Josie damit anfangen.

»Du weißt, was ich machen würde«, antwortete ich knapp.

»Ja, genau. Und welche Rolle – welche *unfassbar tolle Rolle* – würdest du proben?«

Mein Gesicht glühte. »Was tut das zur Sache?«

Den Chinesischen Tanz. Ich wurde immer für die Rolle im Chinesischen Tanz besetzt. Im *Nussknacker* treffen Marie und der Prinz im Reich der Süßigkeiten ein, und es beginnt ein Fest, bei dem zu ihrer Begrüßung alle möglichen Köstlichkeiten herbeieilen – spanische heiße Schokolade, chinesischer Tee, arabischer Kaffee und so weiter. Jede landestypische Spezialität gibt eine kleine Einlage und zeigt ein kurzes Ballettstück, das ihre Besonderheiten präsentiert. In den meisten Versionen sind es drei Tänzerinnen, die den Chinesischen Tanz aufführen. Aber als ich dreizehn war, machte Kira ein Solo daraus. *Mein* Solo. Die Bewegungen waren ähnlich wie die in den meisten anderen Versionen – viele grazile Sprünge, winzige schleifende Schritte von einer Bühnenseite zur anderen und Verneigungen im Takt der schnellen Musik.

Es war nie meine Lieblingsrolle gewesen, aber ich hatte immer versucht, nicht darüber nachzudenken. Weil der Rest der Aufführung so märchenhaft war – der wachsende Weihnachtsbaum, die tanzenden Puppen und das kleine Bett, das über die Bühne schwebte, wenn Marie träumte.

»Ich wusste nie, was ich schlimmer fand«, fuhr Josie fort, schraubte die grüne Plusterfarbe zu und griff nach der blauen. »Die rassistische Choreografie oder die Tatsache, dass sie dich Kira jedes Jahr hat tanzen lassen, weil du Asiatin bist. Und komm mir jetzt bloß nicht mit arabischem Kaffee.«

»Hör auf!« Ärger brodelte in mir hoch. Ich hasste das, was Josie gerade tat. Den Riss in einem Ballen wunderschöner Seide finden. Den Kratzer auf einem Diamanten. »Warum musst du ständig nach Dingen suchen, die schlecht sind am Ballett?«

»Ähm, ich suche nicht danach, sie sind einfach da. Und wenn du deine Augen aufmachen würdest, könntest du sie genauso sehen.«

Ein unartikulierter Laut drang aus meiner Kehle. Josie irrte sich. Ballett gab mir das Gefühl, unverwundbar zu sein wie eine Zauberin. Ballett war alles für mich. »Weißt du, wie es sich angefühlt hat, wenn ich Petit Allegro getanzt habe?«, fragte ich in scharfem Ton. »Als würde ich tatsächlich übers Parkett schweben. Und wenn ich mich gedreht habe, perfekt in Balance, war es, als würde der Raum um mich kreisen, während ich stillstand …« Ich verstummte, weil ich mir nicht sicher war, warum ich ihr das alles erzählte. Sie würde es nie verstehen, deshalb versuchte ich es mit etwas eher Konkretem. »Und letztes Jahr hat mich Kira die Zuckerfee tanzen lassen, falls du dich noch erinnerst«, sagte ich triumphierend.

Weil der Andrang so groß gewesen war, hatte die KDBS eine zusätzliche Aufführung von *Der Nussknacker* angesetzt und Kira hatte die Zweitbesetzungen die Hauptrollen übernehmen lassen. Ich war die Zuckerfee und Colleen die Tautropfen-Fee. Wir hatten an dem Abend etwas länger mit unserem kleinen Finger über den roten Samtvorhang gerieben, um uns bei den Göttern des Balletts zu bedanken, welche auch immer es gewesen sein mochten, die diese wunderbare Wende der Ereignisse bewirkt hatten.

Ich sah Josie gespannt an, aber sie schnaubte bloß abschätzig. »Ja, ein einziges Mal. Die Inszenierung lief zwei Wochen und die ganze restliche Zeit musstest du den Chinesischen Tanz aufführen.« Sie rümpfte die Nase, als würde sie etwas Fauliges riechen.

»Mein Gott, es war doch nur ein blöder Tanz! Wieso regst du dich überhaupt auf?«

»Wieso regst *du* dich *nicht* auf?«, gab sie zurück.

Ich schleuderte das Küchentuch auf den Boden und ging wortlos nach oben. In meinem Zimmer ließ ich mich aufs Bett fallen, zog meinen Laptop zu mir und öffnete das *Giselle*-Video. Ich versuchte, mich in den aufsteigenden Geigenklängen zu verlieren. Aber während Giselle in ihrer Piqué en manège über die Bühne wirbelte, war ich mit meinen Gedanken beim Vortanzen für die letzte *Nussknacker*-Saison.

Colleen und ich wussten, dass wir gut getanzt hatten. Colleens Sprünge waren federleicht gewesen, ihr Oberkörper bewegte sich mit solcher Anmut und Biegsamkeit, als würde sie auf einem Lufthauch tanzen. Als ich meine Bourrées machte, verfolgten die jüngeren Mädchen wie gebannt jede meiner Bewegungen, hingerissen von meiner Darbietung. Wir hatten besser getanzt als Juliet. Besser als Spencer. Und wir waren im Jahr davor ihre Zweitbesetzung für Zuckerfee und Tautropfen gewesen. Ich war mir sicher, dass diesmal wir an die Reihe kommen würden.

Aber als ich vor die ausgehängte Besetzungsliste trat, stand mein Name trotzdem wieder neben *Chinesischer Tanz* und Colleens neben *Arabischer Tanz*. Und auch diesmal waren wir wieder die Zweitbesetzung für Juliet und Spencer.

Als ich Colleen ansah, war der ruhige beherrschte Ausdruck – den wir uns alle über die Jahre angeeignet hatten, um unseren Ärger oder Schmerz dahinter zu verbergen – aus ihrem Gesicht verschwunden. Wir waren beide empört. Wütend. Da konnte etwas nicht stimmen.

Auf wackligen Beinen gingen wir zu Kira.

»Ja?«, fragte sie und durchbohrte uns mit ihren blauen Augen, während sie sich einen eierschalfarbenen Schal um die Schultern schlang. Ich öffnete den Mund, konnte aber meine Sprache nicht finden.

»Was haben wir falsch gemacht?«, fragte Colleen, ihre Finger klopften einen nervösen Rhythmus auf ihre Oberschenkel.

»Was meinst du damit? Ihr wurdet beide für ausgezeichnete Rollen besetzt.«

»Ich meine ... wir dachten ...« Colleen stockte.

»Ihr dachtet, ihr würdet Zuckerfee und Tautropfen übernehmen.« Kira ließ den Blick zwischen uns hin- und herwandern. »Ihr dachtet, weil ihr letztes Jahr die Zweitbesetzung wart, würdet ihr dieses Jahr die Erstbesetzung sein. So funktioniert das aber nicht im Profibereich und auch hier nicht. Zweitbesetzung zu sein, dient dem Zweck, dazuzulernen, sich zu verbessern. Das habt ihr getan. Und nun lasst ihr diese Erfahrung in die Rollen einfließen, die ihr bekommen habt.«

Ich wusste, dass es so lief, und es leuchtete mir auch ein. Trotzdem, eine Frage ging mir einfach nicht aus dem Kopf. »Aber warum werden immer nur *wir* für diese Rollen besetzt?«, fragte ich mit zitternder Stimme.

Kira blinzelte mich erstaunt an. »Was willst du damit andeuten?«

»Ich ...« Ich wusste es nicht so genau, deshalb brachte ich nichts heraus.

»Meine Entscheidungen, wer welche Rolle bekommt, sind nie etwas anderes als angemessen gewesen«, sagte Kira in schneidendem Tonfall. Sie zeigte auf mich. »Du musst an deinen Entrechats arbeiten und der Chinesische Tanz hilft dir dabei.« Sie wandte sich Colleen zu. »Mit dem Arabischen Tanz kannst du dich in weicheren Armbewegungen üben, sie graziös zu halten statt athletisch. Meine Aufgabe ist es, euch auszubilden, damit ihr Zugang zu den heiß umkämpften Ballettakademien und -kompanien überall auf der Welt erhaltet. *Darum* habt ihr diese Rollen. Untersteh dich, mir etwas anderes zu unterstellen!«

Mein Herzschlag dröhnte mir in den Ohren und ich begann vor Scham und Verlegenheit zu schwitzen. Ich hatte ihr nichts unterstellen wollen. Es war mir nur so unfair vorgekommen. Aber Kira hatte recht – sie bildete uns zu Profi-Balletttänzerinnen aus. Sie hatte so viel für uns getan. Jede Klasse unterrichtet, seit ich sieben war, nie einen einzigen Tag gefehlt. Sie hatte mich sogar einmal nach dem Unterricht nach Hause gefahren, als Dads Wagen eine Panne hatte. Unterwegs hatte sie mir erzählt, dass sie mit achtzehn den *Feuervogel* getanzt hatte und so nervös gewesen war, dass sie ihren großen Auftritt versiebt hatte.

»Entschuldigung«, sagte ich, kaum lauter als ein Flüstern und mit tränenverschleiertem Blick.

Kira nickte gleichgültig und schlüpfte in ihren Mantel. »Nimm es dir nicht so zu Herzen, Liebes. Denk daran, Ballerinas machen das, was man ihnen sagt, und sie machen es wunderschön. Ihr beide wollt doch Ballerinas sein, oder?« Ich nickte hastig und blinzelte die Tränen weg, für die ich mich noch zusätzlich schämte. Natürlich wollte ich eine Ballerina sein. Mehr als alles andere. »Ja«, sagte Colleen neben mir.

»Dann findet euch mit der Rolle ab, die man euch zuteilt.« Kira hob das Kinn, als sie ihren Mantel zuknöpfte. »*Der Nussknacker* ist ein großartiges traditionelles Ballettmärchen. Ihr dürft darin mitwirken und Rollen verkörpern, in denen euch das Publikum liebt. Dafür solltet ihr dankbar sein.« Ihre Haltung widerspiegelnd, richtete ich mich kerzengerade auf. Sie hatte recht. Ich war Bestandteil einer großartigen Balletttradition. In dem Moment fasste ich einen Entschluss: Ich würde den Chinesischen Tanz wunderschön machen und ich würde meine Rolle nie wieder infrage stellen.

Seitdem hatte ich nicht mehr oft an diesen Tag gedacht. Es war, als hätten Colleen und ich die stillschweigende Übereinkunft geschlossen, nie wieder ein Wort darüber zu verlieren. Und dann geschah das Wunder, Kira ließ uns die Hauptrollen tanzen, und das war für mich der Beweis, dass sie wirklich an uns glaubte, der Beweis, dass die ganze schreckliche Unterhaltung nach dem Vortanzen vergeben und vergessen war.

Aber jetzt ließ mir das, was Kira damals gesagt hatte, keine Ruhe mehr. Unangenehme Fragen drängten in mir empor und ich drückte *Giselle* auf Pause.

Hatten Colleen und ich die Hauptrollen deshalb nicht bekommen, weil Colleen tatsächlich an einer weicheren Armhaltung und ich an meinen Entrechats arbeiten musste? Oder gehörte es zur »großartigen Balletttradition« dazu, dass wir chinesischen Tee und arabischen Kaffee verkörpern mussten, während Spencer und Juliet – und all die anderen Jodys – Zuckerfee und Tautropfen tanzen durften?

Und da war noch etwas. Dieses Jahr war Colleen wieder als arabischen Kaffee besetzt worden – sie hatte es mir im Oktober geschrieben. Colleen war eine der biegsamsten Tänzerinnen, die ich je gesehen hatte. Wie konnte es sein, dass sie *immer noch* an einer weicheren Armhaltung arbeiten musste?

Bevor sich all diese Fragen setzen konnten, summte mein Handy. Colleen.

ABT-Sommerakademie Vortanzen: 18. Jan. in Philly. Meine Eltern sagen, ich darf hin.

Ich hörte auf zu atmen. Die quälenden Fragen rückten in den Hintergrund und ich konnte mich auf nichts anderes mehr konzentrieren als auf diese drei Buchstaben: ABT. American

Ballet Theatre. Die Ballettkompanie ihrer Träume. Die Ballett-kompanie *meiner* Träume. Mein Blick verschwamm, als weitere Nachrichten von ihr kamen.

Dad meinte, ich soll es im Handy-Kalender eintragen, damit ich dran denke. Ich hab gesagt, das eine Datum hätte ich im Kopf. Er hat mir echt eine halbe Stunde einen Vortrag gehalten, wie wichtig Kalender-Apps sind. Krass, oder?

Du fehlst mir, Ali-hopp.

Wenn Colleen in zwei Monaten beim Vortanzen fürs ABT ihre Sache gut machte, würde sie die Sommerakademie besuchen dürfen. Und wenn sie sich auch dort gut schlug, konnte es sein, dass sie eingeladen wurde, ganz an der Schule zu bleiben. Vielleicht würde sie es in ein paar Jahren ins Ensemble der Ballettkompanie schaffen.

Ich las Colleens Nachrichten noch einmal und hörte im Geist ihre Stimme, aber sie klang weit weg. Als wäre sie schon in New York. Als wäre sie längst dort und hätte mich vergessen.

Ich klickte *Giselle* wieder auf Play und stellte den Ton lauter, damit die Geigen alles übertönten.

8

DIENSTAG NACH DER SCHULE FAND die erste Probe für *Singin'
in the Rain* statt. Am Abend davor hatte es sogar noch länger als
sonst gedauert, bis ich eingeschlafen war, weshalb ich zur neunten Stunde hundemüde war. Als ich in die Study Hall bog, übte
ich im Geiste meine »Sorry Margot, aber ich mache beim Musical nicht mit«-Rede. Es war von Anfang an eine lächerliche Idee
gewesen. Und seit meinem Vortanzen hatte ich schon mehr ka-
pitale Ausraster gehabt als in den letzten beiden Monaten zusammen. Definitiv war ich noch nicht so weit, mich irgendwo anders
aufzuhalten als in meinem Zimmer unter der Bettdecke.

Ich zupfte nervös an den Ärmeln meines Sweaters, als ich
mich in der letzten Reihe auf meinen Stammplatz setzte. Keine
Ahnung, warum ich solche Angst davor hatte, es ihr zu sagen.
Okay, es war ihre Idee gewesen, bei dem Musical mitzumachen,
und sie hatte mir geholfen, einen Song für das Vorsingen auszusuchen, aber sie hatte ja noch Ethan, Jude und alle anderen, die
ihr auf der Party zugejubelt hatten. Das Musical war ihr Wohl-
fühlort. Ich würde ihr dort nur den Spaß verderben.

Wenige Sekunden später kam Margot hereingestiefelt und
wuchtete ihren Kram auf den Tisch neben meinem – eine

knallrote Wasserflasche und ein navy-grüner Rucksack, auf dem mit Edding »Wenn du das lesen kannst, dann halt verdammt noch mal mehr Abstand!« geschrieben stand. Das alles biss sich furchtbar mit ihrem schlabbrigen knallorangefarbenen Sweatshirt und ihren türkis gefärbten Haaren, aber sie schaffte es irgendwie immer, dass ihre Outfits cool aussahen.

»Du lebst ja noch«, sagte sie. Da ich heute verschlafen und die erste Stunde verpasst hatte, war es das erste Mal, dass wir uns sahen, seit ich von der Party abgehauen war.

»Ja, mir geht's besser.«

»Gut.« Sie setzte sich und warf mir einen Blick von der Seite zu.

Ich holte Luft. »Also …«

»Du hast nicht viel verpasst«, sagte Margot im selben Atemzug. »Wobei, du hast mir unter den ganzen Fremden schon irgendwie gefehlt.«

»Fremde? Die lieben dich doch alle.«

Sie richtete den Zeigefinger auf sich. »Lieben? Mich?«

»Sie haben dir bei diesem *Rocky-Horror*-Dings zugejubelt.«

Margot spähte kurz zum Lehrerpult, bevor sie etwas sagte. Mr Dale erlaubte zwar, dass wir uns während der Stillarbeitszeit unterhielten, aber er hatte so eine komische Art, sich ständig in die Gespräche einzumischen und so zu tun, als würde er dazugehören. Im Augenblick schien er wie gebannt dem Monolog zu lauschen, den Teddy Hansen Pauline Caffrey über Hitchcock-Filme hielt.

»Es gibt einen Unterschied zwischen jemandem zujubeln und jemanden lieben. Ich schätze, sie respektieren mich. Aber wirklich befreundet bin ich mit den meisten von ihnen nicht.«

»Warum nicht?« Seit sie in der Neunten war, machte Margot jedes Jahr im Musical mit, und gestern Abend schien sie ganz in ihrem Element gewesen zu sein. Aber als ich jetzt so darüber nachdachte – beim Casting, während der Callbacks und auch auf der Party hatte sie immer nur mit mir, Ethan und Jude geredet.

»Na ja …« Margot drehte an den Spitzen ihres Bobs. »Ich war früher mit anderen Leuten befreundet.«

»Mit welchen? Warte, etwa mit den Hitchcock-Leuten?« Teddy redete immer noch auf die arme Pauline ein. Es war nicht zu überhören.

Margot prustete. »Es hat echt was, dass du von nichts eine Ahnung hast. Ich meine, dass du über niemanden hier an der Schule irgendwas weißt. Aber irgendwann muss es ja mal rauskommen. Ich war mit Izzy Kramer befreundet.«

Wer Izzy Kramer war, wusste ich. Es war schwer, sie nicht zu kennen, schließlich prangte ihr Gesicht in den Siegestrophäen-Vitrinen der ganzen Schule, sie war die »Homecoming Court Princess« der Tennisspielerinnen und die Kapitänin des Volleyballteams, das die Landesmeisterschaften gewonnen hatte.

Letzte Woche, als ich zum Trigonometrie-Unterricht unterwegs war, ging ich hinter Izzy und dem Pulk Mädchen her, mit denen sie sich immer umgab. Sie schaute eine von ihnen an und sagte: »Du riechst nach Würstchen, Olivia. Verzieh dich.« Einfach so. Die anderen kicherten. Ich konnte mir Margot nicht unter ihnen vorstellen. Margot konnte zwar Dumpfbacken gnadenlos einen harten Spruch reindrücken, aber sie war nicht auf diese fiese Art gehässig zu Leuten, die niemandem etwas taten.

»Wir hatten nichts gemeinsam«, sagte Margot. »Wir sind bloß im selben Viertel aufgewachsen. Izzy und die anderen waren immer eine total verschworene Gemeinschaft, supervoreingenommen und hinterhältig, und ich hatte die Nase voll davon. Ethan kannte ich auch schon, seit ich klein war, und mochte ihn viel lieber. Er hat mich dazu überredet, im Musical mitzumachen, als ich in die Neunte kam. Und danach wurde ich schon bald von der Insel der Coolen verstoßen.«

»Sie haben dich verstoßen, weil du im Musical mitgemacht hast?«

»Na ja, nein. Da ist noch was vorgefallen.« Ich bedeutete ihr mit einer Handbewegung weiterzureden und sie seufzte schwer. »Letztes Jahr sollte Izzys dämlicher Freund R. J. sie auf der Eisbahn an der Galleria unter großem Tamtam feierlich fragen, ob sie mit ihm zum Weihnachtsball gehen wollte. Izzy hatte nur leider Erdbeer-Frappuccino über ihren Pullover verschüttet und mir deshalb befohlen, zu ihr nach Hause zu fahren und ihr einen sauberen zu holen. Sie war sowieso schon sauer auf mich wegen irgendeiner anderen blöden Sache, und als ich Nein gesagt habe, hat sie mich den letzten Dreck genannt und ich hab sie menschlichen Abschaum genannt, und es wurde ein ziemlich großes Ding draus.«

»Heftig.« Es klang wirklich nach einem ziemlich großen Ding.

»Seitdem rede ich nicht mehr mit ihr.«

»Und ist das okay für dich?«, fragte ich.

»Absolut.« Margot lehnte sich auf ihrem Stuhl zurück. »Weil *ich* nämlich nur zu Leuten gemein bin, die es auch verdient haben. Wie …« Sie vergewisserte sich, dass Mr Dale seine Aufmerksamkeit inzwischen einem Gespräch am anderen Ende des Raums zugewandt hatte, dann trat sie gegen Teddys Stuhl. »Hey, Alter! Hör auf zu schwafeln! Pauline will ihr Buch lesen und nicht deine Filminterpretationen hören.«

Es stimmte. Pauline hielt den Finger auf die Stelle in ihrem Buch, an der sie aufgehört hatte zu lesen, und sah immer wieder darauf hinunter, bis ihre Höflichkeit Oberhand gewann und sie mechanisch lächelnd und nickend wieder Teddy anschaute.

Teddy warf Margot einen vernichtenden Blick zu. »Keinen interessiert, was du denkst, *Margot*.« Trotzdem fläzte er sich hinter seinen Tisch und ließ Pauline in Ruhe lesen.

Nachdem ich aufgehört hatte, in mich hineinzulachen, wurde Margots Miene nachdenklich. »Ethan findet, ich sollte netter sein, auch zu Idioten. Er sagt, es ist nicht meine Aufgabe, mich überall einzumischen. Er meint, es würde anderen Angst machen und sie daran hindern, unbefangen auf mich zuzugehen, wie zum Beispiel die Leute vom Musical.«

Ich dachte an das, was mir Josie über Margot erzählt hatte, die »Margot schüchtert Paul Manley wegen seines Penis ein«-Sache, dabei war Josie zu dem Zeitpunkt noch nicht mal an der Eagle View gewesen. Geschichten über Margots krasse Art machten überall die Runde, aber sie jagten den Leuten vermutlich auch ein bisschen Angst ein. Gerade hatte Pauline Margot zwar kurz dankbar angelächelt, die Augen aber genauso schnell wieder abgewandt, so als ob sie nicht gern enger mit ihr in Verbindung gebracht werden wollte.

»Also, mir machst du keine Angst«, sagte ich.

Margot lächelte und senkte den Blick auf ihre Hände. »Ich weiß. Deshalb bin ich ja so froh, dass wir befreundet sind. Ethan und Jude sind toll, aber sie haben ihre Leute aus der Zwölf. Außerdem hatte ich nach dem Desaster mit Izzy keine *Freundin* mehr und das war ziemlich hart.« Sie sah auf und schaute mich an. »Ich wollte dir schon längst Danke sagen, dass du mit mir zusammen im Musical mitmachst. Es bedeutet mir echt viel.«

Ich sah sie blinzelnd an. Sollte jemand unserem Gespräch gelauscht haben, hätte er jetzt den unwiderlegbaren Beweis dafür, dass sich unter Margot Kilburn-Correas harter Schale noch eine andere Schicht verbarg. Eine, die sich einsam und unsicher fühlen konnte. Eine, die hin und wieder auch mal auf andere angewiesen war.

Zum Beispiel darauf, dass ich mit ihr zusammen im Musical mitmachte.

Mist.

⁓

Die gesamte Besetzung – von den Zwölftklässler-Veteranen bis zu den wenigen Neuntklässler-Frischlingen, die es reingeschafft hatten – ließ sich mit Notenblätterstapeln auf der dunkelbraunen Aulabestuhlung nieder. »Heute werden wir alle Lieder aus dem Stück singen«, verkündete Mrs Sorenson. »Wir müssen in die Welt von *Singin' in the Rain* eintauchen.«

Wunderbar.

Wenigstens hatte Margot einen Platz in der letzten Reihe ausgesucht, außerhalb von Mrs Sorensons direkter Blickachse und nah bei einer Tür, falls ich mal eine heimliche Pause brauchen sollte.

Jude und Ethan machten mit einer altmodischen Varieté-Nummer namens »Fit as a Fiddle« den Anfang. Trotz der absoluten Kitschigkeit des Songs und dem sogar noch kitschigeren T-Shirt, das Jude anhatte (darauf prangte der Spruch »STRICK HAPPENS« über einem Wollknäuel), sah er absurd gut dabei aus.

Als sie fertig waren, brach der ganze Saal in Applaus und anerkennende Pfiffe aus. Jude und Ethan machten mehrere tiefe schwungvolle Verbeugungen, bis Mrs Sorenson Ethan von der Bühne scheuchte, damit es mit Judes Solo »You Stepped Out of a Dream« weitergehen konnte. Als Jude anfing zu singen, veränderte sich seine Mimik. Seine Augen bekamen einen konzentrierten Ausdruck, seine Wangen waren gerötet und seine Lippen …

»Ich wette, jetzt gerade willst du ihm nicht den Stinkefinger zeigen«, flüsterte Margot.

»Was? Ich … wieso sagst du das?«, flüsterte ich zurück.

Margot sah mich mit schmalen Augen an. Dann machte sie eine Handbewegung zu Jude.

»Schau ihn dir doch an.« Ich tat es, ließ seine ernste Miene, sein Strick-Scherz-T-Shirt auf mich wirken. »Das wäre, als würdest du einem Robbenbaby den Stinkefinger zeigen.« Margot kicherte über ihren eigenen Scherz.

»Oh. Ich dachte schon, du meintest … Ach, schon gut.«

»Was?«

»*Nichts.* Schon gut.«

Margot zog die Brauen hoch. »Oookaaay.«

Für den Rest von Judes Solo und während der nächsten Songs studierte ich das Notenblatt, als würde es die Geheimnisse des Universums enthalten. Ich wollte nicht noch mal aufschauen und anfangen, Judes Lippen zu betrachten.

»Das dürfte interessant werden«, sagte Margot. Harrison stakste für sein Solo »Beautiful Girl« Richtung Klavier. Sein Gesicht war jetzt schon knallrot.

Mrs Sorenson spielte die Anfangsakkorde, und Harrison stimmte die ersten Zeilen eines Songs an, der die Grenze von kitschig zu megapeinlich definitiv überschritt. Er sah aus, als würde er Schmerzen leiden. Die hätte ich auch, wenn ich ein derart schnulziges Liebeslied vor Publikum singen müsste.

Wären Ethan oder Jude auf der Bühne gestanden, hätten sie für die Zuschauer ein Spektakel daraus gemacht. Wahrscheinlich hätten sie mehrfaches demonstratives Augenzwinkern und ein paar Pistolen-Gesten eingebaut. Obwohl Harrison auf der Pre-Cast-Party tapfer seinen Running Man gestanden hatte, fühlte er sich hier offensichtlich fehl am Platz.

Aber dann begann Ethan im Takt mitzuschnipsen und den Kopf hin und her zu wiegen. Andere folgten seinem Beispiel, schnipsten mit und wiegten den Kopf zum Rhythmus der Melodie. Die Atmosphäre im Raum entspannte sich, was auch Harrison zu spüren schien, denn er brachte endlich ein Lächeln zustande. Die letzten Strophen waren nicht ganz so qualvoll, und es gab ein paar vereinzelte solide Beifallklatscher, als Harrison zu seinem Platz zurückging, zwar immer noch mit hochrotem Kopf, aber auch immer noch lächelnd.

Ich dachte an die Englischstunde, in der mir Ethan den Zettel geschrieben hatte. Er verstand es, Leuten das Gefühl zu geben, nicht ganz allein zu sein, wenigstens für den Moment.

Nachdem sich Harrison gesetzt hatte und Diya nach oben ging, um ihr Solo zu singen, veränderte sich die Stimmung in der Aula schlagartig. Sobald ihre klare Stimme ertönte, fläzten sich alle gelangweilt auf ihren Stühlen, flüsterten miteinander oder guckten auf ihre Handys.

Oje. Sie musste Jude etwas sehr Schlimmes angetan haben. Ich schaute zu ihm, um festzustellen, ob ihm irgendetwas anzumerken war, aber ich konnte nur seinen Hinterkopf sehen. Als Diya den letzten Ton wunderschön traf, wanderten meine Augen automatisch zu ihr zurück.

»Robobitch«, stieß ein Junge unter vorgetäuschtem Husten ein paar Sitze weiter hervor, und alle um ihn herum kicherten. Ich kannte ihn nicht, aber er saß neben Laurel, deren Schultern vor Lachen bebten. Erstaunlicherweise hielt Diya völlig unbeeindruckt trotzdem den Ton.

Sie endete mit einer angedeuteten Verbeugung und lächelte Mrs Sorenson an, die ihr stolz zunickte. »Fünf Minuten Pause«, verkündete sie. Diya marschierte mit einem zufriedenen Lächeln aus der Aula.

»Wer ist das?«, fragte ich, als alle aus den Sitzreihen strömten, um sich etwas zu knabbern zu holen, und zeigte zu dem Typ, der das Husten vorgetäuscht hatte.

»Noah Parker«, sagte Margot. Das war also der andere Tänzer, den Josie für ihre Choreografie gewinnen wollte.

»Ist er mit Jude befreundet?«

»Mmh, ich glaub nicht, dass sie sich so gut kennen. Warum?«

»Ich dachte nur ... ich meine, du hast doch gesagt ...« Eigentlich wollte ich sagen, wie seltsam ich es fand, dass Leute, die Jude nicht mal richtig kannten, immer noch sauer auf seine Exfreundin von vor zwei Jahren waren, aber ich wusste nicht, wie ich es ausdrücken sollte, ohne seltsam zu klingen. Oder anklagend. Oder als würde ich mich zu sehr dafür interessieren, mit wem Jude sonst noch zusammen gewesen war. Also ließ ich es.

Den Rest der Pause hing ich meinen Gedanken nach. Und während der nächsten Songs machte Müdigkeit meine Augenlider schwer. Nach der Schule länger zu bleiben, war ein echter Einschnitt in meine Nachmittagsnickerchenzeit.

Als Jude auf die Bühne ging, um »Singin' in the Rain« vorzutragen, konnte ich kaum noch die Augen offen halten. Während er mit seiner klaren Stimme sang und sich im Takt der Musik wiegte, ertappte ich mich dabei, dass ich mich mit ihm wiegte. Die Augen fielen mir zu und ich driftete ab ... tanzte in Judes Armen durch die Straßen unseres Viertels, anstatt sie entlangzugehen.

Als Jude über den Regen sang und davon, wieder glücklich zu sein, wirbelte er mich in eine Drehung und beugte sich so nah zu mir, dass seine Lippen beinahe meine streiften.

Ich riss erschrocken die Augen auf und war wieder zurück in der Aula. »Guten Morgen.« Margot lächelte.

»Uah.« Ich rieb mir die Lider und setzte mich gerade auf,

hoffentlich hatte mein Gesicht nichts von meinem kitschigen Traum verraten. Nicht, dass er irgendwas zu bedeuten gehabt hätte. Ich blinzelte ein paarmal und befahl mir, wach zu bleiben.

Als wir zum letzten Song kamen, konnte ich es kaum noch erwarten, endlich nach Hause zu fahren. Den ganzen Tag hatte ich es vermieden, an Colleen und das ABT zu denken, aber der Gedanke meldete sich immer wieder und wollte mir einfach nicht aus dem Kopf gehen. Ich war neidisch und fühlte mich gleichzeitig wie der schlechteste Mensch der Welt, weil ich ihr nicht antwortete, um ihr Glück zu wünschen, obwohl ich wusste, wie extrem wichtig das für sie war.

Mrs Sorenson beendete die Probe mit einem motivierenden Vortrag darüber, wie hart wir in den nächsten vier Monaten arbeiten mussten, um eine »fabulöse« Show auf die Beine zu stellen.

Auweia. Vier Monate fabulös.

Während die anderen ihre Sachen einsammelten, schaute ich auf den Plan für die kommenden zwei Wochen, der an der Aulatür klebte. Ich hatte mittwochs und freitags nach der Schule Probe. An diesen Tagen würden die Mädchen der Revuetanzgruppe und Harrison die Choreografie zu »Beautiful Girl« einüben.

Zum Vamp-Tanz gab es noch nichts. Ich fing wieder an, mich zu fragen, wie es sein würde, mit Jude zu tanzen. Wie es sich anfühlen würde, wenn er seine Hände um meine Taille legte und mich hochhob.

»Es geht doch nichts über die erste Probe«, sagte Jude hinter mir. Ich zuckte zusammen, und die lächerliche Vorstellung, dass er wusste, woran ich gerade gedacht hatte, schoss mir durch den Kopf. Er wusste es *nicht*, sagte ich mir vernünftigerweise.

Jude überflog den Plan und tippte seine Probenzeiten (fast

jeden Tag) in seine Kalender-App. »Ach übrigens.« Er steckte das Handy wieder in seine hintere Hosentasche. »Könntest du mich mitnehmen, wenn du nach Hause fährst? Meine Mom braucht heute das Auto und hat mich hergefahren.«

»Klar.« Ich riss mich zusammen. »Wo wohnst du noch mal?«

»Ha, ha.«

Wir verließen die Aula und gingen durchs Foyer an den Spinden der Neunten vorbei, die den Gang säumten. Viele außerschulische Aktivitäten waren gerade zu Ende, und wir mussten Scharen von schnatternden Strebern ausweichen, darunter Josie und ein paar ihrer Freundinnen und Freunde. Ich spürte, dass sie mich beobachtete, als ich mich an ihr vorbeischob, aber ich sah sie nicht an. Ich war noch wütend auf sie wegen gestern Abend.

Jude ging langsamer und schaute zurück. »Warten wir nicht auf deine Schwester?«

»Sie nimmt den Schulbus«, murmelte ich.

Er legte irritiert den Kopf schräg.

»Ihre Freundin Fiona muss den Bus nehmen, deshalb fährt sie auch mit. Das ist so ein Solidaritätsding«, erklärte ich. Ich wollte nicht, dass er mich für ein komplettes Monster hielt.

»Wow. Den Bus nehmen, wenn man nicht muss«, sagte Jude beeindruckt. »Dafür sollte man ihr den Nobelpreis für Freundschaft verleihen.«

»Hm.« Ich kochte innerlich. Wenn Josie so eine tolle Freundin war, wieso benahm sie sich dann mir gegenüber neuerdings so arschig? Wobei wir noch nie Schwestern der Sorte »megabeste Freundinnen« gewesen waren. Seit wir vor Jahren angefangen hatten, in unterschiedliche Tanzschulen zu gehen, hatten wir uns immer mehr auseinandergelebt, weil wir beide unseren eigenen Interessen nachgingen. Aber nach meinem Beinbruch hatten sich die Dinge eindeutig zugespitzt. Ich wusste, dass ich nicht immer die angenehmste Gesellschaft war, aber sie war manchmal echt unmöglich.

Ich beschleunigte meine Schritte, ich musste hier raus. Wir hatten die Tür zum Parkplatz fast schon erreicht, da drehte sich Jude noch mal um. »Josie Keeler!«, brüllte er, die Hände vor dem Mund zum Trichter geformt. »Ich bewundere dich für deine heldenhafte Bus-Freundschaftstreuebekundung!«

Josie und ihre Freundinnen begannen zu kichern und miteinander zu flüstern.

»*Hey*, im Schulbus ist noch ein Platz frei, wenn du ihnen Gesellschaft leisten willst«, giftete ich und stieß die Tür auf.

»Komme«, sagt er mit einem Grinsen, das mich erst recht wütend machte.

9

AUF DEM WEG ZUM WAGEN schlug uns kalter Nieselregen entgegen. Ich ging schneller und bemühte mich, mein leichtes Hinken zu ignorieren. Bei nasskaltem Wetter war mein Bein erheblich steifer als sonst. Das machte mich noch übellauniger, als ich sowieso schon war.

Sobald wir vom Parkplatz fuhren, hantierte Jude am Autoradio herum, bis er den Broadway Channel gefunden hatte.

»Mein *Gott*!« Ich warf ihm einen ungläubigen Blick zu. »Wir haben gerade zwei Stunden damit zugebracht, Musical-Lieder zu singen. Hast du *noch* nicht die Nase voll davon?«

»Es ist Musical-Saison, Alina. Man muss sich reinknien.« Ein neues Stück begann und Jude sang zu der schwungvollen Melodie mit. Er sah mich an. »Du kennst den Song, oder?«

»Nein.«

»Das ist *Cabaret*! Das ist Liza!« Er warf entgeistert die Hände hoch.

»Mach dich auf eine frustrierende Heimfahrt gefasst, wenn du erwartest, dass ich auch nur einen einzigen dieser Songs kenne«, sagte ich, während ich über meine Schulter schaute, um die Spur zu wechseln.

»Ach. Interessant.« Er musterte mich nachdenklich. »Seeehr interessant.«

Ich verdrehte die Augen, als er nicht weitersprach. »Was?«

»Mir wirfst du vor, dass ich es nicht so wichtig nehme, ob ich die Hauptrolle im Musical bekomme, dabei scheinen dir selbst Musicals komplett egal zu sein, ja fast schon zuwider.«

Ich zuckte mit den Schultern. »Weil das mit dem Musical absolut dein Ding ist. Deshalb sollte dir mehr an der Rolle liegen. Musicals sind nicht so mein Ding. Und ja, ich weiß, ich spiele jetzt in einem mit, trotzdem ist es nicht meins.«

»Hmm.« Jude machte noch immer ein nachdenkliches Gesicht. »Schätze, es *ist* mein Ding. Ich hab allerdings viele Sachen, die mein Ding sind.«

»Ich erinnere mich.« Trampoline, grüner Tee in der Badewanne, Fantasygeschichten und Stricken. »Ist irgendwas *nicht* dein Ding?«

Jude schaute aus dem regenüberströmten Fenster. »Ziegen melken.«

Ich lächelte, obwohl ich versuchte, es nicht zu tun. »Ach?«

»Ja. Als ich acht war, bin ich mal auf einer Landwirtschafts-ausstellung gewesen und hab eine Ziege gemolken. Ich hab dafür eine Ansteckschleife bekommen und alle haben geklatscht und so. Aber auch wenn ich das mit der Schleife cool fand, wusste ich, dass Ziegenmelken nicht mein Ding ist.«

»Gott. Ganz schön wählerisch.«

Er lachte. »Aber um noch mal kurz auf das Musical zurück-zukommen. Hat dir nicht wenigstens einer von den Songs heute gefallen?«

Judes Gesang ging mir durch den Kopf und der kitschige Traum, in dem ich mit ihm getanzt und er mich in eine Drehung gezogen hatte ... Der kitschige Traum, der nichts zu bedeuten hatte, ermahnte ich mich.

»Eigentlich nicht«, sagte ich. Danach schwiegen wir eine Weile. Jedes Mal, wenn ein neues Lied kam, zeigte Jude auf das Radio, hob die Augenbrauen und sah mich fragend an, ob ich es kannte. Ich schüttelte den Kopf und er seufzte theatralisch.

»Warum fährst du hier lang?«, fragte er, als ich in ein kleines Wohnviertel abbog, anstatt auf der Hauptverkehrsstraße zu bleiben.

»Es ist eine Abkürzung.«

»Nie im Leben!«

»Hier lang sind es zwei Minuten schneller als geradeaus, manchmal drei.«

»Wooow«, sagte er gedehnt. »Du weißt nichts über Musicals, Alina Keeler, aber du weißt, *wo es langgeht*.«

Bei dem Wort »langgeht« ließ er seine Stimme rau klingen wie in einem Film noir.

Ich prustete, aber es stimmte schon irgendwie. Als ich letzten März sechzehneinhalb wurde und endlich ohne Begleitung Auto fahren durfte, waren meine Eltern so erleichtert darüber, mich nicht mehr jeden Tag zum Ballett bringen zu müssen, dass sie mir den Honda überließen, wann immer ich ihn brauchte. Ich durfte auch Colleen mitnehmen, was perfekt war. Sie wohnte ungefähr fünfzehn Minuten von uns in einem anderen Schulbezirk als ich und so konnten wir dank unserer Fahrgemeinschaft wochentags mehr Zeit außerhalb von Unterricht und Proben miteinander verbringen. Als ich sie das erste Mal abholen kam, machte ihr Dad ein riesen Tamtam und nahm meinen Führerschein ganz genau unter die Lupe – er zückte tatsächlich eine Lupe, um ihn zu inspizieren –, während wir über sein väterliches Getue die Augen verdrehten. Aber angesichts Colleens straffem Ballett-Stundenplan und der vielen außerschulischen Aktivitäten, zu denen ihre Eltern auch noch ihre beiden jüngeren Brüder fahren mussten, waren sie mehr als froh, dass ich Colleen mitnehmen konnte, das wusste ich.

Es ging nicht lange. Nur zehn Tage. Als ich mir das Bein brach und mit Ballett aufhören musste, konnte ich auch nicht mehr Auto fahren, wobei ich das zu dem Zeitpunkt kaum registrierte. Es fühlte sich dann merkwürdig an, wieder hinterm Lenkrad zu sitzen – mit einem Bein, das steif wurde und schmerzte, wenn ich zu lange auf die Bremse trat, besonders an nasskalten Tagen wie diesem. Aber es tat auch gut, wieder zu fahren. Es war etwas, das ich tatsächlich tun konnte, etwas, das ich steuern konnte.

Als ich in unser Viertel bog, plärrte eine bekannte wehklagende Melodie aus den Lautsprechern und riss mich aus meiner Trance. »Oh, das kenne ich«, sagte ich und durchforstete mein Gedächtnis. »Ist das nicht … ›Memory‹? Aus *Cats?*«

Ich erwartete, dass mich Jude loben würde, aber er vergrub das Gesicht in den Händen. »Sag nicht, dass der einzige Song, den du während der ganzen Fahrt erkannt hast, ›Memory‹ aus *Cats* ist.«

»Wieso?« Ich hielt vor unserem Haus und stellte den Schalthebel auf Parken. »Ist das schlimmer, als gar keinen zu kennen?«

»Irgendwie schon.« Jude löste seinen Sicherheitsgurt, blieb aber sitzen. »Bist du auf YouTube schon mal in ein Rabbit Hole geraten?«

»Du meinst, wenn man ein Video guckt, dann noch eins und noch eins und noch eins, bis man in einen Sog kommt und jedes Zeitgefühl verliert? Na klar.«

»Tja. Nachdem wir jetzt Nachbarn *und* Tanzpartner sind, halte ich es für meine Pflicht, dich in eine ganz besondere Art von Sog einzuführen.«

Ich prustete. »Das klingt übel.«

»Hüte deine schmutzige Fantasie, Keeler.« Er öffnete die

Beifahrertür. Als ich ihn nur stumm anstarrte, breitete er groß-
spurig den Arm aus. »Komm schon, ich denke, diese ganz besondere Art von Sog wird dir gefallen.«

»Äh. Okay, nur … sag das bitte nie mehr.« Ich schaltete den
Motor aus und folgte ihm geduckt durch den Nieselregen auf die
andere Straßenseite zu seiner Haustür. Während Jude seinen
Schlüssel herausholte, schrieb ich Mom und Dad eine Nachricht,
dass ich noch eine Weile bei Jude bleiben würde. Dad schickte
mir daraufhin zehn Daumenhoch-Emojis. Mom antwortete:
**Prima!!! Dieses Wochenende gibt es übrigens Mitternachts-
Bowling bei Sparkle Lanes. Geht doch hin!**

Ich hasste Bowling. Und normalerweise musste ich vor Mitternacht zu Hause sein. Und in der Snackbar von Sparkle Lanes
hatten sich letztes Jahr ein paar Kids eine Lebensmittelvergiftung
geholt. Mom war wirklich sehr verzweifelt darauf erpicht, dass
ich unter Leute kam.

Innen erinnerte mich Judes Haus ein bisschen daran, wie es
bei uns zu Hause aussah. Etwas chaotisch, aber das Chaos war
interessant. Kakteen und andere Sukkulenten bevölkerten in bunt
zusammengewürfelten Übertöpfen jede Fensterbank, farbenfrohe
Strickdecken waren über Couch und Sessel drapiert und auf so
ziemlich jeder freien Möbelfläche stapelten sich Taschenbücher.

In der Küche war der Kühlschrank mit Fotos vollgehängt.
Mein Blick fiel auf ein Bild von einem sehr verschlafen aussehen-
den Jude, dem die Lider auf Halbmast hingen und die Haare in
alle Richtungen abstanden. Daneben war eins von einer Frau,
vermutlich seine Mom, die ein Gesicht zog, als hätte sie gerade
etwas extrem Ekliges gegessen. Alle Bilder waren mega-unvor-
teilhafte Schnappschüsse von Jude oder seiner Mom.

»Ein Scherz, der ausgeufert ist«, sagte Jude, als er sah, wohin
ich schaute. »Du klebst *ein* lustiges Foto von deiner Mom auf

Tante Liddys Hochzeit an die Kühlschranktür und ein Jahr später hast du das als Resultat. Aber bisher will keiner von uns einen Rückzieher machen.«

»Verständlich. Sag ihr, wenn sie Hilfe braucht, ich stehe bereit, um bei den Proben Fotos zu schießen.«

»Sie würde dich so was von beim Wort nehmen.« Jude schenkte uns zwei Gläser Wasser ein, und wir gingen wieder ins Wohnzimmer, wo ich mich neben ihn auf eine braune Ledercouch setzte, während er seinen Laptop vom Couchtisch nahm. »Okay. Jedes anständige Musical-Rabbit-Hole beginnt mit einer Ballade.« Er tippte etwas in die Suchleiste ein und scrollte ein bisschen. Ich schlang meine Arme um mich, mir war kalt, obwohl ich meine Fleecejacke anbehalten hatte. Ohne den Blick vom Bildschirm zu nehmen, zerrte Jude eine burgunderrote Decke von der Armlehne und ließ sie mir auf den Schoß fallen.

»Danke.« Ich strich mit den Fingerspitzen über das schlichte, aber akkurat gearbeitete Muster. »Hast du die gestrickt?«

»Natürlich nicht«, sagte Jude. »Ich hab sie gehäkelt.« Ich verkniff mir ein Lachen und legte sie mir um, worauf mir sofort wohlig warm wurde.

»Ah hier, es geht los.« Jude positionierte den Laptop auf einem Stapel Bücher auf dem Couchtisch.

Wir sahen Jennifer Holliday bei der Verleihung der Tony Awards 1982. Sie sang »And I Am Telling You I'm not Going« aus *Dreamgirls*. Die Wucht und Verzweiflung in ihrer Stimme, die selbst bei dem alten grobkörnigen Video durchdrang, war außergewöhnlich, das musste ich zugeben. Danach gingen wir die Auswahl an der Seitenleiste durch und schauten »Defying Gravity« aus *Wicked*. Das Lied war etwas überdreht, ging aber ins Ohr. Das brachte uns zu »Maybe This Time« aus *Cabaret* und dann zu »Not Getting Married Today« aus *Company*.

»Not Getting Married Today« war ein irrwitziger Song, in dem eine Frau immer schneller und schneller davon sang, dass sie ihre Hochzeit platzen lassen wollte. Die Lyrics waren einfallsreich und kunstvoll verschachtelt und woben sich um die Musik, als hätten sie ein Eigenleben.

»Wer hat das geschrieben?«, fragte ich, als das Stück endete.

»Stephen Sondheim. Nicht zu fassen, dass ich bei deinem ersten Stephen Sondheim dabei bin. Ich fühle mich geehrt.« Ich bat um mehr von Stephen Sondheim, und Jude klickte auf »Finishing the Hat«, ein Song aus einem Musical, das *Sunday in the Park with George* hieß.

Jude erklärte mir, dass es darin um den berühmten Maler Georges Seurat ging. In dem Video saß George vor der gemalten Kulisse eines Parks, ein Skizzenbuch auf dem Schoß. Er sang über eine Frau, die ihn verlassen hatte, weil er zu sehr mit seiner Kunst beschäftigt war, aber dann begann er davon zu singen, dass er den Hut, an dem er gerade arbeitete, unbedingt präzise abbilden wollte, und gegen Ende schien er die Frau vergessen zu haben, denn er hatte den Hut perfekt gemalt.

»Wow.« Ich merkte, dass ich mich näher zum Bildschirm vorgeschoben hatte, und lehnte mich wieder ein Stück zurück. »Der Song ist so …« Ich stockte, weil ich nach dem richtigen Wort suchte.

»Tragisch«, sagte Jude. »Ich weiß.«

Perplex schaute ich ihn an. »Ich wollte inspirierend sagen.«

»*Inspirierend?* Er sagt doch praktisch, dass er mit der Frau, die er liebt, nicht zusammen sein kann, weil er ständig nur auf seine Arbeit fixiert ist.«

»Auf seine *Kunst* fixiert ist«, korrigierte ich. Jude guckte mich an, als würde er den Unterschied nicht verstehen. »Es ist nicht nur irgendeine Arbeit«, sagte ich. »Seine Malerei ist ein Teil von ihm.

Er weiß, dass er immer Kunst schaffen wird, egal, wer in seinem Leben an seiner Seite ist oder nicht. Das finde ich inspirierend.«

»Aber ...«, Jude schob sich auf der Couch zurecht, sodass er mir gegenübersaß, »heißt das nicht auch, dass er durch seine Kunst ziemlich ... abgewandt ist von anderen Menschen? Und ist das wirklich eine gute Art zu leben?«

»Wieso denn nicht?« Ich war lauter geworden. Nicht zu fassen, dass ich über einen Musicalsong in Rage geriet.

»Weil er sich dadurch von der Welt absondert«, sagte Jude.

Ich schüttelte den Kopf. »Er sondert sich von der Welt ab, damit er sie klarer sehen und auf die Leinwand bannen kann.« Ich zog meine Hand unter der Decke hervor und zeigte auf George, der auf dem Laptop-Display erstarrt war. »Er malt, um die Schönheit aus dem ganzen Hässlichen, das es auf der Welt gibt, sichtbar zu machen. Und wenn die Leute dann seine Bilder anschauen, können sie diese Schönheit sehen. Sie können sich auf sie konzentrieren und müssen sich eine Weile nicht wegen dem Hässlichen sorgen.«

»Und das ist gut, aber ...« Jude strich sich durch die Haare und überlegte. »Ist es das wert, dafür wahre Dinge wie Beziehungen aufzugeben? Ich meine, was ist denn wichtiger, Menschen oder Kunst?«

»Na ja, Menschen und Beziehungen sind natürlich schon wichtig. Aber Kunst ist auch etwas Wahres. Kunst kann bewirken, dass du dich lebendig und verstanden fühlst, und dir das Gefühl geben, dass alles möglich ist. Was Menschen nicht immer können.«

Meine Gedanken wanderten zu den Dumpfbacken Jake und Paul. Zu dem Arzt, der einen dummen Scherz gemacht hatte, als ich ihn gefragt hatte, wann ich wieder tanzen könnte. »Menschen können manchmal das Gegenteil bewirken«, sagte ich.

Wir sprachen beide laut, unsere Gesichter erhitzt. Ich war es nicht gewohnt zu diskutieren. Im Ballettunterricht gab es keine Diskussionen. Die oberste Regel dort lautete, auf die Lehrerin zu hören und ihr zu gehorchen. Aber irgendwie machte es auch Spaß, unterschiedlicher Meinung zu sein. Und dem Lächeln nach zu urteilen, das sich allmählich auf Judes Gesicht ausbreitete, schien er zumindest darin mit mir einer Meinung zu sein.

»Ich glaube, wir hatten gerade unsere erste philosophische Diskussion«, sagte er.

»Ein wichtiger Schritt in jeder nachbarschaftlichen Schrägstrich tanzpartnerschaftlichen Beziehung«, fügte ich hinzu.

Jude legte den Kopf schräg, als würde er mich aus einem neuen Blickwinkel betrachten. »Eigentlich ist es nur logisch, dass du den Song so interpretierst. Du bist selbst Künstlerin. Du bist wie George.«

Aber das war ich eben nicht, wie mir erst jetzt wieder bewusst wurde. Beim Hören des Songs war ich von den Emotionen mitgerissen worden, die mich jedes Mal überkamen, wenn ich ein schönes Kunstwerk sah oder hörte – ein Pas de deux oder eine Variation oder eine Symphonie. Ich fühlte mich dann so davon erfüllt und beschwingt, als wäre die Welt prallvoll nur vom Besten: Freude und Liebe und die Art von Schönheit, die man verzehren und in sich bewahren kann.

Ich hatte vergessen, dass *ich* so etwas nicht mehr erschaffen konnte. Dass *ich* meinen Hut niemals fertig bekommen würde. Ich holte tief Luft und ermahnte mich, dass hier nicht der richtige Ort war, um zusammenzubrechen.

Ich nahm meinen Rucksack. »Ich gehe jetzt lieber. Danke für …«

»Entschuldige. Ich wollte das Thema nicht …« Jude verstummte und beobachtete mich aufmerksam.

»Ist schon gut.« Ich stand auf und ließ die burgunderfarbene

Häkeldecke in einem unordentlichen Wust auf der Couch zurück.

Jude folgte mir zur Tür. »Du bist immer noch Künstlerin. Das ist dir doch klar, oder? Du bist nach wie vor Tänzerin. Eine wirklich gute.«

»Schwachsinn«, stieß ich wütend hervor, bevor ich mir auf die Zunge beißen konnte. Das Wort hing bitter und hässlich zwischen uns. Was er mich hatte tanzen sehen, war meilenweit von dem entfernt, wie ich vorher getanzt hatte. Ich hätte es ihm gern entgegengebrüllt, aber wozu? Wer glaubte, das Tanzen in einem Musical ließe sich mit Ballett vergleichen, würde es nie verstehen.

Ich griff in meinen Rucksack und holte meinen Autoschlüssel raus, bis mir einfiel, dass mein Wagen schon vor unserem Haus stand. Ich wollte den Schlüssel wieder zurückstecken, aber er fiel klirrend auf den Boden.

»Ich hab ihn«, sagte Jude leise. Er kniete vor mir und schlang sich den Schlüsselbund um den Finger. Ich wartete darauf, dass er aufstand, aber das tat er nicht. »Ich weiß, manche Leute machen Komplimente, die nur so dahingesagt sind.« Sein Blick schwebte um meinen Knöchel. »Aber ich nicht. Ich meine es wirklich so.«

Seine Stimme klang aufrichtig und ein bisschen gekränkt.

Aber egal, verdammt. Er sollte mir keine Komplimente machen, wenn ich sie nicht glauben konnte. Ärger wallte in mir auf, drohte zu explodieren. Er hatte es ehrlich gemeint, als er gesagt hatte, ich wäre immer noch Tänzerin? Was wusste er denn schon? Absolut gar nichts.

Jude hatte keine Ahnung, dass ich letzten Juli eine Woche vor der ABT-Sommerakademie ein Paar Spitzenschuhe aus dem Schrank geholt hatte, als niemand zu Hause war. Der rosa Satin unter meinen Fingern fühlte sich glatt und geschmeidig an. Die

Innensohle bog sich beim geringsten Druck. Die Zehenbox war noch fest. Sie waren perfekt. Eingetragen, aber noch nicht stumpf.

Als ich in sie hineinschlüpfte und die Bänder um meine Fußgelenke wickelte, durchströmte mich ein Gefühl von Kraft. Ich hatte die Metallstäbe, die aus meinen Knochen herausgeragt waren, jeden Tag desinfiziert, damit sich nichts entzündete. Ich hatte mir Blutverdünner gespritzt, damit ich keine Gerinnsel bekam. Ich hatte täglich Birdies Übungen gemacht. Ich hatte alles getan, was ich tun sollte, alles, damit ich wieder auf den Spitzen tanzen konnte.

Ich ging in den Keller, hievte mein Sperrholz-Übungsbrett von der Wand weg und legte es vorsichtig auf den Boden. Ich ging mit dem linken Fuß auf die Spitze, wackelnd, weil ich eingerostet war, hielt aber nach ein paar Versuchen gut die Balance. Ich atmete ein und verlagerte mein Gewicht vorsichtig auf rechts.

Der Schmerz war unmenschlich. Wie eine scharfe Stahlklaue, die sich in meine Knochen schlug. Ich fiel geschockt auf den Boden und landete hart auf meinem linken Knie.

Ich versuchte es erneut. Noch eine stählerne Schmerzexplosion. Noch ein Sturz. Ich versuchte es wieder. Und wieder. Und wieder. Bis meine Knie rot und aufgeschürft waren und mir Rotz, Schweiß und Tränen übers Gesicht liefen. Es war nicht der Schmerz, der mich zum Weinen brachte. Es waren die Worte, die der Arzt in der Klinik vor Monaten zu mir gesagt hatte. Die Worte, die so absurd geklungen hatten.

»Was auf diese Weise gebrochen ist, kann man nicht so leicht wieder zusammensetzen. Und wenn man es tut, wird es nicht mehr so sein wie vorher.«

In diesem Moment war mir mit absoluter Klarheit bewusst geworden, dass es mit der fantastischen Magie, dem wunderschönen Zauber des Balletttanzens für immer vorbei war.

Es dauerte eine Sekunde, bis ich registrierte, dass Jude noch vor mir kniete und auf meinen Knöchel starrte. »Tut es noch weh?«, fragte er leise.

Ja. Es tat weh, es tat überall und immer weh. Ich öffnete den Mund, um ihn anzuschreien, aber bevor ich Luft holen konnte, war meine Wut versickert und ich wurde von einem neuen Drang überwältigt: ihm von diesem Moment im Keller zu erzählen. Aber ich fand die Worte nicht. Stattdessen bückte ich mich, griff das Hosenbein meiner Jeans, rollte es hoch und enthüllte ihm meine Narben.

Die an der Außenseite übertraf alles. Zwanzig Zentimeter lang und von kleinen Punkten umrahmt, da, wo die Klammern meine Haut zusammengehalten hatten. Die Narbe vorne war vergleichsweise klein, ein zehn Zentimeter langer, schartiger Hautwulst. Die letzten beiden waren Dellen in meinem Schienbein, wo die Metallstäbe des Fixateur externe in meine Knochen implantiert worden waren.

Judes Augen weiteten sich, als er das alles in sich aufnahm. Dann wurde sein Blick sanft und er sah endlich wieder zu mir hoch.

Meine Wangen begannen zu glühen. Außer meiner Familie, Birdie und den Ärzten hatte bisher niemand meine Narben gesehen. Und ich hatte sie Jude gezeigt. Ausgerechnet *Jude*.

Ich beugte mich vor, um sie wieder zu bedecken, aber seine Hände waren bereits an meinem Hosenbein. Er rollte es langsam und vorsichtig wieder bis zum Knöchel herunter. Seine Fingerspitzen streiften nur einmal kurz meine Wade. Als sie es taten, ging ein Schauer durch meinen Körper. Schließlich stand er auf.

»Es tut oft weh«, sagte ich schnell. Wenn ich wie ein ganz normaler Mensch auf seine Frage antwortete, würde er vielleicht vergessen, dass ich ihm meine Narben gezeigt hatte. »Und es ist steif, besonders bei Kälte. Es lässt sich manchmal nur schwer lockern. Es ist ... ähm ... Metall drin. Edelstahl.« Oh Gott. Warum hatte ich das getan? Es ihm gezeigt?

»Wie bei Wolverine«, sagte er.

»Ich ... was?«

»Du kennst Wolverine nicht?« Jude lächelte zaghaft. Ich konnte die vielen unterschiedlichen Brauntöne in seiner Iris sehen. Wir standen ganz nah beieinander.

Kaum hatte ich es gedacht, machte er einen kleinen Schritt rückwärts. Er spielte am Reißverschluss seines Hoodies. »Nächstes Mal steigen wir in ein anderes Rabbit Hole ein, eins über Superhelden.«

Bei den Worten »nächstes Mal« schlug mein Magen einen verwirrenden Salto.

»Und hey ...« Er hielt mir die Tür auf. »Das muss sehr ... schmerzhaft gewesen sein, das alles.« Er nickte zu meinem Bein hin. »Und ich schwöre, ich werde danach nie mehr etwas dazu sagen, aber Narben und Stahl entscheiden nicht darüber, ob du Tänzerin bist oder nicht.«

Diesmal verkniff ich mir das Fluchen. Er war ehrlich zu mir gewesen, also würde ich auch ehrlich zu ihm sein. »Doch, das tun sie. In meinem Fall schon.« Ich schlang mir meinen Rucksack über die Schulter und ging.

10

ALS ICH AM NÄCHSTEN TAG zu den Proben in die Aula kam, hielt ich nach Jude Ausschau, wobei ich mir nicht sicher war, ob ich ihn sehen wollte oder nicht.

Er war nicht da. Meine Schultern entspannten sich, und ich beschloss, ihm eine Weile aus dem Weg zu gehen. Ich konnte mich eindeutig nicht darauf verlassen, dass ich in seiner Nähe nicht irgendwelche lächerlichen Dinge machte. Und in Anbetracht der Tatsache, dass ich ihm im Lauf einer Woche den Stinkefinger *und* mein von Narben übersätes Bein gezeigt hatte, war ich mir sicher, dass er sich ebenfalls über eine Pause von mir freuen würde.

Dann schaute ich mich nach Margot um, aber sie war natürlich auch nicht da. Heute übten wir den Tanzteil von »Beautiful Girl« ein, bei dem die Mädchen aus der Revuetanzgruppe Harrison als schmückendes Beiwerk umtänzelten, während er über uns sang, als wären wir Gegenstände. Ich hatte nicht bedacht, dass Margot, die eine Hauptrolle hatte, bei den Proben der Revuetruppe nicht dabei war. Mist!

»Bildet bitte einen Halbkreis um Harrison! Auf geht's!«, rief Ms Langford mit ihrer tiefen Reibeisenstimme, als ein Schwarm

Mädchen in bunter Tanzkleidung Harrison umringte, der stock-
steif in der Mitte stand.

»Die ersten acht Takte!«, verkündete Ms Langford und fing an,
die ersten acht Takte ohne große Unterbrechungen durchzugehen, was ich gut fand. Es war eine einfache Schrittkombina-
tion, aber sie hatte Flow, eine Bewegung ging fließend in die
nächste über.

»Eins, zwei, drei, vier und Pose!«, rief Ms Langford, nachdem
wir das Ganze zum ersten Mal mit Musik durchgegangen waren.
Allgemeines Aufstöhnen schallte durch die Aula, weil die meisten die Schritte noch nicht richtig draufhatten.

»Das wird schon«, sagte Ms Langford und fuhr sich durch ihre
orangefarbenen Locken, wodurch sie noch krisseliger wurden.
»Kurze Unterbrechung, Mädchen. In fünf Minuten gehen wir
das Ganze noch mal durch. Bleib du bitte, Harrison, damit wir
an deiner Fußarbeit arbeiten können.«

Während die meisten Mädchen der Revuetanzgruppe von der
Bühne stürmten, blieb ich, wo ich war, und machte einen Ausfallschritt, um meine Waden zu dehnen. Natürlich schaute ich gerade
in dem Moment zur Aulatür, als Jude hereinkam, gefolgt von
Ethan, Diya und Celia Breed, einem Mädchen aus der Zwölf mit
wippenden blonden Haaren. Diya löste sich sofort aus der Gruppe
und stellte ihre Sachen vorne in der ersten Reihe ab, während die
anderen plaudernd und scherzend hinten blieben. Ich schaute
weg, bevor mich Jude sah, mein Herz hämmerte wie verrückt.

»Hey.« Jemand tippte an meinen Ellbogen und ich zuckte
erschrocken zusammen. Es war ein Mädchen aus der Zehnten
mit heller Haut, Sommersprossen und dunklen, zu einem hohen
Pferdeschwanz gebundenen Haaren. Sie trug den grellsten pinkfarbenen Lippenstift, den ich je gesehen hatte. Neben ihr stand
ein blondes Mädchen in einem Katzenohren-Hoodie.

»Oh, sorry«, sagte Lippenstiftmädchen und trat einen Schritt zurück. »Wir haben uns nur gefragt, ob du uns vielleicht zeigen könntest, wie man diesen schiefen Schritt macht?«

»Das Tombé Pas de bourrée?«

»Äh, ja.« Sie lächelte. »Das.«

Ich zeigte ihnen langsam, wie es ging, und teilte den Bewegungsablauf dabei in einzelne Abschnitte auf: den Ausfallschritt, das dreischrittige Pas de bourrée mit fließenden Armbewegungen und die Schlusspose – den hinteren Arm hochgestreckt in die fünfte Position, den Blick zum Publikum gerichtet. Sie mussten immer wieder über ihre Arme lachen. »Ich komme mir vor, als würde ich flattern!«, sagte Katzenohrmädchen.

»Versucht erst mal, die Arme zu entspannen.« Ich griff nach ihrem Unterarm und zog ihn sanft auf und ab, wie es Kira immer gemacht hatte. »Und dann haltet euren Ellbogen auf einer Höhe mit dem Handgelenk. Dann sollte es weniger flatterig sein.« Sie lachte und ich führte ihnen die Schritte noch einmal vor.

Lippenstiftmädchen seufzte. »Jetzt mal ernsthaft, wieso sieht es bei dir so schön aus, und wenn ich es mache, ist es nur so kräh-krächz! Kräh-*krächz*!?« Sie schlug mit den Armen wie der tollpatschigste Vogel der Welt und »kräh-krächzte« so laut, dass mehrere Leute zu uns hersahen.

Einschließlich Jude. Ich senkte den Blick wieder.

»Schsch«, mahnte Katzenohrmädchen. »Genau deswegen will Harrison nicht, dass du seine Freunde kennenlernst.« Wir schauten alle zu Harrison, dessen Stirn konzentriert gerunzelt war, während er Ms Langford zusah, die ihm zum hundertsten Mal seine Schrittfolge vorführte.

»Seid du und Harrison ein Paar?«, fragte ich Lippenstiftmädchen. Ich wusste nicht, ob es üblich war, dass Zehntklässlerinnen und Zwölftklässler zusammen waren, aber das würde natürlich erklären, warum er bei dem Musical mitmachte.

»Bloß in unserer Fantasie«, sagte Katzenohrmädchen.

»Ooookaaay«, sagte ich gedehnt.

»Ich bin übrigens Laney«, schaltete sich Lippenstiftmädchen ein und warf ihrer Freundin einen warnenden Blick zu. »Das ist Ada.«

»Alina«, sagte ich.

»Cool.« Laney streckte die Arme über den Kopf. »Jetzt müssen wir dich nicht mehr Ballerina-Mädchen nennen.«

Ich stutzte perplex. Es wunderte mich immer, wenn jemand an der Eagle View von meiner Ballett-Vergangenheit wusste. Irgendwie ging ich davon aus, dass sie mich alle genauso wenig wahrnahmen wie ich sie.

»Du *machst* doch Ballett, oder?« Laney runzelte die Stirn. »Ich dachte nur, weil du so eine tolle Tänzerin bist und deine Haltung so irrwitzig ist. Auf eine gute Art«, fügte sie schnell hinzu.

Ein kurzes lautes Händeklatschen rettete mich davor, antworten zu müssen. »Von vorn!«, rief Ms Langford, und alle kamen zurück auf die Bühne und stellten sich um Harrison auf. Als die Musik einsetzte und ich mich im Takt hin- und herwiegte, bemerkte ich, dass mich Laney und Ada beobachteten und ihre Armhaltung akribisch meiner anpassten.

Ich wandte den Blick ab und schaute in den Zuschauerraum, dahin, wo Jude war. Mein Atem setzte aus, als ich sah, dass auch er mich beobachtete. Seine Miene war von hier oben schwer zu deuten, aber er hatte die Stirn gefurcht und hielt den Kopf leicht geneigt, als würde er nach etwas Ausschau halten.

Narben und Stahl entscheiden nicht darüber, ob du Tänzerin bist oder nicht.

Vor Unsicherheit brach mir der Schweiß aus. Ich konzentrierte mich darauf, die Arme zu schwingen, mich in Kreuzschritten auf Harrisons linke Seite zu bewegen und mich hinter die anderen Mädchen einzureihen, während uns Harrison eine nach der anderen an die Hand nahm und mit einer Drehung auf seine andere Seite wirbelte. Ich machte ein Tombé Pas de bourrée in die Schlusspose und hob den Arm in die Fünfte.

Ich warf noch einen Blick in den Zuschauerraum. Jude war verschwunden. Mir wurde das Herz schwer, ohne dass ich mir erklären konnte, warum. Ich wollte ihm doch aus dem Weg gehen, oder?

Als ich Freitag zur Probe kam, erschallte von der Bühne ein schrilles »Kräh-Krächz!«. Ada und Laney lachten und winkten mir, zu ihnen nach oben zu kommen.

»Heute stellen wir uns hinter dich«, verkündete Ada, als ich auf sie zuging. »Wir vertreten die Theorie, dass sich deine tänzerischen Fähigkeiten auf uns übertragen, wenn wir ganz nah bei dir sind – durch Osmose oder so.«

»Klingt logisch«, sagte ich trocken.

Sie lachten, als hätte ich gerade einen fulminanten Witz gerissen. »Ihr müsst lockerer werden«, sagte ich, was sie wieder zum Lachen brachte. Sie waren eindeutig ein leicht zufriedenzustellendes Publikum, trotzdem lächelte ich.

Während der Probe zogen die kleinen Nervensägen ihren Plan tatsächlich durch und standen dicht hinter mir, während wir zigmal »Beautiful Girl« übten. In der Pause hörte ich zwar ein paar Fetzen ihres Gesprächs, konnte aber nichts davon verstehen. Es wimmelte darin von unbekannten Namen, Abkürzungen und Insiderwitzen. Ein Anfall von Einsamkeit überkam mich, als ich daran denken musste, wie Colleen und ich uns immer unterhalten hatten.

»Alina.« Ms Langford trat auf mich zu, nachdem sie die Revuetanztruppe für heute entlassen hatte, Harrison stand verlegen neben ihr. »Ich muss jetzt an ›Make 'Em Laugh‹ arbeiten.« Sie zeigte zu Ethan, der gerade auf die Bühne kletterte. »Wärst du so nett, mit Harrison noch mal ›Beautiful Girl‹ durchzugehen, bevor du dich auf den Heimweg machst?«

»Oh. Klar.«

»Du bist ein Schatz.« Ms Langford klopfte mir auf den Rücken und reichte mir einen altertümlichen CD-Player. Als Harrison und ich uns in den hinteren Teil des Zuschauerraums verzogen, starrte uns Laney mit großen Augen hinterher.

»Es tut mir leid, dass du das machen musst«, sagte Harrison, als ich den CD-Player auf dem kratzigen grauen Teppichboden abstellte und in eine Steckdose einstöpselte.

»Ist schon in Ordnung.« Harrisons Choreografie bestand hauptsächlich aus rhythmischem Gehen, ein paar Boxsteps und einigen wenigen Drehungen. Es würde nicht lange dauern, sie mit ihm durchzugehen. »So. Dann lass mal sehen, was du noch weißt.« Ich drückte auf Play.

Harrison zog das Ganze ohne Unterbrechung durch, was gut war. *Weniger* gut war, dass jeder Schritt unnatürlich staksig und torkelig wirkte, als wäre er eine betrunkene Marionette.

»Oha«, sagte ich, als er fertig war. Es war echt das einzige Wort, das mir einfiel.

»Ja.« Harrison seufzte tief, zog die Beanie vom Kopf, strich mit einer Hand seine Haare zurück und setzte die Mütze wieder auf. Das hatte ich bei ihm schon gesehen, als er bei den Callbacks ganz alleine saß und auch in der Küche bei der Pre-Cast-Party.

»Okay.« Mir dämmerte, was das Problem war. »Dir ist es

wahnsinnig peinlich, den Tanz aufzuführen, deshalb wirkt es wahnsinnig hölzern, wenn du ihn tanzt.«

»Genau«, sagte er gedehnt. »Und wie … ähm … ändere ich das?«

Ich überlegte, was ich immer getan hatte, um den Bewegungsablauf für eine neue Variation natürlich fließen zu lassen. »Ich glaube, du musst dir den Song richtig anhören. Vielleicht nicht unbedingt den Text«, fügte ich hastig hinzu, weil der wirklich schauderhaft war. »Aber die Melodie und den Rhythmus. Je besser du das Stück kennst, desto besser kannst du die Melodie in deinem Körper spüren und dich in diesen aalglatten eingebildeten Widerling verwandeln, der so gern über schöne Mädchen singt.«

Harrison zog eine Grimasse. »Das ist dein Vorschlag? Ich soll auf den Song hören und mich in diesen aalglatten eingebildeten Widerling verwandeln?«

»Ich fürchte ja.«

Harrison schloss die Augen und holte tief Luft, als ich das Einsatzzeichen gab und die Musik laufen ließ. Er zwang sich ein bizarres Lächeln ins Gesicht und startete seine Schrittfolge mit dem gleichen staksig-torkligen Marionettengang wie vorher.

»Ich würde … das Lächeln weglassen«, sagte ich.

Harrison rieb sich das Gesicht. »Wieso kriege ich es nicht hin?« Sein Blick glitt an mir vorbei zur Bühne, wo Ethan lässig einen Barrel Turn an den anderen reihte.

»Er nimmt Tanzunterricht«, sagte ich aufmunternd. »Du kannst nicht erwarten, so gut zu sein wie jemand, der Unterricht nimmt.«

Harrison machte wieder das mit der Beanie und senkte den Blick. »Stimmt.«

Ich betrachtete ihn nachdenklich. Er sah elend aus. Wenn ihm die Proben derart zuwider waren, sollte er es vielleicht lieber ganz lassen. Er könnte einfach von hier verschwinden und die ganze Sache vergessen.

»Versteh mich nicht falsch, aber bist du dir hundertprozentig sicher, dass du bei dem Musical mitmachen willst?«

Er seufzte. »Ich weiß nicht. Ich wollte es versuchen. Mir war klar, dass es mir vielleicht nicht gefallen würde und dass ich vermutlich nicht gut sein würde, aber ich musste es einfach … versuchen.«

»Warum?«

»Könnte … persönliche Gründe haben«, nuschelte er, und sein Gesicht nahm eine rötliche Färbung an.

Persönliche Gründe? Ich sog die Luft ein. Oh mein Gott – Harrison machte bei dem Musical mit, weil er jemanden aus der Besetzung mochte? Mein Brustkorb zog sich zusammen, denn Colleen wäre begeistert, wenn sie davon wüsste. Sie war eine hoffnungslose Romantikerin und hatte ein Herz für Menschen, die aus Verliebtheit peinliche Sachen machten.

Oooohhh!, konnte ich sie praktisch quietschen hören. *Du musst ihm helfen!*

Und plötzlich wollte ich das. Unbedingt. Sein dummer romantischer Plan würde verdammt noch mal aufgehen.

Ich schnappte mir den CD-Player, machte Harrison ein Zeichen, dass er mir folgen sollte, und ging durch die hintere Aulatür raus ins Foyer. »Okay, pass auf.« Ich hielt nach einer Steckdose Ausschau. »Die Tatsache, dass es dir schwerfällt, dich wie ein aalglatter eingebildeter Widerling zu benehmen, ist grundsätzlich was Gutes. Es braucht nur ein bisschen Übung, das ist alles.«

Harrison zog eine Augenbraue hoch. »Wirklich?«

»Jep. Jetzt schau auf meine Arme.« Ich drückte auf Play, bevor ich es mir anders überlegen konnte. Als das muntere Schlagzeug erklang und die Streicher einsetzten, ließ ich meinen Körper ganz locker werden. Dann tanzte ich Harrisons Choreografie und legte in jeden Schritt eine großspurige Selbstgefälligkeit. Als ich aufhörte, waren Harrisons Augen fassungslos geweitet.

»Wie hast du das gemacht?«

»Du musst nur tun, was dir der Song sagt. Und tu es mit Überzeugung. Und entspann deine Schultern. Versuch es noch mal.«

Diesmal sah es ein bisschen besser aus. Immer noch hölzern, aber definitiv weniger qualvoll. Laney und Ada kamen gerade in dem Moment aus der Aula, als Harrison anfangen sollte, die hintereinander aufgereihten Mädchen eine nach der anderen in eine Drehung zu wirbeln. Mir kam eine Idee. Laney war vermutlich zu jung, um sein heimlicher Schwarm zu sein, aber vielleicht würde es ihm helfen, sich in die Rolle hineinzufinden, wenn er ein Weilchen mit einer Verehrerin tanzte.

»Hey, Laney. Meinst du, du könntest dich mal eben mit Harrison für die Drehungen zusammentun?«, fragte ich.

Laney ließ mit einem dumpfen Aufprall ihren Rucksack fallen und kam nervös kichernd zu uns. »Ja, schätze, das kann ich wohl machen.« Ada setzte sich auf den Boden und zückte eine Packung Kaubonbons, als wäre sie im Kino.

Ich ließ Harrison und Laney die Kombination ein paarmal tanzen. Mein Plan schien aufzugehen. Laneys quirlige Art bewirkte, dass Harrison lockerer wurde, er nahm sich selbst nicht mehr so ernst und gab sich dem Flow der Bewegungen hin.

Schon bald hatte ich das Gefühl, dass Harrison so weit war, allein weiterzuüben. »Danke«, sagte er und lächelte uns zu, als er seine Karojacke überzog und sich zum Gehen wandte. »Ihr habt meine Würde gerettet.«

Laney starrte ihm mit verträumter Miene hinterher. »Danke«, echote sie, als er weg war.

»Ich erwarte, zur Hochzeit eingeladen zu werden.« Ich nahm meine Jacke, die ich auf meinen Rucksack gelegt hatte.

»Wir wollen zwar eigentlich nur im kleinen Kreis feiern, aber das lässt sich einrichten«, sagte Laney.

»Ähm …« Ich wusste nicht so genau, was ich darauf erwidern sollte.

Ada prustete. »Ich verrate es ihr jetzt einfach. Wir spielen ein Spiel, das wir Liebesrealismus genannt haben. Dazu gucken wir uns jemanden von der Besetzung aus, auf den wir stehen, und spielen durch, wie sich unser Leben von jetzt an entwickeln würde. Laney hat sich Harrison ausgesucht.«

»Aha.« Ich lächelte. »Was ist bisher passiert?«

»*Tja also*«, sagte Laney, »wir haben beide an der Penn State studiert. Er hat viel Zeit mit den Leuten aus seiner Studentenverbindung verbracht, weshalb auch immer. Aber inzwischen haben wir unser Examen gemacht, und ich möchte heiraten, aber er will noch warten, bis wir finanziell besser dastehen. Deswegen gibt es leichte Spannungen.«

Ich lachte. »Und wer ist es bei dir?«, fragte ich Ada.

»Laurel Adams. Eigentlich habe ich einen Freund, wir führen eine Fernbeziehung, deswegen war ich mir nicht sicher, ob ich das Spiel dieses Jahr mitmache, aber es ist ja nicht so, als hätte ich es wirklich auf sie abgesehen. Im Moment sind wir gerade mit dem Rucksack durch Osteuropa unterwegs. Möchtest du mitspielen? Hast du jemanden im Auge?«

Ich sah Judes Gesicht vor mir. Seine haselnussbraunen Augen. Sein Lächeln. »Nein«, sagte ich schnell. »Niemanden.«

136

Während der ganzen Heimfahrt ging mir die Melodie von »Beautiful Girl« nicht aus dem Kopf. Was okay war, denn das lenkte mich ab und bewahrte mich davor, wieder an Judes Gesicht zu denken.

Als ich zur Haustür reinkam, umfing mich der warme, köstliche Duft von Shoyu Chicken. Es war mein absolutes Lieblingsgericht. »Hey, Süße«, rief Dad aus der Küche, während ich die Tür schloss.

»Hey.« Ich ließ meinen Rucksack im Flur auf den Boden fallen und ging zur Treppe. Eine Hand auf das Geländer gelegt, schaute ich in die Küche und sog die magische Aroma-Mixtur aus Sojasoße, Ingwer, Knoblauch und braunem Zucker ein.

Mom winkte mir vom Küchentresen aus zu, wo sie Reisbällchen formte. »Hattest du Spaß bei der Probe?«, fragte sie.

Ich überlegte kurz. Ich hatte erwartet, dass die Proben ohne Margot quälend sein würden, aber es war gar nicht so schlecht gewesen. Laney und Ada waren ziemlich lustig. Und Harrison zu helfen, hatte sich irgendwie gut angefühlt.

»Ich hatte nicht ... *keinen* Spaß.«

Dad, der einen Stapel Teller aus dem Schrank hob, hielt inne.

»Na, da bin ich aber keineswegs ... *nicht* froh, das zu hören.«

»Mich freut es auch keineswegs nicht«, pflichtete ihm Mom bei.

Ich verdrehte die Augen, als sich meine Eltern über ihren blöden Scherz schlapplachten. »Bye«, sagte ich und ging die Treppe hoch.

»Abendessen in zehn Minuten!«, rief mir Mom hinterher.

In meinem Zimmer ließ ich mich rücklings auf die Bettdecke fallen und starrte die kahlen pfirsichrosafarbenen Wände an. Ich schloss die Augen, aber obwohl ich einen ganzen Tag Schule mit anschließender Probe hinter mir hatte, war ich hellwach. Ich klappte meinen Laptop auf und tippte *Giselle* in die YouTube-Suchleiste.

Dann löschte ich es wieder und tippte *Beautiful Girl Singin' in the Rain* ein. Ein Videoclip mit einem Ausschnitt aus dem Film erschien. Ich schaute ihn mir an und war froh, dass Ms Langfords Version der Choreografie wesentlich einfallsreicher war. Ich spielte das Video noch mal ab und ertappte mich dabei, dass ich aufstand und die Schrittfolge tanzte, meine nackten Füße strichen über den weichen Teppich. Als ich mit erhobenem Arm in die Schlusspose ging, bog ich mich unwillkürlich in ein langsames Cambré zurück. Es kam in der Choreografie nicht vor, passte aber zum leichten Abklingen der Musik. Beim Aufrichten spürte ich ein schwaches Ziehen in der Rückenmuskulatur. Ich hatte sie seit Ewigkeiten nicht mehr richtig gedehnt.

Ich ging auf Knie und Hände und bog langsam den Rücken nach oben, dann nach unten und wieder nach oben, um die schmerzende Stelle zu dehnen. Während ich jede Position hielt, atmete ich tief ein und spürte, wie meine Rückenmuskeln allmählich warm und locker wurden. Dann dehnte ich die schrägen Bauchmuskeln, die Schultern und die hintere Oberschenkelmuskulatur. Schließlich stand ich auf und tupfte mir einen leichten Schweißfilm von der Stirn. Ich warf einen Blick auf mein Bett, aber mir war noch immer nicht danach, mich darin zu verkriechen.

Ich ging zum Fenster und zog den Vorhang zurück. Gegenüber in Judes Haus brannte in einem der oberen Räume Licht. Ich fragte mich, ob es sein Zimmer war. Ich starrte zu dem beleuchteten Fenster rüber, bis eine Nachricht von Colleen kam.

Hab ich gerade zwei Stunden Ferdinand-GIFs gemacht? Ja. Bereue ich es? Nein.

Darunter war ein GIF von Ferdinand, der zum Beat von

»Stayin' Alive« den Bürgersteig entlangtänzelte. Eine Woge der Sehnsucht nach Colleen durchströmte mich. Ich wollte alle ihre Ferdinand-GIFs sehen und darüber lachen, bis mir die Tränen kamen, und selbst auch ein paar GIFs machen, während ich in ihrem Zimmer neben ihr auf dem Sternbild-Teppich lag.

Wenn ich ihr antworten könnte, würde ich sie zu Ferdinands coolem Gang beglückwünschen. Ich würde mich dafür entschuldigen, dass ich abgetaucht war. Ich würde ihr von Jude erzählen.

Hab ich Jude meine Narben gezeigt? Ja. Bereue ich es ...

Ich dachte an den Moment zurück, an diesen plötzlich übermächtigen Drang, etwas von meinem Schmerz zu offenbaren. Wie freundlich und traurig Judes Blick gewesen war, als er mich ansah, als würde er verstehen, obwohl er es nicht konnte.

Ich schaute noch mal zu dem beleuchteten Fenster gegenüber. Dass ich Jude meine Narben gezeigt hatte, war peinlich, und ich würde ihm definitiv eine Weile aus dem Weg gehen, aber zu behaupten, dass ich es bereute, konnte ich nicht über mich bringen. Nicht mal in einer ungeschriebenen Nachricht an Colleen.

Keine Ahnung, was das zu bedeuten hatte.

DEZEMBER

11

DIE NÄCHSTEN WOCHEN MACHTE ICH jeden Abend meine Dehnübungen und schlief erstaunlich gut. Und wenn ich mich morgens beim Aufwachen weniger wie ein Zombie fühlte, hatte ich auch nicht mehr das Gefühl, jeden umbringen zu wollen. Was ein angenehmer Nebeneffekt war.

Ausschlafen wollte ich am Wochenende allerdings immer noch. Weshalb auch etwas von der alten mörderischen Wut in mir aufstieg, als ich an einem Samstag um halb acht von einem penetranten Summton geweckt wurde. Ich tastete nach meinem Handy, stieß es vom Nachttisch und suchte den Teppich ab, bis ich es gefunden hatte.

Margot.

meine abuela ist zu besuch. will mit mir shoppen, kleid für weihnachtsball besorgen. konnte nicht nein sagen. hilfe???

eas? Mit meiner Fingermotorik war es so früh am Morgen nicht weit her.

kannst du sie ablenken? jetzt treffen bei macy's in der großen mall bitte? bitte jetzt!?

Ich schloss die Augen wieder, ich wollte mich nicht bewegen, schon gar nicht in die Mall. Es war die erste Dezemberwoche und, wie es Margot gestern ausgedrückt hatte, »arschkalt draußen«. Mein Handy klingelte. Ich tippte auf Annehmen, damit es aufhörte. *»Was?«*

»BITTE!!??«, brüllte Margot.

Ich riss mir das Handy vom Ohr weg und hielt es ein paar Zentimeter entfernt. »Hat Macy's überhaupt schon auf?«, krächzte ich.

»Rund um Weihnachten gibt es besondere Öffnungszeiten. Komm doch, bitte«, flehte Margot. Dann begann sie, »Jingle Bells« zu singen – mit ihrem eigenen Text: »Komm zu Macy's. Komm zu Macy's. Rette mich vor Abuela!«

Ich gab einen Laut zwischen Stöhnen und Lachen von mir. *»Na gut.* Lege jetzt auf.« Ich rollte mich aus dem Bett und zog meine fleecegefütterten Leggins an, Boots und den senfgelben Kastenformpullover, den meine Grandma Shiho in den Sixties getragen hatte, als sie noch in New York lebte. Nachdem sie mit Grandpa Kenny nach Hawaii gezogen war, hatte sie alle ihre Pullover in Kisten verstaut und aufbewahrt, weil sie dachte, ihren zukünftigen Kindern oder Enkeln würden die Sachen vielleicht irgendwann gefallen. Und sie sollte recht behalten – sobald die Temperatur unter fünf Grad fiel, holten Josie und ich die Grandma-Pullover raus.

Als ich die Treppe runterkam, stutzte Mom, die auf der Couch saß, den Stift über dem Aufsatz erhoben, den sie gerade korrigierte. »Träume ich? Oder bist du tatsächlich vor Mittag aufgestanden?«

»Ich treffe mich mit Margot in der Mall. Kann ich den Wagen nehmen?«

Mom lächelte. »Ohhh, und was wollt ihr kaufen?«

Wenn ich ihr gesagt hätte, dass Margot ein Kleid für den Weihnachtsball suchte, würde sie denken, dass ich auch eins suchte, und übertrieben begeistert sein. »Ach, nichts Konkretes. Margots Oma will mit ihr shoppen gehen und ich treffe mich mit ihnen.«

Mom lächelte noch breiter, wahrscheinlich sah sie im Geiste Margot und mich einen Haufen verrückter Outfits anprobieren und dabei zu einem Popsong tanzen, wie in einer Filmszene.

»Und? Darf ich den Wagen haben?«

»Klar.« Mom wandte sich wieder ihrem Aufsatz zu. »Aber du musst dann Josie um halb zwölf vom Tanzen abholen.«

Ich zögerte, als ich in Moms Tasche griff, um mir den Schlüssel zu nehmen. »Kann Dad das nicht machen?«

Mom schüttelte den Kopf. »Er spielt heute auf einer Hochzeit.«

Ich seufzte. »Na gut.« Ich zog meinen Daunenmantel an, setzte meine Strickmütze auf und öffnete die Haustür. Ein Schwall eiskalter Luft schlug mir entgegen und ich verfluchte Margot den ganzen Weg bis zum Wagen.

Zwanzig Minuten später betrat ich mit einem Karamell-Apfel-Latte in der Hand gähnend Macy's. Es deprimierte mich, wenn ich daran dachte, dass ich wegen der Extra-Proben, die nach den Weihnachtsferien begannen, bald jeden Samstag so früh aufstehen musste.

Als ich nach Margot Ausschau hielt, erklang aus den Lautsprechern der »Schneeflockenwalzer«. Auch das noch. Mal abgesehen von den Weihnachtsbäumen und Lichterketten überall war die Tatsache, dass man im Dezember kaum irgendwo hingehen konnte, ohne Musik aus *Der Nussknacker* zu hören, nicht gerade hilfreich bei meinem Ballett-Entzug.

»Alina, *GOTT* sei Dank.« Margot stürmte aus dem Umkleidebereich auf mich zu. Sie hatte ihr Sweatshirt falsch herum an und ihr normalerweise glatt anliegender türkisfarbener Bob war statisch aufgeladen und zerzaust. »Ich hab ihr gesagt, dass ich nicht zum Weihnachtsball gehe. Das Motto ist ›Neon‹, Herrgott. Das ist nicht mal ein Motto, sondern ein Gas!«

Ich musterte sie mit fassungslos geweiteten Augen. Ich hatte Margot noch nie so aufgelöst gesehen.

Eine hochgewachsene, elegante Frau trat aus der Umkleide, mehrere Abendkleider in unterschiedlichen Abstufungen von Bausch und Glitzer über dem Arm. Sie trug einen taupefarbenen Wide-Leg-Jumpsuit mit Taillengürtel und hatte ihre Haare im Nacken zu einem Knoten geschlungen. Ich hätte sie für ein Laufsteg-Model gehalten, wenn sie nicht um die siebzig gewesen wäre.

»Das ist Alina, Abuela«, sagte Margot zu ihr. »Sie sucht auch ein Kleid.« *Sorry*, sagte sie stumm in meine Richtung, aber mich störte es nicht, denn ich hatte mir schon gedacht, dass Margot so etwas im Sinn hatte, als sie »sie ablenken« schrieb. Und es bedeutete ja nicht, dass ich wirklich zum Weihnachtsball gehen würde. Es bedeutete nur, dass ich Margot jetzt beistehen und ihre Großmutter eine Weile in Schach halten würde, indem ich auch ein paar Kleider anprobierte.

»Isabel Correa«, stellte sie sich vor und schüttelte meine Hand. »Ich freue mich sehr, dich kennenzulernen.« Sie sah tatsächlich sehr erfreut aus. Und etwas überrascht. »Wie wunderbar, dass du eine Freundin hast, mit der du Kleider anprobieren kannst, Margot. Das ist ist etwas sehr Wichtiges im Leben.«

»Oh Gott«, sagte Margot leise, aber erst nachdem sich Isabel abgewandt hatte.

Isabel fing an, die verschmähten Kleider an die Garderobenständer vor den Umkleiden zurückzuhängen. »Manchmal enttäuschen uns die Freunde und Freundinnen, die wir uns als Kinder ausgesucht haben«, sagte sie. »Ich finde es großartig, wenn junge Menschen, die ihren alten Freunden entwachsen sind«, sie sah kurz zu mir rüber und musterte meinen Vintage-Pullover, der anscheinend ihre Zustimmung fand, »bessere finden.«

»Okay, können wir bitte weitermachen?« Margot bewegte sich langsam rückwärts, offenkundig darauf erpicht, die Unterhaltung zu beenden.

Isabel gab sich kaum Mühe, ihr Lächeln zu kaschieren. »Gut. Ich lasse euch beide jetzt in Ruhe schauen. Ihr sucht euch ein paar Sachen aus und ich gebe meine Meinung dazu erst in der Umkleide ab.«

Margot packte mich am Ellbogen und stürzte davon. »Sorry dafür«, sagte sie, als wir uns zwischen den Kleiderständern ans andere Ende der Abteilung durchschlängelten. »Ich hab ziemlich viel von meinem Frust bei ihr abgeladen, als damals die Sache mit Izzy passiert ist, seitdem behandelt sie mich wie ihr Mitleidsprojekt und achtet darauf, dass ich zu allen blöden Schulveranstaltungen gehe, damit ich nicht ›außen vor‹ bin.« Margot schnaubte abschätzig. »Als ob ich irgendwas verpassen würde, wenn ich nicht zum Weihnachtsball gehe. Oh Gott, was *ist* das?« Sie hielt ein Kleid hoch, das die Farbe und Struktur von breiigem Orangensaft hatte.

Ich konnte mein Lachen nicht länger zurückhalten.

»Alina!«, rief Margot. »Sie hat mich gezwungen, Unmengen von Taft anzuprobieren. Ich bin *traumatisiert*!«

Jetzt bekam ich einen echten Lachflash und Margot auch. Nachdem wir uns wieder beruhigt hatten, schlenderte Margot zu einem anderen Kleiderständer. »Okay, bringen wir es hinter uns. Wir suchen uns ein paar Outfits aus, in denen wir nicht allzu lächerlich aussehen. Die Jahrbuchfotografen werden überall sein, und …«

»Moment mal, du gehst wirklich hin? Du probierst die Sachen nicht nur deiner Abuela zuliebe an?«

»Nein, *wir* gehen wirklich hin. Abuela bleibt bis nach Weihnachten.« Der Weihnachtsball war am 20. Dezember, dem letzten Schultag vor den Ferien, und ich hatte ihn nicht im entferntesten auf dem Radar. Margot strahlte mich an. »Komm schon, wir können doch ganz kurz da aufschlagen, ein Foto für Abuela machen und dann gleich wieder abhauen und zu Waffle Country gehen.«

Ich lächelte ungewollt, als sie »Waffle Country« sagte. Es war ein Retro-Lokal mit Schachbrettmuster-Fußboden, babyblauen Sitznischen und glänzenden feuerroten Tischplatten. Die Einrichtung tat in den Augen weh, aber die Waffeln waren eine Offenbarung.

Ich richtete den Blick auf den Kleiderständer, zog ein magentafarbenes Abendkleid mit herzförmigem Cutout im Rücken heraus und hielt es Margot ans Kinn. »Ich komme mit, wenn du das trägst.«

»Ganz ehrlich«, Margot nahm das Kleid und musterte es kritisch, »ich hab schon schlimmere anprobiert.«

Während wir die Kleiderständer durchforsteten, erfuhr ich, dass Isabel eine Galerie in New York führte, in der sie Werke mexikanisch-amerikanischer Künstler ausstellte, und dass ihre Besuche in Pennsylvania oft unangekündigt waren. »Ich schwöre, sie beschließt manchmal einfach, in den Zug zu steigen. Sie ist mein allerliebster Mensch auf der Welt, aber wenn sie sich was in den Kopf gesetzt hat, ist sie nicht zu bremsen. Heute hat sie sich in den Kopf gesetzt: Margot braucht ein Abendkleid für den Weihnachtsball. Ich wusste, dass so was passieren würde, als ich ihr letztes Jahr nicht erlaubt habe, mir ein Quinceañera-Kleid zu kaufen«, murmelte Margot. »Jetzt verfluche ich mich dafür!«

»Du hattest eine Quinceañera-Feier?«, fragte ich neugierig. Ich wusste nicht viel darüber, aber ich hatte mal einen Artikel über lateinamerikanische Mädchen gelesen, die zu ihrem fünfzehnten Geburtstag eine Quinceañera feierten. Auf den Bildern hatten alle wunderschöne voluminöse Ballkleider und Diademe an. So aufgebrezelt konnte ich mir Margot nicht vorstellen.

»Eine kleine, ja.« Sie ging in Blitzgeschwindigkeit die Kleider auf einem weiteren Ständer durch. »Ich wollte auf keinen Fall ein besonderes Kleid dafür, also hat mir Abuela stattdessen ein Paar megageile High Heels mit Zehn-Zentimeter-Absatz gekauft. Das Walzertanzen war damit zwar ein bisschen schwierig, aber wir müssen alle manchmal Opfer bringen.«

Ich lächelte. »Walzer?« Auch das konnte ich mir nicht vorstellen.

Margot guckte etwas verlegen, dann aber doch ziemlich stolz. »Jep. Ich wollte erst überhaupt keine Quinceañera, aber dann hat mir Abuela von ihrer damals erzählt und was sie ihr bedeutet hat, und ich hab mich umentschieden.« Sie zog ein schwarzes Cocktailkleid vom Ständer und warf es sich über den Arm. Ein nachdenklicher Ausdruck breitete sich auf ihrem Gesicht aus. »Manchmal kommt es mir so vor, als würde mir die Verbindung zur mexikanischen Kultur fehlen, weil meine Abuela in den USA geboren und aufgewachsen ist und ich nur zur Hälfte Mexikanerin bin. Und ich würde mich gern mehr verbunden fühlen.«

Ich dachte darüber nach. »Ich weiß, was du meinst.«

»Ja?«

»Meine Großeltern mütterlicherseits sind in den USA geboren. Ich spreche kein Japanisch und bin noch nie in Japan gewesen. Ich möchte unbedingt irgendwann mal hin, aber ja, es ist häufig so, dass ich mich der japanischen Kultur nicht richtig verbunden fühle.« Margot nickte. Ich rieb den weichen Stoff eines burgunderfarbenen Kleids zwischen den Fingern. »Einmal, als wir auf

Hawaii waren, hatte meine Grandma Shiho ein paar ihrer Freundinnen zum Bridge eingeladen, und zwei von ihnen haben ständig Bemerkungen darüber gemacht, wie ›amerikanisiert‹ Josie und ich doch wären.«

Margot grinste. »Sind alte Ladys nicht unschlagbar? Nehmen kein Blatt vor den Mund. Was hat deine Grandma gesagt?«

»Sie meinte bloß: ›Tja, sie sind nun mal Amerikanerinnen. Japanische Amerikanerinnen.‹«

»Ach, schön.«

Ich lächelte. Es hatte mich damals nicht gestört, was die alten Frauen gesagt hatten. Aber ich erinnerte mich noch, dass ich fand, meine Grandma hatte recht. Wir waren japanische Amerikanerinnen. Und eine japanische Amerikanerin zu sein, konnte alles Mögliche bedeuten. Mir gefiel, dass einem dadurch so vieles offenstand – so viele verschiedene Arten zu denken und zu handeln und zu sein – und nichts durch irgendwelche engstirnigen Regeln vorprogrammiert war.

Plötzlich vermisste ich Grandma Shiho, ihr überladenes Haus in Honolulu, den Frangipani-Baum in ihrem Garten, ihre struppige Katze Gyotaku. »Ich wünschte, meine Grandma könnte auch einfach spontan in einen Zug steigen und uns besuchen kommen«, sagte ich.

»Ja, aber sie in Hawaii zu besuchen muss doch mega sein«, sagte Margot. »Nimm mich das nächste Mal mit, okay? Wir können den ganzen Tag am Strand liegen und abends in der Stadt abgefahrene Sachen machen.«

Ich lachte und stellte mir Ferien auf Hawaii mit Margot und Colleen vor. Colleen würde sich eine Million Mal am Tag verlieben, und Margot würde witzige Wege finden, die Typen alle abzuschießen, und ich würde wahrscheinlich gar nicht mehr aufhören können zu lachen. Bei dieser fantastischen Vorstellung war mir ganz entfallen, dass es fünf Monate her war, seit ich mit Colleen gesprochen hatte.

Ich schlug mir den Gedanken aus dem Kopf.

Als Margot und ich jeweils drei nicht-scheußliche Kleider gefunden hatten, gingen wir zu den Umkleiden zurück, wo Isabel auf uns wartete. Margot sah mich beschwörend an, bevor wir jede in unsere eigene Kabine verschwanden. »Du musst rauskommen, okay?«

Unsere jeweils erste Wahl – ein kleines Schwarzes für Margot und ein Dunkelblaues mit One-Shoulder-Träger für mich – kassierte ein entschiedenes Nein von Isabel. Sie sagte, sie wären zu brav für so »faszinierende junge Frauen« wie uns.

Aber Margots zweite Wahl, ein metallisch schimmerndes bodenlanges Neckholder-Kleid mit Taschen, fand Isabels Zustimmung. »Endlich! Danke, Jesus!« Margot fiel auf die Knie und warf die Hände hoch, bis ihr Isabel befahl, sich zusammenzureißen. Meins bekam wieder ein Nein.

Margot drehte sich zu mir um. »Ich fiebere mit dir, Champ.«

Ich ging wieder in die Kabine und zog meine dritte und letzte Option an: ein Hellrosafarbenes mit tiefem U-Ausschnitt und einem schwarzen Samtband, das vorn über Kreuz geschnürt und im Rücken zu einer Schleife gebunden war. Der Rock war aus zartem Tüll und leicht gebauscht. Er reichte mir bis knapp unters Knie und ließ meine Narben unverhüllt, weshalb es natürlich nicht infrage kam. Aber da war noch was.

Stirnrunzelnd betrachtete ich mein Spiegelbild. Mit der Farbe und dem Rock erinnerte dieses Kleid viel zu sehr an Ballett. Trotzdem, ich musste es Margot und Isabel zeigen. Ich hatte es versprochen. Hastig zog ich meine Leggins an, vergewisserte mich, dass meine Narben vollständig bedeckt waren, und ging aus der Kabine. Isabels Gesicht leuchtete auf, und Margot sagte: »Schööön.«

»Entzückend«, gurrte Isabel. »Du bewegst dich sehr anmutig darin.«

»Klar tut sie das«, sagte Margot. »Sie ist eine Ballerina.« Isabel zog die Augenbrauen hoch und schaute mich erwartungsvoll an.

»Ich hab früher Ballett getanzt, aber jetzt nicht mehr.«

»Ich liebe Ballett«, sagte Isabel. »Ich gehe hin, sooft ich kann. Einmal habe ich bei einem Abendessen eine Tänzerin vom American Ballet Theatre kennengelernt. Sie hat mir erklärt, Ballett sei nicht etwas, das man tut, sondern etwas, das man lebt. Ich habe nie Ballett getanzt, aber für mich klang das sehr stimmig.«

Ich lächelte ein bisschen. Ein Teil von mir wollte, dass dieses Gespräch aufhörte. Aber ein anderer Teil, der hartnäckige Teil, der auch dieses Kleid ausgesucht hatte, wollte an der Vorstellung festhalten, dass ich Ballett irgendwie in mir hatte, für immer, selbst wenn ich es nicht mehr tanzen konnte.

Narben und Stahl entscheiden nicht darüber, ob du Tänzerin bist oder nicht.

Aber wenn Narben und Stahl bedeuteten, dass man nicht mehr auf den Fußspitzen tanzen oder sich in einem Relevé aufrecht halten oder eine sichere Pirouette drehen konnte, dann taten sie genau das.

»Eigentlich habe ich noch ein Kleid von der Hochzeit meiner Cousine vor zwei Jahren«, sagte ich und ging wieder in die Kabine zurück. »Ich werde einfach das anziehen.« Keine Ahnung, warum ich nicht schon früher daran gedacht hatte. Das Kleid hatte ein spitzenbesetztes lavendelfarbenes Oberteil und einen langen, fließenden Rock. Es wäre das perfekte Outfit, um so zu tun, als würde man darin zum Weihnachtsball gehen.

Isabels Augenbrauen hoben sich vor Verwunderung.

»Bist du dir sicher?«, fragte Margot, die das Samtband betrachtete. »Das hier steht dir mega.«

»Ja. Das andere Kleid passt mir besser.« Ich schloss die Kabinentür und zog das Kleid genauso schnell wieder aus, wie ich hineingeschlüpft war, wobei ich mich fragte, wieso ich es überhaupt ausgesucht hatte.

⸺⸱⸺

Ich grübelte immer noch über das dumme Kleid nach, als ich auf dem Parkplatz vor dem roten Backsteingebäude des Variations-Studios darauf wartete, dass Josie rauskam. Durch ein großes Erdgeschossfenster erhaschte ich Blicke auf Körper, die zu einem wummernden Beat durch die Luft sprangen.

Ich konnte nicht anders, als den Anblick mit der KDBS zu vergleichen. Nicht nur die Bewegungen, sondern die Tänzer und Tänzerinnen selbst. Der Unterricht wurde auch hier überwiegend von Weißen besucht, weil in unserer Stadt überwiegend Weiße wohnten. Aber es waren mehr Schüler und Schülerinnen mit dunkler Hautfarbe als in irgendeinem Kurs an der KDBS. Und die Lehrerin war eine Amerikanerin mit asiatischen Wurzeln. Irgendwo hatte ich im Hinterkopf, dass Josie es mal erwähnt hatte. Plötzlich fiel mir ein, was sie an dem Abend, als ich Wasser über ihr Biologie-Projekt verschüttet hatte, über Kira gesagt hatte. *Vielleicht solltest du froh sein, dass du nicht mehr bei ihr tanzt.*

Ich drehte die Heizung höher und schüttelte den Gedanken ab.

Ich erspähte Josie hinten im Raum, während vorn eine kleine Gruppe die Kombination tanzte. Sie flüsterte mit einem Jungen, anstatt zu trainieren. Als ihre Gruppe an der Reihe war, zögerte sie bei den letzten Schritten etwas, vermutlich weil sie ihr nicht einfielen. Ein Fehler, der leicht zu beheben gewesen wäre, hätte sie sich die Mühe gemacht, die Kombination vorher noch mal durchzugehen. Sie nahm den Unterricht eindeutig nicht ernst.

Und doch war sie da drinnen und tanzte, während ich hier draußen saß und darauf wartete, sie nach Hause zu fahren.

Die Neidbombe rumorte in meinem Bauch. Ich schloss die Augen und atmete angesichts der schreienden Ungerechtigkeit tief ein und aus. Von Groll übermannt dachte ich an die Zeit zurück, als ich mich bei Birdie über Josies mangelnde Hingabe ausgelassen hatte.

»Sie ist so ... ihr liegt nicht mal was dran!«

»Warum sagst du das?«, fragte Birdie, die mit festen kreisförmigen Bewegungen über meine Narben rieb, um das Gewebe zu lockern.

»Sie ist heute nicht hingegangen, weil sie noch müde war von irgendeiner blöden Pyjamaparty. Er scheint ihr völlig egal zu sein.«

Birdie zuckte mit den Achseln. »Es gibt verschiedene Arten, etwas gern zu tun.«

»Interessiert mich nicht.«

»Na na, kein Grund sauer auf mich zu sein, ich bin sauer auf dich.«

Am Anfang der heutigen Behandlung hatte ich den Fehler gemacht, mir eine dieser Webseiten anzusehen, die Föten mit Früchten verglichen, und ihr gesagt, dass ihr Baby die Größe eines Butternusskürbis hätte. »Na schön«, sagte Birdie nach ein paar Minuten Schweigen. »Dann sind wir eben sauer aufeinander.«

Schon damals wusste ich, dass Josies Tanzen nichts mit meiner Verletzung zu tun hatte. Trotzdem kam ich nicht über die Ungerechtigkeit hinweg. Anscheinend hatte ich mich immer noch nicht damit abgefunden.

Endlich war der Kurs zu Ende, und Josie kam raus, eingepackt in ihren weißen Anorak. Jemand rief ihren Namen und sie blieb mitten auf dem Parkplatz stehen. Der Junge, mit dem sie im Unterricht gesprochen hatte, trabte auf sie zu. Sie lachten über etwas, ihr Atem verwandelte sich in feine Wölkchen. Jedes Mal, wenn ich dachte, das Gespräch wäre gleich zu Ende, machte einer von ihnen eine weit ausholende Geste und redete weiter.

Ich haute auf die Hupe und spürte eine tiefe Befriedigung, als Josie und der Junge zusammenzuckten wie aufgeschreckte Eichhörnchen. Josie spähte mit zusammengekniffenen Augen zur Windschutzscheibe, sagte etwas zu dem Jungen und stapfte dann zum Wagen.

»Das hättest du dir echt sparen können«, sagte sie, als sie ihren Sicherheitsgurt umlegte. Ich zuckte mit den Schultern und fuhr aus der Parklücke. »Und überhaupt, wieso holst *du* mich ab?«

»Ich war sowieso unterwegs.«

»Vor Mittag?« Sie legte in gespieltem Erstaunen die Hand auf die Brust. Ich würdigte sie keiner Antwort, und wir verfielen in das angespannte Schweigen, das zwischen uns zum Normalzustand geworden war. Seit unserem Streit über Ballett hatten wir kaum noch miteinander geredet. Deshalb war ich überrascht, als Josie an einer roten Ampel fragte: »Hast du gesehen, wie ich die Kombination getanzt habe?«

»Ja«, sagte ich gedehnt.

»Und?« Josie sah mich an. »Wie fandest du es?«

Das brachte mich noch mehr aus dem Konzept. Wir fragten uns nie gegenseitig nach unserer Meinung. »Ich weiß nicht.«

»Auf einer Skala von eins bis zehn«, sagte Josie.

»Fünf.«

Josie schnaubte und schaute aus dem Fenster. Ich wusste, es würde sie zum Schweigen bringen. Ich genoss eine volle Minute Stille, bevor sie total beleidigt fragte: »Und was sollte ich anders machen?«

»Gott, ich weiß es nicht, Josie. Du hast eine Tanzlehrerin. Frag sie.«

Josie verengte die Augen. »Du hast ja noch miesere Laune als sonst. Ist es, weil du *Jude* länger nicht gesehen hast?«

»Wie bitte?« Meine Finger umkrampften das Lenkrad. Ich

hatte es so gut geschafft, Jude aus dem Weg zu gehen, dass mich sein Name wie ein Stromschlag traf.

Josie lächelte überheblich. »Wir sind uns beim Mittagessen begegnet, und er hat mich gefragt, wie es dir geht, weil er dich schon eine Weile nicht mehr gesehen hat.«

»Was hast du gesagt?«, fragte ich beiläufig.

»Nicht so wichtig. Also, bist du deswegen so knurrig?«

»Nein.« Ich machte das Radio an und stellte es lauter, meine bewährte Taktik, wenn Josie nervte. Den Rest der Fahrt ignorierte ich sie.

12

»DAS IST DIE TRAURIGSTE IDEE überhaupt. Ihr könnt euch doch nicht für den Weihnachtsball aufbrezeln und dann stattdessen Waffeln essen gehen«, sagte Ethan. Seit ein paar Tagen trafen wir uns immer vor den Spinden der Zwölftklässler, um zusammen durch den Tunnel zum Englischkurs zu gehen.

»Du sagst das, als wären es x-beliebige Waffeln. Wir sprechen hier von Waffeln von Waffle Country. Das ist was völlig anderes.«

Ethan hielt eine Hand hoch. »Ich stelle die Überlegenheit der Waffeln von Waffle Country nicht infrage. Ich bin ja kein Banause. Ich sage bloß, dass Margot manchmal nur deshalb beschließt, etwas nicht zu mögen, weil andere Leute es mögen. Sie sieht diese Schule zu negativ.«

»Oder vielleicht siehst du sie zu positiv?« Ethan legte einen irritierenden Enthusiasmus an den Tag, was die Schule anging. Sein Instagram-Account war legendär, weil er alles Wichtige an der Eagle View dokumentierte. Footballspiele, Bandauftritte, Quiz-Bowls, Autowaschen für wohltätige Zwecke, Bälle und was es sonst noch gab, alles lichtete er in den für ihn typischen warmen, satten Farben ab, die jeden noch so banalen Moment in ein

Kunstwerk verwandelten. Wenn er etwas Neues postete, bekam es innerhalb einer Stunde Hunderte von Likes. Die Lokalzeitung hatte sogar schon ein paar seiner Fotos für ihre Webseite verwendet.

»Hör mal, ich bin kein Idiot«, sagte Ethan. »Ich weiß, dass viele hier nur deshalb mit mir reden, weil ich sie auf Insta toll aussehen lasse und weil sie befürchten, ich lasse sie schlecht aussehen, wenn sie nicht mit mir reden. Aber das ist mir egal. Hier spielen sich interessante Dinge ab. Und ich fotografiere sie gern.«

»Welche interessanten Dinge?«, fragte ich äußerst skeptisch.

»Alles Mögliche. Siege, Niederlagen, die herzzerreißende Tollpatschigkeit eines ersten Engtanzes, Liebeserklärungen. Na ja, Liebeserklärungen noch keine. Aber eines Tages vielleicht.«

»Liebeserklärungen?«

»Wenn zum Beispiel eine Person einer anderen öffentlich ihre Liebe gesteht. Das wäre ein grandioser Schnappschuss. Die Emotionen! Das Wagnis! Aber dazu hat hier keiner den Mumm.«

Wir gingen langsamer, weil ein Junge und ein Mädchen ein paar Meter vor uns abrupt stehen blieben und einen Stau auf dem Flur verursachten.

»Du hast doch gesagt, du hättest ihre Nummer blockiert, *Devon*«, sagte das Mädchen.

»Hab ich auch, Alter, da scheint was mit meinem Handy nicht zu stimmen.«

»*Sag nicht Alter zu mir, du weißt, dass ich es hasse, wenn du Alter zu mir sagst!*«

Ich sah Ethan an, als wir um das Paar herumgingen. »Wow. Wie interessant. Ich warte auf dich, falls du ein Foto schießen willst.«

»Lenk nicht ab«, sagte Ethan. »Komm schon, du und Margot,

ihr müsst beim Weihnachtsball dabei sein. Das Motto ist ›Neon‹. Das beste grottenschlechteste Motto in der Geschichte der Schulbälle. Und es ist doch bloß ein Abend. Was ist das Problem?«

Das Problem war, dass ich keine Wiederholung der Pre-Cast-Party erleben wollte. Abhauen und im Auto beinahe hyperventilieren. »Ich weiß nicht. Ich meine … ich würde Waffeln essen eben besser finden. Sag mal, gehst du eigentlich mit jemandem zusammen hin? Mit Davis?« Ich wusste, dass sich Ethan und Davis nach der Pre-Cast-Party ein paarmal getroffen hatten.

»Nein, Ablenkungskünstlerin.« Ethan seufzte. »Davis ist toll, aber uns ist klar geworden, dass mehr nicht zwischen uns ist. Wir haben überlegt, ob wir trotzdem zusammen hingehen sollen, zwei offen bekennende Schwule aus der Zwölften, die in die Aula spazieren, als Statement sozusagen. Aber es ist unser letzter Weihnachtsball an der Eagle View und wir wollen beide mit unseren Freunden und Freundinnen hin. Er hat Pauline und Brad und die ganze Truppe, und ich hab Jude und Celia und die anderen Musical-Leute, inklusive dir und Margot, sofern ihr aufhört, zu cool für diese Schule zu sein. Außerdem ist der Weihnachtsball von allen Schulpartys am meisten mit altem Ballast befrachtet. Da wäre es gut, wenn wir alle zusammen sind.«

»Mit altem Ballast befrachtet für wen?«, fragte ich. Ich wusste von Margots Streit mit Izzy auf der Eisbahn, aber der war vor dem Weihnachtsball gewesen.

»Mhm? Was?« Der Blick, mit dem mich Ethan ansah, war ein bisschen zu unschuldig. Ich hätte großzügig sein und es dabei belassen können, aber ich pfiff auf Großzügigkeit.

»Wessen Ballast? Deiner?« Ethan verzog keine Miene, also wohl eher nicht. »Judes?«

»Ich versuche, dem Klischee ›Schwule sind Tratschtanten‹ entgegenzuwirken, Alina. Du machst es mir nicht gerade leicht.«

»Ach komm, das ist doch kein Tratsch, das ist ... Wissen teilen. Wissen, das du mit einer guten Freundin teilst und das ihr dabei helfen wird, einfühlsamer zu sein, falls sie mal mit Jude über den Weihnachtsball spricht.«

Ethan trat vor mich und begann rückwärts zu gehen, damit er mir in die Augen sehen konnte. »Warum solltest du mit Jude über den Weihnachtsball sprechen wollen, Alina Keeler?«

»Das will ich gar nicht«, sagte ich so laut, dass mehrere Leute zu uns herschauten. »Ich meinte nur, falls mal die Sprache darauf kommt. Wenn Jude in der Nähe ist.«

Ethan starrte mich weiter an, noch immer im Rückwärtsgang. Ein paar Sekunden später kam er wieder neben mich, sagte aber immer noch nichts. Wir ließen den Tunnel hinter uns und stiegen die Treppe zum zweiten Stock hoch. »Vielleicht solltest du es wissen«, sagte er schließlich. »Als warnendes Beispiel.«

»Was?«

»Ach, was soll's. Jetzt hab ich einmal damit angefangen. Es ist nichts Anstößiges oder so. Als Jude und Diya in der Zehnten zusammen waren, hat Diya einen Platz im Finale eines Song-Contests für ein Musical in Pittsburgh bekommen.«

»Ich wusste nicht, dass es beim Musical auch solche Wettbewerbe gibt.« Ich fragte mich, ob es so ablief wie beim Ballett, wo man einer Jury eine Variation vortanzte in der Hoffnung, einen Platz an einer renommierten Schule oder einer Sommerakademie zu ergattern. »Vergeben sie auch Stipendien?«, fragte ich.

»Keine Ahnung, darum geht es nicht. Es geht darum, dass der Contest am selben Abend stattfand wie der Weihnachtsball, und sie hat Jude einfach versetzt.«

»Oh.«

»Ja. An dem verdammten Abend ruft sie ihn kurz vorher an und sagt, dass sie nicht kommt. Du hättest ihn sehen sollen. Jude in seinem Anzug, die Schachtel mit ihrem Ansteckssträußchen in der Hand … Ich weiß, es klingt wie eine Szene aus einer schlechten Teenie-Romanze, aber sein Schmerz war *echt*.«

Die »Hut fertig machen«-Diskussion kam mir wieder in den Sinn und Judes Frage, was wichtiger sei, Menschen oder Kunst. Dann fiel mir noch etwas ein – Jude hatte erzählt, sein Dad wäre vor zwei Jahren ausgezogen. Der Weihnachtsball damals hatte vermutlich nicht allzu lange danach stattgefunden, weshalb ihm die Sache mit Diya bestimmt umso heftiger zugesetzt hatte.

Armer Jude.

Ich war noch nie richtig mit jemandem zusammen gewesen. Es hatte mal eine diffuse Sache mit einem Jungen während einer Sommerakademie in Philadelphia gegeben, aber nichts Ernstes. Trotzdem, was, wenn ich an Diyas Stelle gewesen wäre? Wenn ich in letzter Minute die Chance für ein Vortanzen bei der ABT-Sommerakademie bekommen hätte, was hätte ich getan?

Tief in meinem Innern wusste ich die Antwort. Ballett. Ich hätte mich für das Ballett entschieden. Und ich hätte mir gewünscht, derjenige, mit dem ich zusammen war, würde es verstehen, auch wenn er sauer war, auch wenn er traurig war, auch wenn er sich von mir trennen musste. Ich hätte mir gewünscht, dass er meine Entscheidung respektierte und verstand warum ich sie getroffen hatte.

»Jedenfalls rede ich seitdem kaum noch mit Robobitch«, sagte Ethan.

»Wie anscheinend auch sonst niemand aus der Musical-Besetzung.« Ich achtete darauf, einen beiläufigen Tonfall anzuschlagen, damit es nicht so klang, als wollte ich jemanden kritisieren.

Ethan zuckte mit den Schultern. »Das hat sie sich selbst zuzuschreiben.«

Hm. Da war wieder dieser komische Drang, Diya in Schutz zu nehmen. Ich konnte verstehen, dass Jude sauer auf sie war, weil sie ihn sitzen gelassen hatte – sie wollten beide unterschiedliche Dinge. Aber was ging das die anderen aus der Musical-Truppe an?

Und war *Ethan* etwa derjenige, der den Namen Robobitch in Umlauf gebracht hatte? Zugegeben, auf der Liste der Spitznamen, die ich an dieser Schule gehört hatte, war Robobitch nicht der schlimmste. Aber gemein war er trotzdem. Er unterstellte, dass Diya ein kaltes, gefühlloses, roboterhaftes Miststück war, weil sie das Musicaltheater über ihren Freund gestellt hatte. Ihre berufliche Zukunft über den Weihnachtsball. Die Kunst über Jude.

Die Frage lag mir auf der Zunge, aber ich schluckte sie runter. Ethan war mein Freund. Er war liebenswert und lustig und dank ihm fühlte ich mich in Gegenwart von Paul und Jake weniger allein. Das wollte ich nicht aufs Spiel setzen. Als wir weiter den Flur zu unserem Kursraum entlanggingen, fiel mir noch etwas anderes ein.

»Warte mal, wieso war es als warnendes Beispiel gedacht?«

Ethan zögerte, antwortete dann aber doch. »Damit du über Judes jüngste Geschichte auf diesem Gebiet Bescheid weißt. Nur für den Fall, dass du dich von seinem peppigen Äußeren täuschen lassen solltest und denkst, er wäre einfach bloß ein sorgloser Typ, der immer nur singt und tanzt und flirtet und nie irgendwas ernst meint und den nichts verletzt.« Er warf mir einen bedeutungsvollen Blick zu.

Glaubte Ethan, dass *ich* so über Jude dachte? Und wieso brauchte ich diese Warnung überhaupt? Jude und ich hatten doch seit Wochen nicht mehr miteinander gesprochen. Ich schaute Ethan an, aber er blickte jetzt mit irritierend ausdrucksloser Miene stur geradeaus.

Okay. Ethan war eine lausige Tratschtante. Jetzt war ich in Bezug auf Jude erst recht verwirrt.

Wir waren ein paar Minuten zu früh, als wir vor dem Klassenraum ankamen, und blieben deshalb noch ein bisschen auf dem Flur stehen. »Was soll's denn jetzt werden?«, fragte Ethan. »Weihnachtsball oder Waffeln?«

»Waffeln«, sagte ich.

Ethan lehnte sich seitlich an die Wand, ließ den Kopf dagegensinken und schloss die Augen. »Tragisch. Es ist so tragisch, dass es mich umbringt. Ich bin tot.«

Ich prustete. Über Ethans Schulter sah ich Harrison den Flur entlangkommen. Als er uns erkannte, blieb er stehen und ließ den Blick hektisch zwischen Ethans Rücken und dem Boden hin- und herhuschen, bevor er weiter auf uns zukam. Er nahm seine Beanie ab, strich seine Haare zurück, setzte die Mütze wieder auf und … Oh mein Gott.

Es war Ethan. Harrison war wegen *Ethan* zum Musical dazugestoßen. Ich wusste, dass es einem Außenstehenden als ein ziemlich schwacher Beweis vorkommen musste, aber ich hatte jahrelang Colleens Erklärungen darüber zugehört, dass eine bestimmte Art zu gehen oder eine bestimmte Geste oder die Art, wie jemand die Haare zurückwarf, bewies, dass So-und-so für So-und-so schwärmte, und sie hatte damit fast immer richtig gelegen. Ich war mir merkwürdig sicher.

Ich schaute Ethan an, der sich noch immer tot stellte. Ich stupste ihn in den Bauch, und er öffnete in dem Moment die Augen, als Harrison bei uns ankam. »Hey«, sagte er. »Wie läuft's?«

»Ziemlich gut.« Ethan lächelte. »Wir beschränken nur die Zeit, die wir mit Englisch verbringen müssen, auf ein Minimum.« Er deutete zum Klassenraum.

Harrison lachte ein bisschen zu laut. »Alles klar, verstehe.« Es entstand eine Pause, und ich versuchte, nicht zu auffällig von einem zum anderen zu schauen. Ethan wirkte wie immer – freundlich, witzig und total locker. Keine Ahnung, ob das ein gutes oder ein schlechtes Zeichen war. »Tja, ähm, na dann ...« Harrison machte einen Schritt zurück. »Ich muss zu Mathe. Bis später.«

Ich sah Harrison hinterher, als er ging, und Ethan drehte sich wieder zu mir um. »Hast du die Lektüre für heute gelesen?«

»Was hältst du von Harrison, er ist ganz cool, oder?«, sagte ich.

»Ähm.« Ethan zog eine Braue hoch. »Ja ...«

»Ich hab gehört, er steht auf jemanden aus dem Musical.«

»Hast du *gehört*, ja? Du bist dir zu fein für den Weihnachtsball, aber mischst beim Eagle-View-Tratsch mit?«

»Noch mal, kein Tratsch. Wissen teilen.«

Ethan strich sich eine Haarsträhne aus den Augen und funkelte mich streng an. »Also, *ich* hab das nicht gehört. Ebenso wenig wie sonst irgendwas über Harrisons Sexualität. Also, egal, was du hier gerade versuchst ... lass es.«

Ich seufzte. »Na gut.« Ethan hatte über die Situation mit Paul und Jake den Mund gehalten, als ich ihn darum gebeten hatte, also würde ich mich auch nicht in seine Angelegenheiten einmischen. »Halt einfach die Augen offen«, sagte ich noch schnell.

»Entschuldige mal, ich nehme keine Ratschläge von Leuten an, die lieber Waffeln essen gehen statt auf Partys mit Neon-Motto.« Ich verdrehte die Augen, als ein Lehrer vorbeikam und uns in den Klassenraum scheuchte. Ethan drückte meine Schulter, bevor er zu seinem Platz vorne in der Ecke ging; seine leise Art, mir den Rücken zu stärken, damit ich fünfundvierzig Minuten in Gesellschaft von Dumpfbacken überstehen konnte.

Paul legte die Handflächen zusammen und verneigte sich vor

mir. »Gehst du zum Weihnachtsball, Eisprinzessin?«, fragte er, als ich mich setzte. »Du könntest da alles mit Frost überziehen. Würde echt zur Deko beitragen.« Er und Jake bibberten übertrieben.

»Mhm«, sagte ich, ohne mich umzudrehen. In meinem Rucksack leuchtete mein Handy auf.

Ethan hatte mir eine Reihe von Emojis geschickt: zwei Jungen, ein Gleichheitszeichen und einen Scheißhaufen. Ich prustete. Eine weitere Nachricht ploppte auf: **Bist du dir sicher, dass ich sie mir nicht doch mal vorknöpfen soll? Ich würde es gut machen.**

Immer noch ganz sicher, schrieb ich schnell zurück.

Okaaaaay.

Ich spürte, dass Paul hinter mir einen langen Hals machte, deshalb ließ ich das Handy auf meinen Schoß sinken und sendete ein Herz zurück.

13

»MHMM-HMM-HMM-HMM-HM-HM ...« Josie summte den
»Schneeflockenwalzer« im Wagen unterwegs zur Schule. Ihre
Busfreundin Fiona war krank, deshalb musste ich sie mitnehmen.

»La, la, la, la-la-la, la ...« Jetzt sang sie laut. Es war der lang
herbeigesehnte letzte Tag vor den Weihnachtsferien und eigentlich hätte ich mich freuen sollen. Stattdessen wollte ich Josie umbringen.

»*Hör auf*«, herrschte ich sie an.

»Sorry, mein Gott.« Sie hielt ihre behandschuhten Finger vor
die Heizungsschlitze. »Der Song gehört dir nicht, okay? Ich tanze
auch dazu.«

»Mehr oder weniger«, murmelte ich. Variations führte dieses
Jahr eine eigene *Nussknacker*-Version auf, die Tschaikowskis
Partitur offenbar mit »Noise-Musik« verband, was auch immer
das war. Ich freute mich *nicht* darauf, es mir anzusehen, aber ich
wusste, ich würde hingehen müssen.

»Mehr oder weniger? Was meinst du damit?«

»Ich hab keine Lust, darüber zu reden.« Ich schaltete das
Radio ein und prompt dröhnte der »Schneeflockenwalzer« aus
den Lautsprechern.

Josie schmiss sich weg vor Lachen, als ich ihn ausschaltete. Zwei Ampel später lachte sie immer noch.

»Ich werfe dich aus dem Wagen, überfahre dich und gehe anschließend zur Schule, als wenn nichts passiert wäre!«, schrie ich sie an.

Den Rest der Fahrt war Ruhe.

Als ich auf dem Parkplatz in eine Lücke bog, wartete Josie nicht mal, bis ich den Motor abgestellt hatte, bevor sie ausstieg und die Tür zuknallte. Von Schuldgefühlen geplagt, marschierte ich in die Schule und steuerte auf den Chorraum zu, um mir den Probenplan anzuschauen. Es war nicht so, als hätte ich Josie das erste Mal angeblafft. Wobei ich ihr noch nie damit gedroht hatte, sie zu überfahren. Aber egal. Sie hätte nicht dieses Lied singen dürfen, wenn sie wusste, dass ich dann zur Mörderin werden könnte.

Ich überflog den Plan und hielt beim 6. Januar abrupt inne. Der erste Montag nach den Ferien. Da standen nur mein Name und Judes. Unsere erste Probe für den Vamp-Tanz. Ich atmete tief durch. Das letzte Mal, als ich mit Jude allein war, hatte es nicht so gut geendet, aber das musste ja diesmal nicht so sein. Seit ich ihm meine Narben gezeigt hatte, war ein Monat vergangen. Genug Zeit, um es zu vergessen. Bei der Probe würde ich vollkommen ruhig und beherrscht bleiben, wie ein Profi.

Als ich den Raum zur Anwesenheitsprüfung betrat, blinzelte mich Margot mit bedeutungsvollem Augenaufschlag an. »Holst du mich um sieben ab?«

»Wohin?« Ich tat verwirrt.

»Zwing mich nicht, es auszusprechen.«

»Ich weiß wirklich nicht, wovon du redest.« Ich setzte mich lächelnd.

»Zum Weihnachtsball, okay? *Weihnachtsball*.«

Ich lachte. Ich hatte Margot gesagt, ich wäre bei ihrem Plan dabei: zum Weihnachtsball gehen, Fotos für ihre Abuela machen zum Beweis, dass wir da waren, und dann sofort wieder abhauen und im warmen, sirupsüßen Waffle Country Zuflucht suchen.

Es war ein guter Plan. Er machte Margot froh. Und er machte meine Eltern regelrecht ekstatisch, was von Vorteil war. Seit ich beim Musical mitmachte, waren sie viel entspannter, was das Unter-Leute-Gehen betraf, aber wer wusste schon, wie lange das anhalten würde. Ich vermutete, wenn ich zum Weihnachtsball ging, würden sie denken, ich hätte wirklich Fortschritte gemacht. Dann könnte ich den Frühlingsball ausfallen lassen und jede andere Schulparty, die es sonst noch gab.

»Ich werde da sein«, sagte ich.

»Danke.« Margot sah ehrlich erleichtert aus, dass ich sie nicht hängen ließ. Ich fragte mich, was sie gemacht hätte, wenn ich es getan hätte. Wahrscheinlich wäre sie einfach mit Ethan und den anderen Musical-Leuten hingegangen. Wie Jude beispielsweise. Ob er hinging? Es würde mich nicht wundern, wenn er Schulbälle mochte. Vielleicht ging er aber wegen der Sache mit Diya nicht hin. Oder vielleicht ging er mit einem Mädchen hin.

Meine Gedanken wanderten so oft zwischen diesen beiden Szenarien hin und her, dass ich bei Schulschluss total genervt von mir selbst war.

Ich wartete auf dem Parkplatz auf Josie, als ich eine Nachricht von ihr bekam, dass sie schon bei einem Mädchen aus ihrem Tanzkurs mitgefahren sei, das »in sich gefestigt« war und nicht »grundlos herumschrie«. Sie hatte den Vorfall heute Morgen offenbar nicht vergessen. Ich seufzte, die Schuldgefühle meldeten sich mit voller Wucht zurück.

Als ich nach Hause kam, fläzte Josie mit ihrem Laptop auf der Couch und schaute sich ein Schminktutorial von Willa Hoang an. Sie folgte Willa schon seit Jahren und hatte mich oft gefragt, ob sie die verschiedenen Looks an mir ausprobieren dürfte. Ich hatte immer Nein gesagt, weshalb sie mich schon lange nicht mehr gefragt hatte.

Als ich meinen Mantel auszog, warf mir Josie einen vernichtenden Blick zu, bevor sie die Augen wieder auf den Bildschirm richtete.

»Hör mal, Josie, ich ...« Ich stockte, abgelenkt von ihrem nackten Fuß, der auf den Rückenkissen der Couch ruhte. Sie wölbte und streckte ihn unbewusst, sein Spann war gebogen wie ein Haken. Sie hatte Füße, für die Balletttänzerinnen töten würden. Solche wie meine.

»Ich ...« Ich verstummte wieder. Ich konnte mich nicht bei ihr entschuldigen. Worüber regte sie sich überhaupt auf? Ich hatte sie angeblafft – na und? Sie konnte noch tanzen. Sie würde weitermachen. »Ich ... ich bleibe nicht lange, aber ich will gleich zum Weihnachtsball, könntest du mich vielleicht schminken?« Na also. Keine Entschuldigung, aber immerhin etwas.

Josie sah mich argwöhnisch an. »Kann ich das hier ausprobieren?« Sie drehte mir ihren Laptop zu. *Schimmernder Winter-Göttinnen-Look!* lautete der Titel über Willas Gesicht, umrahmt von langen, weich fallenden Locken, mit silbrigem Lidschatten, rosa überhauchten Lippen und Strasssteinen über den Brauen.

»Na gut. Aber ohne die Strasssteine.«

»Klar ohne die Strasssteine«, murmelte Josie, als sie sich an mir vorbeischob und nach oben ging.

Josie hatte mit einem Auge das Tutorial im Blick, während sie einen Lockenstab Zentimeter entfernt von meinem Hals hielt. Ich beobachtete sie im ovalen Spiegel ihres winzigen lilafarbenen

Frisiertischs. Sie hatte ihn schon seit Jahren, und mir wurde erst jetzt, als ich mit einer Pobacke auf dem dazugehörigen Hocker balancierte, klar, wie sehr sie ihm entwachsen war.

Ich sog scharf die Luft ein, als sie eine Strähne um den Stab wickelte und das heiße Metall meinem Ohr gefährlich nah kam. »Wenn du mich versengst, versenge ich dich auch«, sagte ich.

»Ich versenge dich schon nicht.« Josie verdrehte die Augen. »Obwohl, vielleicht sollte ich.«

»Ich hätte dich nicht anschreien dürfen, okay?«, sagte ich in der Hoffnung, sie würde die Sache damit abhaken.

»Das ist es gar nicht mal, es ist ... ach, egal.« Josie ließ meine Haare langsam vom Stab gleiten und testete die Locke mit den Fingern.

»Sag schon, was du sagen willst, Josie.«

»Ich möchte so kurz vor dem Ball jetzt nicht so was *Großes* aufmachen.«

Josie ging mit einem ganzen Schwarm Freundinnen zum Weihnachtsball, die gleich noch vorbeikommen würden, um Fotos mit ihr zu machen. Ich betrachtete ihr Spiegelbild. Sie trug ein schwarzes Neckholder-Kleid mit einem funkelnden Silbergürtel, ihre Haare fielen ihr in sanften Wellen über die linke Schulter, den Pony hatte sie glatt zur Seite gesteckt. Sie sah so erwachsen aus.

»Ich werde nichts Großes draus machen«, versprach ich leise.

»Gut. Ich wollte sagen, es ist gar nicht mal, dass du mich im Auto angeschrien und mir alles Mögliche an den Kopf geworfen hast, was mich aufregt. Es ist die Tatsache, dass du Leute, die es wirklich verdienen, nicht so anschreist und ihnen solche Sachen nicht an den Kopf wirfst. Leute wie ...« Sie zögerte. »Wie Paul Manley zum Beispiel.«

Meine Augen weiteten sich. »Was weißt du über Paul Manley?«

»Ich weiß, dass er rassistische, frauenverachtende Dinge zu dir sagt und du so tust, als wäre nichts. Bei *solchen* Leuten solltest du explodieren. Nicht bei Leuten, die vor sich hinsummen und dir nichts getan haben.«

Ich wollte schon widersprechen, aber dann musste ich daran denken, wie ich Jude nach dem Vortanzen den Stinkefinger gezeigt hatte. Er hatte mir auch nichts getan. Genauso wenig wie Josie. Sie waren einfach nur zufällig da gewesen, als sich der ganze Groll über die Ungerechtigkeit, den ich in mir spürte, nicht mehr länger zurückhalten ließ.

Bei Paul explodierte ich allerdings nie. Es lohnte sich nicht und es würde sowieso nichts ändern. »Wozu? Mich interessiert nicht, was er sagt.«

Josie zuckte mit den Schultern und wickelte die nächste Haarsträhne auf. »Vielleicht sollte es das aber. Ich meine, du hast zu solchen Dingen geschwiegen, als du noch beim Ballett warst, aber …«

»Josie«, warnte ich.

»Was?«, erwiderte sie gereizt. »Warum kannst du nicht drüber reden? Hat dir Kira eine Gehirnwäsche verpasst, oder was? Sie ist nicht hier. Sie kann dich nicht mehr dafür büßen lassen.«

Ich atmete langsam ein und ignorierte Josies herablassenden Tonfall. »Kiras Entscheidungen, wen sie für welche Rolle besetzt, sind mir manchmal vielleicht … ungerecht vorgekommen.« Ich testete die Worte, die ich noch nie ausgesprochen hatte, vorsichtig aus. »Aber sie hatte ihre Gründe.« Ich musste wieder an den Tag des *Nussknacker*-Vortanzens denken und an das Gefühl tief in meinem Inneren, dass etwas nicht richtig war. Es hatte sich nach Kiras Erklärung leicht wegdrücken lassen, erst recht nachdem sie uns dann einmal die Hauptrollen tanzen ließ. Jetzt funktionierte das nicht mehr so leicht, aber komischerweise wollte ein Teil von mir ihr immer noch vertrauen.

»Okay. Sagen wir, sie hat dich jedes Jahr wegen deiner Fähigkeiten für den Chinesischen Tanz besetzt, nicht wegen deiner Herkunft. Was ist mit der Choreografie?«

Na, das lag doch auf der Hand. »Für die Choreografie kann Kira nichts. Die war schon immer so.«

»Wieso kann sie sie nicht ändern?«

»Weil …« Ich stockte, als mir dazu nicht automatisch etwas einfiel. Hitze stieg mir ins Gesicht, während ich nach einer Antwort suchte. »Weil man den *Nussknacker* nun mal so tanzt! Es ist Tradition. Er wird von Ballettkompanien auf der ganzen Welt seit Jahrzehnten so getanzt.«

Josie legte den Lockenstab weg und strich Highlighter auf meine Wangen. »Yuna sagt immer, nur weil etwas schon ewig auf eine bestimmte Art und Weise gemacht wird, heißt das nicht, dass man es nicht ändern sollte.«

»Wer ist Yuna?«, fragte ich zerstreut.

Josie verdrehte die Augen. »Meine Tanzlehrerin.«

»Ach so.« Josie hatte sie bestimmt schon mal erwähnt. Ich hatte es nur vergessen.

»Sie hat jedenfalls recht«, sagte Josie kühl. »Der Tanz ist einfach unmöglich. Diese albernen kleinen Schritte, das ständige *Verbeugen* …« Sie schauderte.

»Zugegeben, er ist … etwas angestaubt«, räumte ich ein. Er war in den 1890er Jahren choreografiert worden, natürlich war er veraltet. Ich wollte schon einwenden, dass der Chinesische Tanz nur ein kleiner Teil aus einer ganzen Ballettaufführung war und deshalb keine große Bedeutung hatte, aber ich zögerte, denn mir stand das Bild von Paul vor Augen, der sich im Englischraum übertrieben vor mir verneigte.

Aber das war etwas völlig anderes. Es sah zwar so ähnlich aus wie das, was ich im Chinesischen Tanz machte – die Handflächen zusammenlegen und den Kopf auf und ab bewegen. Aber als Paul es getan hatte, wollte er auf meine Kosten »witzig« sein. Das Publikum lachte nie, wenn ich den Chinesischen Tanz aufführte. Wobei ich manchmal nach einer Vorstellung Kinder herumlaufen gesehen hatte, die den Kopf auf und ab bewegten und lachten …

Aber Paul machte es aus Boshaftigkeit. Ich machte es, weil es meine Rolle in *Der Nussknacker* war, ein wunderschönes Ballettmärchen, dessen Choreografien vor über hundert Jahren entstanden waren und an denen Kira wohl kaum einschneidende Veränderungen vornehmen konnte … oder?

Mein Verstand war plötzlich müde.

»Ist ja auch egal«, murmelte ich und hoffte, das Gespräch wäre damit beendet.

Ich vermied es, Josies Augen im Spiegel zu begegnen, und ließ stattdessen den Blick durch ihr Zimmer wandern, um mich abzulenken. Ich stutzte, als ich ein altes Foto von ihr und mir an dem Memory Board über ihrem Schreibtisch stecken sah. Auf dem Bild war ich sieben und sie fünf und wir trugen die marineblauen Matrosenkostüme aus dem einzigen Stück, das wir je zusammen getanzt hatten – auf dem Sommerfest der Tanzschule im Gemeindezentrum. Es war eine Jazzdance-Choreografie zu »Beyond the Sea« und wir hatten sie monatelang gewissenhaft im Wohnzimmer eingeübt. Mom hatte mich gewarnt, dass Josie jünger sei und nicht die Aufmerksamkeitsspanne hätte, um so viel und so lange zu üben wie ich. Aber jedes Mal, wenn ich die Musik laufen ließ, war meine kleine Schwester sofort neben mir. Sie beschwerte sich nie, egal wie oft wir es durchgingen. Gott, es war wahrscheinlich die längste Zeit, die wir je miteinander verbracht hatten.

Nach dieser Aufführung wünschte sich Josie mehr Freiheit,

und ich wünschte mir mehr Struktur, deshalb meldeten meine Eltern Josie bei Variations an und mich an der KDBS. Wir konnten nicht mehr zusammen üben, weil wir zu unterschiedliche Sachen machten, aber manchmal zeigten wir uns gegenseitig die neuen Schritte, die wir gerade auf die Reihe zu bekommen versuchten. Einen Switch Leap. Ein Tour jeté. Aber als ich dann das Ballett ernster nahm, erschien mir Josies Tanzen nicht mehr so bedeutend. Inzwischen konnte ich mich nicht mal mehr erinnern, wann sie und ich auch nur über das Tanzen gesprochen hätten, ohne dass eine von uns irgendwann abschaltete oder sauer reagierte.

Josie folgte meinem Blick zu dem Foto. »Die Kostüme waren potthässlich. Aber der Tanz war nicht schlecht.«

»Ich musste gerade daran denken, wie oft wir ihn geübt haben.«

»Oft.«

»Mom hat sich gewundert, dass du es geschafft hast, so hart und so lange dafür zu trainieren, obwohl du doch erst fünf warst.«

Josie zuckte mit den Schultern. »Mir lag eben viel daran.«

Unsere Blicke trafen sich im Spiegel, bevor sie sich abwandte und eine Box mit halb aufgebrauchten Parfüms aus ihrem Schrank zog. Glasfläschchen klirrten aneinander, als sie darin herumkramte und probeweise an ein paar davon schnupperte.

»Hör zu.« Sie rümpfte die Nase und ließ einen funkelnden lila Flakon mit einem dumpfen Geräusch wieder in die Box zurückplumpsen. »Ich weiß, du hast zu dem ganzen Mist bisher nie was gesagt, weil du dein großes Ziel vor Augen hattest. In einer großen Ballettkompanie tanzen. Ich hätte das nicht ausgehalten, aber ich verstehe es irgendwie. Eigentlich verstehe ich es überhaupt nicht, aber egal. Der Punkt ist doch, du tanzt kein Ballett mehr. Warum schweigst du immer noch zu dem ganzen Kram?«

Normalerweise hätte mich alles an dieser selbstgefälligen kleinen Rede auf die Palme gebracht. Aber zum ersten Mal spürte ich Josies Fragen tiefer in mein Hirn einsickern und dort Wurzeln schlagen. Vielleicht hatte mich das Ballett gelehrt, den Mund zu halten. Wut und Schmerz für mich zu behalten. Und vielleicht bedeuteten meine Wutausbrüche, dass diese Taktik jetzt nicht mehr funktionierte. Aber wenn ich nicht mehr das stille, hingebungsvolle Ballettmädchen war, das den Kopf gesenkt hielt und unbeirrt weitermachte, wer war ich dann? Und wenn das Ballett so ungerecht war, warum fehlte es mir dann so sehr?

Josie nahm vorsichtig meine Haare zusammen, sprühte mir einen Vanilleduft in den Nacken und ließ meine Locken behutsam wieder fallen. »Voilà«, sagte sie.

Ich starrte mein Spiegelbild an. Ich sah unglaublich aus. Jede Locke, jeder Hauch von Silber und jeder Rosaton auf meinen Wangen und Lippen war perfekt. Josie hatte sich viel Mühe gegeben obwohl sie sauer auf mich war, weil ich heute Morgen gedroht hatte, sie umzubringen.

Sie schob die Box mit den Parfüms wieder in den Schrank zurück und zog den Lockenstab aus der Steckdose. Meine Augen blieben wieder auf dem alten Foto von uns hängen und mir kam ein überraschender Gedanke. Vielleicht fing Josie nicht deshalb ständig mit diesem ganzen Kram über das Ballett an, weil sie fies sein wollte.

Vielleicht tat sie es, weil ihr etwas an mir lag.

Auf dem Weg zu Margot ließ mir der Gedanke an den *Nussknacker* keine Ruhe. Kira. Chinesischer Tanz. Die Choreografie. Paul und Jake. Alles war ein riesiges Durcheinander in meinem Kopf.

Als ich vor einer roten Ampel hielt, gab ich der Versuchung nach. Ich rief die *Nussknacker*-Partitur auf meinem Handy auf, scrollte zum Grand Pas de deux und tippte auf Play.

Sobald ich die vertrauten Harfentöne friedlich die Tonleiter auf und ab schweben hörte, war meine Welt wieder in Ordnung. Und obwohl ich im Stau steckte und nur im Schritttempo an Shopping Malls und Autohäusern vorbeizog, war ich in Wirklichkeit woanders: im Epstein Theatre letztes Jahr im Dezember, als ich das erste Mal die Rolle der Zuckerfee tanzte.

Ich war auf der Bühne und berührte das steife rosafarbene Tutu, das fünfundvierzig Zentimeter breit von meinem Körper abstand. Spürte das Gewicht der glitzernden silbernen Krone, die mit Haarnadeln auf meinem Kopf festgesteckt war. Tanzte die Bewegungen, die mir so vertraut geworden waren und die trotzdem nie ihre Besonderheit verloren.

Die Zuckerfee war ein wunderschönes Rätsel. Sie war natürlich eine Fee und daher zart, empfindlich und launenhaft. Aber sie war auch eine starke und gütige Herrscherin. Ich hatte ewig gebraucht, um herauszufinden, wie ich sie tanzen sollte. Hatte Tausende kleine Änderungen daran vorgenommen, wie ich meine Arme und Beine, Finger und Füße hielt, als ich hinter Juliet und Spencer stand und für ihre Zweitbesetzung trainierte. Als ich endlich die perfekte Balance zwischen Zartheit und Stärke in jede Arabesque und jedes Piqué hineingebracht hatte, feilte ich sie aus, bis sich alles ganz natürlich anfühlte, als hätte ich mich schon immer so bewegt.

Als ich die Zuckerfee vor Publikum tanzen durfte, flog ich über die Bühne, die glockenartigen Töne der Celesta schienen meinem Körper zu entströmen, wirbelten durch das Theater und füllten es mit Wärme, Licht und Schönheit.

Jetzt, wieder zurück im Wagen, kam das Orchester mit einer

letzten dramatischen Note zum Ende. In der Stille, die folgte, holte ich tief Luft und rief mir in Erinnerung, dass für mich das Schönste an dem ganzen Abend nach dem Tanzen gekommen war.

Beim Ballett nennt man die Verbeugung auch Révérence. Es ist nicht einfach nur eine Verneigung, um sich für den Applaus zu bedanken. Es ist eine Geste der Liebe und Achtung an alle Mitschülerinnen und Lehrerinnen, an die Musik, das Orchester, das Publikum und vor allem an das Ballett selbst. Es ist der Inbegriff tiefer Dankbarkeit dafür, dass man imstande ist, das zu tun, was man gerade getan hat.

An dem Abend auf der Bühne – zum Rhythmus meines wild pochenden Herzens und zum Applaus von Familie, Freunden, Fremden, Ballettliebhabern und Menschen, die gerade das erste Mal eine Ballettaufführung gesehen hatten – streckte ich erst meinen rechten Arm aus und dann den linken. Dann sank ich in einen tiefen Knicks und neigte langsam den Kopf.

Ich hatte viele Tränen vergossen und noch viele mehr unterdrückt, bevor ich die Chance bekam, diese Rolle zu tanzen. Aber an dem Abend war es endlich geschehen. Und ich hatte etwas Wunderschönes daraus gemacht. Ich hatte sie so wunderschön getanzt, wie ich nur konnte.

14

»KANN MAN AN EINER NEON-ÜBERDOSIS sterben?«, schrie
Margot, um die Musik zu übertönen, und schirmte ihre Augen
mit der Hand ab, als wir in die Sporthalle kamen.

»Schon möglich«, rief ich und betrachtete blinzelnd die grelle
Dekoration. Neonlaternen in allen möglichen Farben hingen
von der Decke, fluoreszierende Klebebandstreifen verliefen im
Zickzack über den Boden und von den Wänden strahlten Neon-
Leuchtschilder. »SEI EIN LEUCHTENDES BEISPIEL«, schrien
sie, oder »HEUTE IST ERLEUCHTUNG GEFRAGT« und mein
persönlicher Favorit: »NEON!!!«

»Wo sollen wir das Foto machen?«, brüllte ich.

Margot ließ den Blick durch den Saal wandern. »Das da bringt
das Motto echt auf den Punkt«, brüllte sie zurück und zeigte auf
das »NEON!!!«-Schild an der Tribüne. Wir machten uns auf den
Weg dorthin und drängten uns durch eine Gruppe Mädchen mit
Neon-Herzchen auf den Wangen.

»Mach ein Gesicht, als würdest du dich freuen, hier zu sein!«,
sagte Margot, als wir uns vor dem Schild aufstellten. Sie streckte
den Arm aus und schoss das Selfie.

Anschließend tippte sie ein paarmal aufs Display und ließ das

Handy in die Tasche ihres metallisch schimmernden Kleids fallen. »So, das hätten wir.«

Wir standen ein paar Sekunden verlegen herum. Am anderen Ende der Halle entdeckte ich Josie. Sie setzte sich eine überdimensionale Neon-Brille auf und zwängte sich mit mehreren Mädchen in den Fotoautomaten. Gegenüber sah ich Ethan in einem großen Pulk von Musical-Leuten. Sie tanzten ganz normal, nicht wie auf der Pre-Cast-Party, und Jude war nicht dabei.

»Wollen wir …« Ich gestikulierte Richtung Tür. Ich brauchte jetzt unbedingt Waffeln.

»Alinaaa!« Mein Name gellte durch die Musik und den Lärm. Laney kam in einem bauschigen knallpinken Abendkleid auf mich zugerannt. Hinter ihr Ada in einem dunkelgrünen Meerjungfrauen-Kleid. Im Näherkommen taten sie, was ich befürchtet hatte: Sie breiteten die Arme aus und riefen »Kräh-krächz«.

Margots Augen weiteten sich. »Kennst du die? Oder muss ich auf meine Kenntnisse aus dem Selbstverteidigungskurs in der Middleschool zurückgreifen?«

»Die gehören zur Revuetanzgruppe«, sagte ich. »Sie sind harmlos.« Dann wechselte der Song und schnelle Beats wummerten durch die Sporthalle. Ada blieb abrupt stehen und griff nach Laneys Handgelenk, um sie auf die Tanzfläche zu ziehen. Laney griff nach meinem, was mich vorwärtsstolpern ließ. Erschrocken packte ich Margots Handgelenk, und bevor eine von uns irgendetwas sagen konnte, rauschten wir zwischen Paillettenglitzern und leuchtend weißen Hemden hindurch zu einer schmalen Lücke in der Mitte der Halle. Ich blinzelte zu den sich drehenden Körpern und hielt meine Arme eng an die Seiten gepresst, um mich schmaler zu machen. Abgesehen von Crowdsurfing gab es keine Möglichkeit zu entkommen. Ich schaute zu Margot, im festen Glauben, sie würde schon einen Weg finden, der Sache ein

Ende zu machen. Aber Margot tanzte, die Arme in der Luft. Sie lächelte mich an, ihre Zähne strahlten bizarr im Schwarzlicht.

»Nur ein Tanz. Dann Waffeln«, rief sie und nahm meine Hände, hob sie über meinen Kopf und schwenkte sie. Ich seufzte, lachte und schüttelte sie ab, meine Arme bewegten sich wie von selbst hin und her, als die Beats immer intensiver wummerten. Dann fingen alle an zu hüpfen und ich auch, ließ mich von der Musik mitreißen und mein lavendelfarbenes Kleid, das im Neonlicht leuchtete, rauschen und schwingen.

Wir tanzten drei Songs. Ich hatte vergessen, wie leicht es war, sich so zu bewegen, ohne auf Schritte oder Regeln achten zu müssen, ohne jemanden im Hintergrund, der einen beobachtete und im Geiste die Dinge auflistete, die man falsch machte.

»Besser als Waffeln, oder?«, rief jemand. Ethan tanzte in einem dunkelgrauen Anzug mit neonrotem Kummerbund auf mich zu. Laney und Ada kreischten auf und umarmten ihn.

»Na ja«, sagte Margot, konnte sich aber ein Lächeln nicht verkneifen. »Bist du fertig mit deinen Insta-Fotos?«

»Natürlich nicht«, witzelte Ethan. Am liebsten hätte ich ihn gefragt, ob Jude hier war, aber ich verkniff es mir.

Ein langsamer Song setzte ein, ausgerechnet in dem Moment, als Harrison in einem eleganten dunkelblauen Anzug auf uns zusteuerte.

»Hey«, sagte er nervös lächelnd. Ich hätte gern zu Ethan geschaut, um zu sehen, wie er reagierte, aber das wäre zu auffällig gewesen. Laney begann unkontrolliert zu kichern, sie hatte offensichtlich nicht die Sorge, zu auffällig zu sein. Aber Harrison bekam es entweder nicht mit oder er tat zumindest so. An seinem Revers steckte eine neongrüne Blume und er trug seine Beanie nicht. Irgendwie sah er ohne sie seltsam aus. Als wäre sein Kopf nackt, aber ich hatte nicht vor, es auszusprechen.

»Wo ist deine Mütze?«, fragte Margot unverblümt. War ja klar.

»Äh …« Harrisons Lächeln wurde unsicher.

»Bist du die Mützen-Polizei?«, fragte Ethan und sah Margot mit hochgezogener Braue an.

Margot ließ den Blick über unsere Gesichter wandern, registrierte Laneys Überdrehtheit, Harrisons Nervosität, Ethans Gereiztheit. »*Was?* Das war eine einfache Frage, warum seid ihr alle so komisch?«

»Weil, du bist ein …«, Ethan streckte die Arme nach Margot aus, »*Beautiful Girl!*«, schmetterte er und übertönte sogar die Musik.

Margot stöhnte theatralisch, aber Laney und Ada sangen mit. Harrison legte den Kopf in den Nacken und sang lauter als alle anderen, was Ethan zum Lachen brachte. Sie sangen immer weiter, obwohl uns die langsam tanzenden Paare ringsum böse Blicke zuwarfen. Ethan blieb stehen, richtete vorsichtig sein Handy auf Harrison, der mit geschlossenen Augen sang, und schoss ein Foto von ihm.

Als die Stelle kam, an der Harrison einen Box Step mit anschließender Drehung machen sollte, tat er es, ohne auch nur ansatzweise wie eine betrunkene Marionette auszusehen. Eigentlich sah er sogar ziemlich … gut aus. Ethans Augenbrauen schossen in die Höhe; er war beeindruckt. Harrison lächelte ihm schüchtern zu.

Die Musik wechselte wieder zu einem schnellen Song. Meine Kehle war wie ausgedörrt, weshalb ich den anderen signalisierte, dass ich rausgehen wollte, um Wasser zu trinken. Als ich die Tür zum Vorraum öffnete, dauerte es etwas, bis sich meine Augen an das normale Deckenlicht gewöhnt hatten. Ich blinzelte geblendet, bevor ich erkannte, dass vor den Schaukästen jemand stand.

Jude.

»Oh«, sagte ich. Sein kobaltblaues Jackett lag achtlos hingeworfen auf einem Stuhl und seine Hemdärmel waren zu den Ellbogen hochgeschoben. Er starrte mich mit großen Augen an.

»Ähm …«, sagte ich, weil er immer noch starrte. »Ist alles …«

Jude schüttelte den Kopf. »Sorry. Es sah nur gerade eine Sekunde unheimlich aus.«

»Unheimlich?«

»Mit dem Schwarzlicht hinter dir und der Farbe von deinem Kleid hast du wie ein Geist ausgesehen.«

Ich schaute an mir herunter. Mein lavendelfarbenes Kleid hatte im Neonlicht tatsächlich einen geisterhaften Schimmer. Ich machte einen Schritt nach vorn und ließ die Tür hinter mir zufallen, was die Musik zu einem verschwommenen Hintergrundrauschen dämpfte.

»Nicht auf eine schlechte Art«, beeilte sich Jude zu erklären. »Nicht gruselig. Nicht wie ein Poltergeist oder so. Eher wie, du weißt schon, einer von diesen, ähm … guten Geistern.«

Er faselte von Geistern. Etwas stimmte eindeutig nicht, aber er wollte nicht, dass ich es wusste. »Verstehe.« Ich spielte mit. »Mit guten Geistern kenne ich mich aus. Schon mal von den Wilis gehört?«

»Den was?«

Ich fing an, ihm die Handlung von *Giselle* zu erzählen, und es war mir egal, dass jetzt ich diejenige war, die von Geistern faselte, denn Jude wirkte mit jedem Wort interessierter an dem, was ich sagte, und weniger niedergedrückt von was immer es war, worüber er nachgegrübelt hatte, bevor ich rausgekommen war.

»Das Winzermädchen namens Giselle verliebt sich also in einen Fremden, der in ihr Dorf kommt. Sie ahnt nicht, dass er eigentlich ein Adliger namens Albrecht ist, der sich nur zum

Schein als Bauer ausgibt. Aber Albrecht verliebt sich auch in Giselle. Und dann kommt seine Familie ins Dorf, und Giselle erfährt, wer er wirklich ist und dass er schon mit einer anderen verlobt ist. Daraufhin stirbt sie an gebrochenem Herzen.«

Jude runzelte die Stirn. »Das ist ein blödes Ende.«

Ich lachte. »Das ist bloß der erste Akt.«

»Ach so.« Judes Mundwinkel hoben sich. »Erzähl weiter.«

»Im zweiten Akt verwandelt sich Giselle in eine Wili. Wilis sind Geister von Mädchen, die vor ihrer Hochzeit verlassen wurden und an gebrochenem Herzen gestorben sind. Ihre Königin heißt Myrtha. Immer wenn nachts ein Mann den Wald betritt, tanzen sie mit ihm, bis er vor Erschöpfung stirbt. Es ist irgendwie mies und wunderschön zugleich. Jedenfalls kommt nach Giselles Tod eines Abends Albrecht in den Wald, um ihr Grab zu besuchen.«

»Uh-oh, ich glaube, ich weiß, worauf das hinausläuft«, sagte Jude. Ich lächelte und fragte mich, warum ich immer weiter von *Giselle* schwafelte. Okay, es lenkte Jude von dem ab, was ihn bedrückte. Aber vielleicht machte ich es ja auch aus dem gleichen Grund, aus dem ich mir im Auto den Grand Pas de deux angehört hatte. Um mich an die Dinge zu erinnern, die ich am Ballett so liebte. Um es vor den chaotischen Gedanken zu schützen, die mir heute Abend durch den Kopf gegangen waren.

Die, von denen ich noch nicht wusste, wie ich sie einordnen sollte.

»Giselle fleht Myrtha an, Albrecht zu verschonen. Myrtha lehnt ab, aber Giselle schindet Zeit, bis die Sonne aufgeht und die Wilis wieder in ihre Gräber zurückmüssen. Und Giselle ist glücklich, dass sie Albrecht gerettet hat, weil sie ihn trotz allem noch liebt.«

»Wow. Okay«, sagte Jude versonnen. »Wie geht es danach weiter? Ist Giselle immer noch eine Wili, obwohl sie sich Myrtha widersetzt hat? Was passiert mit Wilis, die gegen den Wili-Kodex verstoßen?«

Ich überlegte. »Weiß ich nicht. Darüber hab ich noch nie nachgedacht.«

Jude nickte. Dann ließ er den Blick zaghaft über mein Kleid und mein Gesicht wandern. »Du siehst übrigens toll aus.«

»Josie hat mich geschminkt«, sagte ich aus irgendeinem Grund. »Du siehst auch gut aus«, fügte ich hinzu, denn das tat er. Sein leicht in Unordnung geratener Anzug war irgendwie süß. Ich räusperte mich und tat so, als würde ich höchst interessiert die Plaketten in den Schaukästen studieren. »Du gönnst dir also eine Pause von ...« Ich deutete hinter mich zu den Türen der Turnhalle.

»Ja.« Er öffnete den Mund, um noch etwas zu sagen, schüttelte dann aber den Kopf. Bei genauem Hinsehen sah ich, dass zwischen seinen Brauen eine kleine Furche stand und um seinen Mund ein angespannter Zug lag, was normalerweise nicht der Fall war. »Mir geht's gut«, sagte er, als er mich beim Starren ertappte. »Ich hab nur ... etwas Trübsal geblasen.« Er schüttelte noch mal den Kopf, als wäre es nicht so wichtig.

Ich nestelte an meinem Kleid. »Gibt's einen bestimmten Grund?« *Dein Dad? Diya?*

»Eigentlich nicht. Ist bloß ein komischer Abend für mich.« Er lächelte, aber nicht so wie sonst. Es war das erste Mal, dass ich Jude Jeppson traurig lächeln sah. Es schnitt mir tiefer ins Herz, als ich erwartet hätte. »Hast du noch mehr traurige Ballettstücke, von denen du mir erzählen kannst? Ich bin gerade in der Stimmung dafür.«

Es gab buchstäblich Hunderte, aber für heute Abend hatte ich genug vom Ballett. »Mir fällt keins ein. Tut mir leid.«

»Macht nichts«, sagte Jude. »Und danke, dass du nicht gesagt hast, ich soll ... keine Ahnung, drüber wegkommen und Spaß haben. Ich weiß zwar, dass das sowieso nicht deine Art ist, aber es wäre das Einfachste gewesen.«

Ich fragte mich, woher er wusste, dass das nicht meine Art war. »Ist doch klar. Man kann Traurigkeit nicht einfach so ausblenden, wenn sie einen überkommt.«

»*Genau.*« Er richtete den Zeigefinger auf mich. »Und weißt du was? Wenn ich sie zulasse und es mir erlaube, traurig zu sein, fühle ich mich danach besser. Als ob die Traurigkeit erst eine Weile rumlaufen und sich die Beine vertreten muss, damit sie danach Ruhe geben kann.«

»Ich habe mir Traurigkeit noch nie mit Beinen vorgestellt.«

»Aber sie hat definitiv welche. Sie ist wie ein Welpe, jedenfalls am Anfang.«

»Ähm. Traurigkeit ist wie ein Welpe?«

»Nicht so niedlich natürlich. Aber ja, schon. Sie scheißt auf alles, macht wertvolle Sachen kaputt und jault an einem Stück, wenn man sie nur mal eben kurz in ein Körbchen packen will.«

Ich dachte an den Abend, an dem mir klar geworden war, dass ich nicht mehr auf den Spitzen tanzen konnte. An die tiefe innere Leere, die von mir Besitz ergriffen hatte und die mich seitdem begleitete. Sie hatte definitiv meine Beziehung zu Colleen kaputt gemacht. Und auf alle Aufmunterungen geschissen, die von meinen Eltern und Josie gekommen waren. Und ich konnte sie ums Verrecken nicht mal eben wegpacken.

»Schätze, du hast recht«, sagte ich leise. Ich strich mit dem Fingernagel über das Glas der Vitrine. »War es für dich so, als euch dein Dad verlassen hat?« Hoffentlich hatte ich damit keine Grenze überschritten, aber es kam mir so selbstverständlich vor, hier draußen mit ihm zu reden.

»Absolut.« Jude senkte den Blick auf seine glänzenden kaffeebraunen Schuhe. »Anfangs hab ich mir noch vorgemacht, dass sich irgendwann alles wieder einrenken und wie vorher sein würde. Aber ausgerechnet auf dem Weihnachtsball letztes Jahr habe ich etwas begriffen. Mir wurde klar, dass man andere Menschen nicht ändern kann, egal was man tut oder sagt. Ganz egal, wie gern du sie hast oder wie sehr du sie liebst, sie sind nun mal so, wie sie sind. Und du kannst es nicht ändern, wenn sie nicht das Gleiche wollen wie du.« Jude seufzte und sah zur Decke. »Das war damals eine gnadenlos deprimierende Erkenntnis für mich. In dem Moment war der Welpe geboren.«

Während ich sein Gesicht beobachtete, glättete sich Judes Miene und er wandte mir den Blick zu. »Später fand ich es dann aber sogar irgendwie befreiend. Mein Dad hatte seine Wahl getroffen und ich konnte es entweder akzeptieren oder nicht. Das hat mir geholfen, damit abzuschließen. Und es hat mir geholfen zu begreifen, dass ich eigentlich gar nicht wollte, dass alles wieder so wird wie vorher.«

»Nicht?«

»Mein Dad hat ständig von mir erwartet, dass ich Dinge mache, die *er* wollte. Ihm hat es nicht gepasst, dass ich mich für Musicals interessiere. Er wollte, dass ich Lacrosse und Fußball spiele, so wie er damals, als er auf der Highschool war. Und sogar wenn ich alles gemacht habe, was er von mir erwartet hat, war er nicht zufrieden. Wenn ich zum Beispiel vom Training kam, mir einen Jasmintee aufgebrüht und mich damit in die Badewanne verzogen habe, wurde er immer ganz komisch. Brummte so Sachen wie ›Männer machen so was nicht‹. Machogetue aus Unsicherheit. Meint jedenfalls meine Mom. Aber es stimmt.«

»Das ist … ätzend!« Mein Dad hatte mich immer zu hundert Prozent unterstützt. Allerdings war ich natürlich auch nicht das einzige kleine Mädchen, das sich Ballettschuhe und ein Tutu gewünscht hat. Aber nicht jedes kleine Mädchen ging tagtäglich zum Ballett, wollte Fußdehner zu Weihnachten und sagte die Party zu seinem zehnten Geburtstag ab, weil es lieber zum Ballettunterricht wollte. Aber mein Dad hatte mir nie das Gefühl gegeben, dass ich komisch wäre, weil ich solche Sachen machte.

Außerdem hatte ich die unumstößliche Gewissheit in meinem Herzen, dass er auch dann für mich da gewesen wäre, wenn ich das Ballett aufgegeben hätte, um stattdessen Motocross zu fahren oder so was. Er war die Sorte Dad, die ohne mit der Wimper zu zucken Tampons vom Einkaufen mitbrachten. Das Gegenteil von Machogetue aus Unsicherheit. Ein Leben ohne so einen Dad konnte ich mir nicht vorstellen.

»Und ob das ätzend war«, sagte Jude. »Aber es hat mir auch geholfen zu kapieren, dass ich ohne ihn besser dran bin.«

»Und ist der Welpe verschwunden, nachdem du das kapiert hast?«

Jude verzog den Mund. »Ich glaube nicht, dass der Welpe jemals völlig verschwindet. Ich glaube, er wird bloß erwachsen. Du lebst eine Weile mit ihm und fängst an, mit ihm zu trainieren und ihn besser zu verstehen, und irgendwann braucht er dich dann nicht mehr so sehr. Vielleicht entwickelt er sich sogar zu einem Hund, der sich hauptsächlich draußen aufhält. Du musst ihn zwar immer noch füttern, ab und zu mit ihm üben und ihn streicheln, wenn er wieder zu dir reinkommt. Aber wenn du das alles machst, lässt er dich in Ruhe.«

Ich ließ das sacken und überlegte, welche Art von Hund meine Traurigkeit jetzt war. Ich packte sie zwar in ein Körbchen, wenn ich unter Menschen war, aber sie entwischte häufig. Daher die Neidbomben und das mit dem Stinkefinger-Zeigen und Meiner-Schwester-Drohen, sie mit mit dem Auto zu überfahren. Aber wenn ich ehrlich war, biss der Welpe weniger oft und nicht mehr so heftig zu wie früher. Immerhin war ich auf einer Schulparty und rastete nicht aus. Gott, ich hatte die ganze Handlung von *Giselle* erzählt, ohne bei dem Gedanken zusammenzubrechen, dass ich sie niemals tanzen würde.

Ein merkwürdig warmes Gefühl breitete sich in mir aus. Vielleicht war ich gar nicht auf den Weihnachtsball gegangen, um meinen Eltern vorzuschwindeln, ich würde Fortschritte machen. Vielleicht bedeutete die Tatsache, dass ich hier war, dass mein Welpe allmählich erwachsen wurde und mich lange genug in Ruhe ließ, um auf einer Neon-Motto-Party Spaß zu haben.

Jude schwieg noch. Ich spürte, dass er über seinen Dad alles gesagt hatte, was er sagen wollte. Zumindest vorerst. Deshalb gab ich etwas weniger Ernstes von mir. »Du kennst Ferdinand nicht, den Pitbull meiner Freundin Colleen. Er ist neun und folgt ihr auf Schritt und Tritt und sie verhätschelt ihn nach Strich und Faden. Sie backt sogar extra Hundeleckerli für ihn.« Es tat gut, über Colleen zu reden, als hätte sich nichts geändert zwischen uns, wenigstens einen Moment so zu tun als ob.

»So sollte es auch sein«, sagte Jude. Diesmal schwang in seinem Lächeln weniger Traurigkeit mit, und ich konnte es nicht fassen, wie froh mich das machte.

Vielleicht lag es an seinem Lächeln, das beinahe wieder das alte war, oder daran, dass er unsere Traurigkeit in Hundewelpen verwandelt hatte, oder an der Tatsache, dass wir beide hier draußen unter uns waren, obwohl sich keine fünf Meter weiter die ganze Schule austobte, jedenfalls sagte mein Mund etwas ohne die Erlaubnis meines Gehirns.

»Ich freu mich schon drauf, mit dir zu tanzen.«

Und da war es wieder. Das volle, ungetrübte Jude-Lächeln.

Strahlender als alle Neonleuchten in der Turnhalle zusammen.

Er sagte nichts. Er lächelte einfach weiter und ließ den Blick über mein Gesicht wandern, von meiner Stirn zu meinen Lippen, wo er kurz verharrte.

Ich hatte plötzlich Sorge, dass er gar nicht wusste, was ich meinte. »Hast du schon den Plan gesehen? Den für die Proben nach den Ferien?«

»Ja. Hab ich.« Er sah mir in die Augen und ich verhedderte mich ein bisschen in seinem Blick.

»Ich werde dich nicht zu Tode tanzen, versprochen«, fügte ich deshalb schnell hinzu.

Jude zog leicht die Brauen hoch. Dann neigte er sich vor und brachte seinen Mund nah an mein Ohr. »Mach keine Versprechen, die du nicht halten kannst«, flüsterte er. Ich wusste nicht, was genau er damit meinte, aber es brachte meine Haut zum Kribbeln und mein Herz zum Pochen.

Die Turnhallentür öffnete sich quietschend und Ethan, Harrison und Celia guckten raus. »Jude!«, rief Celia. »Letzter Song!«

Ethans Blick huschte von Jude zu mir. Ich flehte ihn stumm an, nichts Blödes zu sagen, nichts, das die Situation peinlich machen würde. »Fred«, sagte er streng und sah blinzelnd Jude an. Dann mich. »Cyd. Bewegt eure Hintern hier rein und tanzt.«

»Aye, aye, Gene«, sagte Jude. Dann hielt er mir seine Hand hin. Ich nahm sie und er führte mich zurück in die Halle. Wir folgten Ethan durch das Gedränge zu Margot, Laney und Ada, die immer noch an derselben Stelle tanzten, als über uns ein lauter Knall ertönte und silbernes Konfetti auf uns herabrieselte. Margot machte den Mund auf und streckte ihre Zunge raus. Ich warf den Kopf in den Nacken und lachte. Jude sah zu mir rüber und fing ebenfalls an zu lachen.

Ethan musste genau in diesem Moment ein Foto gemacht haben, weil ein Blitz kurzzeitig alles verschwimmen ließ. Margot schoss ihm einen wütenden Blick zu und versuchte den restlichen Song über, sich sein Handy zu schnappen, während er außerhalb ihrer Reichweite weitertanzte.

Als ich in dieser Nacht, Josies Make-up aus dem Gesicht geschrubbt, im Bett lag, sah ich mir das Bild an, das Ethan auf Instagram gepostet hatte. Margots Mund weit aufgerissen. Jude und ich lachend neben ihr, während es Konfetti regnete. Ethans lächelndes Gesicht unten in der Ecke, was bedeutete, dass er den Arm ausgestreckt und sich selbst schnell noch ins Bild geduckt hatte. Das kam selten vor. Ethan war so gut wie nie auf den Fotos, die er postete.

Ich betrachtete mein Gesicht. Ich sah … glücklich aus. Ich war in dem Moment tatsächlich glücklich gewesen. Es hatte etwas damit zu tun, dass ich in diesem neonleuchtenden Saal mit Leuten zusammen gewesen war, die ich vor ein paar Monaten nicht mal gekannt hatte, die aber jetzt meine Freunde waren.

Es hatte auch etwas mit dem Gespräch zu tun, das ich mit Jude geführt hatte. Die Art von Gespräch, die mich auf die gleiche Weise erfüllte, wie es gute Kunst tat, mit Ideen und Bildern und Momenten, die ich im Kopf bewahren und vor meinem geistigen Auge immer wieder abrufen konnte: Judes Lächeln, das erst traurig und dann glücklich war. Welpen, die groß werden und nach draußen gehen.

Ich starrte das Foto an, bis mir die Augen zufielen.

15

AM NÄCHSTEN MORGEN WAR ICH noch immer blendender Laune und der Duft von Dads Chocolate-Chip-Pancakes schadete ihr nicht im Geringsten. Er machte jedes Mal ein besonderes Frühstück, wenn Josie, Mom und ich Weihnachtsferien hatten.

»Danke«, sagte ich mit vollem Mund, als mir Dad noch einen Pancake auf den Teller schob.

»Du scheinst glücklich zu sein.« Mom lächelte mir vorsichtig über den Rand ihres Teebechers zu.

Ich zuckte mit den Schultern. »Erster Ferientag.«

»*Und* sie hatte gestern einen märchenhaften Abend«, sagte Josie und quetschte einen großzügigen Schuss Sirup auf ihre Pancakes.

Ich erstarrte mitten im Bissen.

Josie wischte sich die Finger an ihrer zerschlissenen Schneemann-Pyjamahose ab und zückte ihr Handy. Sie tippte und strich ein paarmal übers Display und drehte es mir dann zu. Es war das Foto, das Ethan gemacht hatte. Das ich mir vor dem Einschlafen so peinlich lange angeschaut hatte. Ich hatte mich so auf das Bild konzentriert, dass ich nicht gesehen hatte, was darunterstand: *Ein Weihnachtsball-Märchen.*

Zu spät ging mir auf, dass mich meine ganze Familie anstarrte und sich vermutlich fragte, warum ich so verpeilt lächelte. Ich griff nach dem Handy, aber Josie hielt es von mir weg. Mom nahm es ihr aus der Hand, beugte sich mit Dad darüber und kriegte sich nicht mehr ein, wie toll alle aussahen. »Hey, das ist doch Jude Jeppson!« Dad zeigte mit dem Pfannenwender auf ihn.

»Das ist er!« Mom setzte ihre Brille auf und hielt sich das Bild näher vors Gesicht. »So ein gut aussehender Junge.«

»Uah, Mom.« Ich streckte die Hand nach dem Handy aus, damit sie es mir gab, aber sie rührte sich nicht.

»Was?« Moms unschuldiger Blick widersprach dem Lächeln das ihre Lippen umspielte. »Mag er dich?«

»Bist du sein *Bae*?«, klinkte sich Dad ein. Er benutzte gern Wörter, die er im Fernsehen gehört hatte, um Josie und mich zu provozieren. Aber Josie sagte bloß: »Der war gut, Dad«, und sie kicherten alle.

»Nein und nein.« Ich schnappte mir das Handy und legte es mit dem Display nach unten auf den Tisch.

»Lade sie doch alle zu Josies Vorstellung heute Abend ein«, sagte Mom.

Mir drehte sich der Magen um, und obwohl ich noch einen halben Pancake vor mir liegen hatte, war mir der Appetit vergangen. Ich hatte vergessen, dass heute Abend Josies Aufführung von *Der Nussknacker* war. »Ähm, das geht nicht.«

Mom schaute mich mit einem Blick an, der sagte, dass eine Erklärung nötig war.

»Ethan ist in Pittsburgh und Jude in Indiana und Margot … ist heute Abend schon verplant.« Ich hatte keine Ahnung, ob Margot heute Abend schon verplant war. Aber ich würde sie nicht fragen, ob sie mitkommen wollte. Sie würde mich zwar von potenziellen Neidbombenexplosionen ablenken, aber ich wollte nicht, dass sie mich so gereizt sah.

Mein Handy summte, und ich griff danach in der Hoffnung, die Unterhaltung wäre damit beendet. Ein Foto von Colleen füllte mein Display aus. Sie trug eine wohlvertraute weiße Kopfbedeckung und kniff ein Auge zu. Hab eine Haarklammer ins Auge bekommen. Wünschte, du wärst hier.

Sie musste das Foto kurz nach dem »Schneeflockenwalzer« aufgenommen haben. Die KDBS benutzte für den Schnee weiße Papierschnipsel, die aus großen Tüten über der Bühne ausgeschüttet wurden. Nachdem der Walzer vorbei war, wurde das ganze Papier aufgekehrt und kam wieder zurück in die Tüten, damit es bei der nächsten Vorstellung aufs Neue herunterschneien konnte. Aber es wurden auch Schmutz, Staub und alles andere mit aufgekehrt, das auf der Bühne herumlag. Und nach ein paar Vorstellungen wurde man unweigerlich von einer Haarklammer ins Gesicht getroffen.

Als ich das Bild sah, spürte ich das wohlbekannte Ziehen im Herzen und wünschte mir, ich wäre auch dort. Aber wenn ich dort *wäre*, würde ich jetzt das Kostüm wechseln und mich für den Chinesischen Tanz umziehen. Und Colleen würde sich für den Arabischen Tanz fertig machen, nicht für Tautropfen oder die Zuckerfee. Ich konnte es nicht mehr ausblenden, genauso wenig wie das Unbehagen, das damit einherging.

Josie aß ihre Pancakes auf, stand auf und stellte klirrend ihr Geschirr in die Spüle. »Ich gehe zu Fiona rüber, um unsere Schneekostüme fertig zu machen«, sagte sie. »Ihre Schwester fährt uns dann nachher zur Schule. Ihr solltet spätestens Viertel vor sieben da sein.« Sie warf mir einen Blick zu und lief dann die Treppe hoch.

Ich schob meinen Pancake auf dem Teller herum. »Wäre es sehr schlimm, wenn ich nicht mitkäme …«

»Wenn du zum Weihnachtsball gehen kannst, kannst du auch mitkommen, um deine Schwester tanzen zu sehen, so wie sie auch dich schon hundertmal tanzen gesehen hat«, sagte Mom.

»Ganz meine Meinung«, fügte Dad hinzu, während er die Pfanne schrubbte.

Ich seufzte. Fall erledigt.

Als ich mich um halb sieben auf die Rückbank des Minivans schob, schaute ich rüber zu Judes Haus. Alle Fenster waren dunkel, was mir ein mulmiges Gefühl verursachte. Er würde die ganzen Ferien auf Familienbesuch in Indiana sein. Schon eigenartig, wenn ich mir vorstellte, dass er seit drei Jahren direkt gegenüber wohnte, ohne dass ich es gewusst hatte. Und dass er mir jetzt fehlte, obwohl er noch nicht mal einen Tag weg war.

Ich überlegte, ihm eine Nachricht zu schreiben, während uns Dad zur Hope Middleschool fuhr, wo die Variations-Show stattfand. Wir hatten nach dem Weihnachtsball unsere Handynummern ausgetauscht. Mir fiel allerdings nichts ein, das ich ihm sagen konnte, zumindest nichts Sinnvolles, um es zu schreiben. Und er hatte mir ja auch nicht geschrieben, daher …

Ich atmete mehrmals tief durch, als wir parkten, und folgte meinen Eltern in die Aula. Ich war ewig nicht mehr hier gewesen. Meine Aufführungen im Winter und Frühling überschnitten sich regelmäßig mit Josies und sie gingen länger, sodass ich nie Zeit gehabt hatte mitzukommen. Das letzte Mal hatte ich Josie vermutlich tanzen gesehen, als sie zehn war.

Mom legte die pfirsichfarbenen Rosen, die sie mitgebracht hatte, unter ihren Sitz, und der zarte Duft wehte durch die Luft. Mom und Dad hatten zu meinen Auftritten auch immer Rosen dabeigehabt. Ich rollte und entrollte nervös das Programmheft, als das Licht ausging und die ersten schmerzlich vertrauten Töne von *Der Nussknacker* erklangen.

Der Vorhang öffnete sich und gab den Blick auf sechs schäbige

Etagenbetten frei, die um einen Tisch standen, auf dem diverse Messer lagen. Ich verdrehte die Augen. Anstatt die Festszene am Anfang des Stücks in ein Haus aus dem 19. Jahrhundert zu legen, hatte sie Variations als dystopische Mischung aus Internat und Fleischerladen inszeniert. Technobeat, das Geräusch von splitterndem Glas und das hochtourige Rotieren einer Kettensäge unterlegten Tschaikowskis Musik. Die Festgäste auf der Bühne sprangen herum, wanden sich umeinander und drehten sich im Kreis. Sie legten eine beeindruckende Beweglichkeit an den Tag, aber nichts von dem, was ich sah, berührte mich so, wie es Ballett tat. Nicht mal annähernd. Trotzdem applaudierte ich pflichtbewusst nach jedem Tanz, wobei ich insgeheim die Nummern bis zur Schlussszene mitzählte.

Josie war bei vielen der Gruppentänze dabei, auch in der Schneeszene, in der alle lange künstliche Fingernägel trugen, die sie dämonisch aussehen ließen. Ich konnte sie jedes Mal ausmachen, und das nicht nur, weil sie meine Schwester war. Sie tanzte mit einem Gefühl für die Musik, das ich noch vage von früher an ihr kannte, wobei sie sich natürlich weiterentwickelt hatte. Ihre Bewegungen waren präzise und sauber, passten aber immer zur Stimmung der Musik. Ich schaute ins Programm und sah, dass sie im Blumenwalzer ein Solo hatte – sie spielte eine »Wütende Hummel«. Ich verdrehte wieder die Augen.

Der Variations-*Nussknacker* bestand aus nur einem Akt, und ehe ich mich versah, waren Marie und der Nussknackerprinz im Reich der Süßigkeiten angekommen. Beim Spanischen Tanz ließ ich meine Gedanken schweifen, war aber schlagartig wieder bei der Sache, als die Melodie zum Chinesischen Tanz erklang. Mein Körper zuckte, bereit, zu den Entrechats und zu den winzigen schleifenden Schritten anzusetzen, die ich so gut beherrschte. Aber was ich auf der Bühne sah, war etwas ganz anderes.

Drei Mädchen rannten in die Mitte, in jeder Hand eine leuchtend grüne Blume mit einem langen Stiel. Sie warfen gleichzeitig die Arme hoch und die Blumen verwandelten sich in breite, fließende Bänder. Die Tänzerinnen machten schnelle Drehungen, akrobatische Sprünge und beugten sich rückwärts, dabei schwangen sie die ganze Zeit in rhythmischen Bewegungen die Arme, sodass die Bänder in der Luft erstaunliche Formen annahmen. Es war faszinierend. Die Bänder schienen lebendig zu sein.

Am Ende des Tanzes hallte donnernder Applaus durch die Aula und in meinem Bauch regte sich ein merkwürdiges Gefühl. Das war nicht die Neidbombe.

Es war Scham. Und Wut.

Ich atmete so schwer, dass ich fürchtete, die Leute könnten mich hören, als der Beifall verebbte. Ich stand von meinem Platz auf und lief geduckt die Gangreihen entlang. Draußen im Foyer setzte ich mich auf den Boden und blätterte durch das Programmheft, bis ich zu einer Seite kam, die mit *Eine Anmerkung zu den Tänzen der Länder* übertitelt war, verfasst von Variations-Studioleiterin Yuna Lee.

Meine Schülerinnen und Schüler und ich diskutieren schon seit Jahren über die klischeehaft choreografierten Ländertänze im Nussknacker. Ich war überaus stolz, als mich einige von ihnen ansprachen und meinten, sie wollten daraus eine präzisere, einfühlsamere und vielschichtigere Darstellung der weltweiten Tanzformen machen. Ich denke, Josie Keeler aus unserem Fortgeschrittenen-Kurs hat es am besten auf den Punkt gebracht, als sie sagte: »Seit über hundert Jahren transportieren traditionelle Nussknacker-Inszenierungen überholte, rassistisch geprägte Sichtweisen auf die unterschiedlichen Kulturen. Ich will nicht, dass Kinder die Welt so sehen.« Wir, die Lehrerinnen und Lehrer, die

Schülerinnen und Schüler von Variations, haben gemeinsam
recherchiert und sind auf atemberaubende neue Inszenierungen
gestoßen. Mit Angela Xie vom Philadelphia Chinese Dance Center
haben wir für den Chinesischen Tanz einen Bändertanz einstudiert …

Ich hörte auf zu lesen und lehnte meinen Kopf an die Wand.

Ich würde Ballett immer mehr lieben als Modern Dance. Klassische Musik mehr als Noise-Musik. Das wusste ich mit Sicherheit. Aber der Chinesische Tanz, den ich gerade gesehen hatte, war so viel besser gewesen als der, den ich jahrelang an meiner Ballettschule trainiert hatte. Und nachdem ich jetzt vorgeführt bekommen hatte, wie der Tanz hätte sein können, welche Möglichkeiten es gab, über die Kira noch nicht mal nachgedacht hatte, über die *ich* noch nicht mal nachgedacht hatte …

Ich rieb mir übers Gesicht. Warum hatte ich nicht begriffen, dass der Tanz auch anders sein konnte? Warum Kira nicht? Aber es ging nicht nur um mich und es ging nicht nur um Kira. Ich dachte an die unzähligen *Nussknacker*-Aufführungen, die ich im Lauf der Jahre auf der Bühne und auf YouTube gesehen hatte. So viele Ballettkompanien – große und kleine, hiesige und internationale – hatten den Chinesischen Tanz ähnlich aufgeführt. Warum hatte *niemand* von uns ihn verändert?

Die Frage war plötzlich viel größer als ich und trotzdem betraf sie mich ganz persönlich. Schließlich hatte *ich* den Chinesischen Tanz die ganzen Jahre auf diese Weise getanzt, *ich* hatte dieses überholte, rassistisch geprägte Bild aufrechterhalten, und mit mir tanzten ihn Tausende Tänzerinnen in aller Welt so. Vielleicht war es leichter für sie, die Rollen zu akzeptieren, die man ihnen gab, so wie ich es getan hatte. Vielleicht war es für Tänzerinnen, Lehrerinnen, Choreografinnen und Intendantinnen leichter, weiter der Tradition zu gehorchen und einfach auszublenden, wen man damit verletzte. Vielleicht liebten sie genau wie ich das Ballett so sehr, waren so von seiner Schönheit überzeugt, dass sie die hässlichen Seiten nicht sahen oder nicht sehen wollten.

Die ersten Klänge des »Blumenwalzers« wehten durch die Aulatüren. Ich verpasste Josies Solo. Aber ich konnte mich nicht von der Stelle rühren.

Josie hatte dazu beigetragen, den Tanz in etwas Besseres zu verwandeln, und vielleicht hätte auch ich ihn verändern können, wenn ich letztes Jahr am Besetzungstag gewusst hätte, was ich Kira entgegnen sollte. Aber Variations war nicht die KDBS. Und außerdem tanzte ich kein Ballett mehr. Jetzt war es zu spät, um noch etwas zu ändern.

Als die Kälte des Linoleumbodens meine Oberschenkel durchdrang, packte mich eine neue Art von Traurigkeit. Eine andere als der vertraute Schmerz darüber, nicht mehr Ballett tanzen und die Dinge tun zu können, zu denen ich einmal in der Lage gewesen war. Jetzt überkam mich Traurigkeit wegen der Dinge, die ich nicht getan hatte, wegen der Dinge, die ich ausgeblendet hatte.

Ich saß in meine Gedanken versunken da, bis ich Harfenklänge friedlich die Tonleiter auf und ab schweben hörte. Der Grand Pas de deux würde gleich beginnen. Etwas zog mich zurück in das abgedunkelte Theater, die Gangreihe entlang zu meinem Platz.

Auf der Bühne tanzten ein Mädchen in einem rosa Tutu und ein Junge in einem roten Mantel Ballett. Variations zeigte den klassischen Grand Pas de deux. Keine Noise-Musik, nur Tschaikowski. Als die Klänge zu ihrem Höhepunkt anschwollen, durchzuckte meinen Körper wieder die Sehnsucht zu tanzen. Stattdessen saß ich im Publikum. Stille Tränen strömten mir übers Gesicht, während ich dem Tanz zusah, den ich einmal aufgeführt hatte. Den ich nicht mehr tanzen konnte. Den mein Herz noch immer liebte, während es von Neuem brach.

16

MEINE ELTERN WAREN SAUER AUF mich, weil ich Josies Solo verpasst hatte, hatten ihren Groll aber an Weihnachten größtenteils überwunden. Josie nicht. Sie setzte sich so weit wie möglich von mir weg, als wir nachmittags, bevor es ans Geschenkeauspacken ging, mit Grandma Shiho skypten.

»Was denkt ihr, hat euch Santa Claus dieses Jahr gebracht?«, fragte Grandma, und ihr breites Lächeln vertiefte die Fältchen in ihrer sonnengebräunten Haut noch.

»Das ist unfair«, sagte Josie. »Du bist Santa Claus und weißt es längst.« Grandmas raues Lachen erfüllte den Raum. Wir waren ihre einzigen Enkelinnen, deshalb verwöhnte sie uns zu Weihnachten immer nach Strich und Faden. Mehr als die Hälfte der Geschenke unter dem Baum waren von ihr.

»Ich glaube, er hat uns was Selbstgemachtes von dir gebracht«, sagte ich. Grandma war äußerst kunstfertig und schickte uns immer ihre neuesten Kreationen – Kaurimuschelhalsbänder oder Ölgemälde oder Keramiken.

»Ach, sag bloß«, murmelte Josie leise genug, dass Grandma es nicht hören konnte.

»Ihr werdet wohl nachsehen müssen«, sagte Grandma. Das

Fenster hinter ihr umrahmte leuchtend grüne Bäume und Sträu-
cher, durch die eine leichte Brise wehte. Ich konnte die Wärme
förmlich spüren. Das Ganze stand in starkem Kontrast zu dem
kahlen braunen Geäst und dem wolkenverhangenen Himmel vor
unserem Fenster. »Ich muss meine Ingwerkekse aus dem Ofen
holen. Hab euch alle lieb.«

»Du fehlst mir, Mommy«, sagte Mom und hauchte einen Kuss
Richtung Bildschirm. Ich hatte es schon immer niedlich gefunden, wenn Mom Grandma Mommy nannte. Aber diesmal wäre
ich fast in Tränen ausgebrochen. Seit Josis *Nussknacker*-Auffüh-
rung war ich extrem emotional.

Nachdem wir uns verabschiedet hatten, sortierten Mom und
Dad die Päckchen, und wir legten los; wie jedes Jahr erst mit
unseren gegenseitigen Geschenken. Ich beobachtete Josie, während sie meins auspackte – ich hatte Unsummen für eine
Lidschatten-Palette von Willa Hoang ausgegeben in der Hoffnung, die Wogen damit zu glätten. Sie legte sie beiseite und warf
mir ein flaches Geschenk zu.

Ich machte es auf und sah das Instagram-Foto, das Ethan auf
dem Weihnachtsball gemacht hatte, es steckte in einem silberfar-
benen Rahmen mit eingravierten Sternen. Ich lächelte. Das Foto
schaute ich mir jeden Abend vor dem Einschlafen an, deshalb
kannte ich jedes Detail. Aber ein richtiges Bild zu haben, in
einem echten Rahmen, machte es irgendwie wirklicher. »Oh,
ich … Danke, Josie.«

Sie zuckte mit den Schultern. »Vielleicht wirkt dein Zimmer
damit nicht mehr ganz so deprimierend.«

Ich lächelte sie an, aber sie verdrehte nur die Augen.

Dann kamen die Geschenke von Mom und Dad dran. Das
erste waren eine Yogamatte und Yoga-Outfit. Das zweite war ein
Musical-Songbook. »Fürs Vorsingen im nächsten Jahr!«, sagte

Mom, als ich es auspackte. Das dritte war ein Ratgeber zu den 385 besten Colleges der USA. Es war also so weit. Das College-Gespräch lauerte auf mich, seit sich meine Ballettpläne in Luft aufgelöst hatten.

»Du musst ja noch nicht reinschauen«, sagte Dad. »Aber jetzt hast du es, für den Fall, dass du es mal durchblättern willst.«

Ich wusste, dass sich Ethan an mehreren privaten Hochschulen für Freie Kunst in der näheren Umgebung beworben hatte. Jude hatte sich auch an einigen davon und außerdem noch an größeren staatlichen Universitäten wie der Pennsylvania State University und der University of Pittsburgh beworben. Margot wollte es nächstes Jahr an Colleges in Kalifornien und Alaska und anderen weit abgelegenen Orten versuchen. Ich hatte immer noch keine Ahnung, ob ich überhaupt studieren wollte.

Später am Abend – nach den Geschenken, dem Abendessen und *»Ist das Leben nicht schön?«*-Schauen – verzog ich mich in mein Zimmer, wo ich die Yogasachen, das Musical-Songbook und das gerahmte Bild auf dem Schreibtisch deponierte.

Auf meinem Nachtschränkchen summte mein Handy mit einer Nachricht von Colleen. Es war ein Bild von Ferdinand mit Weihnachtsmütze. **Frohe Weihnachten, Ali-Hopp. Fehlst mir.**

Ich fragte mich, was Colleen zu Weihnachten bekommen hatte. Von ihren Brüdern vermutlich T-Shirts mit Pitbull-Motiv und von ihren Eltern Granatschmuck. Vielleicht auch ein neues Leotard fürs Vortanzen zur ABT-Sommerakademie. Das in Philadelphia fand am 18. Januar statt, hatte sie geschrieben. Ich überlegte, ob ich bis dahin wohl wieder mit ihr sprechen konnte. Manchmal hatte ich das Gefühl, es würde gehen. Dann wieder eher nicht.

Ich starrte lange auf die Nachricht und hörte im Geiste Colleens Stimme, während ich sie noch mal las.

Mom stieß mit dem Fuß meine Zimmertür auf, in jeder Hand einen Becher. Heiße Schokolade für Josie und mich. Sie stellte die Becher auf mein Nachtschränkchen und ging dann an den Schreibtisch, um sich mein neues Bild anzusehen. Sie guckte wie damals, als mich Margot besucht hatte, so als hätte jemand ihrer ertrinkenden Tochter endlich doch noch einen Rettungsring zugeworfen.

»Es tut mir leid, dass ich Josies Solo verpasst habe«, brach ich das Schweigen.

»Hast du ihr das gesagt?«

»Nein.«

Mom warf mir einen wortlosen Blick zu.

»Sie geht mir aus dem Weg«, rechtfertigte ich mich.

»Na ja, sie denkt wahrscheinlich, dass *du* ihr aus dem Weg gehst.« Mom zögerte kurz, bevor sie sich ans Fußende des Betts setzte. Dort hatte sie vor meinem Unfall häufig gesessen und wir hatten über alles Mögliche geredet. Nach dem Unfall hatte ich mich dann aber in meinem Zimmer ziemlich abgeschottet.

Plötzlich platzte von irgendwo aus meinem Unterbewusstsein eine Frage aus mir heraus. »Vermisst du Hawaii jemals so sehr, dass du dir wünschst, du wärst nie weggezogen?« Ich hatte nicht vorgehabt, sie das zu fragen, aber in letzter Zeit dachte ich häufiger darüber nach, wie sich wohl andere Menschen wegen der Dinge fühlten, die sie verloren hatten.

Moms Augenbrauen hoben sich leicht, aber dann nahm ihr Gesicht wieder den nachdenklichen Ausdruck an, den es immer zeigte, wenn sie über eine Frage nachdachte. Das war typisch Mom. Die ewige Professorin. Auf jede Frage, die man ihr stellte, bekam man eine ernsthafte Antwort.

»Als ich damals herkam, war ich von den Aufgaben in meinem neuen Job erst mal so erschlagen, dass ich nur an all das Gute denken konnte, das ich zurückgelassen hatte.« Sie strich sich eine Haarsträhne hinters Ohr. »Mein ganzes Leben war in Hawaii. Ich fühlte mich furchtbar, weil ich weggegangen war. Und mich plagten Schuldgefühle, weil ich euren Dad mit hergeschleift hatte. Und ich hatte ein bisschen das Gefühl, nicht mehr zu wissen, wer ich war.«

Ich nickte bei diesem letzten Satz, beeindruckt, dass sie das so mühelos in Worte fassen konnte.

»Und kaum jemand hier sah aus wie ich«, sagte Mom und lächelte sanft. »Mir war natürlich klar, dass es in Pennsylvania nicht so viele Menschen mit japanischen oder asiatischen Wurzeln geben würde wie auf Hawaii, aber etwas zu wissen und es zu erleben sind zwei völlig verschiedene Dinge. Es war eine Umstellung.«

»War es hart?«, fragte ich.

»Manchmal ja, manchmal nein«, sagte Mom. »Ich hatte das große Glück, hier auf ein paar wunderbare Menschen zu treffen, und ich mag unsere Nachbarschaft und meine Studenten und meine Kollegen. Aber es gab auch immer wieder gewisse Vorkommnisse und die gibt es selbst heute noch. Zum Beispiel beim Einkaufen damals, als mich dieser Mann im Laden gefragt hat, ob ich wüsste, wie man ›Chinesische Bohnen‹ zubereitet, und ich Nein gesagt habe und er mir dann Komplimente zu meinem guten Englisch gemacht hat, weißt du noch?«, sagte Mom grinsend.

»Ja.« Josie und ich hatten die Augen verdreht über diesen Weißen, der meiner in Amerika geborenen Mutter, die Englischprofessorin an der Uni war, Komplimente zu ihrem guten Englisch gemacht hatte. Für Josie und mich war es anders, das wusste ich. Manche Leute erkannten sofort, dass wir japanischstämmige Amerikanerinnen waren, und wir bekamen die Frage »Was seid ihr denn jetzt eigentlich?« ziemlich oft gestellt. Häufig hielt man uns aber auch für Weiße. Die Leute stellten bestimmt auch über uns eine Menge Vermutungen an, aber es war anders.

Der Typ, der Mom damals in dem Laden angesprochen hatte, sah in ihr die »Asiatin«, nichts sonst. Nicht die Professorin oder eine amerikanische Staatsbürgerin oder eine Amerikanerin mit japanischen Wurzeln, nur die »Asiatin«. Und in seiner Welt konnten Asiatinnen »Chinesische Bohnen« zubereiten und sprachen kein Englisch.

Ich dachte wieder an den Chinesischen Tanz und welches Bild er von Asiaten aufrechterhielt.

»Hat dich der Chinesische Tanz eigentlich jemals gestört?«, fragte ich und strich mit den Fingern über die weichen Knötchen meiner Bettdecke.

Mom nickte. »Natürlich. Und einerseits wollte ich, dass du dich ebenfalls daran störst. Andererseits aber auch wieder nicht. Du warst so enthusiastisch und eine so gute Tänzerin. Ich wollte nicht, dass dir irgendetwas die Freude daran verdirbt.«

»Warum hast du Kira gegenüber nie etwas gesagt?« Die Frage war nicht als Vorwurf gemeint. Ich war einfach neugierig.

»Das habe ich. Sie dachte, ich wäre eine von den Müttern, die ihr Kind unbedingt in einer Hauptrolle sehen wollen. Anscheinend beschweren sich viele Eltern über die Rolle, für die ihr Kind besetzt wird.«

»Aber es ging doch um was ganz anderes.« Meine Stimme war verblüffend laut.

Mom nickte traurig. »Ich weiß.«

Ich ließ mich gegen das Kopfende zurücksinken. Kira hatte mir sehr viel über Tanztechnik, Ausdruck und Kraft beigebracht. Wie man ein Musikstück richtig hört. Wie man ein Grand Jeté en tournant so hinbekommt, dass es sich anfühlt, als würde man fliegen. Aber mittlerweile konnte ich mir eingestehen, dass sie mir auch Schlechtes beigebracht hatte. Nämlich wie man sich klein, machtlos und minderwertig fühlt.

»Als mich Kira für die Zuckerfee besetzt hat«, sagte ich leise und versetzte mich noch einmal in den vergangenen Dezember zurück auf die Bühne, spürte wieder die silberne Krone auf dem Kopf. »Da hatte ich das Gefühl, alles wäre in Ordnung. Als ob damit alles andere ausgelöscht wäre. So funktioniert das nicht, schon klar, aber in dem Moment fühlte es sich so an.« Ich atmete tief durch. »Aber jetzt …« Ich verstummte, weil ich keine Worte fand.

Mom erwiderte meinen Blick noch einen Moment. »Weißt du, ich bin froh, dass du jetzt über diese Dinge nachdenkst. Es ist schwer, aber es gehört dazu, wenn man seinen Weg finden will.«

Tat ich das? Meinen Weg finden? Ja, ich sprach auf eine Art über Ballett, wie ich es vorher nie getan hatte. Ich hatte auf dem Weihnachtsball Spaß gehabt. Wenn ich an mein Gespräch mit Jude dachte, wurde mir jedes Mal ganz warm und wohlig. Andererseits war ich nach wie vor ziemlich durch den Wind. Das Ballett fehlte mir immer noch furchtbar, auch wenn es mittlerweile viel weiter von dem Idealbild entfernt war, das ich mir davon gemacht hatte.

Keine Ahnung, was das über mich sagte.

Mom lächelte warm und kam dann wieder auf meine ursprüngliche Frage zurück, die sie nicht vergessen hatte. »Na ja, und je länger wir dann hier lebten, desto mehr wurde es unser Zuhause. Erst meins und das von eurem Dad. Und später das unserer Familie. Anfangs war alles sehr fremd und anders, aber nach den ersten Irrungen und Wirrungen habe ich schließlich auch wieder Halt gefunden.«

Ich musste skeptisch geguckt haben, weil Mom seufzte. »Wenn ich es mit einem Bild ausdrücken wollte, würde ich sagen, es war, als wären alle Teile meines Selbst durcheinandergewirbelt und wie Konfetti in verschiedene Richtungen davongeweht worden, um sich anschließend neu zu ordnen. Aber nachdem sich der Sturm gelegt hatte, waren am Ende alle Teile noch da. Jedes einzelne. Nur an anderen Stellen.«

Ihre Worte zogen eine überraschende Erinnerung an etwas aus meinem Gedächtnis hervor, an das ich lange nicht mehr gedacht hatte. Mit vierzehn waren Colleen und ich davon besessen gewesen, Tour en l'air zu lernen, was »sich in der Luft drehen« bedeutete. Man begann in einem schlichten Plié, drückte sich dann senkrecht vom Boden ab und drehte sich ein-, zwei- oder sogar dreimal in der Luft um die eigene Achse, bevor man wieder im Plié landete. Eigentlich war es ein Schritt für Jungen, weshalb ihn uns Kira nie gezeigt hatte. Aber Colleen und ich schauten uns so lange zusammen Online-Tutorials an und kritisierten gegenseitig unsere Haltung, bis wir ihn konnten.

Als ich das erste Mal einen doppelten Tour en l'air sprang, nahm ich nichts wahr außer meinem eigenen Körper, der sich in der Luft drehte. Und als ich wieder im Plié landete, war ich fassungslos. Ich hatte es geschafft. Ich hatte es ohne Kira geschafft. Ich erinnerte mich, wie ich danach mein Spiegelbild angestarrt hatte. Äußerlich sah ich noch genauso aus, aber innerlich war ich verändert. Als hätte sich jedes Teilchen in mir neu geordnet und an einer anderen Stelle niedergelassen.

Nach einer Weile stand Mom auf und zeigte auf den anderen Becher auf meinem Nachttisch. »Bringst du ihn Josie?«

»Klar.« Ich lächelte Mom zu, als sie aus dem Zimmer ging. Ein paar Minuten später schob ich mich unter meiner Decke hervor. Mein Bein fühlte sich beim Aufstehen steif an, deshalb kreiste ich ein paarmal mit dem Fußgelenk und hörte es knacken. Ich nahm Josies Becher und ging über den Flur zu ihrem Zimmer. Aus ihrem Laptop drang Musik – eine hypnotische Klaviermelodie –, und weil ihre Tür nur leicht angelehnt war, spähte ich durch den Spalt.

Josie choreografierte. Sie probierte verschiedene Kombinationen aus und kritzelte dann etwas in ein Heft, das aufgeschlagen auf ihrem Bett lag. Ihre Bewegungen überraschten mich. Ich hatte gedacht, dass sie mehr so wären wie sie: frech, kämpferisch und unnachgiebig. Solche Elemente gab es zwar, aber es gab auch einen Teil, bei dem sie die Handflächen zur Decke drehte und die Arme hob, ein strahlendes Lächeln im Gesicht. Und in der nächsten Sekunde ballte sie die Fäuste, zog ruckartig die Ellbogen an, machte einen runden Rücken und eine finstere Miene. Der Kontrast kam so plötzlich, dass ich fast aufgekeucht hätte.

Das also hatte sie gemeint, als sie mir ihr Stück *Außergewöhnliche Harmonien* erklärt hatte. Widerstände und Gegensätze auf der Welt. Freude und Wut. Liebe und Hass. Schönes und Hässliches.

Schließlich ging ich ein paar Schritte zurück und räusperte mich. Die Musik brach ab und Josies Gesicht erschien im Türspalt.

Ich hielt die heiße Schokolade hoch. »Von Mom.«

Josie nahm den Becher und blinzelte mich an, als würde sie noch auf etwas warten. Auf so etwas wie eine Entschuldigung, weil ich ihr Solo verpasst hatte. Als ich nichts sagte, machte sie die Tür zu. Die Musik setzte wieder ein und wehte über den Flur.

Als ich meine Zimmertür schloss und mich aufs Bett setzte, war es merkwürdig still, so als wäre ich noch stärker vom Rest der Welt abgeschottet als sonst. Zum ersten Mal empfand ich es nicht als Erleichterung.

Ich stand auf, rollte die lilafarbene Yogamatte neben dem Bett aus, stellte das Musical-Songbook ins Bücherregal, platzierte das Weihnachtsballfoto behutsam auf meinem Nachttisch und strich mit den Fingern über den silbrigen Rahmen.

Ich trat ein paar Schritte zurück, um mein Werk zu begutachten. Es waren nur kleine Veränderungen, aber sie ließen mein Zimmer anders aussehen. Als würde wieder jemand darin wohnen.

JANUAR

17

IN FÜNF MINUTEN WÜRDE DIE erste Vamp-Probe beginnen.

Ich saß in der Aula und schaute zu, wie Mrs Sorenson auf dem Klavier improvisierte und Ms Langford auf der Bühne in angedeuteten Schritten die Choreografie durchging. Jude war noch nicht da. Erst dachte ich, ich wäre nervös, weil ich endlich meine große Tanznummer lernen würde – die Rolle, für die ich vorgesehen war. Aber je länger ich zur Tür starrte und darauf wartete, dass Jude reinkam, desto mehr musste ich mir eingestehen: Ich war seinetwegen nervös.

Die restlichen Ferien hatte ich jeden Abend vor dem Einschlafen das Foto vom Weihnachtsball angeschaut. Es brachte mich dazu, dumme Sachen machen zu wollen. Wie mitten in der Nacht bei Jude reinzuplatzen, damit wir uns noch mal so unterhalten konnten, wie wir es im Turnhallenfoyer getan hatten. Weil er in Indiana war, blieben meine Einbruchspläne sicher aufgehoben in meiner Fantasie.

Aber jetzt fürchtete ich, er könnte mir ansehen, wie sehr ich an ihn gedacht hatte. Ich zupfte mein neues Yoga-Tanktop zurecht, das ich zu schwarzen Tanzshorts und hautfarbener Strumpfhose trug. Ms Langford hatte mich gebeten, keine lange Hose anzuziehen, weil »deine Beine der Blickpunkt der ganzen Nummer sind und ich sehen muss, was du damit anstellen kannst«.

Vielleicht war ich ja auch deswegen nervös.

Endlich ging die Tür auf und Jude kam rein. »Hey!«, rief er lächelnd, als er die Stuhlreihe entlang auf mich zusteuerte.

»Hey«, sagte ich.

»Wie waren deine Ferien?« Er setzte sich neben mich. »Hast du was Schönes zu Weihnachten bekommen?«

»Und ob. Ein Handbuch mit den 385 besten Colleges der USA.«

Er seufzte. »Und ich den Ratgeber *1001 Dinge, die jeder Student wissen muss!*.«

»Das sind ganz schön viele Dinge, die du wissen musst.«

»Ich sollte wohl langsam mal anfangen, es zu lesen. Sonst weiß ich womöglich nur siebenhundert Dinge, wenn ich am College bin, und wer weiß, was dann passiert.«

»Du wirst wahrscheinlich sterben.«

»Ich werde *definitiv* sterben.«

Ich lächelte erleichtert. Es war gar nicht so peinlich. Aber dann griff Jude in seinen Rucksack und zog ein in rotes Papier gewickeltes Päckchen heraus. »Ich hab ein Geschenk für dich.«

»Oh …« Scheiße. Wir waren auf Geschenke-Austausch-Level?

»Es ist nicht Besonderes«, sagte er mit einem kurzen Auflachen, und ich fragte mich, wie entsetzt ich wohl ausgesehen hatte. »Es gab in Indiana nicht viel für mich zu tun, da dachte ich, ich könnte ein paar Sachen für Leute machen.«

Ich riss das Papier auf und eine weiche dicke Strickstulpe glitt auf meinen Schoß. Das Muster war wirklich sehr schön, aber es war die Farbe, bei der ich große Augen bekam. Lavendel. Exakt derselbe Ton wie mein Abendkleid auf dem Weihnachtsball. Ich strich mit den Fingern über die weiche Wolle und dachte an den

Abend zurück – an das Tanzen, unser Gespräch vor dem Saal, daran, wie er mich angeschaut hatte.

»Ich ... ähm ... das ist ... Danke«, stammelte ich.

Jude nickte, sein Lächeln verflog. »Ich hoffe, das ist jetzt nicht übergriffig oder so was. Es ist bloß, du hast doch gesagt, dass dein Bein bei Kälte steif wird und sich nur schwer lockern lässt. Da dachte ich ... das könnte vielleicht helfen?«

Ich hatte versucht, die ganze Narben-Sache aus meinem Gedächtnis zu streichen, aber Jude hatte daran gedacht und mir ein wirklich aufmerksames Geschenk gemacht. »Nein, sie ist toll. Sie ist perfekt.« Ich zog sie an. Sie war weich und richtig warm. Ich bog und drehte meinen Fuß ein paarmal und genoss die Wärme, die sich in meinem Bein ausbreitete.

Als ich Jude anschaute, betrachtete er die Stulpe und ein kleines Lächeln umspielte seine Lippen.

»Alina!« Ms Langford signalisierte mir, auf die Bühne zu kommen. Mrs Sorenson hörte auf zu klimpern und in der Aula breitete sich eine eigenartige Stille aus. Im Aufstehen sah ich mich noch mal zu Jude um. Er streckte verlegen beide Daumen hoch. Ich machte irgendwas zwischen einem Winken und Salutieren. Großer Gott.

Ms Langford schnappte sich den Bowlerhut, der auf dem Klavier lag, zog einen Stuhl in die Bühnenmitte und bedeutete mir mit einem Handwedeln, mich darauf zu setzen. »Streck bitte dein rechtes Bein nach vorn aus und wölbe den Fuß.« Ich tat es und Ms Langford hängte den Hut an die Spitze meines Jazzdanceschuhs.

»Jetzt halte das Bein gerade und hebe es langsam nach oben, bis der Hut zur Decke zeigt.« Ich streckte mein Bein mit Leichtigkeit senkrecht nach oben. Ms Langford schüttelte den Kopf und sagte, ich sollte es noch mal versuchen. Ich wiederholte es noch mehrmals, aber sie war nicht zufrieden.

»Das Ziel dieser Bewegung ist nicht, dein Bein so weit wie möglich nach oben zu bekommen. Es geht darum, jemanden zu *verführen*. Ihn zu *locken*. Jude!« Ms Langford winkte ihn her. Sie wies ihn an, sich hinzuknien, mit dem Gesicht nah vor meinem Knöchel. »Du musst nichts anderes tun, als ihr Bein anzuschauen.« Judes Blick huschte zu meinen Augen, bevor er gehorchte. Oh Gott. Dachte er an meine Narben? Unter der Stulpe und der Strumpfhose konnte er sie zwar nicht sehen, aber er wusste, dass sie da waren.

Ms Langford stieß ein krächzendes Lachen aus und versetzte Jude einen Hieb auf den Rücken. »Ich meine damit, du sollst es wirklich *anschauen*. Du bist wie *hypnotisiert*. Bring das rüber.«

Jude versuchte es noch mal. Er *sah* die Narben vor sich. Ich fühlte mich schwitzig und zittrig und wollte schon flüchten, als Ms Langford Jude mit einer Handbewegung aufforderte, beiseite zu gehen. »Lass mich mal«, sagte sie.

Mrs Sorenson seufzte und guckte demonstrativ zur Uhr. Ms Langford achtete nicht auf sie und kniete sich dahin, wo Jude gekniet hatte. Sie tat so, als würden ihr gleich die Augen aus dem Kopf fallen, und fing an zu hecheln wie ein Hund. Es war dermaßen schräg, dass ich lachen musste. Jude lachte auch, und ich begriff, dass sie es genau deshalb machte. Damit wir lockerer wurden.

Ms Langford bedeutete Jude, sich wieder hinzuknien. »Es sollte nicht ganz so übertrieben sein. Aber ich muss etwas *spüren* bei deinem Blick. Dein *Begehren*. Meinst du, du kriegst das hin?«

»Äh … ja. Ich … Klar. Bestimmt.« Jude nickte. Er kniete sich wieder vor mich und atmete tief durch. Dann schaute er. Langsam. Knöchel. Knie. Oberschenkel. Und schließlich hoch zu meinem Gesicht. Seine Augen blickten … *begehrend*.

Er machte seine Sache gut. Mir wurde am ganzen Körper

heiß, als ich das Bein zur Decke streckte und wusste, seine Augen würden ihm folgen, *er* würde ihm folgen, sich vorbeugen, näher, noch näher …

»Ja!«, rief Ms Langford. Jude und ich zuckten zusammen. Ms Langford warf Mrs Sorenson einen triumphierenden Blick zu. »Sehen Sie? Manchmal muss man sich eben Zeit nehmen und den Kindern ein bisschen *Leben* einimpfen.«

»Ich nehme es zur Kenntnis«, erwiderte Mrs Sorenson etwas verschnupft. »Aber heute findet hier ein Debattier-Wettbewerb statt und wir haben die Aula nur noch fünfundvierzig Minuten.«

Während sie aneinandergerieten, tupfte ich schnell mit dem Handgelenk meine Stirn ab. Ich hatte nicht damit gerechnet, dass ich bei den Proben so früh ins Schwitzen kommen würde.

Als Nächstes führte uns Ms Langford durch den ersten Teil des Tanzes, in dem null Berührung vorkam. Ich bewegte mich mit einer Reihe von aufreizenden, sexy Moves um Jude herum, und er sollte ihnen widerstehen. »Da bahnt sich was an!«, rief sie übers Klavier, als wir zum tausendsten Mal die ersten acht Takte durchgingen. »Da knistert was zwischen euch. Eine elektrisierende Kraft. *Spürt* es.«

Ich spürte es definitiv und wollte mehr. Ich wollte Berührung. Ich wollte, dass mich Judes Hände packten und hochhoben oder hielten oder zurückneigten oder egal was. Mein Verstand machte sich nicht mal die Mühe, es vernünftig zu begründen. Ich versuchte, mich auf Ms Langfords Korrekturen zu konzentrieren, scheiterte aber kläglich. Jedes Mal wenn ich Jude nahe kam, wurden meine Bewegungen lasch und nachlässig.

»In Ordnung, das reicht!«, rief Mrs Langford nach einem weiteren Durchgang, und ich machte mich auf eine Standpauke gefasst. Ich hatte persönliche Gefühle mit dem Tanzen vermischt. Kira hatte immer gepredigt, wir sollten unser persönliches Leben beim

Betreten des Studios »draußen vor der Tür lassen«. Egal welchen Stress oder welche Ablenkungen oder Wünsche man im Leben hatte, es durfte sich nicht im Tanzen niederschlagen. Mir war das immer ganz gut gelungen. Jetzt aber anscheinend nicht mehr.

»Za-zow!«, rief Ms Langford. »Jetzt habe ich es gespürt. Wunderschönes Dynamit!« Sie klopfte Jude und mir auf die Schulter. »Zum Schluss hätte ich euch am liebsten zueinandergeschoben, obwohl es eine Explosion verursacht hätte!«

Jude lachte nervös, aber ich war verwirrt. Ms Langford sagte, sie hätte wunderschönes Dynamit gespürt. Ich hatte aber meine Wünsche nicht draußen vor der Tür gelassen – war das gut?

»Wir haben nicht mehr viel Zeit«, sagte Ms Langford. »Aber bevor ihr geht, zeige ich euch noch die erste große Hebung. Sie ist die Überleitung zum zweiten Teil des Tanzes, in dem es um Berührung geht. Ich möchte, dass ihr schon mal ein Gespür dafür bekommt.«

Ms Langford war mir gleich von Anfang an sympathisch gewesen.

Sie ließ uns noch einmal die Position einnehmen, die wir zuletzt gelernt hatten: Ich sollte ein paar Meter von Jude entfernt stehen, mir die Fingernägel polieren und meine Hüften schwingen. »Jetzt nimmst du ihre Hand, Jude. Aber Alina, du bleibst weiter von ihm abgewendet.« Judes Hand war heiß und ein bisschen verschwitzt.

»Dann wirbelst du sie ruckartig zu dir herum, Jude, ziehst sie an dich *und* hebst sie hoch, alles in einer einzigen fließenden Bewegung. Und du, Alina«, wandte sich Ms Langford an mich, »du endest bitte so.« Sie führte die Position vor, die darin bestand, dass ich einen Arm um Judes Hals legte, den anderen rückwärts ausgestreckt hielt und die Beine in einem V anwinkelte.

»Wir gehen es erst mal ohne Musik durch.« Ms Langford trat zur Seite.

Ich stellte mich in ein paar Metern Abstand mit dem Rücken zu Jude. Ich ließ grazil den Arm sinken und spürte einen Moment später einen kraftvollen Ruck, wurde plötzlich von den Füßen gerissen und sauste durch die Luft, bis ich abrupt mit meinem Gesicht nah vor Judes landete.

Er hatte mich mit so viel Schwung zu sich herangezogen und hochgehoben, dass er weit zurückgelehnt war, als unsere Körper aufeinandertrafen, und ich quasi auf ihm lag. Aber es war kein bisschen wackelig. Er hatte den Arm fest um meine Taille geschlungen, und es fühlte sich an, als könnte er mich tagelang so festhalten. Sein schneller Herzschlag wummerte in meinem Körper wider, als wir uns ansahen.

Na?, schienen seine Augen ein bisschen nervös, ein bisschen hoffnungsvoll zu sagen. *Was denkst du?*

Eine Bewegung am Rand meines Gesichtsfelds lenkte mich ab – es war Mrs Sorenson, die ihre Finger über die Klaviertasten gleiten ließ, mehrmals vielsagend die Brauen hob und zu Ms Langford schaute, die sich mit beiden Händen theatralisch Luft zufächelte.

»Das nenne ich Chemie!«, rief sie und führte einen kleinen Stepptanz auf.

»Fabulös!« Mrs Sorenson applaudierte.

Hormongesteuerte Lehrerinnen. Nichts ist stimmungstötender. Jude ließ mich vorsichtig runter. Er grinste über Mrs Sorenson und Ms Langford, die sich wie junge Mädchen freuten. Ich grinste auch, konnte aber an nichts anderes als seinen Arm um meine Taille denken und dass die Stellen meines Körpers, wo er mich berührt hatte, immer noch glühten.

»Geht's dir gut?«, fragte Jude. Als wir zusammen aus der Schule gingen, war es, als hätte er sich in einen Magneten verwandelt. Meine Schritte steuerten unweigerlich immer wieder auf ihn zu, bis wir mit den Armen aneinanderstießen und ich zusammenzuckte und eine Entschuldigung murmelnd von ihm abrückte.

»Klar. Wieso sollte es nicht?« Ich beschleunigte meine Schritte, die Absätze meiner Boots trommelten über den Boden. Ich hatte bei den Toiletten kurz haltgemacht, um meine normalen Klamotten anzuziehen. Als ich beim Rauskommen sah, dass Jude auf dem Flur auf mich wartete, freute ich mich und war gleichzeitig genervt.

»Keine Ahnung, sag du's mir«, erwiderte er.

Oh nein. Ich konnte die Selbstgefälligkeit in seiner Stimme hören. Als ich mich zu ihm umsah, war es genau, wie ich vermutet hatte. Oh Mann, da gelingt einem Typen *ein* Mal eine Hebung und schon hält er sich für was Besonderes.

»Großspurigkeit steht dir nicht.« Ich stieß die Tür zum Parkplatz auf und ging durch, ohne sie ihm aufzuhalten.

Jude erwischte sie mit dem Ellbogen und war sofort wieder neben mir. »Ach ja, ich weiß. Arroganz killt Eleganz, richtig?«

Stimmt, das hatte ich nach den Callbacks zu ihm gesagt. Aber ich war viel zu erschöpft und ärgerte mich außerdem, weil ich so erschöpft war, um zuzugeben, dass wir beide einen Insiderwitz teilten. »Was soll das heißen?«, sagte ich.

»Wie, echt jetzt?« Judes Lächeln bröckelte.

Schließlich ging ich langsamer, zog meine Mütze aus der Manteltasche und setzte sie auf. »Ach ja, richtig. Ich hab das mal zu dir gesagt.«

Wir blieben neben Judes Wagen stehen. »Jep.« Sein Atem bildete weiße Wölkchen vor seinem Gesicht. Jetzt sah er schon viel weniger von sich überzeugt aus. Das war es, was ich beabsichtigt hatte, aber irgendwie fühlte es sich nicht wie ein Triumph an. Ich zog meine Mütze tiefer, damit sie mehr von meinen Ohren bedeckte. Jude trug wieder seine Bomberjacke mit den Aufnähern die eigentlich viel zu dünn war, um warm genug zu sein, und seine dicken schief gestrickten grünen Handschuhe. Das Ganze, wie im Moment überhaupt alles an ihm, war süß und nervig zugleich.

»Jedenfalls wissen wir jetzt, dass du die Gabe hast, Frauen mittleren Alters schwach werden zu lassen, also geh bitte verantwortungsvoll damit um.«

Jude legte den Kopf schräg und schaute mich neugierig an. »Was ist mit …«, begann er und kam einen Schritt auf mich zu.

Mein Herzschlag beschleunigte sich. Abprallen lassen. Ablenken. Das sollte ich eigentlich jetzt tun. Denn auch wenn ich in den Ferien viel zu oft an Jude gedacht und vorhin bei seiner Berührung beinahe die Kontrolle über mich verloren hatte, war ich überhaupt noch nicht bereit für was Richtiges. Was, wenn ich es vermasselte? Dann würde er sich nur wieder im Stich gelassen fühlen. Was, wenn *er* es vermasselte? Dann würde ich mich nur wieder zurückgewiesen fühlen. Könnten wir im Moment damit umgehen?

»Was ist womit?« Am liebsten hätte ich die Wörter der eisigen Luft zwischen uns sofort wieder entrissen.

Judes Blick ging wieder auf Wanderschaft. Über meine Stirn, Wangen, Mund. Dann machte er unvermittelt einen Schritt zurück. »Ach es ist nur … ähm … hast du Lust, zu Fly Zone mitzukommen?«

Es dauerte einen Moment, bis ich verstand, was er meinte. »Der … Trampolinladen, in dem du arbeitest?«

»Ja, in einer Stunde fängt meine Schicht an, wir könnten vorher noch ein bisschen springen.« Die Spitzen seiner Ohren färbten sich rot, und ich glaubte nicht, dass es von der Kälte kam.

»Ich …«

»Es sieht bescheuert aus, tut aber echt gut. Man wird seine ganze überschüssige Energie dabei los, ehrlich.« Er rieb seine behandschuhten Hände aneinander und wippte auf den Fußballen auf und ab, ohne mich anzusehen.

Aus irgendeinem Grund schien es mir eine gute Idee zu sein, jede Art von überschüssiger Energie, die ich in mir fühlte, loszuwerden. Eine sehr kluge Idee. Die einzig wahre Idee. »Wir treffen uns da«, rief ich ihm über die Schulter zu, als ich im Stechschritt zu meinem Wagen marschierte.

18

FLY ZONE WAR VOLLER, ALS ich es um fünf Uhr an einem Montagnachmittag erwartet hatte. Eltern mit müden Augen saßen an Plastiktischen neben einem Imbissstand vor ihren Laptops und nippten Kaffee aus Pappbechern. Keine Ahnung, wie sie es schafften, die spitzen Freudenschreie auszublenden, die ohne Unterbrechung von den Trampolinen nur wenige Meter entfernt herübergellten.

Jude führte mich zum rückwärtigen Bereich in den Raum für die Angestellten, wo ich meine Boots und den Rucksack in seinem Spind verstaute, und gab mir ein paar rutschfeste orangefarbene Socken. Als ich ihm in den riesigen Trampolinbereich folgte, fiel mir an den Wänden eine Reihe von Fotos auf. Ich blieb vor einem stehen, auf dem ein Junge abgebildet war, wie er gerade einen Salto schlug, den Mund zu einem Lächeln verzogen, das ich überall erkennen würde, selbst auf dem Kopf. »Oh mein Gott.«

Jude drehte sich um und folgte meinem Blick. »Ja, das ist Einstellungsvoraussetzung. Du kannst hier nicht arbeiten, ohne einen ganzen Schraubensalto rückwärts machen zu können.«

»Schon klar. Ich denke, das wird mittlerweile an den meisten Arbeitsplätzen vorausgesetzt.«

Jude lachte und plötzlich war die Atmosphäre zwischen uns viel weniger angespannt. Draußen im Trampolinbereich steuerten wir das Areal »ab 15 Jahre« an. Der menschenleere Raum war in circa dreißig miteinander verbundene Trampolin-Karrees unterteilt, von denen jedes ungefähr zwei mal zwei Meter groß war. Die Regeln erlaubten immer nur eine Person pro Karree, sodass wir jeder unseren eigenen Sprungbereich hatten und von Viereck zu Viereck hüpfen konnten. Jedes Mal, wenn ich auf einem Trampolin landete und wieder nach oben katapultiert wurde, spürte ich an den Stellen, wo das Metall saß, eine Art Stromschlag in meinem operierten Bein, aber ich bekam trotzdem eine anständige Höhe hin.

Es war schwer, nicht zu lächeln, während ich auf und ab federte und Jude zuschaute, wie er mit flatternden Haaren das Gleiche machte.

»Zeig doch mal deinen Schraubensalto!«, rief ich Jude zu, der mir den Gefallen gern tat.

Nachdem er noch ein paar mehr Kunststücke vorgeführt hatte, rief er: »Erzähl mir nicht, dass du jetzt nicht Lust auf ein bisschen Flummi-Ballett hast.«

Ich verdrehte die Augen, aber dann hatte ich eine Idee. Tour en l'air auf einem Trampolin musste sich unglaublich anfühlen. Ich nahm die Arme in die dritte Position und holte im Springen mit dem seitlich ausgestreckten Arm Schwung für die Drehung. In dieser Höhe drehte ich mich schneller als jemals auf festem Boden. Als ich landete, konnte ich nicht mehr aufhören zu lachen.

Ohne zu überlegen, hüpfte ich zu dem Karree ganz hinten in der Ecke. Ich holte tief Luft und sprang mit Grands Jetés von einem Karree zum nächsten.

Gott, wie mir das Gefühl zu fliegen gefehlt hatte.

Irgendwann schauten wir auf die Uhr und stellten fest, dass Judes Schicht in zehn Minuten begann. Das Gehen hatte sich nie komischer angefühlt als auf dem Weg zurück zum Raum für die Angestellten. »Trampolin-Beine«, erklärte Jude, der seinen Spind öffnete und mir meine Boots und meinen Rucksack gab.

»Aha«, sagte ich außer Atem. Ich zog mein Handy heraus und sah eine Nachricht von Colleen aufploppen.

Jude guckte ebenfalls auf sein Handy. »Uups, ich hab eine Voicemail bekommen. Eine Sekunde.« Ich nickte und setzte mich auf die Bank, um meine Boots anzuziehen, und las die Nachricht.

Besetzungsliste für Giselle hängt aus. Rate die Giselles.

Ich wartete angespannt. Dann kamen drei Blonde-Mädchen-Emojis. Ich sackte in mich zusammen. Spencer. Juliet. Und Camden, erfuhr ich in der nächsten Nachricht, eine von den Neuen, die dieses Jahr zur KDBS gewechselt hatten. Sie würden abwechselnd die Hauptrolle tanzen.

Hab aber dafür Myrtha ☺

Myrtha war eine herausragende Rolle. Die Königin der Wilis kam gleich an zweiter Stelle nach Giselle. Aber sie *kam* an zweiter Stelle. Und Colleen verdiente es, an erster Stelle zu stehen.

Bevor ich es mir anders überlegen konnte, jagten meine Daumen schon über die Tasten, und ich spürte, wie mein innerer Druck nachließ. Endlich schrieb ich ihr etwas zurück und zwar etwas Wahres. Etwas, von dem ich schon lange wusste, dass es wahr war, sogar noch bevor ich es mir eingestanden hatte.

Du hast Giselle verdient. Es ist nicht gerecht. Es war nie gerecht.

Ich zögerte über dem Senden-Button. Würde es die Sache für Colleen nicht nur schlimmer machen? Ich war jetzt raus aus dieser Welt, und vielleicht war das der Grund, warum ich anfing, ihre hässliche Seite zu sehen. Colleen war noch dabei. Ich durfte ihr meine Wut nicht überstülpen.

Denn selbst wenn sich Colleen darüber aufregte, würde ihr Kira doch nur wieder das Gleiche sagen, was sie uns schon einmal gesagt hatte. Balletttänzerinnen akzeptieren die Rolle, die man ihnen gibt, und machen etwas Wunderschönes daraus. Colleen würde Myrtha wunderschön tanzen. Das wusste ich jedenfalls.

Ich löschte die Nachricht wieder und fragte mich, ob Colleen die drei blinkenden Punkte gesehen hatte, die ihr sagten, dass ich geschrieben hatte und ihr antworten wollte. Ich hoffte, das genügte erst mal. Ich wusste, das tat es nicht.

Ich legte das Telefon weg und hob den Blick, Jude hatte sein Handy noch am Ohr, die Stirn leicht gerunzelt. Er ließ es schließlich sinken und legte auf. »Uff!«, sagte er.

»Alles okay?«

»Ja, äh …« Er holte ein grell orangefarbenes Fly-Zone-T-Shirt aus seinem Spind und zog es über sein graues. Dann hängte er sich eine Trillerpfeife um und klemmte ein Walkie-Talkie an seine Hosentasche. »Die Nachricht war von meinem Dad. Er ist wegen seiner Arbeit ein paar Monate hier in der Stadt. Er sagt, dass er mich gern sehen möchte.«

»Oh. Triffst du dich mit ihm?«

»Nein«, sagte Jude.

Ich sah, dass er die Voicemail löschte. Mich wunderte, wie sicher er sich war. Sein Dad schien zwar eine Katastrophe zu sein, aber er war immerhin sein Dad. »Hast du ihn überhaupt schon wiedergesehen, seit er weg ist?«

»Nein. Wir haben ein paarmal telefoniert, aber ich bin irgendwann nicht mehr rangegangen.« Ich spürte, dass da noch etwas war, das ihn bedrückte, und stellte meinen Rucksack auf den

Boden, um neben mir Platz zu machen. Er setzte sich und beugte sich vor, die Ellbogen auf den Oberschenkeln abgestützt.

»Ich versuche, mit der ganzen Sache klarzukommen, indem ich mir sage, dass es mir jetzt besser geht. Ich hab meinen Frieden damit gemacht, dass mein Dad in so vieler Hinsicht falschlag, und fühle mich jetzt irgendwie …« Er stockte und suchte nach Worten.

»Freier«, sagte ich und dachte daran, was er mir auf dem Weihnachtsball erzählt hatte. »Freier als vorher.«

»Ja. Aber wenn ich jetzt mit ihm essen gehen würde, ich weiß nicht. Womöglich fange ich dann wieder an, mich an seine guten Seiten zu erinnern. Er ist megalustig, hat eine unglaubliche Ausstrahlung und kann toll Geschichten erzählen … Das war wahrscheinlich auch der Grund, warum sich meine Mutter überhaupt in ihn verliebt hat. Einmal, als ich noch klein war, habe ich heimlich *Poltergeist* geguckt, obwohl ich es nicht durfte, und danach hatte ich solche Angst, dass ich nicht schlafen konnte. Er ist noch stundenlang wach geblieben und hat mir den *Hobbit* vorgelesen, bis ich eingeschlafen bin.« Judes Gesicht wurde weicher bei der Erinnerung. »Es würde die Sache schwerer machen, wenn ich mich nicht nur an das Schlechte, sondern auch an das Gute erinnere. Verstehst du, was ich meine?«

Das tat ich. Es klang einleuchtend. Vernünftig. »Auf jeden Fall, obwohl es bei mir genau umgekehrt ist.«

»Und wie?« Jude setzte sich auf und sah mich an.

»Ach, das ist eine lange Geschichte.« Ich wollte weiter über seinen Dad sprechen. »Und denkst du …«

»Warte«, fiel er mir ins Wort. »Erzähl sie mir bitte.«

Ich zögerte. Aber er sah mich mit seinen freundlichen haselnussbraunen Augen erwartungsvoll an und nach ein paar Sekunden brach es aus mir heraus. »Was das Ballett angeht, habe ich keine Probleme damit, mich an das Gute zu erinnern. Ich *will* mich nur an das Gute erinnern. Ballett war mein Leben, und solange es großartig und wunderschön bleibt, hat es seinen Sinn, dass ich mein Leben damit zugebracht habe und jetzt todunglücklich bin, weil ich es nicht mehr machen kann.« Ich schwieg eine Sekunde, um meine Gedanken zu sammeln.

»Aber wenn ich an das Schlechte denke – zum Beispiel an die Tatsache, dass zwei weiße blonde Mädchen aus meinem Kurs ständig Colleen und mir vorgezogen und für die Hauptrollen besetzt wurden und dass nicht nur an der KDBS, sondern auch sonst überall auf der Welt Ballettlehrerinnen und Ballettkompanien an fragwürdigen Traditionen festhalten, anstatt sie zu verändern ...« Ich biss mir auf die Unterlippe und dachte an *Der Nussknacker* und daran, wie schwer es mir fiel, Kiras Rollenentscheidungen nachzuvollziehen, besonders nach Colleens Nachricht zu *Giselle*. »Wenn ich an diese Seiten denke, kommt es mir wie ein Fehler vor, dass ich dem Ballett so viel Raum gegeben habe. Als dürfte ich nicht so traurig darüber sein, dass ich es verloren habe, weil es gar nicht so toll und so schön war. Vielleicht bin ich ja besser dran ohne Ballett. Aber irgendwie kommt mir das auch nicht richtig vor.«

Ich atmete tief ein und hielt die Luft einen Moment an, bevor ich sie wieder ausstieß.

»Vielleicht weil ...« Jude stockte. »Weil du etwas verloren hast, das du geliebt hast. Man kann viel an etwas auszusetzen haben und es trotzdem lieben, auch wenn man das Gefühl hat, man dürfte es eigentlich nicht. Ist es das?«

»Kann sein.« Vielleicht war Ballett wie wunderschönes Dynamit. Atemberaubend und gefährlich zugleich, und man konnte es nicht einfach so lieben, sondern musste erst herausfinden, wie man richtig damit umging. Wie man das Schöne daran liebte und das Gefährliche entschärfte. Das Problem war, dass ich nicht wusste, wie ich das machen sollte. Besonders nachdem ich jetzt nicht mehr zu dieser Welt dazugehörte.

Jude und ich saßen noch eine Weile zusammen, durch die Tür hindurch waren die gedämpften Geräusche der Trampolinspringer zu hören. Wie schon auf dem Weihnachtsball vor der Saaltür verströmte Jude in den merkwürdigsten Situationen eine Ruhe, die mir das Gefühl gab, mit ihm über alles reden zu können.

»Mir war nicht klar, dass es beim Ballett so läuft«, sagte er nach einer Weile. »Das tut mir leid. Es ist ätzend, wenn etwas, das man liebt, in gewissen Dingen total rückständig ist.«

»Ja.« Mir fiel ein, dass Jude gesagt hatte, sein Dad würde von ihm erwarten, dass er »männliche« Dinge machte wie Sport anstelle von Musical. Manchen Menschen fiel es wohl schwer, über ihren Tellerrand hinauszuschauen und ihre Vorstellung davon, wie jemand zu sein hatte, zu überdenken. Wie eine Ballerina auszusehen hatte beispielsweise. Oder was einem Jungen Spaß machte.

»Du hast gesagt, dein Dad wollte nicht, dass du Musical machst. Und Margot meinte, du wärst letztes Jahr nicht dabei gewesen.«

Jude nickte. »Selbst nachdem er weg war, hab ich noch seine Stimme im Kopf gehabt. Und letztes Jahr dachte ich, er hätte vielleicht sogar recht. Vielleicht sollte ich lieber nicht mitmachen. Es war absolut schräg, weil ich *wusste*, dass ich das eigentlich nicht glaubte. Und ich wusste, das Jahr würde ätzend werden ohne Musical. Und das wurde es auch.« Er schüttelte den Kopf. »Aber diese Stimme … Ich hab sie wohl so oft gehört, dass ich sie in mir hatte.«

Ich dachte darüber nach und fragte mich, wie viel von Kiras Stimme ich noch in mir hatte.

Jude guckte auf die Uhr. Es war ein paar Minuten nach seinem Schichtbeginn. Wir standen langsam auf. »Tja also, wenn du mal mit jemandem reden möchtest, über deinen Dad oder egal was, kannst du mir gern schreiben«, sagte ich. »Oder wir können auch einfach so reden, wie jetzt gerade. Na ja, nicht … wir müssen dazu nicht bei Fly Zone sein. Du weißt schon, was ich meine.« Jude lächelte sanft, während ich faselte.

»Ich weiß. Ich rede wirklich gern mit dir.«

»Ich rede auch wirklich gern mit dir.«

Er holte Luft, als wollte er noch etwas sagen. Aber stattdessen beugte er sich weiter vor. Sein Blick bohrte sich in meine Augen, eindringlich und voller Gefühl. Ich beugte mich auch weiter vor.

Bis uns das laute Krachen seines Walkie-Talkies zusammenzucken ließ. »Jude Jeppson bitte zum Dodgeball-Bereich. Ende.«

Jude hantierte an dem Walkie-Talkie herum und hielt es sich vor den Mund. »Bin unterwegs.« Dann zögerte er. »Ende«, fügte er leise hinzu.

Ich versuchte, mir nicht anmerken zu lassen, wie aufgewühlt ich war, und warf mir lächelnd den Rucksack über die Schulter.

»Bis morgen bei der Probe?«, sagte Jude, während wir zur Tür gingen.

Als ich mich zu ihm umdrehte, wusste ich, dass ab jetzt alles anders sein würde. Nach dem Tanzen, der Hebefigur, den kurzen Rückblicken auf das Schöne in unserem Leben und dem, was da gerade sonst noch passiert war, hatte sich definitiv etwas zwischen uns verändert. Ob zum Guten oder zum Schlechten, wusste ich noch nicht.

Trotzdem lächelte ich. »Bis morgen.«

19

ES WAREN NUR NOCH SIEBEN Wochen bis zur Premiere, was bedeutete, dass das Probenpensum hochgefahren wurde. Mrs Sorenson übte wild gestikulierend und rufend die Szenen mit dem gesamten Ensemble ein. Ms Langford ernannte mich offiziell zur Dance Captain, was hieß, dass ich sämtliche Choreografien mit der Revuetruppe einstudieren musste, sodass mir kaum noch freie Zeit blieb.

Jude und ich waren nie allein, was frustrierend war. Klar, wir sprachen miteinander. Wir lachten. Wir hatten auch eine weitere Vamp-Probe zusammen, um den restlichen Tanz zu lernen, bei dem es, wie Ms Langford gesagt hatte, »ganz um Berührung« ging. Eine Bewegung bestand darin, dass Jude ungefähr in Höhe seines Ohrs mein Bein festhielt und mich dann rückwärts nach unten senkte. Als Jude nach meinem Bein griff und die Stulpe umfasste, die er mir gestrickt hatte, fühlte es sich irgendwie intimer an, als wenn er meine nackte Haut berührt hätte. Und wenn ich wieder hochkam, Zentimeter von seinem Gesicht entfernt, hatte er jedes Mal diesen Ausdruck. Diesen »Die Lippen leicht geöffnet, die Stirn gerunzelt, die Pupillen geweitet«-Ausdruck.

Als wäre er kurz davor, auch noch die letzten Millimeter

zwischen uns zu schließen. Und hätten Ms Langford und Mrs Sorenson nicht einen halben Meter entfernt gestanden und uns korrigiert und ihre Kommentare abgegeben, hätte *ich* es für ihn getan.

Am Freitagabend war unser Besuch bei Fly Zone fast zwei Wochen her und ich hatte ein permanentes Gefühl der Verzweiflung im Bauch. Morgen früh vor der ersten Samstagsprobe war ich mit Jude, Margot und Ethan bei Waffle Country zum Frühstück verabredet, aber das reichte mir nicht. Ich schnappte mir mein Handy und schrieb Jude eine Nachricht.

Soll ich dich morgen zum Frühstück und danach zur Probe mitnehmen?, tippte ich und lehnte mich ans Kopfteil von meinem Bett.

Danke, aber ich muss ja bis zwei bei der Probe bleiben und will dich nicht aufhalten. Der Knoten in meinem Magen zog sich enger zu. Dann erschienen die blinkenden Punkte und schließlich: **Kommst du zur Eisbahn?**

Ach ja, richtig. Ein paar von den Musical-Leuten gingen nach der Probe morgen noch zur Eisbahn an der Galleria-Ladenpassage. Ich überlegte eine Sekunde. **Ja. Du?**

Gut. Ich auch.

Cool. Wir sehen uns beim Frühstück.

Tja. Das war vermutlich der erbärmlichste Austausch von Nachrichten jemals. Ich pfefferte mein Handy aufs Bett und meine Gedanken drifteten in eine unschöne Richtung.

Irgendwie lief die Sache jedes Mal nach dem gleichen Schema ab: Jude und ich erlebten einen Moment der Nähe. Einen, der sich in mein Hirn einfräste. Die Sache mit meinen Narben. Der Weihnachtsball. Die Hebefigur. Fly Zone. Dann trat einer von uns auf die Bremse. Ich war ihm nach dem Narben-Moment aus dem Weg gegangen. Er war nach der ersten Vamp-Probe, als wir auf dem Parkplatz so nah zusammengestanden hatten, buchstäblich vor mir zurückgewichen.

Ich versuchte, das alles auszublenden, als ich mich am nächsten Morgen bei Waffle Country in eine Sitznische schob und den süßen Sirupduft einatmete. Eine Minute später kamen Ethan und Margot dazu. Gut. Sie würden mich von meiner Jude-Besessenheit ablenken.

»Mrs Sorenson meinte, du und Jude wärt, und ich zitiere wörtlich, ›echt heiß‹«, sagte Ethan, der sich mir gegenüber setzte. »Möchtest du das kommentieren?«

Vergiss es.

»Wann hat sie das gesagt?« Ich schlug die Speisekarte auf und tat so, als wäre ich von den Waffle-Country-Frühstücksknallern gefesselt. »Bei der Chorprobe? Komisch.«

»Man beachte, dass sie den Kern der Aussage nicht dementiert hat«, sagte Ethan zu Margot, die sich neben ihn schob.

»Keiner beachtet das«, erwiderte sie und nahm ihre Trappermütze ab.

»Es war nicht bei der Chorprobe«, sagte Ethan. »Als ich am Lehrerzimmer vorbeikam, hat sie sich mit Mrs Tipman gerade über das Musical unterhalten. Du bist Gesprächsthema im *Lehrerzimmer*, Alina. Das ist mega. Die könnten da drin alles Mögliche bequatschen, aber sie haben über dich und Jude geredet.«

»Vielleicht machen Mrs Sorenson und Ms Langford gerade eine Art zweite Pubertät durch«, sagte Margot. »Das soll bei Frauen im mittleren Alter vorkommen, dann spielen die Hormone noch mal verrückt.«

»Margot …« Ethan schaute gereizt.

»Einmal ist schon schlimm genug. Ich weiß, eigentlich müsste ich sie bald hinter mir haben, aber als ich letztens Lippenstift-Werbung gesehen habe, konnte ich nichts anderes denken als ›Penis‹. Ich verstehe nicht …«

»Guter Gott, Margot! Was ist *los* mit dir?«, herrschte Ethan sie an. »Alina und ich haben über die Vamp-Probe geredet.«

»Nein, du *wolltest* über die Vamp-Probe reden, aber Alina will es eindeutig nicht. Und behauptest du nicht immer, dass du nicht tratschst, bla, bla, bla?« Margot klappte mit einem selbstgefälligen Lächeln ihre Speisekarte zu.

Ethan bedachte mich mit einem durchtriebenen Blick. »Ich tratsche nicht, ich *teile nur Wissen*.«

Mist! Wieso sagte ich Sachen, die man später gegen mich verwenden konnte?

Ethan seufzte und streckte zum Zeichen des Friedens die Hand vor sich aus. »Ich will nur eine Sache sagen und dann hör ich auch schon wieder auf, okay? Wie du weißt, hat Jude in letzter Zeit viel durchgemacht und …«

»Alina auch«, sprang mir Margot bei.

»Das wollte ich gerade sagen, wenn du mich nicht unterbrochen hättest.« Ethan verdrehte die Augen. »Jude hat in letzter Zeit viel durchgemacht und du auch. Man kann also davon ausgehen, dass die Angst davor, wieder verletzt zu werden, auf beiden Seiten groß ist. Vielleicht ist das der Grund dafür, dass die ganzen heimlichen Gespräche und heißen Tanzproben noch nicht zum elegantesten Paar der Eagle View geführt haben?«

»Sch-sch!« Ich guckte mich hektisch um, ob Jude schon reingekommen war.

»Oh mein Gott!« Ethan zeigte auf mich. »Ich hab dich noch nie so verpeilt gesehen!« Er drehte sich zu Margot. »Du?«

Sie schaute mich entschuldigend an, bevor sie den Kopf schüttelte.

Ethan lehnte sich triumphierend zurück. »Jetzt weiß ich definitiv, dass sich da was anbahnt.«

»Ich weiß nicht, ob sich was anbahnt. Wirklich nicht«, sagte ich leise. Sicher, was Ethan gesagt hatte, würde erklären, warum wir uns erst nahekamen und dann wieder drei Schritte zurückmachten. *Falls* Jude mich tatsächlich mochte. Aber vielleicht war er einfach nur ein gutherziger Mensch, der einen traurigen Menschen sah und ihm beistehen wollte. Vielleicht bedeutete sein Zurückweichen, dass er schlicht kein Interesse hatte. »Er will vielleicht nicht …«

»Er will *nicht* nicht.« Ethan sah mich ernst an.

Moment mal. Also *war* Jude interessiert? Aus dem Mund von seinem bestem Freund sollte das was heißen.

»Er kann nicht *nicht* wollen«, fügte Margot hinzu und stupste mein Bein unterm Tisch mit dem Fuß an.

»Und ich tratsche nicht, denn ich erzähle dir nichts, was du nicht eigentlich schon selbst weißt. Ich stelle nur ganz objektiv die Wahrheit fest.« Ethan fuhr sich mit der Hand durch die Locken.

»Kein Tratsch. Ganz objektiv«, wiederholte Margot.

»Was ist ganz objektiv?« Jude tauchte an der Sitznische auf.

»Äh …«, sagte ich schlagfertig.

»Pubertätsgeschichten«, platzte Margot heraus. »Ich hab Geschichten aus meiner Pubertät erzählt, und Ethan meinte, sie wären ganz objektiv ekelhaft.«

Jude warf uns einen skeptischen Blick zu und zog seine Bomberjacke aus, bevor er sich in die Sitzecke schob. Ich rutschte bis ganz an die Wand, damit sich unsere Arme nicht berührten. Der Kellner erschien, um unsere Bestellungen aufzunehmen, und ich nutzte die Zeit dazu, mich zu sammeln. Während wir auf unser Essen warteten, kamen Laney und Ada rein. Anscheinend war Waffle Country vor den Samstagsproben ein extrem beliebter Frühstückstreffpunkt. »Seid ihr heute auf der Eisbahn?«, fragte Laney.

»Fred wird da sein.« Ethan zeigte auf Jude.

»Gene auch«, sagte Jude.

»Hört auf damit.« Margot stöhnte. Jude und Ethan klatschten sich ab und Laney und Ada verzogen sich zu zwei anderen Mädchen aus der Revuetanzgruppe ein paar Nischen weiter.

»Wieso müssen wir ausgerechnet *dahin* gehen?«, fragte Margot. »Ich bin ja froh, dass ich nicht mehr mit Izzy befreundet bin, aber ich würde lieber nicht noch mal an den Ort des Eis-Antrag-Desasters zurückkehren.«

Ach ja, richtig. Margots und Izzys endgültiger Bruch war auf der Eisbahn passiert.

»Scheiß auf Izzy«, sagte Ethan. »Schaff dir neue Eisbahn-Erinnerungen mit deinen unendlich viel cooleren Musical-Freunden.«

Jude nickte. »Und wenn Izzy auftaucht, machen wir es wie die Wilis und tanzen mit ihr, bis sie tot umfällt.« Er sah mich an und wackelte mit den Brauen. Ethan und Margot wechselten einen vielsagenden Blick.

»Genau«, sagte ich ein bisschen zu laut.

Margot schenkte uns ein kleines dankbares Lächeln. »Okay, gut. Aber lasst mich nicht hängen!« Beim letzten Satz schaute sie mir in die Augen. Wir alle schworen zu kommen. Während uns Ethan von seiner »Make 'Em Laugh«-Choreografie erzählte, nahm ich aus dem Augenwinkel eine Bewegung wahr.

Es war Diya. Sie saß, wie immer allein, in einer kleinen Nische hinten in der Ecke, starrte auf ein dickes Papierbündel, das sie vor sich liegen hatte, und strich mit dem Zeigefinger über das Deckblatt. Dann schüttelte sie unvermittelt den Kopf, als würde sie aus einem Traum aufwachen. Sie setzte sich aufrechter hin und begann, eine Reihe kaum wahrnehmbarer Bewegungen zu machen, neigte den Kopf leicht nach links, wölbte den Rücken ein wenig und schaute dann über ihre rechte Schulter nach unten. Sie wiederholte die Abfolge ein paarmal, bevor sie schließlich innehielt, um einen Bissen von ihrer Waffel zu nehmen.

Margot folgte meinem Blick. »Robobitch hab ich hier vorher noch nie gesehen«, sagte sie. Ich hatte mich gefragt, ob die gemeinsamen Proben etwas an Margots Meinung über Diya ändern würden, aber dem war offensichtlich nicht so. Ich schaute zu Jude, um zu sehen, wie er reagierte, aber er rührte mit einem Strohhalm in seinem Wasser und beobachtete, wie das Eis herumwirbelte. »Gott, sie lebt echt in ihrer eigenen Welt«, fuhr Margot fort. »Alle sind hier, sie könnte sich doch zu jemandem dazusetzen, aber sie ist sich anscheinend zu schade für uns.«

Diya wollte vermutlich nicht mit Leuten zusammensitzen, die sie Robobitch nannten, aber ich hielt den Mund.

»Wie ist sie eigentlich bei den Proben zu ›Good Morning‹?«, fragte Margot und schaute zwischen Ethan und Jude hin und her. »Good Morning« war die große Stepptanznummer, bei der die drei gemeinsam auftraten.

»Robobitch-tastisch. Robobitch-krass«, sagte Ethan.

Ich sah wieder Jude an und wartete darauf, dass er etwas sagte. Er war schließlich derjenige, der sie am besten kannte. Aber er schwieg, zwischen seinen Brauen bildete sich eine steile Furche. Ich versuchte, meinen Nacken zu entspannen. Warum beschäftigte mich die Sache so? Margot und Ethan und Jude waren meine Freunde. Nicht Diya. Sie kannte ich kaum.

Plötzlich hatte ich das Bedürfnis, Colleen davon zu schreiben, aber das ging natürlich nicht. Außerdem hatte ich seit Fly Zone nichts mehr von ihr gehört. Das war elf Tage her. Die längste Zeit ohne Nachricht von ihr. Ich hatte ein mulmiges Gefühl im Bauch, das ich ständig auszublenden versuchte, eine dumpfe Ahnung, die mir sagte, dass ich sie jetzt endgültig verloren hatte.

Ich durfte meine neuen Freunde nicht auch noch verlieren. Deshalb ignorierte ich mein Unbehagen und versuchte, Diya aus meinen Gedanken zu verdrängen. Es ging leichter, als unser Essen kam und Judes Ellbogen meinen streifte und er ihn ein paar Sekunden dort ließ, bevor er ihn wegzog.

Mrs Sorenson ließ keinen Zweifel daran, dass Samstagsmorgen-Proben bedeuteten, es wurde ernst. »Wir haben den 18. Januar, Leute! Im Handumdrehen ist Premiere und es gibt noch jede Menge zu tun.« Sie schritt mit laut klackernden Absätzen auf der Bühne auf und ab.

Heute arbeiteten wir an einer Szene am Anfang des Stücks, als sich Don Lockwood und Kathy Selden das erste Mal treffen. Don und Kathy sitzen auf einer Parkbank und schäkern miteinander, währenddessen sollten die Leute aus der Tanztruppe im Hintergrund flanieren wie ganz normale Menschen, die einen Abend in der Stadt verbringen wollen.

Jude und Diya standen neben der Requisiten-Parkbank, alle anderen teilte Mrs Sorenson in Gruppen ein, damit sie uns an unterschiedlichen Stellen im Hintergrund positionieren konnte. Margot und Ethan waren in dieser Szene nicht dabei, weshalb sie mit Ms Langford im Chorraum probten.

Weil ich gerade bei Laney und Ada stand, tat uns Ms Langford zu dritt zusammen und forderte uns auf, langsam vom einen Ende der Bühne zum anderen zu schlendern. »Ihr seid drei Touristinnen in Hollywood und wie geblendet von allem. So weit klar?« Mrs Sorenson ging zur nächsten Gruppe.

Laney lächelte traurig, während sie zuschaute, wie Harrison von Mrs Sorenson angewiesen wurde, so zu tun, als wäre er ein

Kioskbesitzer und würde Zeitungen verkaufen. »Harrison wird mit vierzig so enttäuscht vom Leben sein, dass er keine Zeitungen mehr liest. Er wird sich nur ständig darüber beklagen, dass es keine wahre Kunst mehr gibt.«

»Ist von euren Liebesrealismus-Beziehungen schon mal eine glücklich ausgegangen?«, fragte ich, wobei ich nur mit einem Ohr zuhörte, weil ich damit beschäftigt war, Diya zu beobachten, die sich jetzt gerade auf die Parkbank setzte.

»Natürlich nicht«, sagte Laney. »Deshalb heißt es ja Liebes*realismus*. Ich hab mich immer ein bisschen zu stark mitreißen lassen, wenn ich in jemanden verknallt war.« Ada nickte nachdrücklich. »Ich hab mich dann in meiner Fantasie mit einem Typen gesehen, den es so eigentlich gar nicht gab. Aber durch das Liebesrealismus-Spiel suche ich nach den Schwachstellen unter der tollen Oberfläche und neige dann weniger dazu, in Gegenwart von heißen Typen total peinlich zu sein.«

Ich war mir immer noch ziemlich sicher, dass Harrison auf Ethan stand, hatte aber nicht vor, ihr das zu sagen. Ich wollte Laney nicht verletzen, wobei es sich schwer auseinanderhalten ließ, ob Harrison wirklich ihr Crush war oder ob es bloß zum Spiel dazugehörte. Aber sie hatte recht, sie benahm sich in seiner Gegenwart überhaupt nicht peinlich. Seit dem Weihnachtsball hatte ich Laney und Harrison bei den Proben öfter miteinander sprechen gesehen, manchmal standen sie auch vor dem Unterricht auf dem Flur zusammen. Sie gingen eindeutig freundschaftlich miteinander um und Laney wirkte dabei erstaunlich locker.

Mrs Sorenson klatschte in die Hände, um auf sich aufmerksam zu machen. »Auf die Plätze für den Szenenanfang!«, rief sie, und wir liefen alle durcheinander, um unsere Positionen einzunehmen. »Und los!«

Ada, Laney und ich spazierten über die Bühne, zeigten auf

irgendwelche Dinge und taten so, als würden wir angeregt plaudern. Aber so sehr ich auch versuchte, mich zu konzentrieren, ich konnte die Augen nicht von Diya lassen – sie war saukomisch in ihrer Rolle als Kathy. Frech. Feurig. Ich wusste, dass sie eine tolle Sängerin war, aber in dieser Szene übertraf sie sich sogar darin. Jude war ihr als Don zwar durchaus ebenbürtig, aber die Bühne gehörte ganz ihr. Ich erkannte ihre feinen Posen wieder – den geneigten Kopf, den gewölbten Rücken, den nach unten gerichteten Blick zu ihrer rechten Schulter. Es waren voll ausgespielte Versionen der Bewegungen, die ich sie im Waffle Country andeuten gesehen hatte. Sie hatte diesen Teil der Szene im Kopf eingeübt und war ihn wieder und wieder durchgegangen. Das Gleiche hatte ich auch immer gemacht, wenn ich Ballettmusik gehört hatte – die Bewegungen nur leicht andeuten, während ich im Geist den Tanz durchging.

Wir wiederholten die Szene noch mehrmals und mein Weg von der linken zur rechten Bühnenseite änderte sich nie. Aber Diya probierte immer wieder etwas Neues aus – ein veränderter Tonfall hier, eine weiter ausholende Geste dort. Wenn sie erst einmal herausgefunden hatte, was richtig gut passte, feilte sie daran, Durchlauf für Durchlauf. Sie beim Arbeiten zu beobachten, wie sie jedes kleine Wort und jede kleine Bewegung perfektionierte, brachte etwas in mir zum Klingen.

Meine Gedanken waren in den letzten Wochen um so viele Fragen gekreist. Fragen zu Jude und Colleen und zum Ballett, ohne dass ich imstande gewesen wäre, auch nur eine davon zu beantworten. Aber zumindest eine Sache wurde mir langsam klar: warum ich seit unserem Gespräch auf der Pre-Cast-Party das Gefühl hatte, Diya verteidigen zu müssen.

Ich verstand sie. Sie war wie ich.

20

IN DEM MOMENT, ALS MEINE Erkenntnis über Diya einrastete, tat mein Verstand etwas Unerwartetes. Er verhielt sich wie ein Achterbahnwagen, der die ganze Zeit aufwärtsgefahren war und jetzt oben ankam, aber anstatt vorwärtszusausen, fiel er wieder zurück. Rasend schnell. Ich versuchte, mich auf mein stummes Spiel im Hintergrund zu konzentrieren, aber ich konnte meine Atmung nicht mehr steuern und mein Blick verschwamm. Die finstersten Gedanken überfluteten mich.

Du wirst nie aufhören, traurig zu sein. Keiner versteht dich. Lass das mit dem Musical. Nichts und niemand ist mit Ballett vergleichbar.

Oh nein. Ich hatte mir eingestanden, dass es beim Ballett auch Schattenseiten gab. Ich hatte mit Mom darüber gesprochen und mit Jude. Ich hätte beinahe Colleen geantwortet. Ich machte im Musical mit, war zum Weihnachtsball gegangen, und ich hatte Freunde und Freundinnen gefunden und einen Jungen, den ich sehr mochte. Ich *fand* meinen *Weg*. Das Foto von der Party blitzte vor meinem geistigen Auge auf – das Konfetti, mein Lächeln. Normalerweise fühlte ich mich bei dem Gedanken daran getröstet. Aber plötzlich kam es mir wie ein Trugbild vor. Das in dem Sternchen-Silberrahmen war nicht mein wirkliches Ich. Mein wirkliches Ich war hier, kurz davor, in dieser grottenhässlichen Aula auszuticken, genau wie beim Vortanzen.

Sobald Mrs Sorenson die Tanztruppe für heute entlassen hatte, stürmte ich von der Bühne und schnappte mir meinen Rucksack. Jemand berührte mich am Ellbogen und ich fuhr herum.

»Hey«, sagte Jude. »Wollen wir nachher zusammen zur Eisbahn fahren? Ich kann dich abholen. Wobei, es wäre wohl weniger ein Abholen, sondern ich würde rüberkommen und bei euch klingeln und wir würden dann zusammen zu meinem Wagen gehen. Also ... hast du Lust, mit mir zu meinem Wagen zu gehen?« Er schoss sein bisher bestes Lächeln auf mich ab. Hoffnungsfroh, nervös und verheißungsvoll. Genau das hatte ich mir seit zwei Wochen gewünscht. Mehr Zeit mit Jude allein. Eine Bestätigung, dass auch er mehr mit mir allein sein wollte. Aber ich konnte mein Gehirn gerade nicht dazu bringen, sich darauf zu konzentrieren.

»Eigentlich muss ich vorher noch ein paar Dinge erledigen, deshalb fahre ich lieber selbst. Wir treffen uns dann da.« Ich wollte aus der Aula hasten, aber Margot passte mich an der Tür ab.

»Hast du Lust, nachher zum Abendessen bei mir vorbeizukommen, und wir fahren dann zusammen zur Eisbahn?«

Ich griff zur gleichen Ausrede, mit der ich Jude ausgewichen war. »Wir treffen uns dort«, sagte ich. »Um sieben?« Ich bewegte mich langsam Richtung Tür.

»Klar.« Margot lächelte angespannt. »Bis sieben.«

Zu Hause angekommen, versackte ich in einem Diya-Rao-Rabbit-Hole. Als ich eigentlich etwas essen sollte, googelte ich sie. Als ich eigentlich ein Outfit zusammenstellen sollte, das auch auf Kufen halbwegs annehmbar aussah, las ich in der Zeitung ihre »Highschool-Helden«-Kolumne, in der sie über ihr Broadway-Idol Shoba Narayan schrieb, die anscheinend seit zehn Jahren die erste Frau indischer Herkunft in einer Hauptrolle am Broadway war.

Als ich eigentlich zur Eisbahn hätte aufbrechen sollen, befand ich mich auf der Webseite des Pittsburgh Musical Theatre Contest und schaute mir Diyas Darbietung eines Songs mit dem Titel »Could I Leave You?« von Stephen Sondheim an, mit dem sie den ersten Platz belegt hatte. Ihre Performance war fesselnd und authentisch. Sie ging vollkommen in Sondheims komplizierten herzzerreißenden Lyrics auf. Mir kamen unwillkürlich die Tränen.

Dafür also hatte Diya Jude versetzt. Als ich sie die letzten Noten singen hörte, war mein einziger Gedanke: *Du hast dich richtig entschieden.* Und nachdem der Song endete, war mein einziger Gedanke: *Jude, Ethan und Margot würden mich hassen, wenn sie wüssten, wie ich dazu stehe.*

Ich atmete tief durch, trocknete meine Tränen und sah auf die Uhr: Viertel vor acht. Ich kam viel zu spät. Ich checkte mein Handy und hatte fünf Nachrichten.

Margot: Wo bleibst du?????

Margot: Wenn du nicht bald kommst, springe ich aus lauter Langeweile einen dreifachen Axel, BRECHE mir was und DU bist schuld.

Ethan: Echt, sie macht das, komm jetzt besser.

Jude: hey, alles gut? wenn du nicht kommst, springt margot einen dreifachen Axel, krasse Idee. aber gewisse leute wollen dich wirklich gern sehen.

Jude: nur um es klarzustellen: ich bin gewisse leute. ich will dich wirklich gern sehen.

Ich starrte auf das Display, registrierte die Nachrichten aber nur halb. Diya ging mir nicht aus dem Kopf, der Gedanke an sie verdrängte alles andere. Die Gemeinsamkeiten zwischen uns waren derart offensichtlich, nicht zu fassen, dass es mir vorher nicht aufgefallen war. Ich mochte Jude. Sie hatte ihn auch gemocht. Ich wollte meine Begabung zum Beruf machen und Künstlerin sein. Sie auch. Sie hatte ihrer Kunst zuliebe Beziehungen geopfert. Ich auch. Wir waren uns so ähnlich und trotzdem konnten meine Freunde sie nicht ausstehen und zogen alle über sie her. Nannten sie Robobitch. Was uns beide unterschied? Ich würde niemals die Künstlerin sein können, die ich sein wollte, Diya schon.

Mich durchzuckte ein schlimmer Gedanke. Wenn ich noch Ballett tanzen könnte, würden mich die anderen dann auch so hassen wie sie? Ich wollte den Gedanken ausblenden, ihn als lächerlich abtun, aber ein dumpfes Gefühl in meinem Bauch ließ es nicht zu.

Als ich zur Eisbahn kam – ein von Rasenflächen, Pinien und blinkenden Lichtern umgebenes weitläufiges Oval draußen vor der Galleria –, wartete Margot mit einer riesigen Tüte Popcorn neben einem Imbissstand auf mich.

»Wo warst du?« Sie hielt mir die Tüte hin.

»Sorry, hab die Zeit vergessen.«

»Ah.« Margot beäugte mich skeptisch. »Tja also, Jude hat dich vorhin gesucht. Er, Ethan und Harrison sind gerade losgezogen, um was Heißes zu trinken zu besorgen, weil die Sachen hier echt ätzend schmecken.«

»Okay.«

»Erzähl mal, was *ist* denn jetzt mit Jude? Ich dachte mir, du wolltest bei Waffle Country nichts dazu sagen, weil praktisch alle versammelt waren, aber guck mal …« Sie zeigte zu einem offenen

Holzpavillon auf einer Anhöhe einige Meter vom gegenüberliegenden Ende der Eisbahn entfernt. »Da oben ist niemand. Wir könnten raufgehen und reden.«

»Ist schon okay. Mir geht's gut.«

Margot trat von einem Fuß auf den anderen und zog die Ohrenschützer ihrer Trappermütze nach unten. »Ich hab über das nachgedacht, was Ethan gesagt hat. Dass du vielleicht Angst davor hast, dich auf Jude einzulassen, weil du eine Menge durchmachen musstest und so …«, sagte sie vorsichtig. »Ich weiß, du leidest unter der Sache mit dem Ballett. Ich hab nie was gesagt, weil ich dachte, du wolltest lieber nicht darüber reden. Aber vielleicht würde es uns guttun, mal darüber zu quatschen?«

Ein Teil von mir sehnte sich dringend nach etwas Unterstützung, um das Chaos in meinem Kopf zu ordnen. Vielleicht würde es mir helfen, mit Margot darüber zu sprechen. Aber ein dumpfes Bauchgefühl hielt mich davon ab und mahnte mich zur Vorsicht. Würde ich noch Ballett tanzen, würde mich Margot vermutlich genauso verabscheuen wie Diya – wie konnte ich also glauben, dass sie irgendetwas von dem verstehen würde, was ich gerade durchmachte?

»Nein wirklich, alles gut.« Ich schlenderte zur Eisbahn und Margot folgte mir. Wir lehnten uns an die Bande, aßen Popcorn und schauten den anderen beim Schlittschuhlaufen zu. Laney und Ada taten so, als wären sie ein Eiskunstpaar, wobei Laney ständig hinfiel und sich anschließend kaputtlachte. Noah und Laurel tanzten etwas abseits der Bahn exaltiert zur Musik aus den Lautsprechern. Ich verstand immer noch nicht, wieso Josie meinte, die beiden wären perfekt für ihr Stück, erst recht nicht, nachdem ich etwas von ihrer Choreografie gesehen hatte. Aber egal.

Ich seufzte, meine Gedanken wanderten wieder zur Probe

zurück. »Diya war heute richtig gut«, konnte ich mir nicht verkneifen zu sagen. »Sie war unglaublich lustig.«

Margot zuckte mit den Achseln und warf sich ein paar Popcornstücke in den Mund. »Nur schade, dass sie im wirklichen Leben nicht so lustig ist. Sie legt sich immer so verdammt verbissen ins Zeug.«

Mit dieser Art von Antwort hatte ich gerechnet, trotzdem sank mir das Herz. »Denkst du, sie legt sich vielleicht deshalb verbissen ins Zeug, weil sie Musicals so sehr liebt?«, fragte ich.

Margot runzelte die Stirn. »Wie meinst du das?«

»Ich meine … Ich hab Diya im Waffle Country dabei beobachtet, wie sie die Parkbankszene eingeübt hat. Sie ist sie immer wieder durchgegangen, als würde sie die Leute um sich herum überhaupt nicht wahrnehmen. Es war faszinierend, wie intensiv sie bei der Sache war.«

Ich wartete mit pochendem Herzen. Wenn ich Margot dazu bringen könnte, Diya zu verstehen, vielleicht würde sie dann ja auch mich verstehen.

»Gott, hat dieses Mädchen ein aufgeblasenes Ego.« Margot verdrehte die Augen. »Es ist ein Highschool-Musical. Komm drüber weg, Robobitch.«

Ich biss die Zähne zusammen und musste daran denken, dass Josie gemeint hatte, ich sollte endlich »drüber wegkommen«, dass ich kein Ballett mehr tanzen konnte. Wenn etwas dein Leben ist, kommst du nicht drüber weg. Es ist alles für dich. Es ist überall.

»Vielleicht sieht sie ja mehr darin.« Ich versuchte zu verbergen, wie aufgewühlt ich war. »Vielleicht sieht sie es als Übung für eine Sache, der sie ihr Leben widmen will.«

Margot zuckte mit den Schultern und beobachtete die Schlittschuhläufer. »Genau darum geht es doch. Sie hat gigantische

Scheuklappen auf. Es ist echt öde, seine Zeit mit jemandem zu verbringen, der *ständig nur* um die eine Sache kreist, der er sein Leben widmen will. Man fühlt sich unbedeutend, minderwertig und ignoriert. Und das mag niemand. Deshalb kann sie keiner leiden.«

»Aber *ich* war doch genauso.« Ich konnte die Lautstärke meiner Stimme nicht mehr kontrollieren. »Vor meiner Verletzung hatte ich gigantische Scheuklappen auf und hab die Leute ständig ignoriert.«

»Okay, ein bisschen schon. Aber keine Angst, ganz so schlimm warst du nicht.«

Mich überkam das vertraute Gefühl, unsichtbar zu sein. Ein Gefühl, das ich jedes Mal gehabt hatte, wenn mich Kira für eine Rolle überging oder wenn sie Juliet und Spencer einen Hauch aufmerksamer beobachtete als mich. Das Gefühl, dass zwar meine Umrisse wahrgenommen wurden, aber nicht mein wahres Ich.

»Du weißt ja gar nicht … Es ist nichts, für das ich mich schäme. Es war nichts Schlimmes. Ich hätte tanzen sollen. Ich hätte nach New York gehen sollen. Ich sollte eigentlich nicht hier sein. An der Eagle View. Im Musical. Auf dieser dämlichen Eisbahn.«

»Oookay …«, sagte Margot gedehnt, ihr Ausdruck wechselte von verwirrt zu gekränkt. »Willst du gehen?«

»Wohin denn? Ich kann nirgendwohin. Das ist ja das Problem«, blaffte ich sie an.

Margots Augen wurden schmal. »Was meinst du damit, du kannst nirgendwohin? Du musst doch *ständig* irgendwohin. Du fährst immer getrennt von den anderen, damit du noch woandershin kannst.«

»Ja und?« Ich fuhr nun mal gern mit meinem eigenen Wagen. Was war verkehrt daran?

»Du musst dir immer einen Fluchtweg offenhalten, wenn du mit uns zusammen bist.«

»Das ist nicht …« Ich rieb mir den Nasenrücken. »Du verstehst mich nicht.«

Margot lachte, aber es klang wütend. »Stimmt. Wie könnte ich auch jemals die Leiden der großen Alina Keeler verstehen.«

»Ich hab nicht …«

»Vielleicht verstehe ich dich ja deshalb nicht, weil du mir nie was von dir erzählst. Du erzählst mir nichts über Jude, und weißt du was? Das ist okay. Es ist deine Sache. Aber du erklärst mir nicht, warum du nie zu unseren Filmabenden kommst, du sagst mir nicht, warum du von der Pre-Cast-Party abgehauen bist, du sagst mir nicht, warum du heute Abend zu spät gekommen bist, obwohl wir um sieben *verabredet* waren und du geschworen hast, mich nicht hängen zu lassen. Gott, ich bin monatelang auf Zehenspitzen um dich herumgeschlichen und hab Rücksicht auf deine Gefühle genommen, weil ich nicht riskieren wollte, dass es dir schlecht geht, weil ich ja wusste, dass du gerade was Schlimmes durchmachst. Aber *du* hast so was nie für mich getan. Du hast nie gedacht: *Oh, Margot möchte vielleicht nicht allein zur Eislaufbahn, weil sie schlimme Erinnerungen daran hat.*«

Mist. Ich hatte die Sache mit Izzy vergessen. Aber es war ja nicht so, als wäre sie *ganz allein* gewesen. »Ethan und Jude waren doch hier«, schoss ich zurück.

Margot sah mich ungläubig an. »Ich wollte *dich* bei mir haben.«

»Wieso?« Es klang falsch, sobald ich es ausgesprochen hatte.

»*Wieso?* Weil du meine Freundin bist. Du bist meine *beste* Freundin, okay? Das letzte Jahr war schlimm wegen der Sache mit Izzy. Ich dachte schon, das Jahr in der Elften würde auch die Hölle werden. Aber so ist es nicht gekommen. Und du – du bist ein wichtiger Grund dafür.«

Ich wusste nicht, was ich dazu sagen sollte, weil mir Diyas Worte auf der Pre-Cast-Party wieder einfielen. *»Na ja, jetzt sind sie natürlich nett zu dir. Aber du warst … du warst eine unfassbar gute Tänzerin. Zu der Zeit konnten sie dich nicht besonders leiden.«* Plötzlich ging mir ein Licht auf.

»Habt ihr hinter meinem Rücken über mich hergezogen, als ich noch Ballett getanzt habe?«, fragte ich.

Margots Augen weiteten sich. »Was?«

»Über mich, deine *beste* Freundin. Hast du über mich hergezogen?«

»Ich …« Margot hob abwehrend die Hände. »Es ist nicht …«

»Hey!«, rief Laney. Sie und Ada glitten auf uns zu. Ada kam an der Bande zum Stehen, während Laney dagegenschlidderte und sich daran festklammerte, um nicht das Gleichgewicht zu verlieren.

»Hey«, sagte Margot im Versuch, sich nichts anmerken zu lassen.

»Wo stecken Ethan und Jude?«, fragte Ada. Es kam immer öfter vor, dass uns die Leute als Vierergrüppchen betrachteten. Mir hatte es gefallen. Jetzt war ich mir da nicht mehr so sicher.

»Sie kommen gleich«, sagte Margot leise. »Sie besorgen was Heißes zu trinken.«

»Mjam.« Laney rückte ihre Panda-Ohrwärmer zurecht. Sie schaute an Margot vorbei und lächelte. »Da sind sie ja.« Jude, Ethan und Harrison marschierten auf uns zu, jeder hielt zwei Träger mit Getränken.

»Huhu, Jungs!«, rief Laney, als sie näher kamen. »Ich falle ständig hin, und Ada wird allmählich sauer, weil sie die Jeans von ihrer Schwester geklaut hat, damit ich sie anziehen kann, und ich sie jetzt ruiniere.« Sie wandte sich an Ethan und Harrison. »Könnt ihr mich beim Laufen vielleicht in die Mitte nehmen?«

Ethan und Harrison tauschten ein listiges Lächeln. »Was meinst du, Lambert?«, sagte Ethan.

»Ich weiß nicht, Anderson, denkst du, sie will das wirklich?«

Ethan legte den Kopf schräg. »Schwer zu sagen. Aber wenn ich eins über Schwestern weiß, dann dass sie einen übertriebenen Beschützerinstinkt an den Tag legen, wenn es um ihre Jeans geht.«

Harrison lachte. »Dann tun wir es wohl besser.« Ethan strahlte. Er und Harrison gaben ihre Getränketräger an Margot und Jude weiter und stiefelten los, um ihre Schlittschuhe anzuziehen, sie sahen glücklich aus.

Die Leute scharten sich um Margot und Jude, suchten sich dampfende Becher heraus und reichten sie weiter. Ich wich ein paar Schritte zurück und überlegte, wie weit ich es Richtung Parkplatz schaffen würde, bevor es jemandem auffiel.

Aber dann trat Jude aus der Menge. Er war endlich auf eine wärmere Jacke umgestiegen. Sie war dunkelblau und bauschig. Seine selbst gestrickten grünen Handschuhe trug er aber nach wie vor. Er hielt mir einen kleinen Becher hin. »Ich hab dir einen Karamell-Apfel-Latte mitgebracht.«

»Jetzt *nehmt* euch endlich einen, ihr Freaks!«, brüllte Margot zwei unentschlossene Zehntklässler an, die sich daraufhin hastig die letzten beiden Getränke griffen. »Und werft die hier weg!« Sie drückte einem von ihnen die Träger in die Hand und marschierte auf Jude und mich zu. »Eine Sekunde noch«, sagte sie zu Jude, packte mich am Ellbogen und zog mich Richtung Pavillon. »Ich bring sie dir gleich wieder, versprochen.«

»Was ist denn los?« Jude folgte uns. Als ich stumm seinem Blick auswich, blieb er stehen. Ich ließ mich von Margot den Hügel hochführen.

»Okay.« Margot atmete aus. »Etwa eine Woche nach meinem

Streit mit Izzy letztes Jahr hab ich dich in Chemie gefragt, ob du Lust hättest, mit mir auf ein Konzert zu gehen. Es war das dritte Mal oder so, dass ich dich zu was eingeladen habe, und das dritte Mal, dass du mich hast abblitzen lassen. Ich hab verstanden, dass du viel zu tun hattest, aber ich war wirklich einsam und deprimiert. Jedenfalls hab ich mich bei Ethan über dich ausgeheult und gesagt, du wärst total von Ballett besessen und so dermaßen darauf programmiert, dass du nicht bloß eine Bitch wärst, sondern eine Robobitch.«

Mir fiel die Kinnlade runter. Margot senkte den Blick auf ihre Schuhe.

»Ich hatte ein furchtbar schlechtes Gewissen deswegen, weil ich wusste, du warst eigentlich keine Robobitch. Mich muss aber wohl jemand gehört und gedacht haben, ich hätte Diya gemeint, sodass der Name irgendwie auf sie überging. Und dann ist das mit deinem Bein passiert und du bist zum Musical dazugestoßen und wir wurden richtige Freundinnen. Ich hab es dir nicht erzählt, weil es schon so lange her ist, und ich denke echt nicht so über dich. Ich war einfach bloß dumm und gekränkt. Es tut mir wirklich leid.«

Ich versuchte zu verarbeiten, was ich gehört hatte, und brachte nur ein Kopfschütteln zustande. Wenn ich das tat, was ich am liebsten tat, war ich für die anderen also eine Robobitch.

Ärger und Schmerz stiegen in mir auf. Nicht nur weil ich die eigentliche Robobitch war, sondern weil ich mir vorgemacht hatte, dass ich zu ihrem Grüppchen dazugehören würde. Dass sie, wie Margot gesagt hatte, meine »richtigen Freunde« wären.

»Ethan und Jude haben dich nie so genannt. Na ja, Ethan hat es vielleicht ein Mal gesagt, um mir ein besseres Gefühl zu geben, aber hauptsächlich war ich diejenige. Es tut mir leid«, sagte Margot noch einmal.

Ich hörte kaum noch hin. Der Groll, den ich spürte – auf Margot, auf mich selbst, weil ich so dumm war, auf alle und jeden –, verwandelte sich in offene Wut. »Das muss es nicht. So bist du eben.«

»Was meinst du damit?«, fragte sie vorsichtig.

Ich wollte, dass sie sich genauso verraten und verletzt fühlte wie ich. »Du ziehst über andere her, wenn sie keine Lust haben, mit dir was zu machen. Es ist echt verdammt traurig. Kein Wunder, dass du nach Izzy kaum noch Freunde hattest. Was Besseres kriegst du wahrscheinlich nicht ab.«

Ich drehte mich auf dem Absatz um und marschierte den Hügel runter Richtung Parkplatz, mit hämmerndem Herzen und glühendem Gesicht. Als ich an der Eisbahn entlangging, trabte Jude neben mich. »Was ist los?«

»Nichts.« Ich ging langsamer und blieb stehen, um wieder zu Atem zu kommen, dabei schaute ich überallhin, nur nicht ihn an.

Er sah mich von der Seite an und versuchte meinen Blick auf sich zu ziehen. »Wirklich?« Ich nickte hastig. »Okay«, sagte er gedehnt. »Ähm. Willst du … willst du Schlittschuh laufen?«

Jetzt sah ich ihn doch an. Es spielte keine Rolle, dass mich Jude nie Robobitch genannt hatte, es würde trotzdem nicht funktionieren mit uns. Er mochte dieses Leben – die Eagle View und das Musical und seine Freunde. Er passte da rein. Ich nicht. Aber ich konnte die Dinge mit Jude nicht so hochkochen lassen wie mit Margot. Ich musste es ihm auf erwachsene Art sagen. Einen klaren Schnitt machen, ein für alle Mal.

Ich nickte und stakste an ihm vorbei auf die Eisbahn. Durch den langen Aufenthalt draußen in der Kälte war mein Bein steifer als sonst und die Innenneigung der Schlittschuhe verschlimmerte die Sache noch. Aber ich fuhr trotzdem immer schneller, weil ich hoffte, die eisige Luft würde die sich endlos wiederholenden

Gedanken an den Streit mit Margot aus meinem Kopf pusten. Es funktionierte nicht.

Jude hielt jede Geschwindigkeit mit, Runde um Runde. Das ständige Kreiseziehen regte mich auf. Eine Kurve nehmen, nur um dann wieder an derselben Stelle zu landen, kam mir wie eine große nervige Metapher für uns beide vor. Erst näherkommen, dann zurückweichen. Selbst der Trampolintag, der mir zu dem Zeitpunkt so bedeutsam erschienen war, passte dazu. Auf und ab, auf und ab. Als könnten wir uns nicht dauerhaft in eine Richtung bewegen. Es würde nicht klappen mit uns und vielleicht hatten wir das immer schon gewusst. Wir drehten eine weitere Runde. Und dann passierte alles auf einmal.

Am anderen Ende der Eisbahn fingen Ethan und Harrison an, aus voller Kehle »Beautiful Girl« zu singen, woraufhin Jude und ich uns zu ihnen umsahen. Auf der gegenüberliegenden Seite begannen Noah und Laurel ein Wettrennen mit zwei Pinguin-figuren, die als Eislauflernhilfen für Kinder dienten. Sie nahmen ein paar Meter Anlauf damit, schoben die Pinguine dann von sich weg und ließen sie über das Eis schlittern.

Ich sah mich immer noch nach Ethan und Harrison um, als ich Jude rufen hörte: »Oha, langsam! Pass auf!«

Ich sah das doofe aufgemalte Lächeln des Pinguins einen Se-kundenbruchteil, bevor er mir in den Schlittschuh knallte und ich vorwärtstaumelte und ins Schlingern geriet.

Jude griff nach meinem Arm, um mich aufzufangen, aber er verlor selbst das Gleichgewicht und wir waren zu schnell. Wir stürzten übereinander, und mein rechter Knöchel verdrehte sich unter mir, als wir gegen die Bande der Eisbahn rutschten.

Ein lautes Knacken hallte durch die Luft.

21

EIN WUST WIRRER GEDANKEN WIRBELTE mir durch den Kopf.

Wieder gebrochen. Kann nicht im Musical mittanzen. Operation. Kann nicht im Musical mittanzen. Birdie bringt mich um. Werde Margot, Ethan und Jude nicht mehr jeden Tag sehen können. Werde sie überhaupt nicht mehr sehen. Stangen, die mir aus den Knochen ragen. Noch mehr Schrauben im Bein und ich kann nicht im Musical tanzen.

»Tod den Pinguinen!«, brüllte Jude und reckte unter dem Beifall der Leute ringsum einen Arm in die Luft.

»Sorry!«, brüllte Noah zurück. Alle buhten. Ich bekam immer noch nicht richtig Luft.

Jude drehte sich lächelnd zu mir um. Dann gefror sein Lächeln. »Was ist? Bist du verletzt?« Er schob sich auf die Knie und glitt vor mich. Als er sah, dass ich mein rechtes Fußgelenk umklammert hielt, sog er scharf die Luft ein. »Ist es …«

Ist es?

Ich tastete mit den Fingern darauf herum und wusste mit merkwürdiger Klarheit, es war nicht gebrochen. Es war weder verstaucht noch gezerrt. Es hatte nichts abbekommen. Ich ließ es los und starrte auf meine Hände. Sie zitterten.

»Alina.« Jude sah mich angespannt an.

»Nein … Ich bin okay. Ich … ich dachte, ich hätte … ich dachte, es wäre wieder passiert.« Dann kamen mir die Tränen. Bittere, blamable Tränen.

»Hey«, sagte Jude sanft und half mir aufzustehen. Er legte den Arm um meine Taille und hielt mich fest, während er mich von der Eisbahn führte. Irgendwie schaffte ich es aus meinen Schlittschuhen heraus und in meine Boots hinein. Dann ging er mit mir nach oben zum Pavillon, wo ich auf der Bank zusammenbrach.

»Es tut mir leid, tut mir leid, tut mir leid«, schluchzte ich.

»Wieso tut es *dir* leid? Der Pinguin war schuld. Wir sollten zu einer Pinguin-Umschubs-Expedition aufbrechen, du und ich.« Er legte mir tröstend die Hand auf den Rücken und machte langsame kreisende Bewegungen. Ich spürte ihre Wärme durch meinen Mantel hindurch.

»Damit … würden wir uns sehr … unbeliebt machen«, würgte ich mühsam hervor.

»Hmm?«

»Alle … lieben Pinguine.«

Jude lächelte, und ich konnte sehen, dass sich sein Körper entspannte. Ich hatte nicht gemerkt, wie angespannt er war.

Er nahm die Hand von meinem Rücken und berührte mit seinem grünen Handschuh meine Wangen, um die Tränen zu trocknen, die dort zu gefrieren drohten. Dann tupfte er unter meine Nase. Einfach so. Als wäre es nicht eklig, den Rotz von jemand anderem auf seinen selbst gestrickten Handschuhen zu haben.

Ich atmete ein paarmal tief durch, um mich zu beruhigen, und blinzelte zu den abgeschrägten Holzbalken des Pavillondachs hoch. »Es war echt gruselig«, schaffte ich schließlich zu sagen. »Eigentlich hat es nicht mal wehgetan, aber ich … ich hab meinen Knochen brechen *gehört*.«

Jude schwieg einen Augenblick und schaute zur Eisbahn. »War es das erste Mal, dass du so gestürzt bist, seitdem du dir das Bein gebrochen hast?«

Ich nickte. Es gibt Stürze, bei denen man hinfällt und gleich wieder aufsteht. Und dann gibt es Stürze, bei denen man einen ewig langen Moment die Kontrolle über seinen Körper verliert. So einen Sturz hatte ich nicht mehr erlebt, seit ich mir das Bein gebrochen hatte.

»Dann hat der Sturz vielleicht die Erinnerung getriggert?«, fragte Jude.

»Kann sein.« Mein Verstand machte neuerdings komische Sachen, zum Beispiel das Gedankenkarussell, in das ich geraten war, nachdem ich Diya beim Proben der Bankszene beobachtet hatte. Vielleicht war es da nur logisch, dass er so etwas auch jetzt machte. Es war schon eine Weile her, dass ich beim Einschlafen das grauenvolle Geräusch meiner brechenden Knochen gehört hatte, aber natürlich ließ einen die Angst nicht so leicht los.

»Ich bin echt froh, dass dir nichts passiert ist«, sagte Jude.

»Ich auch.« Ich atmete noch einmal tief durch, diesmal etwas weniger zittrig. »Ich … ich dachte, ich würde nicht im Musical mittanzen können.«

Ein paar Sekunden herrschte Stille bis auf das ferne Lachen und Lärmen auf der Eisbahn. Ich schaute zu Jude hoch. Er sah mich auf eine Art an, die mein Gesicht zum Glühen brachte.

»Dazu hätte ich es nicht kommen lassen.« Er strich mir ein paar Haarsträhnen aus der Stirn. »Du hast versprochen, mich zu Tode zu tanzen. Du kannst mich nicht vom Haken lassen.«

Ich beugte mich vor. »Ich hab versprochen, dich *nicht* zu Tode zu tanzen«, flüsterte ich.

»Stimmt«, flüsterte er zurück. Sein Atem kitzelte an meinem Ohr. »Andersherum klingt es nur irgendwie aufregender.«

Das tat es. Alle möglichen aufregenden Gefühle wirbelten durch meinen Körper, als ich Jude jetzt so nah war. Mein Streit mit Margot und der Sturz auf dem Eis rückten in den Hintergrund und das gefiel mir. Es gefiel mir sehr.

»Darf ich dich küssen?«, fragte Jude leise.

Und einfach so verschwand alles andere komplett.

Ich presste meine Lippen auf seine. Er sog die Luft ein und erwiderte meinen Kuss. Rings um uns fror es. Aber als ich seine Lippen auf meinen spürte, wurde mir ganz warm und wohlig. Ich hörte ein Rascheln, und dann umfassten Judes unbehandschuhte Finger mein Gesicht, strichen durch meine Haare.

Es tat ... so gut. Irgendwo im Hinterkopf wusste ich, dass ich es aus den falschen Gründen machte. Um mich abzulenken. Um den Schmerz zu lindern. Aber mein ganzer Körper fühlte sich unbestritten so an, als täte er, wonach er sich sehnte, etwas, das gut und richtig war.

Wir lösten uns schließlich voneinander, blieben aber nah zusammen, unser Atem ging schnell und bildete eine Wolke zwischen uns.

»Ich hab mich schon lange gefragt, wie es wohl sein würde«, sagte Jude und legte seine Stirn an meine.

»Wirklich?«

Er sah mich ungläubig an. »Ich dachte, das wäre offensichtlich.«

»Es hätte schon längst bei anderen Gelegenheiten passieren können.«

»Ach ja?«

»Beim Weihnachtsball. Nach der Probe auf dem Parkplatz. Bei Fly Zone.« Ich zählte sie an den Fingern ab.

»Jep.« Jude lächelte breit, leicht dümmlich und benommen. »Da wollte ich dich jedes Mal küssen.«

»Und warum hast du nicht?« Es war eher scherzhaft gemeint, aber Jude rückte ein bisschen von mir ab.

»Weil …«

Ich hörte Schritte und riss den Blick von ihm los. »Uups! Sorry!«, sagte eine vertraute Stimme, und ich sah in die Augen von jemandem, den ich nicht erwartet hätte, noch einmal wiederzusehen.

»Juliet?«

»Alina? Oh mein Gott!«

Ich stand auf und sie zog mich in eine Umarmung. Ich hatte sie so lange nicht gesehen, dass sie mir beinahe unwirklich vorkam. Als sie einen Schritt zurückmachte, drückte sie meine Schultern, ehe sie mich losließ. Ich starrte in ihr Gesicht – von der Kälte gerötete Wangen, blaue Augen unter hellen Brauen.

»Schön, dich zu sehen«, war ich schließlich in der Lage zu sagen.

»Und dich erst. Du fehlst uns. *Sehr.*« Sie schaute über meine Schulter, dahin, wo Jude saß, und dann mit einem neugierigen Lächeln wieder zu mir.

»Oh, ach so. Jude, das ist Juliet.« Ich guckte ihn an. »Wir waren zusammen in der Ballettschule.«

»Äh, hey«, murmelte Jude, der seine Hände wieder in die Handschuhe steckte.

»Alina hat das beste Gefühl für Musik, das ich je gesehen habe. Und eine Wahnsinns-Dehnung«, sagte Juliet. Ich musste unwillkürlich lächeln. Jemandem außerhalb der Ballettwelt würde das nicht viel sagen, aber Juliet versuchte, mich gut aussehen zu lassen, und das war die einzige Art, die sie kannte.

»Colleen fehlst du auch, aber das weißt du ja bestimmt«, fuhr Juliet fort. »Echt schlimm, das mit ihrem Vortanzen fürs ABT.«

»Warte, was …« Mein Herz geriet aus dem Takt. Das

Vortanzen für die Sommerakademie beim ABT. Am 18. Januar. *Heute.* Nach allem, was passiert war, hatte ich das völlig vergessen. Wie war das möglich?

Hatte Colleen nicht gut abgeschnitten? War sie nicht angenommen worden? Gleichzeitig mit meinem schnell hämmernden Herzen flatterte noch ein merkwürdig hoffnungsfrohes Gefühl in meiner Brust. »Was ist passiert?«, fragte ich.

Juliet legte irritiert den Kopf schräg. »Sie … sie hatte doch vor knapp zwei Wochen eine Blinddarm-OP. Deshalb konnte sie nicht zu dem Termin in Philadelphia heute.«

Ich erstarrte. Juliet wunderte sich natürlich, wieso ich nicht wusste, dass meine angeblich beste Freundin am Blinddarm operiert worden war, aber sie überspielte es geschickt. Balletttänzerinnen können das perfekt.

»Ihr geht's gut. Es war zum Glück kein Durchbruch und deshalb kein ganz so großer Eingriff, also keine megalange Genesungszeit. Aber das Vortanzen musste sie trotzdem ausfallen lassen. Sie schickt ein Video ein, das ist immerhin etwas.«

Okay. Colleen ging es also so weit gut. Während ich ein paarmal hart die eisige Luft schluckte, überschlugen sich meine Gedanken. Renommierte Ballettschulen wie die ABT hielten Auditions in Städten überall in den USA ab. Philadelphia war die am nächsten gelegene, wo Colleen vortanzen konnte. Ihre Eltern hatten das Ganze wahrscheinlich lange im Voraus geplant, sich von der Arbeit freigenommen und Mitfahrgelegenheiten für ihre Brüder organisiert. Unter diesen Umständen zu versuchen, an einem Vortanzen in einer anderen, weiter entfernten Stadt teilzunehmen, war vermutlich unmöglich. Videos waren zwar okay, aber es war viel besser, persönlich vor Ort dabei zu sein. Es gab so vieles an einer Tänzerin, das sich über einen Bildschirm nicht vermitteln ließ.

Trotzdem war Colleens Chance nicht völlig dahin. So wie meine. Sie konnte immer noch dabei sein.

Mir wurde klar, dass ich Juliet noch nichts erwidert hatte. »Das ist schrecklich«, würgte ich hervor.

»Jetzt komm endlich, Juliet!«, rief vom Fuß des Hügels ein Mädchen, dessen rötlich-blonde Haare unter einem Glockenhut hervorquollen. Vermutlich war sie eine von den Neuen, die in diesem Jahr zur KDBS gewechselt hatten. Camden vielleicht, die andere Jody, die auch die Giselle tanzte. Juliet verabschiedete sich, und ich sah ihr nach, wie sie die Anhöhe hinunterschlidderte, sich bei der Neuen unterhakte und mit ihr wegging.

Keine Ahnung, wie lange ich dastand und ihr hinterherschaute. Was mich aus meinen Gedanken riss, war Jude, der seine Hand auf meine Schulter legte. »Hey«, sagte er sanft.

Ich trat einen Schritt zurück. Ich verdiente seine Hand auf meiner Schulter nicht. Oder die Freundlichkeit in seiner Stimme. Es war schon schlimm genug, dass ich Colleens Vortanzen vergessen hatte. Aber da war noch etwas unendlich viel Schlimmeres als das. Als ich dachte, Colleen hätte nicht gut abgeschnitten, hatte ich mich ganz kurz gefreut. Vor dieser Wahrheit konnte ich nicht davonlaufen. Ich war froh gewesen, als ich dachte, meine beste Freundin wäre durchgefallen. Und neidisch, als ich begriff, dass sie nach wie vor eine Chance hatte. Mir wurde schmerzvoll klar, dass es nicht nur mein Körper war, der damals bei dem Unfall Schaden genommen hatte. Mein Verstand hielt an etwas fest, das ich verloren hatte. Und mein Herz – mein Herz funktionierte eindeutig nicht mehr richtig. Es war gemein, neidisch und niederträchtig und das ließ sich nicht aus der Welt schaffen.

Margot hatte damals recht gehabt. Ich war wirklich eine Robobitch. Und das hatte Jude nicht verdient. Keiner von ihnen.

»Ich bin *schrecklich*«, flüsterte ich.

»Bist du nicht, Alina.« Jude griff nach meiner Hand.

Ich machte noch einen Schritt zurück. »Du hast ja keine Ahnung. Ich muss gehen.«

»Okay, aber warte, darf ich dir erst noch sagen, was ich vorhin sagen wollte, bevor Juliet gekommen ist? Bitte!« Ich drehte mich zu ihm um, wobei ich ihm nicht in die Augen sehen konnte.

»Du hast mich gefragt, warum ich dich nicht schon die Male vorher geküsst hab, als ich es eigentlich wollte. Weil ich ein Idiot war, deshalb. Ich wollte dir Raum geben, denn wenn man gerade etwas durchmacht, das dein Leben auf den Kopf stellt, weiß man nicht immer, was man will. Ich wusste es jedenfalls nicht, als mein Dad gegangen ist. Deshalb hab ich mir vorgenommen, Abstand zu halten und dir ein guter Freund zu sein. Und falls du mehr wollen würdest, so wie ich, sollte es von dir ausgehen. Aber das war dumm von mir. Du bist klug und stark und nicht darauf angewiesen, dass ich irgendwas für dich entscheide. Ich hätte dich küssen sollen, als ich dich küssen wollte.«

Er machte vorsichtig einen Schritt auf mich zu. Als ich mich nicht rührte, atmete er durch. »Ich hätte dich auf dem Weihnachtsball küssen sollen.«

Er kam noch einen Schritt näher. »Ich hätte dich auf dem Parkplatz küssen sollen.«

Ein weiterer Schritt. »Und definitiv hätte ich dich bei Fly Zone küssen sollen. Denn ich schwöre, ich hätte fast geweint, als ich es nicht getan habe.«

Ich stieß ein zittriges Lachen aus. Ich konnte nicht anders. Jude ließ mich wieder mal alles andere vergessen. Er legte seine Hände um mein Gesicht. »Ich hätte dich jedes einzelne Mal küssen sollen, denn du hättest es mir schon gesagt, wenn ich mich von dir fernhalten soll. Und ich hätte auf dich gehört.«

Ich wusste, das stimmte. Und zwar nach wie vor. Er hatte

schließlich ganz klar gesagt, was er fühlte. Aber es blieb trotzdem meine Entscheidung. Er wartete noch immer auf mich. Ich fand es schrecklich, was ich jetzt gleich sagen würde. Aber Jude war auf Distanz geblieben, um mich zu schützen, nicht sich selbst. Jetzt musste ich uns beide schützen. Ich schluckte. »Ich will, dass du dich von mir fernhältst.«

Wir standen immer noch nah zusammen, er hatte die Augen weiter auf mich gerichtet, aber sein Blick trübte sich. Benommen trat er einen Schritt zurück. In der kalten Luft, die daraufhin zwischen uns aufstieg, sank mein Körper in sich zusammen.

»Okay.« Jude presste entschlossen die Zähne aufeinander.

Das reichte aber noch nicht. Er musste erfahren, warum es niemals funktionieren würde.

»Ich wusste nichts von der Blinddarm-OP meiner besten Freundin, weil ich nicht mehr mit ihr spreche. Sie schreibt mir Nachrichten, auf die ich ihr nicht antworte, weil ich neidisch auf sie bin. Ich ertrage es nicht, dass sie noch Ballett tanzen kann und ich nicht. Und vorhin war ich …« Mein Atem stockte. »Ich war froh, denn im ersten Moment dachte ich, sie hätte beim Vortanzen nicht gut abgeschnitten. Weil ich es ihr nicht gönne, dass sie an diese Ballettschule geht, wenn ich es nicht mehr kann.« Ich suchte nach Verachtung in seinem Blick, aber da war keine.

»Alina …« Jude streckte die Hand nach mir aus, zog sie aber sofort wieder zurück. »Nichts ist mehr, wie es war, wenn man etwas verliert, das einem wichtig ist. Man denkt und tut dann Sachen, die man nie für möglich gehalten hätte. Aber das macht dich nicht zu einem schlechten Menschen.«

Narben und Stahl entscheiden nicht darüber, ob du Tänzerin bist oder nicht. Froh zu sein, dass deine beste Freundin durchfällt, macht dich nicht zu einem schlechten Menschen. Das waren tröstliche Gedanken. Sie waren nur nicht wahr.

»Ich hätte dich auf dem Weihnachtsball versetzt, genau wie Diya es getan hat«, sagte ich. »So ein Mensch bin ich. Die Kunst ist mir wichtiger als Menschen. Ich bin egoistisch. Und ich habe dich geküsst, weil ich mich von allem ablenken wollte.«

Jude öffnete überrascht den Mund, und nach ein paar Sekunden Schweigen senkte er den Blick und nickte, als hätte er endlich verstanden, dass ich die Falsche für ihn war. »Okay«, sagte er. »Okay.«

Mir saß ein Schluchzen in der Kehle. Ich drehte mich um und wollte weglaufen, aber Ethan stand piötzlich da. Er schaute von mir zu Jude und wieder zu mir, seine Augen wurden schmal. »Was ist pass…«

»Ich haue ab«, sagte ich. Ethan hasste Diya, weil sie Jude wehgetan hatte. Mich würde er jetzt ganz bestimmt auch hassen.

Als ich zum Parkplatz rannte, weinte ich die gleichen bitteren Tränen, die ich vergossen hatte, als ich dachte, ich hätte mir auf der Eisbahn das Bein gebrochen. Nur dass diesmal tatsächlich etwas in die Brüche gegangen war. Jede Menge. Alles.

22

ICH BLIEB PRAKTISCH DEN GANZEN Sonntag in meinem Zimmer. Mein Handy machte keinen Mucks, aber das hatte ich auch nicht erwartet. Wer sollte mir etwas sagen wollen?

Montag versuchte ich mich vor der Schule zu drücken, aber meine Eltern kauften mir meine »Mir ist schlecht«-Nummer nicht ab. Also band ich meine ungekämmten Haare zu einem Pferdeschwanz zusammen, warf mir Sweatshirt und Jeans über und fuhr zur Eagle View.

Als ich in den Raum zur Anwesenheitsprüfung kam, war Margot schon da, sie saß auf demselben Platz wie immer und malte mit einem dicken Filzstift ein Muster auf ihren Rucksack. Als ich sie so sah, dachte ich nicht daran, dass sie mich Robobitch genannt hatte. Ich dachte daran, dass sie am ersten Schultag in diesem Jahr vor meinem Spind auf mich gewartet hatte. Dass sie mich zum Casting für das Musical überredet, mir bei den Callbacks zugejubelt und auf dem Weihnachtsball zusammen mit mir getanzt hatte. Dass sie in den schlimmsten Monaten meines Lebens irgendwie meine beste Freundin geworden war.

Margot blickte nicht auf, saß aber plötzlich ganz still. Ich ging langsam zu meinem Platz vor ihrem. Als ich nah genug

war, um mich zu setzen, zog sie den Reißverschluss ihres Rucksacks auf, pfefferte den Filzstift hinein und holte ihr Wirtschaftslehrebuch heraus. Sie schlug es auf, ohne den Blick zu heben.
Margot hatte mir mal gesagt, dass sie lieber Gänsescheiße essen
würde, als ihr Wirtschaftslehrebuch zu lesen, die Botschaft war
also eindeutig. Natürlich wollte sie nicht mit mir reden. Ich
hatte gewusst, dass sie nach der Sache mit Izzy einsam und
ohne Freundinnen gewesen war, und hatte noch Salz in die
Wunde gestreut. Ich hatte sie verletzen wollen und das war mir
gelungen.

Ich drehte mich auf dem Absatz um und setzte mich ganz
nach hinten. Sobald die erste Stunde vorbei war, machte ich mich
aus dem Staub, lief an den Schließfächern der Zwölftklässler
vorbei, ohne auf Ethan zu warten, und marschierte allein durch
den Tunnel.

»Harte Nacht gehabt?«, fragte Paul, als ich mich zur Englischstunde auf meinen Platz sinken ließ. »Du stehst auf harte Nächte,
was, Prinzessin?«

Dann kam Ethan rein, aber genau wie Margot sah er mich
nicht an.

»Du ignorierst uns ja noch mehr als sonst«, sagte Paul schmol-
lend. »Wir dachten, wenn man es dir besorgt hat, würdest du ein
bisschen auftauen. Und man hat es ihr definitiv besorgt«, flüsterte
er Jake laut und vernehmlich zu. »Guck dir diese vom Sex
zerwühlten Haare an.«

In einer Sache hatte Paul recht. Ich ignorierte sie noch mehr
als sonst. Heute konnte mich nicht mal ihr blödes Gelaber ablenken. Alles, woran ich denken konnte, war Ethans grimmige
Miene an der Eisbahn. Genauso schaute er jetzt auch. Die Kie-
fermuskulatur angespannt, schüttelte er den Kopf. Er zog ein
Heft aus seiner Tasche, schlug es auf und begann zu schreiben.

Ich interessierte ihn nicht mehr. Wie zu Beginn des Schuljahres interessierte sich hier drin niemand für mich.

Irgendwie stand ich den Unterricht bis zum Ende durch, was bedeutete, dass jetzt die Proben kamen, und die Aussicht darauf war sogar schlimmer als Unterricht. Mein Magen zog sich zusammen, während ich auf die Aulatür zuging. Ich hörte ein Paar Sneakers quietschend zum Stehen kommen, als jemand um die Ecke ins Foyer bog.

Jude.

»Oh. Hi«, sagte er leise und verlagerte seinen Rucksack auf die andere Schulter.

»Hey.« Ich umfasste meine Ellbogen und senkte den Blick.

Jude schaute zur Aulatür. »Gehst du rein?« Sein Tonfall klang jetzt kühl. Kein Lächeln, kein Leuchten in seinen Augen.

Ich öffnete den Mund, aber dann tauchten Celia und ein paar andere aus der Zwölf plaudernd und einander schubsend hinter ihm auf. »Jetzt komm schon, Judey!« Celia zog Jude am Arm in die Aula und dann war er weg.

Ich stand noch ein paar Sekunden da, bevor ich mich umdrehte und zum Parkplatz lief.

Auf der Fahrt nach Hause ging ich in Gedanken jedes qualvolle Detail von Samstagabend wieder und wieder durch, bis mir der Kopf wehtat. Ich hoffte, dass sich die Montagspläne meiner Eltern wie durch ein Wunder geändert hätten und sie nicht zu Hause wären. Aber als ich die Haustür öffnete, drehten sich Mom und Josie auf der Couch um.

»Hast du heute nicht Probe?«, fragte Mom, während Dad aus der Küche kam.

»Ist ausgefallen.«

»Sie lügt«, sagte Josie. Ich funkelte sie an, aber sie hatte nicht mal den Anstand, schuldbewusst zu gucken. Ich wusste, dass sie immer noch sauer auf mich war, weil ich ihr *Nussknacker*-Solo verpasst hatte, aber ich hatte nicht damit gerechnet, dass sie mich in die Pfanne hauen würde.

»Vielen Dank auch«, murmelte ich. Bevor meine Eltern irgendetwas sagen konnten, stürmte ich die Treppe hoch, knallte die Tür hinter mir zu und warf mich bäuchlings aufs Bett.

Ein paar Minuten später klopfte es, und noch bevor ich etwas sagen konnte, kam Dad herein. Er zog meinen Schreibtischstuhl heran, drehte ihn mir zu und setzte sich. »Also«, sagte er nach kurzem Schweigen. »Heute Morgen hast du versucht, dich vor der Schule zu drücken. Und jetzt gerade schwänzt du die Probe. Ich wittere hier ein Muster. Etwas, das man in der Musikwelt ein Motiv nennen würde.«

Ich seufzte und stützte mein Kinn in beide Hände. Er versuchte es mit dem »Die Stimmung auflockern«-Ansatz. »Ich hatte eben keine Lust. Ist doch keine große Sache.« Ich versuchte, meine Stimme gleichmütig klingen zu lassen, aber sie zitterte bei den letzten Worten leicht.

»Süße …«, begann Dad, beugte sich vor, die Ellbogen auf die Oberschenkeln gestützt, und verschränkte die Hände ineinander. »Ich weiß nicht, worum es hier geht, aber es gibt etwas, das ich dir schon seit einer ganzen Weile sagen will. Ich spreche nicht besonders gern darüber. Aber nach deinem Unfall hatte ich entsetzliche Angst. Und nicht nur vor diesem Fixateur-Ungetüm, wobei das schon ziemlich …« Er schauderte. »Ernsthaft, wieso ist bei dem Anblick sonst keiner umgekippt?«

»Dad«, sagte ich.

»Entschuldige. Ich schweife ab. Ich hatte Angst, dass es sehr lange dauern würde, bis du wieder etwas findest, für das du so brennst und das dich so glücklich macht wie Ballett«, fuhr Dad fort. »Ich wusste, du würdest irgendwann etwas finden, aber ich wusste nicht, *wann*. Und du bist ein sehr leidenschaftlicher Mensch, Süße. Ich wusste nicht, was mit deiner ganzen Leidenschaft passieren würde, wenn sie kein Ziel hat.«

Dad richtete sich auf und trommelte mit den Händen auf seine Oberschenkel. »Aber als du dich dann um eine Rolle in diesem Musical bemüht hast, dachte ich, *Hey, seht sie euch an. Sie hat wieder ein Ziel vor Augen*. Und dann gehst du plötzlich auf eine Schulparty und hast *Freunde* ...« Er stockte. »Ich wollte damit nicht sagen, dass es mich wundert, wenn du Freunde hast. Natürlich hast du Freunde.« Er lachte verlegen.

Eigentlich hatte ich mir vorgenommen, bei diesem Gespräch keine Miene zu verziehen, aber meine Augen verdrehten sich aus eigenem Antrieb. Keine Ahnung, wie Dad bei seinen Auftritten am Klavier so kultiviert und souverän wirken konnte und im richtigen Leben so verpeilt.

»Was ich damit sagen will, ist, ich habe keine Antwort darauf. Ich weiß nicht, wie man sich von so einer Sache erholt. Aber ich weiß, dass es nicht auf einem geradlinigen Weg passiert. Und das ist in Ordnung. Nur schreib bitte wegen eines Rückschlags nicht die ganzen Fortschritte in den Wind, die du gemacht hast. Du hast so ein großes Herz, Süße. Vergiss das nicht, wenn es schwierig wird.«

Ich hatte nicht gedacht, dass ich mich noch schlechter fühlen konnte als sowieso schon, aber ich konnte es. Mein Herz war nicht groß, einen Dreck war es. Und ich hatte meinem Dad etwas vorgemacht und ihn glauben lassen, es ginge mir besser, genauso wie ich mir selbst etwas vorgemacht hatte.

Ich musste hier weg, ganz egal wohin. Ich sprang auf, rannte aus dem Zimmer, schnappte mir Jacke und Tasche und stieg wieder ins Auto. Nachdem ich eine Weile herumgefahren war, fand ich mich bei Waffle Country wieder. Genau das brauchte ich jetzt.

Waffeln mit Erdbeeren und Nutella und meine Trigonometrie-Hausaufgaben hüllten meinen Verstand in einen zähen Nebel. Mein Körper schien zu merken, dass ich in den letzten beiden Nächten kaum Schlaf bekommen hatte, und innerhalb kürzester Zeit benutzte ich mein Schulbuch als Kopfkissen.

»Was machst du hier?«

Ich schreckte hoch. Diya stand vor mir, von ihrer rechten Schulter baumelte ihr Rucksack. Sie war die Letzte, die ich sehen wollte. Und wenn man bedachte, wie vielen Leuten ich aus dem Weg zu gehen versuchte, hieß das einiges.

»*Hallo?*«, sagte sie und wedelte nervtötend mit ihrer Hand vor meinem Gesicht herum.

»Waffeln essen, was sonst?«, blaffte ich sie an. Dann warf ich einen Blick auf die Uhr – Viertel nach vier. Die Probe hätte noch in vollem Gang sein müssen. »Wieso bist *du* hier?«

Diya zögerte eine Sekunde. Dann schob sie sich auf den Sitz mir gegenüber und zog ihre Cabanjacke aus. Ich wollte sie fragen, was das sollte, brachte aber nicht die Energie dazu auf.

»Mrs Sorenson und praktisch die ganze Besetzung meinten, ich sollte mir heute freinehmen.« Sie schlug wütend die Speisekarte auf. »Angeblich würde ich zu hart arbeiten. Nach einem freien Tag würde ich *erfrischt* zurückkommen. Was sie eigentlich meinten, war, dass sie zu faul sind, irgendwas auf die Reihe zu kriegen, und nicht mit der Nase darauf gestoßen werden wollen.« Diya schüttelte den Kopf und fluchte leise vor sich hin.

Wir waren beide derart schlecht gelaunt, dass ich befürchtete,

Waffle Country würde uns rauswerfen, weil wir die gute Stimmung im Lokal verdarben.

»Du kannst doch hier nicht fluchen«, blaffte ich sie erneut an.

Ich rechnete mit Diyas typischem Röntgenblick-Starren, sah aber nur in müde Augen, die meinen Blick erschöpft erwiderten. Ich betrachtete ihre langen, normalerweise glänzenden Haare, die jetzt wirr und zu etwas Pferdeschwanzähnlichem hochgebunden waren. Sie wirkte traurig und mitgenommen, genau wie ich.

»Ich meine, das hier ist Waffle Country«, fuhr ich in etwas versöhnlicherem Tonfall fort. »Nimm ein bisschen Rücksicht.«

Der Ansatz eines Lächelns huschte über ihr Gesicht. Dann starrte sie einen Kellner herbei und bestellte flambierte Bananen mit Eis und Karamell.

»Jetzt mal ehrlich, warum bist du nicht bei der Probe?«, fragte sie, als der Kellner gegangen war.

»Mir ist schlecht«, sagte ich und biss ein so riesiges Stück von meiner Waffel ab, dass mir Nutella vom Kinn tropfte. Diya verengte die Augen, zog eine Serviette aus dem Spender und reichte sie mir.

»Ich hab Jude und die anderen über dich reden hören, bevor ich gegangen bin«, sagte sie.

»Hat dir schon mal jemand gesagt, dass du zu direkt bist?«, murmelte ich und widerstand dem Drang zu fragen, was sie gesagt hatten.

»Ja.« Diya blinzelte mich unbeeindruckt an.

»Oh. Tja also, das bist du jedenfalls.« Ich wandte mich wieder meiner Hausaufgabe zu. Diya beobachtete mich noch ein paar Sekunden, bevor sie eine Heftmappe aus ihrem Rucksack kramte. Ihre flambierten Bananen kamen, und wir beide arbeiteten schweigend, legten nur ab und zu eine Pause ein, um zu essen.

Nach einer Weile konnte ich mich in Diyas Gegenwart nicht mehr konzentrieren. Mein Waffel-Zufluchtsort war mir verleidet, deshalb sammelte ich meine Sachen ein, um zu verschwinden.

Diya ließ mich nicht aus den Augen. »Willst du mit zu mir kommen?«

»Wozu?«

Sie stieß einen tiefen Seufzer aus. »Mein Dad wird mich fragen, warum ich nicht bei der Probe bin, und ich würde es ihm lieber nicht erklären müssen. Wenn ich jemanden mitbringe, wird er mich nicht fragen.«

Aha. Ich wollte jedenfalls definitiv noch nicht nach Hause, wo ich wieder meinen Eltern gegenübertreten musste. »Okay. Ich fahre dir hinterher.«

23

WENN ICH HÄTTE RATEN MÜSSEN, wie das Haus von Diya Rao aussah, hätte ich gesagt luftig und modern, mit weißen Sofas, auf denen man nicht sitzen durfte. Aber ich hätte falschgelegen. Es war ein Haus mit unterschiedlichen Wohnebenen und einer Einrichtung aus gemütlichen Sesseln und antik wirkenden Holzmöbeln. An den Wänden hingen gerahmte Fotos von lächelnden Menschen – alte und junge, manche in Saris, manche in Jeans und T-Shirt.

Als mir Diya im Eingang den Mantel abnahm, rief eine überraschte Stimme: »Diya?«

»Ja, Dad.« Wir bogen in die Küche. Ein hochgewachsener Mann in Hemd und Krawatte stand an der Spüle und machte den Abwasch. Er hielt verblüfft inne, als er mich sah. Am Tisch saß ein Junge, der wie eine ältere männliche Version von Diya aussah und ein gigantisches Meatball-Sandwich in den Händen hielt. Er starrte mich genauso verblüfft an.

»Hi«, sagte ich verlegen.

»Das ist mein Dad, Alina, und das ist mein Bruder Jai. Wir wollen Hausaufgaben machen«, sagte sie und wandte sich zum Gehen, aber ihr Dad trocknete sich mit einem Handtuch die Hände ab und kam auf uns zu.

»Alina! Willkommen! Schön, dich kennenzulernen!« Er schüttelte mir energisch die Hand. »Bist du auch in der Zwölften? Machst du im Musical mit?«

»Ähm …«

Jai grinste angesichts meiner überforderten Miene. »Diya wehrt die Leute sonst eher ab, deshalb wundern wir uns ein bisschen, dass du hier bist«, sagte er.

Diya verengte die Augen. »*Ich* wundere mich, dass du so etwas isst, obwohl Mom jeden Moment nach Hause kommt.« Sie drehte sich mir zu. »Jai möchte nämlich nicht, dass seine Mommy erfährt, dass er kein Vegetarier ist.«

»Lasst uns ein Foto machen für den Fall, dass es nie wieder vorkommt«, sagte Jai und stand auf. »Ich hole die Kamera.«

»Schsch!« Mr Rao bedeutete Jai mit einem Handwedeln, still zu sein, bevor er sich wieder mir zuwandte. »Möchtest du etwas trinken, Alina? Wir haben Wasser oder Limonade. Wisst ihr was? Geht ihr zwei doch einfach schon mal vor. Ich bringe euch beides mit ein paar Cookies von Wegmans nach unten.«

Wow. Wegmans-Cookies. Er rollte wirklich den roten Teppich aus. Es erinnerte mich daran, wie meine Eltern Margot behandelt hatten, als sie nach meinem Unfall das erste Mal bei uns war.

Ich schüttelte die Erinnerung ab, weil mich Diya jetzt in ihr Zimmer im ausgebauten Keller hinunterführte. »Tut mir leid wegen der beiden.« Sie deutete nach oben.

»Sie wirken nett.« Ich schaute mich in ihrem Zimmer um, wo in gleichmäßigen Abständen riesige Poster an den Wänden hingen. Werbeplakate für Musicals, wie ich vermutete, von denen ich die meisten nicht kannte. *The Fantasticks, Anything Goes, My Fair Lady, Oklahoma!, Natasha, Pierre and the Great Comet of 1812, Hamilton* und noch eine Menge mehr. Einige sahen neu aus, bei anderen wellten sich die Ecken, als würden sie schon ziemlich lange hier hängen.

Ich setzte mich auf den Schreibtischstuhl und Diya ließ sich auf ihre geblümte Bettdecke fallen. »Ich hab das Kellerzimmer genommen, damit Jai nicht meckert, wenn ich die ganze Zeit singe.« Sie zog ihr Haargummi raus und ließ es durch den Raum flitschen. Es landete sanft auf ihrer Kommode. »Er kommt jetzt nur noch in den Ferien von der Penn State nach Hause, ich hätte also nach oben ziehen können, aber mir gefällt es hier unten.«

Ich schaute noch mal zu den Postern und dem Memo-Board über ihrem Bett, das mit abgerissenen Eintrittstickets und Fotos von ihr in unterschiedlichen Kostümen gespickt war. Ihre Wände waren ein Schrein für ihren Traum, genau wie meine früher. »Es ist ein gutes Zimmer«, sagte ich leise.

»Danke.«

Verlegenes Schweigen machte sich breit. Eigentlich hatte ich keine Lust mehr auf Hausaufgaben. Ich schaute hinter mich zu ihrem ordentlichen Schreibtisch. Neben ihrem Laptop lag ein dickes Papierbündel. Ich erkannte es wieder – sie hatte es am Samstag im Waffle Country dabeigehabt, als sie die Bankszene einübte.

Ich nahm es hoch. *WAS AUF DEM SPEICHER GESCHAH* stand auf dem Titelblatt. »Was ist das?«, fragte ich.

»Das Skript für ein neues Broadway-Musical«, sagte Diya und streckte die Hand danach aus. Als ich es ihr reichte, strich sie mit den Fingern darüber, als wäre es ein kostbares Juwel. »Es handelt von drei Schwestern, die ihr ganzes Leben auf einem Speicher eingesperrt waren. Man erfährt nicht, warum. Es gab auch noch eine vierte Schwester, aber niemand spricht von ihr. Später stellt sich heraus, dass die anderen Schwestern sie verspeist haben. Es ist eine Komödie.«

»Uups. Echt? Okay.« Ich lächelte. Keine Ahnung, was mich mehr wunderte, der Plot dieses Musicals oder die Tatsache, dass ich lächelte. Meine Laune war so unterirdisch, dass ich Lächeln nicht für möglich gehalten hätte.

»Es ist schwer zu erklären, aber es ist wirklich toll«, sagte Diya.

»Wieso hast du das Skript?«

»Einer der Besetzungschefs hat mich bei einem Musical-Contest gesehen, bei dem ich vor ein paar Jahren in Pittsburgh mitgemacht habe. Letzten Monat hat er sich bei mir gemeldet und mir das Skript zugeschickt. Ich hab ein Video von mir gemacht, wie ich etwas daraus vorlese und -singe, und den Casting-Leuten hat es gefallen. Aber sie meinten, Bühnenpräsenz, Timing, das Zusammenspiel mit dem Ensemble und der ganze Kram wären auch sehr wichtig, um entscheiden zu können, wer sich für die Rolle eignet. Deshalb wollen sie sich erst noch mehrere Mädchen live auf der Bühne ansehen. Und zu meinem Auftritt in *Singin' in the Rain* kommen.«

»Oh mein Gott. Das ist … Wow. Das ist doch mega, oder?«

»Klar ist es das. Nur, die jüngste Schwester, die Rolle, für die ich vorgesehen wäre, hat jede Menge alberne Slapstick-Einlagen. Die Casting-Leute wissen zwar, dass ich singen und schauspielen kann, aber sie wissen nicht, ob ich auf der Bühne auch komisch rüberkomme, verstehst du? Und Kathy Selden aus *Singin' in the Rain* ist nicht komisch. Sie hat *eine* lustige Szene, am Anfang auf der Parkbank, als sie Don begegnet, aber dann verwandelt sie sich in ein verliebtes langweiliges Ding.«

»Aber du bist echt gut in dieser Szene. Vielleicht reicht das ja, um sie zu überzeugen?« Jetzt verstand ich ihre Pantomime bei Waffle Country sogar noch besser. Sie musste diese Bankszene einfach perfekt hinkriegen.

Diya schüttelte traurig den Kopf. »Das glaube ich nicht. Wer weiß, in welchen Rollen die anderen Mädchen auftreten. Sie könnten Ado Annie in *Oklahoma!* spielen. Oder die Lady of the Lake in *Spamalot*.« Sie ließ sich auf den Rücken fallen.

Ich wusste mit den Namen zwar nichts anzufangen, nickte aber trotzdem.

»Ich hab versucht, Ms Langford dazu zu bringen, meinen Hula-Tanz in ›Good Morning‹ durch was richtig Durchgeknalltes zu ersetzen. Albern, überdreht und over the top, wie Ethans und Judes Tanz, dann hätte ich wenigstens noch was anderes, mit dem ich arbeiten kann.«

»Okay.« Das war keine schlechte Idee. Es gab eine Stelle in »Good Morning«, wo die drei abwechselnd einen komischen Tanz mit einem Regenmantel aufführten. Jude zeigte eine ausgelassene Cancan-Version, Ethan eine ausgelassene Charleston-Version und Diya eine dümmliche Hula-Parodie.

»Aber Ms Langford meinte, ich müsste beim Tanzen trotzdem hübsch aussehen, weil Kathy eben so ist«, sagte Diya zur Zimmerdecke. »Es wäre nicht plausibel, wenn sie etwas übertrieben Verrücktes machen würde. Ich verstehe das zwar, aber ich wünschte …« Sie setzte sich auf und blätterte durch das Skript. »Es ist eine *so* gute Rolle. Und wenn eins von den anderen Mädchen besser ist als ich, wirklich besser, dann okay. Aber ich will, dass mich die Casting-Leute richtig *sehen*. Und ich fürchte, daraus wird nichts.«

Diesmal wusste ich genau, was sie meinte. Bilder von Spencer und Juliet, die in der Bühnenmitte tanzten, erschienen vor meinem geistigen Auge. Ich ließ den Blick noch einmal über Diyas Poster wandern und plötzlich machte es *Klick*. Abgesehen von *Hamilton* und *The Great Comet of 1812* waren auf allen anderen hellhäutige Frauen abgebildet, die meisten hatten blaue Augen und goldblonde Haare – alles Jodys. Vielleicht waren diese Frauen wirklich die Besten. Vielleicht gab es aber andere, die genauso gut waren wie sie, womöglich sogar besser, die einfach nur nicht richtig gesehen worden waren.

Ich schaute zu Diya, die immer noch durch das Skript blätterte. Entschlossenheit glomm in mir auf. Ich wollte, dass die Casting-Leute sie *sahen*.

»Du solltest an dieser Stelle der Szene was anderes machen«, sagte ich. »Was Großes, Verrücktes und Lustiges. Du kannst es bei der Show aufführen, wenn die Casting-Leute da sind, um dich zu sehen. Ms Langford und Mrs Sorenson können dich dann ja schlecht daran hindern, oder? Und du bist in der Zwölften, es ist also nicht so, dass du dir irgendwelche Chancen verbaust, noch mal bei einem Musical mitmachen zu dürfen.«

Diyas Augen weiteten sich. »Ich kann doch nicht einfach die Choreografie ändern.«

Ich musste daran denken, dass ich das Gleiche zu Josie über den *Nussknacker* gesagt hatte. Ich hatte zu dem Zeitpunkt tatsächlich geglaubt, dass ich Jahr für Jahr eine groteske Karikatur tanzen musste, nur weil es Kira gesagt hatte und nur weil es schon immer so gemacht wurde. »Doch, das kannst du. Ich helfe dir, wenn du willst.«

Diya begann langsam zu lächeln. »Okay. Versuchen wir es.«

Also fingen wir an zu tanzen. Wir machten Flossdance. Wir machten Headbanging. Wir probierten den Wurm, aber das ging total daneben. Wir wackelten mit dem Hintern. Ziemlich heftig. Wir versuchten uns am *Napoleon-Dynamite*-Tanz. Zwischendurch brachte uns Mr Rao Wasser, Limonade und Cookies. Der ganze Zucker sorgte dafür, dass wir noch abgedrehter tanzten. Nach einer Stunde hatten wir etwas, von dem wir dachten, dass es funktionieren könnte. Zweimal acht Takte würden hoffentlich genügen, um die Broadway-Casting-Leute zum Lachen zu bringen.

»Ich kann es ehrlich kaum erwarten, Ethans und Judes Gesichter zu sehen, wenn ich das bei der Premiere mache«, sagte Diya. Ich runzelte die Stirn.

»Sorry. Ich wollte sie nicht erwähnen.«

»Ist schon okay. Ich bin nur … eigentlich nicht mehr mit ihnen befreundet.«

»Warum?«

Ich zuckte mit den Schultern und versuchte meine Gefühle in den Griff zu bekommen. Über diese vertrackte Sache konnte ich jetzt unmöglich reden. Dann würde ich ganz sicher anfangen zu weinen. Also ließ ich meine Gedanken zurückwandern zu dem, was Diya auf der Pre-Cast-Party behauptet hatte. »Weißt du noch, wie du zu mir gesagt hast, dass mich Jude, Margot und Ethan nicht besonders leiden konnten, bevor ich mir das Bein gebrochen hatte?«

Diya nickte. »Ich habe es nicht so gemeint, wie es geklungen hat.« Sie verschränkte die Arme, setzte sich aufs Bett und suchte nach Worten, die Lippen nachdenklich gespitzt. »Ich hab dich tanzen gesehen«, sagte sie schließlich. »Als Zuckerfee im *Nussknacker*.«

»Ach?« Ich setzte mich neben sie.

»Ja. Du warst unglaublich. Und du hast das Leben gelebt, das ich mir immer gewünscht habe. Nur vormittags Schule, damit du nachmittags zum Training konntest, und dann solltest du auch noch nach New York …« Diya schüttelte den Kopf, als wäre es zu gut, um es sich überhaupt vorstellen zu können. »Ich war traurig, als ich das mit deinem Bein gehört habe und dass du jetzt doch nicht nach New York gehen konntest … Und ich schätze, als ich dich dann danach mit Jude, Ethan und Margot gesehen habe, fand ich es wohl einfach nur unfair.«

»Was war unfair?«

»Ich finde es unfair, dass die Leute, die im Musical mitmachen, nur mit mir geredet haben, als ich mit Jude zusammen war. Es ist unfair, dass mir keiner von ihnen gratuliert hat, als ich den

Song-Contest in Pittsburgh gewonnen habe. Stattdessen haben sie mich verurteilt, weil ich Jude versetzt habe. Und es ist unfair, dass Leute wie du und ich nur Freunde an dieser blöden Schule finden, wenn wir nicht das tun, was wir am besten können. Als dürften wir nicht beides haben. Wir können nicht Freunde haben *und* das machen, was uns am wichtigsten ist.« Diya seufzte schwer, als hätte sie schon lange darauf gewartet, das endlich mal auszusprechen.

»Da ist was dran.«

»Aber vielleicht liegt es ja auch an mir. Ich weiß es nicht. Klar, manche Leute werden mich immer für gemein und egoistisch halten, weil ich bei dem Contest vorgesungen habe, anstatt zum Weihnachtsball zu gehen. Und ja, ich war stinksauer auf Margot und Ethan, weil sie erst nett zu mir waren und dann plötzlich nicht mehr, weil es ihnen *unverständlich* war, warum mir das Musical wichtiger war, als mit einem Jungen auf eine Party zu gehen, mit dem ich seit einem Monat zusammen war.«

Diya zögerte, ihre Miene wurde nachdenklich. »Das Timing war mies, ich weiß, aber ich habe den Anruf, dass bei dem Contest ein Platz frei geworden war und ich am nächsten Morgen um neun da sein sollte, erst abends um sechs vor dem Weihnachtsball bekommen. Ich musste packen und losfahren – ich hatte definitiv keine Zeit, noch zum Ball zu gehen. Natürlich wäre es schön gewesen, wenn ich es ihm früher hätte sagen können, aber das ging nicht. Und der Contest hatte Vorrang. Es war ätzend, dass es keiner verstanden hat.«

»Ich verstehe es«, sagte ich. Selbst nachdem ich am eigenen Leib erfahren hatte, wie es sich anfühlte, meine Freunde zu verlieren, Jude zu verlieren, verstand ich, warum sie es getan hatte. Ich wusste, ich hätte es genauso gemacht.

»Danke«, sagte Diya. »Aber jedenfalls, was ich sagen will, ist, du warst richtig eng befreundet mit den drei. Ihr wart euch näher, als ich es Jude oder einem von den anderen je war. Deshalb ist es bei dir vielleicht was anderes …«

»Woher willst du wissen, wie nah wir uns waren?«, unterbrach ich sie.

Diya zuckte mit den Achseln. »Ich beobachte Menschen. Das machen Schauspieler so.«

Jemand anders hätte über die Art, wie sie das sagte, vielleicht die Augen verdreht. Als wäre sie Dame Judi Dench oder so. Aber mich brachte es dazu, mich näher zu ihr zu neigen, damit mir kein Wort entging. »Und?«, hakte ich nach.

Diya prustete. »Ich werde dir jetzt nicht verraten, was ich beobachtet habe. Ich bin doch kein Spitzel. Aber glaub mir, ihr wart euch nah. Und wenn ich aus der Tatsache, einen supernervigen älteren Bruder zu haben, eins gelernt habe, dann, dass Streits nicht lange dauern, wenn du jemandem nah bist.«

Ein winziger Teil in mir fühlte sich davon getröstet. Aber dann schüttelte ich unwillkürlich den Kopf. Diya hatte nicht gesehen, was Samstag auf der Eisbahn passiert war. Sie wusste nichts von den schlimmen Gedanken, die ich gehabt hatte, und von den schlimmen Sachen, die ich gesagt hatte. Sie hatte nicht gesehen, wie sich Jude, Margot und Ethan heute mir gegenüber verhalten hatten. Als wäre ich Luft.

Ich stand auf. »Sollen wir es noch mal durchgehen?«

Es war nach sechs, als ich nach Hause kam. Meine Eltern ließen mich mit ernsten Mienen wissen, dass mein Abendessen im Kühlschrank stand. Ich sagte ihnen, dass ich bei einer Freundin gegessen hätte, was sie neugierig machte, aber sie fragten nicht nach. Vermutlich hatten sie beschlossen, mir meinen Freiraum zu lassen. Vorerst.

Oben in meinem Zimmer kehrten meine Gedanken sofort wieder zu allem zurück, das ich eigentlich ausblenden wollte. Die Eisbahn. Die Probe. Ich fragte mich, ob Jude, Margot und Ethan erleichtert waren, dass ich heute nicht aufgekreuzt war. Ob Ms Langford und Mrs Sorenson sauer waren. Eigentlich sollten wir ihnen eine Mail schreiben, wenn wir nicht zur Probe kommen konnten, und wir mussten einen guten Grund dafür angeben. Ich bezweifelte, dass »Ich bin auf der Eisbahn ausgerastet und hab kapiert, dass ich ein schrecklicher Mensch bin, und jetzt hassen mich meine Freunde« als guter Grund zählte, weshalb ich keine Mail geschrieben hatte.

Als ich mich auszog und in meinen Pyjama schlüpfte, packte mich die Müdigkeit. Der Schlafmangel, dazu das Tanzen bei Diya und die Unmengen an Zucker, die ich in den vergangenen Stunden zu mir genommen hatte, bewirkten, dass ich am liebsten ins Bett gefallen wäre. Aber ich konnte nicht stillsitzen. Mein Bein wippte auf und ab, meine Gedanken wanderten in tausend Richtungen.

Ich zuckte zusammen, als auf meinem Nachttisch mein Handy summte.

Danke noch mal, dass du mir geholfen hast. Ich denke, das klappt. Hast was gut bei mir. Diya.

Gern geschehen, schrieb ich zurück und musste lächeln.

Der Tanz, den wir choreografiert hatten, war der absurdeste Tanz der Welt. Aber Diya zu helfen, hatte echt Spaß gemacht. Und nicht nur das. Es hatte sich irgendwie bedeutungsvoll angefühlt. Als würden wir eine Regel brechen, die gebrochen werden musste. Wenigstens eine Sache, die ich in den schrecklichen letzten paar Tagen richtig gemacht hatte. Eine, die nicht schäbig war oder verbittert oder neidgesteuert oder …

Ich stand so ruckartig auf, dass mir schwindelig wurde. Ich hatte Diya geholfen. Und obwohl ihre Chance, sich ihren Traum zu erfüllen, meine Neidbombe eigentlich zum Platzen hätte bringen müssen, war das nicht passiert.

Ich tigerte in meinem Zimmer auf und ab.

Unterschwellig fühlte ich mich immer noch schuftig, weil mit Margot, Ethan und Jude alles so aus dem Ruder gelaufen war. Aber darüber legte sich jetzt noch ein anderes Gefühl. Ich hatte einer Künstlerin geholfen, ihrem Traum einen Schritt näher zu kommen, ohne neidisch zu werden oder mich in Tränen aufzulösen. Womöglich waren mein Verstand und mein Herz ja doch nicht so kaputt. Vielleicht konnten sie mehr verkraften, als ich gedacht hatte.

Und da wusste ich auf einmal, was ich zu tun hatte.

Ich ließ mich wieder aufs Bett plumpsen und tippte »Vortanzen für die ABT-Sommerakademie« in meinen Laptop. Sobald sich die Seite öffnete, scrollte ich durch die Termine für das Vortanzen in den gesamten USA, wobei ich den 18. Januar in Philadelphia übersprang. Das letzte Mal hatte mir Colleen vor zwei Wochen wegen *Giselle* geschrieben. Wenn ich ihr die Antwort geschickt hätte, die ich bei Fly Zone eingetippt hatte, hätten wir wieder in Verbindung gestanden. Dann hätte sie mir von der Blinddarm-OP erzählt. Ich hätte für sie da sein können. Hoffentlich war es nicht zu spät.

Houston, Orlando, Birmingham, San Francisco … mir sank das Herz, als ich die Liste der in unerreichbarer Ferne liegenden Städte durchging. Ganz unten stockte ich. Der allerletzte Termin für ein Vortanzen: *Washington DC, Samstag, 1. Februar, 15:30 Uhr.* Nicht kommenden Samstag, sondern der danach. Ich sah mir die

Route von Colleens Zuhause zum Washington Ballet Theatre an, wo das Vortanzen stattfand. Ungefähr zwei Stunden Fahrtzeit. Es würde eine schwere Geburt werden, meine Eltern zu überreden, mich diese weite Strecke fahren zu lassen, aber ich würde ihnen erklären, warum ich es tun musste.

Ich sauste nach unten. Meine Eltern waren in der Küche und unterhielten sich, verstummten aber, als ich reinkam. »Kann ich mal mit euch reden?«, fragte ich.

»Okay«, sagte Dad knapp.

»Es tut mir leid, dass ich vorhin abgehauen bin. Ich hab mich über ein paar Dinge aufgeregt, über die ich jetzt nicht reden will, aber es tut mir leid, dass ich einfach weg bin.« Mom öffnete den Mund, aber ich hielt eine Hand hoch. »Wartet bitte. Da ist noch was.«

Ich erzählte ihnen von Colleen. Bei ihrem Namen hellten sich ihre Mienen auf, wurden besorgt, als ich zu der Blinddarm-OP kam, abwartend, als ich vom ABT-Vortanzen sprach, und völlig verwirrt, als ich sagte, dass ich Colleen in zwei Wochen nach Washington DC fahren wollte.

»Süße«, sagte Dad nach kurzem Schweigen. »*Wir* können Colleen doch fahren. Einer von uns müsste es Samstag einrichten können.«

»Ich weiß.« Mir brannten Tränen in den Augen, weil es stimmte. Obwohl meine Eltern sauer auf mich waren, würden sie meine Freundin, mit der ich seit Monaten nicht gesprochen hatte, zu einem Vortanzen bringen, das zwei Stunden Fahrtzeit entfernt stattfand. »Ich weiß, dass ihr das machen würdet. Und ich liebe euch dafür. Aber *ich* muss das tun. Ich bin eine furchtbar schlechte Freundin gewesen und hab einiges wiedergutzumachen und das wäre ein Anfang.«

Mom seufzte und schaute Dad an. Nach einer gefühlten Ewigkeit nickten beide.

»Echt?« Ich kreischte beinahe. Ihre Blicke wurden sanft, als sie mich ansahen. Als wären sie stolz. Dann machte sich Dad auf den Weg in Moms Arbeitszimmer. »Ich drucke die Wegbeschreibung aus. Den Apps traue ich nicht.«

»Danke!«, rief ich und rannte hoch zu meinem Handy.

Ich hole dich am 1. Februar um 10 h zum ABT-Vortanzen in DC ab. Das erste Mal seit einer Ewigkeit tippte ich auf Senden.

Jetzt war ich an der Reihe zuzuschauen, wie die drei Punkte blinkten, blinkten und verschwanden. Ich wartete. Nach der ganzen Warterei, die ich ihr zugemutet hatte, war das gar nichts. Sollte sie überhaupt nicht antworten, würde ich das verstehen. Auch wenn sie schreiben würde, *Du kannst mich hinfahren, aber ich werde nicht mit dir reden*, würde ich es akzeptieren.

Mein Handy summte. Ok

Erleichterung linderte die Anspannung in meinem Brustkorb, aber dann wurde ich wieder unruhig, ich platzte fast, weil ich Colleen so viel erklären musste, das sich unmöglich in eine Textnachricht fassen ließ. Ich stand auf und durchwühlte meine Schreibtischschublade, bis ich einen Collegeblock fand. Ich fing an zu schreiben. Ich schrieb Entschuldigungen und Geständnisse. Erinnerungen und wirre Gedanken. Ich schrieb, bis ich einen Krampf in den Fingern bekam.

Ich schrieb, bis ich sechs ganze linierte Seiten gefüllt hatte. Eine für jeden Monat, den ich abgetaucht war.

FEBRUAR

24

ICH STELLTE DEN SCHALTHEBEL AUF Parken und starrte zu Colleens Haustür. Vor einer Woche war ich hier gewesen, um ihr den Brief zu geben, den ich ihr geschrieben hatte. Es war niemand zu Hause, deshalb hatte ich ihn in den Briefkasten geworfen. Ich wollte ihr Zeit lassen, ihn zu lesen und das Ganze sacken zu lassen, bevor sie mir gegenübertreten musste. Zeit, um herauszufinden, was sie sagen oder nicht sagen wollte, bevor sie auf dem Weg zum wichtigsten Vortanzen ihres Lebens zwei Stunden mit ihrer besten Freundin, die sie im Stich gelassen hatte, im Auto verbringen musste. Ich hatte nichts mehr von ihr gehört, seit sie mit Ok geantwortet hatte. Aber sie hatte ihre Meinung anscheinend auch nicht geändert, also war ich hier.

Colleen öffnete die Tür und kam die Eingangsstufen runter, ihre Tanztasche unter den Arm geklemmt. Ich lächelte. Sie sah aus wie immer. Die Haare zu einem High Bun hochgebunden, die Schultern gestrafft, kerzengerade Haltung, lange Beine, auf denen sie die Treppe herabschwebte wie Cinderella, die auf die Kutsche zustrebt und nicht auf den Honda Civic meiner Eltern.

»Hallo, Fremde«, sagte sie, nachdem sie sich auf dem Beifahrersitz niedergelassen und ein paar Ferdinand-Haare von ihrer Jeans gestrichen hatte.

»Hi«, piepste ich. Ich hatte gewusst, dass es schwierig werden würde. Aber etwas zu wissen und es am eigenen Leib zu erfahren, sind zwei verschiedene Dinge, und das eine ist definitiv ätzender als das andere. Ich atmete einmal tief durch und riss mich zusammen.

»Bereit?«, fragte ich.

Sie starrte nach vorn über das Armaturenbrett und nickte. Anfangs waren die einzigen Geräusche im Wagen das Brummen des Motors und die klassische Musik aus dem Radio. Ich wusste, dass ich als Erste etwas sagen musste. Und was ich als Erstes wissen wollte, war, ob es ihr nach der Blinddarm-OP wieder gut ging, also fing ich damit an. »Wie fühlst du dich?«

»Als würde mir ein Organ fehlen.« Colleens Blick huschte kurz zu mir, bevor sie ihn wieder auf die Straße richtete.

»Tut es … weh?« Ich hatte »Genesungsprozess nach einer Blinddarmoperation« recherchiert und herausgefunden, dass man eine Zeit lang Bauch- und Schulterschmerzen haben konnte.

»Jetzt nicht mehr«, sagte sie. »Ich spüre die Narbe noch ein bisschen, aber es ist jetzt über drei Wochen her, ich darf also wieder tanzen.«

»Gut.« Ich atmete auf. »Ich hätte dir geantwortet«, sagte ich leise. »Hättest du mir von der OP geschrieben und dass du deswegen nicht zum Vortanzen kannst, dann hätte ich dir geantwortet. Ich möchte, dass du das weißt.«

Colleen blinzelte, die Augen nach wie vor geradeaus gerichtet. »Ich dachte mir, dass du vermutlich geantwortet hättest. Aber dann dachte ich, was wenn nicht? Wenn ich es dir geschrieben und du nicht geantwortet hättest, wäre es wirklich vorbei gewesen mit uns. Und ich schätze, dem wollte ich nicht ins Auge sehen.«

»Es tut mir leid, dass ich abgetaucht bin.« Ich umklammerte das Lenkrad fester. »Es tut mir wahnsinnig leid. Ich war …« Ich hatte gedacht, dass die ganzen Dinge, die ich ihr sagen wollte, in meinem Kopf klarer geordnet sein würden, nachdem ich alles zu Papier gebracht hatte, aber es war nach wie vor ein wirrer Gedankenwust. Ich redete trotzdem weiter.

»Ich hatte ehrlich keine Ahnung, wer ich ohne das Ballett war. Ich weiß es immer noch nicht. In meinem Kopf ging alles drunter und drüber, ich war über so vieles wütend, und ich war neidisch auf dich, so wahnsinnig neidisch, und damit konnte ich nicht umgehen. Deine Nachrichten hab ich alle gelesen und bin unglaublich froh gewesen, dass du nicht komplett aus meinem Leben verschwunden warst, aber ich konnte nicht … ich hab nicht … es war zu schwer, deshalb bin ich abgetaucht. Es tut mir so leid. Es war beschissen von mir.«

Ich holte Luft. »Und es tut mir leid, dass es ausgesehen hat, als wäre mir Ballett wichtiger als du. So ist es nicht. Und wenn du mich jetzt hasst, dann absolut zu Recht.«

Colleen beobachtete mich jetzt scharf. Dann lehnte sie den Kopf an die Nackenstütze und schloss die Augen. »Ja. Was du getan hast, war echt beschissen. Es war das Beschissenste überhaupt.«

Wieder herrschte Schweigen im Wagen. Mir sank das Herz. Das war das Ende.

»Aber ich hasse dich nicht«, sagte Colleen nach einer Minute. »Du bist meine beste Freundin. Ich hab dich lieb, egal, was ist.«

Mir stand der Mund offen. »Aber ich … ich hab mich sechs Monate lang nicht bei dir gemeldet.«

»Wie gesagt, das war echt beschissen. Aber was dir passiert ist, dein Unfall …« Colleen schauderte. »Ich war dabei, schon vergessen? Ich hab's gesehen. Ich hab's *gehört*. Und ich kann mir nicht vorstellen, wie es wäre, nicht mehr tanzen zu können. Das zu verlieren, wofür du die ganze Zeit gearbeitet hast. *Das* ist das Beschissenste überhaupt. Klar, du bist eine Weile von der Bildfläche verschwunden. Es war ätzend und es hat wehgetan, aber ich verstehe es. Wirklich.«

Die Sonne schien auf einmal viel heller durch die Windschutzscheibe zu strömen. Colleen hatte mich noch lieb. Colleen verstand mich. Ich hatte das Ballett verloren und würde es nie wieder zurückbekommen. Das bedeutete nicht, dass ich nie wieder glücklich sein konnte. Aber es bedeutete, dass ich etwas Unersetzliches verloren hatte, ganz egal was es am Ballett alles zu kritisieren gab, und ich war kein kein egoistisches Scheusal, weil ich deswegen völlig am Boden war.

Ich hatte mich beschissen verhalten. Ich würde es wiedergutmachen.

»Keine Ahnung, ob ich dein Verständnis gerade verdiene.« Ich versuchte, meine Stimme gefestigt klingen zu lassen. »Aber ich bin wirklich froh, dass du welches für mich hast, weil ich dich nämlich höllisch vermisst hab.«

Colleens Mundwinkel hoben sich. »Ja, das hast du in dem Brief geschrieben. Siebzehnmal oder so.«

Ich lächelte schief. »Hab ich so verpeilt geklungen?«

»Du hast nur traurig geklungen. Und na ja, okay, vielleicht ein bisschen verpeilt.«

Ich lachte.

»Und ich hab dich auch vermisst, Dummkopf.«

Jetzt mussten wir beide lachen. Und nachdem ich mich vorsichtig in den Verkehr auf der Interstate eingefädelt hatte, hörten wir nicht mehr auf zu reden. Es gab so viel zu erzählen. Sie berichtete mir von den Proben zu *Giselle*, vom ersten Date ihres Bruders und von Ferdinands Begeisterung für den Ficus Benjamini auf der Vordertreppe ihrer neuen Nachbarn.

»Es ist peinlich, weil sie einen Sohn in unserem Alter haben, der echt süß ist und immer vorne auf der Veranda sitzt und liest.«

»Redet ihr miteinander?«

»Nicht besonders oft. Ich hab normalerweise alle Hände voll zu tun, Ferdi davon abzuhalten, die Topfpflanze anzupinkeln. Auch was das angeht, ist der Typ echt süß.«

»Wie heißt er?«, fragte ich.

Colleen räusperte sich. »Lach nicht.«

»Oh Gott.«

»Swanson Vandervort.«

Ganze fünf Sekunden blieb ich still, bevor ich losprustete und in fieses Gelächter ausbrach.

»Das ist ein würdevoller Name!«, rief Colleen. Es dauerte eine Weile, bis ich mich wieder eingekriegt hatte. Wieso sollte Colleen denn nicht auf einen Swanson Vandervort stehen?

»Colleen Vandervort klingt doch ganz nett«, sagte ich und blinzelte mir die Tränen aus den Augen.

»Du weißt, dass ich meinen Namen niemals ändern werde«, sagte sie. »Ich heiße Colleen Alexander und dabei bleibt es. Und *überhaupt*, lass mal hören, was tut sich bei dir?«

Ich seufzte, es widerstrebte mir, unserer fröhlichen Stimmung einen Dämpfer zu verpassen. Aber Colleen ließ nicht locker, also erzählte ich ihr alles, angefangen beim Casting für das Musical bis zu den Vorfällen auf der Eisbahn und den letzten beiden schrecklichen Wochen, in denen ich während der Anwesenheitsprüfung in der ersten Stunde und unseren gemeinsamen Study-Hall-Stunden getrennt von Margot saß, in Englisch den Blickkontakt zu Ethan mied und Jude komplett aus dem Weg ging.

Und die Proben schwänzte. Ich hatte in den vergangenen zwei Wochen sechs verpasst und gestern eine frostige Voicemail von

Mrs Sorenson erhalten, in der sie sagte, sie müsse mir leider mitteilen, dass sie gezwungen sei, für meine Rolle »anderweitige Vorkehrungen« zu treffen. Mir war jedes Mal zum Heulen, wenn ich daran dachte.

»Ich wünschte, alles könnte wieder so sein, wie es vorher war.« Darüber zu reden, ließ mich Margot, Ethan, Jude und das Musical nur noch mehr vermissen.

»Kann es das denn nicht?«, fragte Colleen. »Ich weiß nicht, wie die Sache mit dem Musical aussieht, aber kannst du dich mit Margot und Ethan nicht wieder vertragen? Und Jude wieder … näherkommen?« Sie zog eine Augenbraue hoch.

»Ich … glaube nicht, dass es so einfach ist.«

»Warum?«

»Weil ich an dem Abend total ausgerastet bin. Ich war wahnsinnig wütend auf Margot und gemein zu ihr, und dann hab ich angefangen, Jude was vorzuheulen, weil ich dachte, ich hätte mir wieder das Bein gebrochen, und als ich begriffen hatte, dass mit meinem Bein alles okay war, hab ich ihn *geküsst*, und dann hab ich ihm gesagt, er soll sich von mir fernhalten, und hab auch noch von seiner Exfreundin angefangen … Ich hab … ich hab alles kaputtgemacht.«

Colleen konnte ihr Lächeln nur halb verbergen.

»Das ist *nicht* lustig, Colleen!«

Sie hielt abwehrend die Hände hoch. »Ich weiß, ich weiß. Es ist nur, ich hab noch nie gesehen, wie du total ausrastest. Finde ich schon irgendwie schade, dass ich nicht dabei war.«

»Glaub mir, dieses Bild möchtest du nicht im Kopf haben.«

Colleen schnaubte. »Es ist okay, wütend zu sein, sogar auf deine Freunde. Es ist okay, erschrocken zu sein, auch wenn du dir beim Hinfallen eigentlich nichts getan hast. Es ist okay, jemanden zu küssen, sogar ohne besonderen Grund. Du warst an dem Abend eben sehr aufgewühlt, das ist alles. Ich glaube nicht, dass sie bis in alle Ewigkeit sauer auf dich sein werden.«

»Wer will schon mit jemandem befreundet sein, der *so* unberechenbar ist? Gott, wer will schon ein *Date* mit jemandem, der *so* unberechenbar ist?« Ich stieß einen schweren, tiefen Seufzer aus. »Ich denke, ich werde wohl einfach akzeptieren müssen, dass es nie mehr so sein kann, wie es vorher war.«

Colleen sah mich eine Sekunde an. Sie holte Luft, um etwas zu sagen, schaute dann aber stattdessen aus dem Fenster.

»Nicht jeder Bruch ist so schlimm, dass er nicht mehr zu richten ist, Alina«, sagte sie schließlich. »Manche Dinge lassen sich wieder hinbiegen.«

Ich fuhr eine Weile schweigend und dachte darüber nach. Bei meinem Sturz hatte ich mir das Bein derart schlimm gebrochen, dass ich nicht mehr auf den Spitzen tanzen konnte. Das bedeutete, ich würde niemals in einer der namhaften Ballettkompanien tanzen, von denen ich immer geträumt hatte. Aber es stimmte, nicht alles brach so endgültig auseinander. Colleen und ich waren gerade dabei, unsere Freundschaft wieder zu kitten, obwohl wir sechseinhalb Monate nicht miteinander gesprochen hatten. Und ich hatte Diya dabei geholfen, ihren Auftritt im Musical so hinzubiegen, dass sie hoffentlich eher eine Chance hatte, die Rolle am Broadway zu bekommen.

Vielleicht konnte ich die Dinge mit Margot, Ethan und Jude auch wieder hinbiegen, selbst wenn an der Eisbahn einiges in die Brüche gegangen war. Der Gedanke machte mir Hoffnung.

Er brachte mich dazu, eine Frage zu stellen, die mir in letzter Zeit im Kopf herumging. »Meinst du, auch das Ballett lässt sich hinbiegen?« Obwohl wir nie darüber gesprochen hatten, war ich mir sicher, dass Colleen wusste, was ich damit meinte.

»Ja«, sagte sie. Mich wunderte, wie überzeugt sie klang. »Ich meine, ich weiß, einen *Menschen* kann man nicht unbedingt ändern«, fuhr sie fort. »Kira wird vermutlich nie das Potenzial in mir sehen, das sie in Juliet und Spencer sieht.«

Wut brodelte in mir auf. »Es ist völliger Bullshit, dass du nicht als Giselle besetzt wurdest. Du bist wie geschaffen für die Rolle.« Das war sie wirklich. Sie würde Giselles luftige, heitere Unschuld im ersten Akt genauso verkörpern wie ihre biegsame, ätherische Anmut im zweiten.

Colleen lächelte schief. »Nicht in Kiras Augen.« Sie ließ ihre Armmuskeln zucken. »Zu athletisch, schon vergessen?«

Ich stöhnte. »Warum sagt sie das bloß ständig?«

Colleen legte den Kopf schräg. »Ziemlich viele Leute in der Ballettwelt sehen in einer Schwarzen Tänzerin eine ›muskulöse Athletin‹ und keine ›zarte zierliche Fee‹.«

»Oh.« Ich ließ das sacken. Balletttänzerinnen *waren* muskulöse Athletinnen, aber sie weckten die Illusion von Sanftheit und Zartheit. Colleen machte das so wunderschön, dass es mir den Atem raubte. Konnte Kira das wirklich nicht sehen? Würden andere Menschen in der Welt des Balletts es auch nicht sehen?

Ich schüttelte den Kopf. »Ich hab nie verstanden, was Kira damit meinte, du sollst deine Arme weicher halten.«

»Ich hab ihr anfangs geglaubt«, sagte Colleen. »Aber dann, ich weiß nicht. Man wird älter und fängt an, sich selbst und seine Stärken klarer zu sehen. Und man begreift, wie voreingenommen andere sind und wie *sie* dich sehen – oder nicht sehen. Erinnerst du dich noch an das Vorbild-Projekt, als wir dreizehn waren? Als wir uns alle eine Tänzerin aussuchen sollten, um ihren Stil zu studieren? Alle durften sich aussuchen, wen sie wollten, aber mich hat Kira quasi gezwungen, Misty Copeland zu nehmen.«

»Ja«, sagte ich gedehnt, als es mir wieder einfiel.

»Ich meine, ich *verehre* Misty, versteh mich nicht falsch. Sie ist brillant. Aber wir sind völlig unterschiedliche Tänzerinnen, und jeder müsste imstande sein, das zu erkennen, *besonders* meine Ballettlehrerin. Aber weil Misty Copeland die erste Schwarze Primaballerina in der Geschichte der ABT ist, hat sich Kira wohl gedacht: ›Colleen ist auch Schwarz. Sie müsste wie Misty Copeland sein‹.«

Ich umklammerte das Lenkrad fester, weil mir aufging, dass sich unsere Erfahrungen an der KDBS sehr voneinander unterschieden, auch wenn Kira uns beiden das Leben schwer gemacht hatte. In gewisser Weise hatte mich Kira zu den weißen Mädchen gezählt und mir die gleichen Vorteile zugestanden wie ihnen. Und hätte ich mir nicht das Bein gebrochen, wären unsere Erfahrungen außerhalb der KDBS auch sehr unterschiedlich gewesen.

»Ich wünschte, ich hätte schon früher gewusst, wie man über all das spricht«, sagte ich. Die Vorstellung, wie allein sich Colleen an der KDBS gefühlt haben musste, war furchtbar. »Es tut mit leid, dass ich es nicht getan habe.«

»Ich habe mich immer gefragt, wann wir darüber reden würden.« Colleen lächelte ein bisschen. »Ich glaube, wir waren beide einfach nur darauf fokussiert, die bestmöglichen Tänzerinnen zu werden. Aber irgendwann kommt der Punkt, wo man es nicht mehr ausblenden kann. Besonders wenn einem klar wird, dass es in der Ballettwelt noch sehr viel mehr Menschen wie Kira gibt.«

Ich nickte und wusste nicht, was ich sagen sollte.

»Aber das Ballett besteht nicht nur aus solchen Leuten.« Colleens Stimme wurde lauter. »Es gibt auch andere – Intendantinnen, Choreografen, Lehrerinnen, Tänzer. Und dann noch die Kinder, die das erste Mal zu einer Ballettaufführung gehen und ganz hin und weg sind, weil sie noch nie so was Schönes gesehen haben. Irgendwo gibt es eine Zehnjährige, die einmal eine große

Ballett-Choreografin werden wird, und wer weiß, wie sie das alles dann verändert? Und ich habe gelesen, dass einige Kompanien mit Leuten zusammenarbeiten, die an den rassistischen Klischees im klassischen Ballett etwas ändern wollen. Außerdem werden die Schülerinnen und Schüler an den Ballettschulen mit der Zeit bestimmt auch bunter gemischt sein und die Ballettensembles werden dann wirklich bald ganz anders aussehen. Das Ballett kann sich entwickeln. Und ich möchte dazu beitragen.«

Ich warf ihr einen Blick zu. Die ganzen Jahre, die wir zusammen getanzt hatten, dachte ich, Colleen und ich würden das Gleiche wollen: Balletttänzerin am ABT werden. Aber irgendwann hatte Colleen angefangen, mehr zu wollen – das Ballett zum Besseren verändern. Wieder wünschte ich, dass ich schon früher imstande gewesen wäre, mit ihr über diese ganzen Sachen zu reden. Ich fragte mich, ob die Dinge dann vielleicht anders gelaufen wären. Aber es war nicht zu spät.

»Weißt du noch, wie wir damals mit Kira gesprochen haben, nachdem die Besetzungsliste für den *Nussknacker* aushing?«, fragte ich.

»Gott, ja. Sie hat uns ein total schlechtes Gewissen gemacht, weil wir noch mal nachgehakt und ihre Entscheidung hinterfragt haben.«

»Genau! Und weil ich durch das Ballett darauf gedrillt war, ›die Regeln zu befolgen‹ und ›auf die Lehrerin zu hören‹, habe ich es eben hingenommen. Ich hab mich nicht mal gefragt, ob es richtig oder falsch ist, was sie sagt. So als ob Kira allmächtig wäre.«

»Jep«, sagte Colleen.

Ich atmete tief durch und spürte, wie sich in mir etwas löste. Es war, als würden wir diese Allmacht zum Bröckeln bringen, nur indem wir darüber redeten.

Dann fiel mir noch etwas ein. Wirkte sich die Tatsache, dass ich Rollen wie den Chinesischen Tanz einfach hingenommen hatte, auch auf mein aktuelles Leben aus? Ich hatte in den letzten zwei Wochen nicht mal *versucht*, etwas daran zu ändern, wie die Dinge zwischen mir und Margot, Ethan und Jude jetzt standen. Ich war einfach davon ausgegangen, dass sich nichts daran ändern ließ. Jude hatte gesagt, er hätte die Stimme seines Vaters noch im Kopf gehabt, obwohl sein Vater längst weg war. Genau so hatte sich Kiras Stimme in meinem Kopf eingenistet und mir eingeredet, dass ich die Dinge so hinzunehmen hatte, wie sie waren, auch wenn sie nicht in Ordnung waren.

»Jedenfalls gibt es beim Ballett einiges, was nicht gut ist«, fuhr Colleen fort. »Aber das lässt sich ändern. Und ich möchte dabei mithelfen.«

»Und ich werde dir dabei zur Seite stehen, so gut ich kann«, sagte ich. Noch nie in meinem Leben war ich mir einer Sache so sicher gewesen.

»Das weiß ich«, erwiderte Colleen. Und in dem Moment, als sie es sagte, geschah etwas Merkwürdiges, und mir war klar, dass ich es niemals jemandem würde erklären können. Ich sah etwas. Ich hatte eine Vision, obwohl ich eigentlich nicht an so was glaubte. Es war eine Vision von Colleen, die genauso aussah wie jetzt – konzentrierter Blick, ein leichtes Lächeln um die Lippen –, aber sie trug Giselles legendäres Wili-Kostüm.

Sie breitete den rechten Arm aus und den linken. Dann sank sie in einen tiefen Knicks und neigte langsam den Kopf. Sie bedankte sich vor dem Publikum in der voll besetzten Metropolitan Opera mit einer Révérence.

Und ich saß in der ersten Reihe und jubelte ihr zu.

Ich beobachtete Colleen, die sich eine Nummer an ihr Trikot heftete, mir ein letztes nervöses Lächeln zuwarf und mit einem Schwarm anderer Mädchen in dem großen Studiosaal verschwand. Im Foyer wurde es still. Mir tat nach der langen Fahrt das Bein weh und ich ließ mein Fußgelenk kreisen. Ich konnte mich nicht von ganzem Herzen für Colleen mitfreuen, weil ich meinetwegen traurig war. Aber ich war auch … stolz. Auf Colleen, weil sie ihrem Traum einen Schritt näherkam. Auf mich, weil ich ihr dabei half. Auf uns beide, weil wir das Ballett verändern wollten. Plötzlich fiel mir das Tanzen in Diyas Zimmer wieder ein. *Das* war der Grund, warum es sich so toll angefühlt hatte. Es ging nicht nur darum, einer anderen dabei zu helfen, ihre Träume zu verwirklichen. Es ging darum, eine ganze Kunstform zu verändern. Sie für neue Stimmen und Menschen zu öffnen. Sie besser zu machen.

Ich begriff, dass mein Welpe noch groß wurde, trotz des Rückschlags, den ich erlitten hatte. Der Gedanke war bittersüß und erinnerte mich an Jude. Deshalb machte ich das, was ich neuerdings immer machte, wenn mich die Traurigkeit erwischte. Ich überließ mich ihr eine Weile. Ich setzte mich auf den Boden und lehnte mich mit dem Rücken an die Wand. Als klassische Musik durch die Studiotüren wehte, spannte ich die Muskeln an und wartete darauf, von der Traurigkeit vollkommen übermannt zu werden. Aber das passierte nicht. Ich musste noch nicht mal tief ein- und ausatmen. Birdie hatte gemeint, das Bedürfnis, tiefe Atemzüge zu machen, würde mit der Zeit nachlassen. Ich hatte ihr nicht geglaubt und ihr das auch gesagt. »Na klar, was weiß ich schon«, meinte sie achselzuckend. »Ich bin ja bloß diejenige, die dir das Gehen wieder beigebracht hat.« Ich lächelte bei der Erinnerung.

Etwas später begann mein Handy zu summen. Diya schrieb mir.

Ich hab Mrs Sorenson gesagt, du hättest privat Probleme heikler Natur und konntest deswegen die letzten beiden Wochen nicht zur Probe kommen.

Hab sie gebeten, dich nicht rauszuschmeißen.

Mrs S. hält große Stücke auf mich und gibt dir noch eine Chance. Vermassel es nicht.

Ein Hoffnungsschimmer blitzte in mir auf. Mrs Sorensons Voicemail hatte so endgültig geklungen. Aber wenn irgendjemand sie dazu bringen konnte, ihre Meinung zu ändern, dann war es Diya. Es war meine letzte Chance. Montag würde ich mich bei Mrs Sorenson und Ms Langford entschuldigen. Montag würde ich wieder zur Probe erscheinen.

Ich werde da sein. Danke, schrieb ich zurück.

Du hattest was gut bei mir. Jetzt sind wir quitt.

Außerdem gern geschehen.

Ich lächelte, als die Schwingtüren aufflogen. Dieselben Mädchen, die vor ein paar Stunden in den Saal geflattert waren, strömten jetzt heraus, schnell atmend und schweißglänzend. Ich entdeckte Colleen im Gedränge.

Ihre Augen hatten einen versonnenen Ausdruck, als sie auf mich zukam. »Sollen wir?«, fragte ich sanft.

Colleen nickte und wir gingen schweigend zum Wagen. Ich wusste, sie musste sich erst einmal sammeln, bevor sie etwas sagen konnte. Ich würde warten, bis sie so weit war.

Erst nachdem Colleen eingestiegen war, die Tür zugezogen und ihre Tanztasche auf den Rücksitz gehievt hatte, gab sie so etwas wie einen Ton von sich. Sie stieß einen langen zittrigen Seufzer aus und vergrub ihr Gesicht in den Händen. Ich wusste, dass es kein Zeichen dafür war, wie das Vortanzen gelaufen war, sondern nur die Befreiung von dem tonnenschweren Druck, der auf ihr gelastet hatte.

»Ich wünsche es mir so sehr«, flüsterte sie schließlich. »Und alle waren so gut. *So* gut.« Sie hob den Kopf. »Ich hasse diese Ungewissheit.«

Ich legte die Hand auf ihren Arm und drückte ihn. Meine hochfliegende Vision von Colleen auf der Bühne der Metropolitan Opera konnte nur wahr werden, wenn die ABT-Leute Colleen annehmen würden. Im Moment konnten wir nur hoffen, dass sie in der Menge der Nachwuchstänzerinnen gesehen hatten, wie gut sie war. Dass sie Colleen für die Sommerakademie akzeptieren und sie dann einladen würden, auch weiterhin an der Schule zu bleiben, sie dann für das Ensemble engagierten und anschließend vom Ballettkorps zur Solistin zur Primaballerina nach oben beförderten. Es war ein langer, anstrengender Weg, und er würde gespickt sein mit Momenten wie diesem, da war ich mir sicher.

Aber sie konnte es schaffen. Ich wusste, dass sie es konnte.

Colleen wischte sich die Tränen aus den Augen. »Ich weiß, ich kann es schaffen«, sagte sie und wiederholte, was ich gedacht hatte. »Es ist nur …«

»Ich weiß.« Dann fing ich auch an zu weinen. Wir weinten, weil man sich nicht automatisch mutig fühlte, wenn man etwas Mutiges tat. Wir weinten, weil es schwer war, Dinge wieder hinzubiegen, und weil Veränderungen langsam gingen. Wir weinten, weil es einem auf vielfältige Weise das Herz brechen konnte, etwas von ganzem Herzen zu lieben.

Schließlich machten wir uns auf den Heimweg. Irgendwo zwischen Rockville und Frederick schnappte sich Colleen mein Handy und suchte die Playlist heraus, die wir vor ein paar Jahren zusammengestellt hatten. Sie begann mit »I Wanna Dance with Somebody« von Whitney Houston und endete mit Mitski und »Your Best American Girl«, dazwischen Lizzo, Shakira und Beyoncé. Wir sangen jeden Song inbrünstig mit, laut und ausgelassen.

Denn wir wussten, vielleicht schon seit Langem, vielleicht auch erst seit unserer Fahrt heute, dass gebrochene Herzen nicht ewig in diesem Zustand blieben. Dass Liebe gepaart mit Stärke, ob sie sich in einem explosiven Grand Jeté ausdrückte oder im langsamen, beständigen Druck deines Fußes aufs Gaspedal, die Welt verändern konnte.

25

ICH HIELT MICH AN DIESEM Ausflug mit Colleen und dem
Auftrieb, den er mir gab, fest, als ich am Montag zur Schule fuhr,
um die Dinge wieder hinzubiegen. Oder es zumindest zu versuchen. Josie hatte vorhin ihren Bus verpasst, weshalb sie mit mir
fahren musste.

Wir straften uns wieder mal mit Schweigen, seit sie gepetzt
hatte, dass meine Probe nicht ausgefallen war. Ich war mir sicher,
Josie hatte mich teils deswegen verpfiffen, weil sie immer noch
sauer war, dass ich ihr Solo verpasst hatte. Aber vielleicht hatte
sie es auch ein bisschen deswegen getan, weil ihr etwas an mir
lag – genauso wie sie auch immer wieder das Thema Rassismus
im Ballett zur Sprache brachte.

»Es tut mir leid, dass ich dein Solo verpasst habe«, sagte ich.

Josies Kopf zuckte hoch. »Ähm … Woher der plötzliche
Sinneswandel?«

»Nächstes Mal verpasse ich es nicht.«

Josie blinzelte mich ein paar Sekunden verblüfft an, bevor sie
mit vor Staunen geweiteten Augen wieder nach vorn auf die
Straße schaute. Sie hatte wirklich nicht mit einer Entschuldigung von mir gerechnet, was kein Wunder war. Ich konnte mich

nicht erinnern, wann ich mich das letzte Mal bei ihr entschuldigt hatte.

»Meinst du, sie lassen dich wieder beim Musical mitmachen?«, fragte sie nach einem Moment.

»Ich weiß es nicht.« Mein Herz schlug schneller. »Ich hoffe es.«

»Okay, also die Sache ist die, wir müssen bis nächsten Monat unsere Tänzer für unser Schülerprojekt benennen, und ich will für meins immer noch Noah und Laurel haben. Wenn du wieder mitmachen darfst, dann tanz ihnen was vor oder so.«

Ich verstand immer noch nicht, warum sie unbedingt die beiden für ihre Choreografie wollte. Sicher, Laurels Battements waren beeindruckend und Noahs Fußarbeit war schnell. Aber ihrem Tanzen fehlte irgendetwas. Wenn ich ihnen zusah, hatte ich jedes Mal das Gefühl, dass sie viel zu sehr darauf konzentriert waren, die Leute mit ihrem Können zu beeindrucken, um wirklich die Musik zu fühlen und Emotionen auszudrücken.

»Willst du meine Meinung hören?«, fragte ich.

Josie starrte mich argwöhnisch an. Es war Jahre her, dass ich genug Interesse für ihr Tanzen aufgebracht hatte, um ihr freiwillig meinen Rat anzubieten. »Ähm, klar.«

»Ich glaube nicht, dass Noah und Laurel die Richtigen dafür sind. Sie haben kein Gefühl in ihrem Tanzen, und nach allem, was du mir über *Außergewöhnliche Harmonien* gesagt hast, braucht dein Stück Ausdrucksstärke, nicht bloß gute Technik.«

Josie öffnete den Mund, um zu widersprechen, runzelte dann aber nachdenklich die Stirn.

»Ich habe dich Weihnachten beobachtet, als du daran gearbeitet hast«, sagte ich. »Es ist wirklich gut, Josie. Und es ist deine eigene Leistung. Ich finde, du solltest es selbst tanzen.«

Josie sagte immer noch nichts. Sie schaltete das Radio aus und starrte aus dem Fenster. Es war totenstill im Wagen, als ich auf den Parkplatz der Eagle View fuhr, in eine Lücke bog und den Motor ausschaltete. Josie nahm ihren Rucksack und legte die Hand an den Türgriff.

»Du könntest recht haben«, sagte sie.

Jetzt war ich dran, sie verblüfft anzublinzeln. »Wirklich?«, sagte ich, nachdem ich mich wieder berappelt hatte. »Ist nur so eine Idee. Denk drüber nach.«

»Mach ich.« Sie öffnete die Tür und warf mir ein kleines, zögerndes Lächeln zu, bevor sie aus dem Auto stieg, um sich zu einer Gruppe ihrer Freundinnen und Freunde zu gesellen, die vor der Schule zusammenstanden.

Ich wartete noch eine Sekunde, bevor ich ausstieg, ebenfalls ein Lächeln auf den Lippen. Wirklich geklärt waren die Dinge zwischen Josie und mir nicht. Ehrlich gesagt hatte ich keine Ahnung, wie wir das hinbekommen wollten. Aber das Gespräch hatte mir gutgetan. Zusammen mit der Energie, die mir die Begegnung mit Colleen verliehen hatte, betrat ich die Eagle View mit mehr Selbstvertrauen als je zuvor.

Ich ging in den Raum zu unserer ersten gemeinsamen Stunde, entschlossen, mit Margot zu reden. Aber sie war nicht da. Die ganze Stunde rutschte ich unruhig auf meinem Stuhl herum und schaute jedes Mal auf, wenn jemand an der Tür vorbeiging, aber sie kam nicht.

Sobald es läutete, lief ich zu den Spinden der Zwölftklässler, um Ethan abzupassen, aber auch er war nicht da. Als ich im Englischraum ankam, saß er schon auf seinem Platz, spielte mit einem Stift und starrte aus dem Fenster. Ich schaute zu meinem Tisch und zu Paul, der in der Reihe dahinter saß. Er legte die Hände zusammen und verneigte sich.

Ich starrte in Pauls grinsendes Gesicht, und meine neue Energie entlud sich, zündete und schlug lodernde Flammen. Warum zum Teufel hatte ich mir *das* gefallen lassen? Nur weil ich am ersten Tag hier gesessen hatte und meinen Namen in den blöden Sitzplan eingetragen hatte? Wieso sollte mir ein Stück Papier sagen, wo ich zu sitzen hatte?

»Hey, Eispri…«

Ich marschierte auf meinen Tisch zu, aber anstatt mich hinzusetzen, packte ich ihn rechts und links an den Kanten und zerrte ihn durch den Raum. Es quietschte grauenhaft, als er über den Boden schrappte, während ich ihn zwischen Ethans Platz und das Fenster manövrierte. Dann setzte ich mich.

Alle in der Klasse starrten mich an, einschließlich Ethan. Ein überraschtes Lächeln breitete sich auf seinem Gesicht aus.

Jake schlug Paul auf den Rücken. »Abgeschmettert!«, rief er schadenfroh.

Paul schnaubte abschätzig. »Blödes Miststück.« Solange ich vor ihm saß und ihm die kalte Schulter zeigte, fühlte er sich anscheinend in der Position, die Regeln zu bestimmen. Aber jetzt, wo ich mich über diese Regeln hinweggesetzt hatte, konnte er sein Spiel nicht mehr spielen. Er öffnete den Mund und wollte noch etwas sagen, aber Ethan schlug mit beiden Händen auf den Tisch.

»Halt die Klappe, Paul«, blaffte er. »Jeder hier hat mitbekommen, wie du versucht hast, mit deinem Scheißgelaber ihre Beachtung zu kriegen. Wir haben es gesehen, wir haben es gehört, du hast es nicht geschafft. Also halt endlich deine Klappe.«

Das einzige Indiz dafür, dass Paul etwas davon gehört hatte, war ein leichtes Zucken seiner Oberlippe. Aber er konnte offenbar nicht zulassen, dass Ethan mehr Beachtung bei mir fand als er. »Du weißt, dass er schwul ist, oder, Prinzessin? Wenn du es so nötig hast, hätte *ich* es dir besorgen können.« Er schaute anzüglich auf seinen Schritt.

»Nach allem, was ich gehört habe«, Ethan deutete mit einem Handwedeln zu Pauls Hosenschlitz, »hast du nicht gerade viel zu bieten.« Er hielt Zeigefinger und Daumen etwa fünf Zentimeter auseinander.

Jetzt reichte es Paul. Sein Blick schnellte zu Ethan, er stand auf und machte einen drohenden Schritt auf ihn zu. Aber ich stand auch auf. Ich spannte die Bauchmuskeln an, straffte die Schultern und richtete mich kerzengerade auf. Mit dem ganzen Adrenalin, das durch meinen Körper rauschte, nahm ich automatisch meine Balletthaltung ein. Paul bewegte sich weiter auf Ethan zu, aber ich streckte den Arm aus, um ihm den Weg zu versperren.

»Paul«, sagte ich, »wenn du willst, dass die Leute aufhören, darüber zu spekulieren, wie groß dein Penis ist, dann hör auf, so ein riesiges Arschloch zu sein. Es besteht nämlich eine negative Korrelation. Je mehr du dich wie ein riesiges Arschloch benimmst, desto eher denken die Leute, dass du einen kleinen Schwanz hast. Also benimm dich wie ein normaler Mensch – hör auf, Mädchen anzugraben, die nicht angegraben werden wollen, hör auf, rassistische Witze zu reißen – und alle werden denken, dass er normalgroß ist. Okay?«

Stille. Dann ein Kichern, gefolgt von allgemeinem Gelächter. Jemand räusperte sich und mein Blick schoss zur Tür. Ms Belson stand im Rahmen. Sie nahm die Szene in sich auf.

»Na gut«, sagte sie. »Wir behalten die neue Sitzordnung fürs Erste bei. Alina, komm nach der Stunde bitte zu mir.«

⸎

Anscheinend gab es keine Strafe, wenn man in Ms Belsons Unterricht »Schwanz« sagte. Es half, dass ich ihr erzählte, wie sehr mich Paul und Jake seit Anfang des Halbjahres drangsaliert hatten. Es half außerdem, dass Ethan dablieb, um mir den Rücken zu stärken, und dass er Protokoll geführt hatte. Alles, was Paul und Jake zu mir gesagt hatten, hatte er akribisch in sein Heft notiert, mit Datum und Uhrzeit. Sogar in den zwei Wochen, in denen wir nicht miteinander geredet hatten, hatte er Buch geführt. So war Ethan.

Ms Belson entschuldigte sich dafür, dass sie nichts davon mitbekommen hatte, und sagte, sie würde mit Paul und Jake reden und die Schulleitung über ihr Verhalten informieren. Sie meinte, ich sollte Ethans Protokoll aufbewahren, weil es sich als nützlich erweisen könnte, falls ich weiter gegen die beiden vorgehen wollte.

Als sie uns wegschickte, hatten Ethan und ich nur noch wenige Minuten, um jeweils pünktlich zu unserer nächsten Stunde zu kommen, aber wir blieben trotzdem auf dem Gang stehen. Ich schaute grinsend auf das Heft, das er noch in der Hand hielt, die Seite aufgeschlagen, auf der er jedes einzelne von Pauls und Jakes widerlichen Wörtern notiert hatte. Den ganzen Rand entlang zogen sich Kritzeleien, die zeigten, wie Paul und Jake von verschiedenen Tieren gefressen wurden. Von einem Hai, einem Bär, einem süßen kleinen Häschen.

»Nicht meine ausgereifteste Arbeit, aber eine mit extrem therapeutischer Wirkung«, sagte Ethan. Ich lachte. Er hatte mir so sehr gefehlt.

»Danke. Wirklich«, sagte ich. »Und es tut mir leid, dass ich nicht mehr zu den Proben gekommen bin und nicht mehr vor den Spinden auf dich gewartet habe und … deinen besten Freund so schlimm vor den Kopf gestoßen habe.« Bei den letzten Worten verzog ich traurig das Gesicht.

»Alina«, sagte Ethan leicht genervt. »Es ist nicht … Ich bin dir deswegen nicht böse. Es tut mir leid, dass es passiert ist, aber du bist doch genauso meine Freundin.«

Ich hätte es wissen müssen. Aber es zu hören, machte mich lächerlich glücklich.

»Ich war nur sauer, weil du plötzlich beschlossen hast, uns alle auszuschließen. Als wären wir dir nicht mehr wichtig.«

»Was definitiv nicht der Fall ist.«

»Ich weiß.« Wir schwiegen ein paar Sekunden. »Jedenfalls hättest du dich nicht bei mir entschuldigen müssen, du hast mir nämlich einen großartigen Schnappschuss geliefert.« Er zog sein Handy aus dem Rucksack und hielt es hoch. Ich starrte das Foto an. Es zeigte mich im Profil, und weil Ethan saß, als er es gemacht hatte, sah ich überlebensgroß darauf aus. Ich hielt den Arm vor dem Körper ausgestreckt wie eine Zauberin, die das unsichtbare Böse abwehrt.

»Wow!«

»Ich glaube, ich werde es ›Rede zur negativen Korrelation zwischen großem Arschloch und kleinem Schwanz‹ nennen.«

»Du postest es aber nicht, oder?«

Ethan verdrehte die Augen. »Ich kenne dich schließlich nicht erst seit gestern. Nein, ich poste es nicht. Aber so was macht hier schnell die Runde, und die Leute *werden* drüber reden, also wappne dich.«

»Alles klar. Schickst du es mir?«

Ethan tippte ein paarmal auf sein Handy und mein Display leuchtete mit dem Bild auf.

»Du kommst doch zu den Proben heute, oder?«, fragte er.

»Ja«, sagte ich nervös. »Das heißt, wenn sie mich wieder mitmachen lassen.« Ethan legte mir die Hand auf die Schulter und drückte sie ein paar Sekunden tröstend, bevor uns ein vorbeikommender Lehrer zur nächsten Stunde scheuchte. Und obwohl ich noch immer einen Knoten im Magen hatte, fühlte ich mich so leicht wie schon lange nicht mehr.

Dieses Gefühl half mir durch das zweite ernste Lehrerinnen-Gespräch an diesem Tag. Vor der Probe ging ich zu Mrs Sorenson und Ms Langford in den Chorraum. Ich überzeugte sie davon, dass ich es verdiente, im Musical zu bleiben, hörte mir ihre Strafpredigten an und schwor, dass ich nicht noch einmal abtauchen würde.

»Das solltest du auch lieber nicht«, sagte Ms Langford, als ich aufstand. »Sonst wird dich Cyd Charisses Geist heimsuchen.« Es konnte nur ein Scherz sein, aber Ms Langford lächelte nicht. Deshalb nickte ich nur kurz und machte, dass ich rauskam.

Es lief gut. Ich brachte die Dinge in Ordnung. Als ich die Aula betrat, atmete ich tief durch. Ich hatte ungefähr zwei Schritte gemacht, als ich einen Aufschrei hörte.

»Alinaaaaa!« Laney kam den Gang entlanggesaust und winkte mir mit einem Schokoriegel. Ada, die mit ihrem Mantel als Kopfkissen auf dem Boden gelegen hatte, schreckte hoch und sprang auf. Sie zogen mich in eine Gruppenumarmung.

»Wir haben dich vermisst!«, sagte Ada.

»Wir konnten kaum tanzen ohne dich«, fügte Laney hinzu und führte zum Beweis eine bizarre Version der Choreografie vor.

»Okay, okay.« Ich winkte ab, damit sie aufhörte. »Es tut mir leid, es kommt nicht wieder vor.«

»Na hoffentlich«, sagten Laney und Ada im Chor und brachen in Lachen aus.

Okay, vielleicht hatte ich bei dem ganzen Drama vergessen, wie gern ich die anderen Musical-Verrückten hatte. Während mich die beiden über die verpassten Proben auf den neuesten Stand brachten, ließ ich den Blick durch die Aula wandern. Keine Spur von Margot. Jude, Ethan und Harrison saßen auf dem Bühnenrand; ein paar von den anderen aus der Zwölften standen vor ihnen und ließen Knabberzeug rumgehen. Ethan und Harrison teilten sich eine Cola, was mich aufmerken ließ. Ich hatte Colleen erzählt, dass Harrison meiner Meinung nach nur deshalb im Musical mitmachte, um Ethan näherzukommen, und sie war erwartungsgemäß begeistert gewesen. Ich schrieb ihr eine kurze Nachricht, um ihr von dieser jüngsten Entwicklung zu berichten.

Sie antwortete Sekunden später. **In manchen Kulturen bedeutet sich eine Cola teilen, dass man miteinander verheiratet ist. Wie ist die Probe?**

Ok … Hoffe ich. Ich schreib es dir später.

Ich steckte mein Handy weg, weil jetzt Margot in die Aula stiefelte, ihre Kopfhörer auf. Sie nahm sie ab, als die Zwölftklässler auf der Bühne sie begrüßten. Ethan zielte auf ihren Kopf und warf einen Beutel Nachos nach ihr. Sie grinste, fing ihn auf und schleuderte ihn so schnell wieder zurück, dass Ethan keine Zeit hatte zu reagieren und ihn der Beutel ins Gesicht traf. Alle gackerten.

Vielleicht war es nach und nach passiert oder im Lauf der Proben, die ich verpasst hatte, aber Margot wirkte völlig locker in der Runde und schien sich wohlzufühlen. Sie hatte mir mal erzählt, dass sie mit den meisten Musical-Leuten nicht gerade befreundet war, aber so sah es nicht mehr aus.

»Ich geh kurz auftanken«, sagte Laney und griff nach ihrer Wasserflasche. »Hau nicht wieder ab.«

»Versprochen«, sagte ich geistesabwesend, als sich Ada ebenfalls ihre Wasserflasche schnappte und Laney nach draußen folgte. Ich federte auf den Zehen auf und ab und vermied es, zu Margot und den anderen auf der Bühne zu schauen. Ich konnte hier noch nicht mit Jude und Margot reden, nicht vor all den Leuten. Stattdessen hielt ich nach Diya Ausschau. Sie saß auf dem Klavierschemel am anderen Ende der Bühne und studierte ihre Notenblätter.

»Hey«, sagte ich, als ich zu ihr hochstieg. Ich ließ mich neben dem Schemel auf dem Boden nieder und begann mit meinen Dehnübungen.

Diya lächelte mir vielsagend zu. »Willkommen zurück.«

»Danke, dass du mit Mrs Sorenson geredet hast. Du hattest recht. Sie scheint wirklich große Stücke auf dich zu halten. Ich dachte, ich müsste viel länger um Gnade winseln.«

Sie zuckte mit den Achseln. »Wie gesagt, du hattest was gut bei mir.« Wir verfielen in ein angenehmes Schweigen, ich machte meine Dehnübungen, sie blätterte durch ihre Noten.

»Wie läuft's mit dem Wurm?«, fragte ich irgendwann.

»Schlecht. Hab mir vom vielen Üben das Kinn am Teppich aufgeschürft.«

Ich prustete.

»Nein, ernsthaft.« Sie hob den Kopf und zeigte auf eine gerötete Stelle unter ihrem Kinn. »Mein Bruder dachte, es wäre ein« – sie senkte die Stimme – »ein Knutschfleck und hat mich eine Stunde lang verhört.«

Ich lachte. »Komische Stelle für einen Knutschfleck.«

»Hab ich auch gesagt!«

Unser Lachen schallte durch die Aula. Ich hörte abrupt auf, weil es merkwürdig still geworden war, und schaute mich um. Die Zwölftklässler auf der Bühne starrten zu uns rüber. Margot guckte schnell wieder weg und setzte ihre Kopfhörer auf. Ethan warf mir einen »Was machst du da?«-Blick zu. Jude wirkte bloß verwirrt. In meinem Magen bildete sich ein Knoten. Ich hatte die Dinge zwischen uns nicht *schlimmer* machen wollen.

Ich drehte mich wieder zu Diya um und überlegte, was ich sagen sollte, als hinter uns jemand hustete. Leicht genervt fuhr ich herum. Es war ein Mädchen aus der Neunten, das in der Revuetruppe mittanzte. Sie streckte beschwichtigend die Hände aus. »Sorry, ich wollte dich nicht erschrecken.«

Die Aula füllte sich wieder mit den üblichen Geräuschen und ich beruhigte mich etwas. »Alles gut«, sagte ich.

Sie lächelte und spielte verlegen am Reißverschluss ihres pinkfarbenen Kapuzenshirts. »Ich hab davon gehört, was du zu Paul Manley gesagt hast. Meine Schwester ist auch in dem Kurs. Jedenfalls wollte ich mich bedanken.«

Oje, Ethan hatte recht. Die Sache hatte schnell die Runde gemacht. »War mir … ähm … ein Vergnügen.« Ich lächelte. Denn irgendwie war es das wirklich. »Wie heißt du?«

»Marin.«

»Warte, Moment mal, was hast du denn zu Paul gesagt?« Diya zog fragend eine Braue hoch.

Als ich zögerte, sprang Marin für mich ein. »Gott, es war mega. Na ja, ich glaub jedenfalls, dass es das war. Also jedenfalls …« Sie erzählte Diya die ganze Geschichte, angefangen bei Pauls und Jakes ständigen Schikanen bis zu meiner Rede über die negative Korrelation zwischen großem Arschloch und kleinem Schwanz. Es entstand eine kurze Pause, dann warf Diya den Kopf in den Nacken und lachte fast so hemmungslos laut wie beim Tanzen in ihrem Zimmer. »Das ist *der Hammer*«, stieß sie schließlich prustend hervor.

»Und außerdem«, sagte Marin mit schüchternem Blick zu Diya, als ihr Lachen abebbte, »hast du eine unglaubliche Stimme, finde ich. Ehrlich gesagt beneide ich dich darum. Genau wie viele andere auch. Ich glaube, in spätestens einem Jahr bist du am Broadway.«

»Oh.« Diya schenkte ihr ein sanftes Lächeln. »Danke, Marin.«

Marin nickte. Als sie ging, schaute mich Diya bewundernd an

und schüttelte den Kopf. »Ich komme immer noch nicht über den ›Benimm dich wie ein normaler Mensch und alle werden denken, er ist normalgroß‹-Teil weg.« Wir fingen wieder an zu lachen. Ich hatte nur ein einziges Mal etwas mit Diya zusammen gemacht, aber es fühlte sich an, als wären wir alte Freundinnen.

Als ich wieder zu den anderen rübersah, löste sich mein Hochgefühl in Luft auf. Ethan schaute Jude an. Jude starrte zu Boden, die Lippen aufeinandergepresst. Dann stieß er sich vom Bühnenrand ab und marschierte zur Tür raus.

26

DIE PROBE FING GLEICH AN, aber Jude war noch nicht wieder da. Er hatte so verletzt ausgesehen. War es, weil ich mit seiner Ex befreundet war? Hasste er sie so sehr? Hasste er *mich* so sehr?

»Alina!« Ms Langfords Stimme schreckte mich aus meinen Gedanken. Sie winkte mich zu sich in die erste Reihe. »Gute Neuigkeiten zu eurer Ballettnummer in ›Broadway Melody‹«, verkündete sie etwas kurz angebunden. Sie war noch sauer auf mich, weil ich so viele Proben verpasst hatte, und ich konnte es ihr nicht verübeln.

»Toll!« Ich versuchte, Enthusiasmus zu zeigen. Gott, Jude hatte jetzt vermutlich alles andere als Lust, noch einen Tanz mit mir einzuüben. Ich war mir zwar sicher, er würde höflich zu mir sein, genauso wie er es auch während der Bankszene zu Diya war, aber der Gedanke ließ mich frösteln. Ich fand die Vorstellung furchtbar, bloß höflich mit Jude zu sein, nachdem schon so viel mehr zwischen uns gewesen war.

»Für die Choreografie dieser Nummer wollte ich jemanden haben, der ihr gerecht werden kann, deshalb habe ich ein bisschen herumtelefoniert. Und Kira Dobrow hat zugesagt. Sie meinte, du warst Schülerin bei ihr?«

Das riss mich aus meinen Grübeleien über Jude. »Entschuldigung, *was?*« Ich versuchte, mich zu erinnern, wie man atmete. »Sie ... Sie werden es nicht selbst machen?«

»Ballett ist nicht meine Stärke, Alina. Kira wird so viel besser mit euch arbeiten. Samstag habt ihr eure erste Probe mit ihr.«

Mir brach auf Stirn und Nacken Schweiß aus. Mit Kira würde es kein Ballett in Anführungszeichen werden. Es würde Ballett in Großbuchstaben sein. Die Art von Ballett, die ich nicht mehr tanzen konnte. »Ähm ... Ms Langford ... die Sache ist die ...«

»Ach, fast hätte ich es vergessen, wir müssen noch für dein Kostüm maßnehmen«, fiel sie mir ins Wort. Sie redete weiter übers Maßnehmen, aber ich hörte nicht mehr zu. Schließlich scheuchte sie mich wieder zurück auf die Bühne. Ich stellte mich an meinen Platz auf der rechten Seite und entdeckte Jude. Endlich war er wieder da. Ich beobachtete, wie ihm Ms Langford die Sache mit der Choreografie für unseren Ballettauftritt erzählte. Er nickte ein bisschen grimmig. Zu mir schaute er nicht.

Irgendwie schaffte ich es durch die restliche Probe. Ich fühlte mich grauenhaft. Aber Mrs Sorenson und Ms Langford hatten mir noch einmal eine Chance gegeben, genau wie die restliche Besetzung. Ihnen allen schuldete ich hundert Prozent. Also sang, lächelte und tanzte ich und gab mein Bestes. Es war so anstrengend, dass ich nur noch ins Bett wollte, als uns Mrs Sorenson endlich gehen ließ.

Margot stürmte aus der Aula, bevor ich die Chance bekam, mit ihr zu reden. Was sein Gutes hatte, denn ich war so durch den Wind, dass ich es vermutlich sowieso vermasselt hätte. Ich lief zu meinem Wagen, raste nach Hause, zog meine Pyjamahose an und setzte mich auf die Yogamatte, den Kopf ans Bett gelehnt.

Die Sache mit Margot und Jude wieder hinzubiegen, war nicht

so leicht wie mit Ethan. Und wieder im Musical mitzumachen, war auch nicht so leicht, wie ich gedacht hatte, denn jetzt musste ich Ballett tanzen. Richtiges Ballett. Mit Kira. Ich drückte den Kopf fester gegen die weiche Matratze und war versucht, aufs Bett zu krabbeln, mir die Decke über den Kopf zu ziehen und mich vor der Realität zu verstecken wie früher. Aber ich hatte versprochen, nicht noch mal aus dem Musical zu verschwinden, und ich hatte mir selbst versprochen, dass ich versuchen würde, die Dinge wieder geradezubiegen.

Ich atmete tief durch. Kira und Ballett standen erst Samstag an. Das konnte warten. Womit ich nicht mehr warten konnte, war, mit Jude zu reden. Ich wollte wieder an den Punkt zurück, an dem wir mal gewesen waren. Ich musste in Ruhe mit ihm reden, nur wir beide, wie die Male vorher.

Ich rannte nach unten, noch in der Pyjamahose. Denn wenn man endlich den Mut gefasst hat, mit dem Jungen zu reden, mit dem man schon seit Wochen reden will, fackelt man nicht lange. Ich riss die Tür auf und hätte fast aufgeschrien.

Jude stand da. Vor meiner Haustür. Mit einer Frau, die ich von irgendwoher kannte. Sie hatte die Faust zum Anklopfen gehoben. »Die berühmte Alina!« Sie lächelte strahlend und ließ den Arm sinken. »Endlich lerne ich dich kennen! Ich bin Isla.« Sie nahm meine Hand und schüttelte sie enthusiastisch. Oh mein Gott. Die Kühlschrankfotos. Judes Mom.

»Hi, ähm, freut mich.« Ich schaute zu Jude, der es sorgsam vermied, mir in die Augen zu sehen.

Mom tauchte hinter mir auf und lotste mich von der Tür weg. Sie bat die beiden rein und nahm Isla die Tasche ab. Während die beiden ein Mom-Gespräch über irgendeinen Hofflohmarkt führten, standen Jude und ich betreten daneben. Ich war wirklich froh, dass er hier war, aber *warum* war er hier?

Isla wandte sich wieder mir zu. »Ich habe schon so viel von dir gehört, dass ich das Gefühl habe, dich zu kennen. Ich kann es kaum *erwarten*, euch beide zusammen im Musical tanzen zu sehen, ich bin so …«

»Wir haben es kapiert, Mom, es wird das Highlight deines Lebens«, fiel ihr Jude ins Wort.

Isla lächelte mir schelmisch zu. »Ich habe meinen Sohn in Verlegenheit gebracht.« Sie legte eine Hand auf ihr Herz und seufzte theatralisch. »Mein einziges Kind. Mein geliebter Sohn. Wie er mir diese schwere Sünde jemals vergeben soll, weiß ich nicht. Ich hoffe nur …«

»*Mom!* Schon gut, okay?« Jude seufzte genervt. Isla guckte ihn mit hochgezogenen Brauen an. *Du hast es verdient*, sagten ihre Augen. Dann zwinkerte sie mir zu.

»Okay, und jetzt husch, ab mit euch!« Sie legte ihre Hände auf Judes Schultern und drehte ihn Richtung Treppe. »Ella und ich müssen einen Flohmarkt organisieren.«

Als ich mit Jude Richtung Treppe ging, guckte ich zu Mom, um ihren Blick einzufangen. Ich hatte noch nie einen Jungen in meinem Zimmer gehabt und wusste nicht, ob es okay war. Aber sie starrte auf den Tee, den sie umrührte, als wäre es die faszinierendste Sache der Welt, und versuchte nicht mal, das Grinsen zu verbergen, das sich auf ihrem Gesicht ausbreitete.

In meinem Zimmer angekommen, wandte sich Jude mir zu, hielt aber den Blick gesenkt. »Tut mir leid. Ich hab ihr gesagt, dass ich mal kurz zu dir rübergehen wollte, und sie so: ›Super, ich muss sowieso noch mit Ella über den Hofflohmarkt sprechen. Ich komme mit.‹ Ich wollte ihr erklären, dass das jetzt gar nicht passt, aber …«

»Ist schon gut.« Ich zeigte auf meine Pyjamahose. »Ich war eindeutig gerade mit etwas extrem Wichtigem beschäftigt.«

Er lächelte. Gott, wie ich sein Lächeln vermisst hatte. Es war angespannter als sonst, aber trotzdem.

In dem jetzt folgenden Schweigen schaute sich Jude in meinem Zimmer um, musterte die kahlen Wände, die Yogamatte, das Bild auf meinem Nachttisch. Er nahm es in die Hand und betrachtete es mit undurchdringlicher Miene. Ich ließ mich auf die Bettkante sinken. »Du kannst dich gern setzen, wenn du möchtest.«

Er stellte das Bild behutsam wieder an seinen Platz zurück und setzte sich neben mich. Sein Bein wippte auf und ab, sein Atem ging flach.

»Ich … ich möchte dir schon länger sagen, dass es mir leidtut«, begann ich. »Was ich an der Eisbahn über Diya zu dir gesagt habe.«

»Mm-hm«, sagte er geistesabwesend. Wieder füllte Schweigen mein Zimmer, bis Jude schließlich einen frustrierten Seufzer ausstieß. »Sorry, du willst vermutlich nicht drüber reden, aber ich kann nicht so tun … ich kann nicht einfach …« Er bewegte sich unruhig hin und her, rieb die Handflächen über seine Oberschenkel, sah mich an und wieder weg. »Gott, ich bin so wütend, ich hab das Gefühl, ich explodiere gleich oder implodiere oder …« Er brach kopfschüttelnd ab.

Ich hatte Jude noch nie wütend gesehen. Fröhlich, ernst, traurig und leicht prahlerisch und alles Mögliche, was einen das Trampolinspringen so fühlen lässt – das alles hatte ich an ihm gesehen. Aber ich verstand, warum er wütend war. Ich hatte ihn geküsst und ihm dann erklärt, dass ich ihn genauso versetzt hätte, wie es seine Exfreundin getan hatte. Und dann hatte ich mich auch noch mit ihr angefreundet.

»Dieser verdammte Paul Manley«, brach es aus Jude heraus.

»W-was?«

316

»Ich kann nicht fassen, was er alles zu dir gesagt hat. Und Jake genauso. *Arschlöcher.*«

Ich öffnete den Mund, um ihm zu sagen, dass alles gut war, aber er sah mich kurz an. »Ich weiß, du bist selbst mit den beiden fertiggeworden. Ganz grandios. Aber als Marin erzählt hat, was alles passiert ist, konnte ich an nichts anderes mehr denken als daran, Paul und Jake die Faust in ihre dämlichen Arschdumpfbackengesichter zu rammen, auch wenn es natürlich sinnlos gewesen wäre, denn was würde das änd...«

»Hey, hey«, unterbrach ich Judes Wutrede. Ich war unendlich erleichtert, dass er sich über Paul und Jake aufregte und nicht über das Eisbahn-Fiasko. Unendlich erleichtert, dass ich ihm noch wichtig genug war, um wütend auf die beiden zu sein. Auf seine ganz besondere Jude-Art. Mir war schwindlig vor Erleichterung. Ich brach in unkontrolliertes Kichern aus.

Jude sah mich an, als wäre ich verrückt geworden. »Ähm ...«

»Dämliche Arschdumpfbackengesichter?«, prustete ich.

Jude starrte mich weiter an. »Freut mich, dass du es lustig findest, wenn ich ausraste.«

Daraufhin musste ich nur noch mehr lachen. Was wiederum Jude zum Lachen brachte. Es war unglaublich schön, miteinander lachen zu können. Wir krümmten uns vor Lachen, bis meine Bauchmuskeln so wehtaten, als hätte ich gerade hundert Sit-ups gemacht.

Schließlich kriegten wir uns wieder ein und unser Atem ging ruhiger. Ich sah ihn an. »Ich komme wirklich klar damit.«

Zum ersten Mal seit Wochen sah er mir richtig in die Augen. »Ich weiß.«

Ich wollte seinen Blick ewig festhalten, für immer in seine warmen, haselnussbraunen Augen schauen. Ich wollte ihn wieder küssen, aber Jude sah viel zu früh weg, als würde dieser Moment für ihn nicht existieren.

»Und was an der Eisbahn passiert ist, tut mir wirklich leid. Was ich zu dir gesagt habe. Ich …«

»Ist okay.« Jude schüttelte den Kopf. »Du musst dich nicht dafür entschuldigen. Ich versteh das schon.« Er sagte es leise, aber entschieden. *Schluss-mit-dem-Thema*-entschieden. »Tja, jedenfalls …« Er lehnte sich auf seine Hände zurück, unser Lachflash hatte ihn lockerer gemacht. »Wie's aussieht, haben wir Samstag Probe.«

Ich seufzte. »Jep.«

Er blinzelte mich an. »Ich hab mir auf YouTube die Ballettsequenz aus dem Film angeguckt. Cyd Charisse hat darin keine Spitzenschuhe an. Sie ist barfuß. Es ist also vielleicht gar nicht so viel anders als der Tanz, den wir schon eingeübt haben.«

Ich lächelte, schüttelte aber den Kopf. »Meine ehemalige Ballettlehrerin Kira macht die Choreografie dazu. Es wird sehr anders sein. Es wird richtiges Ballett.«

»Oh.« Jude zog den Mund schief. »Das tut mir leid.«

Ich nickte, konnte aber nichts sagen.

»Na ja«, sagte er. »*Ich* tanze ja schließlich mit dir, und ich werde so eindrucksvoll schlecht sein, dass es dich von allem anderen ablenken dürfte.«

»Bestimmt nicht. Ich wette, du bist ein Naturtalent. Du hast einen Ballettkörper.«

»*Echt?*« Er schaute an sich runter und musterte seinen Oberkörper.

»Ich weiß, es klingt nach Mädchen, aber …«

»Finde ich nicht. Ich habe bei den Auftritten meiner Cousine auch Jungs Ballett tanzen sehen. Ich hab bloß gerade überlegt, ob du vielleicht nur nett sein willst.«

Natürlich. Es war schließlich Jude, mit dem ich sprach. Er würde sich nicht in seiner Männlichkeit bedroht fühlen, wenn ich ihn mit Ballett in Verbindung brachte. Er trank Jasmintee in der Badewanne und strickte sich seine filzigen Handschuhe selbst und war eben einfach ... *Jude.* Und während mich der Gedanke nur noch trauriger stimmte, weil ich ihn am liebsten geküsst hätte und es nicht tat, machte er es mir gleichzeitig leichter, ihm etwas zu gestehen.

»Ich hab Angst davor, wieder Ballett zu tanzen«, sagte ich. »Es ist schon schwer genug, es hinter mir zu lassen, aber wenn ich jetzt doch wieder dahin zurückmuss ... ich weiß nicht. Es wird so anders sein. Die meisten werden keinen Unterschied merken, aber ich schon. Und Kira auch. Ich werde mich nicht mehr so fühlen wie vorher und ich werde dabei nicht mehr so aussehen wie vorher, und ich hab Angst, dass es mir wehtut. Nicht körperlich«, fügte ich hinzu. »Aber in jeder anderen Hinsicht.«

»Ich möchte nicht, dass irgendwas dir wehtut«, sagte Jude. »Auf keinen Fall. Aber wenn ich ehrlich bin, frage ich mich schon die ganze Zeit ...« Er zögerte.

»Was?«

»Ich frage mich, wie du aussiehst, wenn du Ballett tanzt. Oder nein, das ist es nicht. Eigentlich frage ich mich, wie Ballett aussieht, wenn du es tanzt.«

Ich schaute ihn blinzelnd an. »Oh.«

Er holte tief Luft. »Drei Jahre lang habe ich dich hier gegenüber gesehen, wie du deine Musik hörst und in einer anderen Welt lebst. Und dann erfahre ich, dass du tanzt. Ich weiß über Ballett nur das bisschen, was ich bei meiner Cousine gesehen habe. Also, dass es schön ist und ihr diese bauschigen Röcke anhabt und so was. Als ich dich immer nur von Weitem gesehen habe, fand ich es total logisch, dass du eine gute Balletttänzerin sein musstest, weil du hübsch bist und wahrscheinlich gut aussiehst in bauschigen Röcken. Aber dann ...«

Jude stockte und suchte nach den richtigen Worten. »Dann lerne ich dich tatsächlich kennen. Und du zeigst mir den Stinkefinger, was mich umgehauen hat. Und du bist klug und lustig und sagst Sachen wie ›Arroganz killt Eleganz‹ und ergründest auf deine ganz eigene Art Sondheim-Texte, und du ... du sprichst mit mir über Traurigkeit und Hundewelpen, während nebenan der Weihnachtsball tobt. Du hättest auch einfach nur irgendwas Nettes sagen und gleich wieder nach drinnen verschwinden können, aber das hast du nicht getan.«

Früher wären mir die ganzen Komplimente unangenehm gewesen. Wie etwas, das ich nicht verdient hatte. Aber als ich jetzt über jedes einzelne nachdachte, freute ich mich einfach nur darüber.

Jude fuhr fort, leiser jetzt. »Und ich habe immer gedacht ... *diesen* Menschen Ballett tanzen zu sehen, muss was ganz Besonderes sein. Ich weiß, es wird dir wehtun. Ich weiß, es wird dich traurig machen. Aber ich weiß auch, dass es ... faszinierend und wunderschön sein wird, und ich möchte ein Teil davon sein. Mit dir. Ist das sehr gefühllos? Ist das schrecklich?«

Mir fiel darauf nichts Passendes ein, deshalb saß ich nur still da und atmete.

»Es ist nicht schrecklich«, konnte ich endlich sagen. Denn ich wollte auch ein Teil davon sein – mit ihm. Ich wollte mit Jude Ballett tanzen.

Sobald ich mir das eingestanden hatte, wurde mir noch etwas anderes klar. Was unsere Diskussion über »Finishing the Hat« anging, hatte ich falschgelegen, er aber auch. Es ging gar nicht um Kunst *oder* Beziehung. In Wirklichkeit gehörte beides zusammen. Die Beziehungen, die eine Künstlerin zu anderen Menschen hatte, konnten ihre Arbeit verändern, zum Guten oder Schlechten. Wenn ich mit Jude die Vamp-Szene tanzte, brachten mich meine Gefühle für ihn dazu, meinen Körper auf eine Art und Weise einzusetzen, wie ich es noch nie getan hatte, und es war ein neues, intensives und fantastisches Gefühl. Wie würde sich Ballett mit Jude anfühlen?

Wie würde sich Ballett anfühlen, wenn ich verliebt war? Denn das war ich definitiv. Verliebt in Jude. Ich öffnete den Mund, um es ihm zu sagen, bevor mich der Mut verließ.

»Und nur damit das klar ist«, sagte Jude. »Ich versuche es hier nicht auf die romantische Tour oder so. Ich hab dich schon verstanden, als du gesagt hast, dass du das nicht möchtest, und ich sehe es genauso.«

Was? Nein. Nein, nein, nein. »Jude ...«

»Es ist okay«, sagte er. »Ich habe nachgedacht und eingesehen, dass ich noch nicht bereit bin für eine Beziehung. Ich bin ...« Er brach ab und seufzte schwer. »Ich hab immer noch an der Sache mit meinem Dad zu knabbern und muss ganz vieles erst mal richtig verarbeiten. Ich dachte, ich wäre drüber weg, aber das ist nicht der Fall, und ich will dir das nicht zumuten. Oder sonst irgendjemandem«, fügte er hastig hinzu.

Mir stand der Mund offen. Ich wollte ihm sagen, dass es mir egal war, wenn er noch etwas zu verarbeiten hatte. Das hatte ich schließlich auch, und das bedeutete nicht, dass wir nicht zusammen sein konnten. Aber dann wurde mir klar, dass das so nicht ganz stimmte. Mir würde es nie egal sein, wenn er litt. »Was genau musst du noch verarbeiten?«, fragte ich leise.

Jude schloss für eine Sekunde die Augen. »Ich wollte unbedingt glauben, dass es mir mittlerweile egal ist, was für Meinungen mein Dad hat ... Anscheinend ist es mir aber immer noch wichtig, was er von mir hält.«

»Oh.« Ich war verwirrt. Ich dachte, er hätte seinen Dad schon lange nicht mehr gesehen und es auch nicht so bald vorgehabt.

»Ich bin mit ihm essen gegangen.« Judes Lippen bildeten einen schmalen Strich. »Nachdem er mir die Voicemail geschickt hatte.«

Das wunderte mich. Bei Fly Zone schien er sich absolut sicher gewesen zu sein, dass er ihn nicht sehen wollte. »Wann?«, fragte ich.

»Letzte Woche. Ich dachte mir, wieso soll ich noch weiter vor ihm weglaufen? Mein Plan war, ihm in die Augen zu sehen, auf jede einzelne seiner voreingenommenen Fragen ehrlich zu antworten und darauf zu scheißen, was er denkt.«

»Klingt nach einem guten Plan.«

»Bloß dass ich dann genau das Gegenteil gemacht habe.« Jude war lauter geworden. »Als er mich gefragt hat, wie es mit Lacrosse und Fußball läuft, hab ich geantwortet, es würde super laufen. Sensationell. Ich hab irgendwas über meine Torstatistik erfunden. Das Musical hab ich mit keinem Wort erwähnt. Es war erbärmlich. Beim Abschied hat er mir auf den Rücken geklopft wie früher und gemeint, er wäre froh, dass ich mich so gut mache.«

Jude schüttelte angewidert den Kopf. »Ich hab meiner Mom nicht erzählt, dass ich mich mit ihm getroffen habe. Auch Ethan nicht oder sonst jemandem. Alle denken, ich hätte ihm abgesagt, und ich habe mich zu sehr geschämt, um zuzugeben, dass ich es nicht gemacht habe. Ich bin so ein Feigling. Gott, und ausgerechnet ich gebe dir kluge Ratschläge. ›Zwei Dinge sollte man tun, wenn man Grund hat, traurig zu sein. Traurigkeit ist wie ein Welpe‹«, sagte er in spöttischem Tonfall. »Ich bin schlimmer als ein Feigling, ich bin ein Blender.«

»Du bist kein Blender«, sagte ich entschieden. Er war einer der aufrichtigsten Menschen, dem ich je begegnet war. Zugegeben, es war schwer, Jude, so wie ich ihn kannte, mit dem Jude übereinzubringen, der seinem Vater etwas über sich vorgelogen hatte.

Aber daran konnte ein einziges Essen mit seinem Dad nichts ändern. »Nichts ist mehr, wie es war, wenn man etwas verliert, das einem wichtig ist, weißt du noch?«, wiederholte ich das, was er an der Eisbahn zu mir gesagt hatte. Ich hatte es zu dem Zeitpunkt nicht hören wollen, aber *er* vielleicht jetzt. »Man denkt und tut dann Sachen, die man nie für möglich gehalten hätte. Aber das macht dich noch lange nicht zu einem Feigling oder Blender. Es bedeutet nur, dass du in einer komplizierten Situation steckst.«

»Sie dürfte nicht so schrecklich kompliziert sein. Nicht nach zweieinhalb Jahren.«

Ich stieß einen frustrierten Seufzer aus. »Ich kapiere es nicht. Du bist der am wenigsten voreingenommene Mensch der Welt. Ernsthaft, seit wir uns kennen, bist du fast absurd verständnisvoll. Du hast mir versichert, dass ich kein schlechter Mensch bin, als ich mich wie einer gefühlt habe. Du hast mir verziehen, als ich gemein zu dir war. Du warst unfassbar geduldig mit mir und jedes Mal nachsichtig, wenn ich es wieder mal vermasselt habe. Warum kannst du dir selbst das nicht auch zugestehen?«

Er überlegte stirnrunzelnd. »Weiß ich nicht.«

»Und die ganzen Sachen, die du gesagt hast«, fuhr ich fort. »Die Welpenmetapher und das alles haben mir wirklich geholfen. Das waren keine blöden Ratschläge.«

Er sah mich abwägend an, als wollte er herausfinden, ob ich die Wahrheit sagte. Ich erwiderte seinen Blick und versuchte, ihm ein Gefühl dafür zu vermitteln, was er mir im Lauf der letzten Monate gegeben hatte, was er mir bedeutete. Aber er schaute auch diesmal viel zu schnell wieder weg.

»Ich bin froh, dass es dir geholfen hat«, sagte er leise. »Wirklich. Aber letztendlich ist es doch so ... wenn ich es in *seiner* Gegenwart nicht schaffe, zu mir selbst zu stehen und mich so zu geben, wie ich bin, schaffe ich es auch nicht in einer Beziehung mit d…« Er stockte. »In einer Beziehung mit egal wem. Aber ich hoffe … ich hoffe, wir können trotzdem Freunde sein.«

Ich war drauf und dran, ihm zu sagen, dass ich sehr viel mehr wollte als das. Dass ich verstand, was er alles zu verarbeiten hatte, ich ihn aber trotzdem liebte und wir gemeinsam schon damit klarkommen könnten. Aber dann schaute er mich an und in seinen Augen schimmerten Tränen und mir sank das Herz. Denn ich begriff, wie hart die letzten beiden Jahre für ihn gewesen sein mussten. Wie schwer er daran zu knabbern hatte, auch wenn es manchmal nicht so wirkte. Wie schrecklich es für ihn wäre, eine Beziehung mit mir anzufangen, nachdem ich ihn schon einmal verletzt hatte. Ich wollte ihn das nicht noch mal durchmachen lassen.

Ich rang mir ein Lächeln ab. »Na klar. Freunde.«

Er lächelte und blinzelte seine Tränen weg. »Gut.« Er brauchte ein paar Sekunden, um sich zu sammeln. Dann versetzte er mir einen grauenhaft freundschaftlichen Stoß gegen die Schulter. »Und Freunde helfen sich gegenseitig dabei, ihre Hüte fertig zu machen.«

Als ich an dem Abend einzuschlafen versuchte, kreisten ständig nur zwei Gedanken durch meinen Kopf.

Ich kann unmöglich noch mal Ballett tanzen.

Ich kann unmöglich mit Jude nur befreundet sein.

Aber dann stoppte ich das Gedankenkarussell. *Wieso denn nicht?* Ich hatte es doch in letzter Zeit ganz gut hingekriegt, Dinge zu machen, von denen ich gedacht hatte, ich könnte sie nicht. Ich musste mich nur trauen. Und Mrs Sorenson und Ms Langford um noch einen wirklich großen Gefallen bitten.

27

»HI«, SAGTE JUDE, ALS ER am Samstagmorgen in die menschenleere Aula kam und seine dicke dunkelblaue Jacke auszog. Ich staunte nicht schlecht, als ich sah, dass er diesmal nicht seine übliche Probenkluft aus grauer Jogginghose und weitem »Fly Zone«-Shirt trug, sondern ein eng anliegendes weißes T-Shirt und eine blickdichte schwarze Strumpfhose – mehr oder weniger die Standardausrüstung für Jungs beim Ballett.

»Das ist … ein gutes Outfit«, sagte ich, als er zu mir auf die Bühne kam.

»Ich dachte, so sehe ich wenigstens halbwegs professionell aus.«

Mein Herz machte komische kleine Hüpfer. Jude hatte Ballettkleidung angezogen. Er zeigte Achtung vor dem Ballett, vor dem, was wir vorhatten. Es bewirkte, dass ich ihn küssen wollte, aber das war ja nichts Neues.

In der letzten Woche war es bestens gelaufen zwischen uns. Wir hatten geredet und gelacht und waren nicht bloß höflich miteinander gewesen. Wir waren wirklich wieder Freunde. Und obwohl ich nicht dagegen ankam, mir mehr zu wünschen, war ich froh, ihn überhaupt wieder zurückzuhaben. Darauf versuchte ich mich zu konzentrieren.

Jude verengte die Augen, als er mein schnelles Atmen und den Schweißfilm auf meiner Stirn registrierte – Beweis dafür, dass ich schon eine ganze Weile getanzt hatte. »Bin ich zu spät? Ich hab mich zu Hause warm gemacht, bevor ich losgefahren bin, meinetwegen können wir sofort anfangen.«

»Du bist nicht zu spät.« Ich versuchte, mir ein Lächeln zu verkneifen.

»Oh, gut.« Er ließ den Blick durch die Aula wandern. »Dann hat Kira sich verspätet?«

»Sie kommt nicht.« Mein Grinsen brach sich Bahn, ich konnte es nicht mehr länger zurückhalten.

Jude lächelte auch, aber immer noch verwirrt. »Ach ... und wer bringt uns jetzt den Tanz bei?«

»Ich.« Und dann sprudelte alles aus mir heraus. »Ich wollte nicht noch mal unter Kira Ballett tanzen. Wenn, dann will ich es auf meine Art und für mich tun. Mrs Sorenson und Ms Langford haben die Sache besprochen, und weil sie von meiner Ballett-Erfahrung wissen, waren sie tatsächlich damit einverstanden, dass ich den Part selbst choreografiere.«

Ich spürte immer noch das aufgeregte Prickeln dieses Gesprächs in mir. Die vielen Möglichkeiten, die mir durch den Kopf geschossen waren, als ich anschließend nach Hause gefahren war, so voller Vorfreude, dass ich es kaum abwarten konnte, anzufangen.

»Geil!« Jude hob die Hand zu einem High Five. Als unsere Handflächen aufeinandertrafen, verschränkten sich unsere Finger einen kurzen Moment, bevor wir die Hände wieder zurückzogen.

»Sollen wir anfangen?«, fragte er und machte einen Schritt zur Seite.

Ich nickte, schon ganz bei meiner Aufgabe. »Erst mal müssen

wir an deiner Haltung arbeiten.« Ich ging zu ihm, legte meine Hände auf seine Schultern und drückte sanft gegen seine starken Muskeln. Dann strich ich mit den Fingerspitzen rechts und links seinen Hals entlang nach oben, damit er ihn mehr streckte. Ich konnte spüren, dass Jude schluckte.

Ich trat einen Schritt zurück und musterte ihn. »Gut. Jetzt musst du nur noch dein Becken ein Stück nach vorn bringen.«

Er ließ es vorschnellen. Ich prustete. »Nicht so stark.« Er zog es viel zu weit zurück. »Nein …« Es sah aus wie die ruckartigen Beckenbewegungen im *Rocky-Horror-Tanz*.

»Warte, ich helfe dir«, sagte ich und ging noch mal zu ihm. »Darf ich?« Ich streckte die Hände aus.

Er schluckte wieder. »Klar.«

Ich legte meine linke Hand auf seinen unteren Rücken und die rechte unterhalb seines Bauchnabels. Er atmete etwas flacher, verspannte sich aber nicht. Ich übte leichten Druck aus und brachte sein Becken in die perfekte Position. »So«, sagte ich und machte hastig wieder einen Schritt zurück.

»Oh. Okay. Gut.« Jude nickte und behielt seine neu entdeckte Balletthaltung strikt bei.

»Mit der Zeit fühlt es sich normaler an, versprochen.« Jetzt musste ich ihm nur noch beibringen, woran ich in der vergangenen Woche pausenlos gearbeitet hatte.

Ich wies ihn an, sich vorn links auf die Bühne zu stellen, und nahm meine Position hinten rechts ein. Ich zeigte ihm, wie wir in schnellen Kreisen in entgegengesetzte Richtungen laufen und mit jeder Runde unseren Kreis größer machen würden, bis wir uns schließlich in der Mitte der Bühne trafen. Ich fand, dass die Kreisbewegungen die Atmosphäre dieser Traumsequenz perfekt einfingen. Träume haben nie eine logische Abfolge. Sie führen mal hier-, mal dorthin und folgen keinem geraden Weg.

Sobald wir die Sache mit den Kreisen draufhatten, zeigte ich ihm, wie ich mich Pirouetten drehend in seine Arme fallen lassen und er mich auffangen und an den Hüften halten würde, während ich mein Bein zu einem Grand Rond de Jambe ausstreckte, in einer Kreisbewegung über vorn nach hinten führte und dabei die Arme ausbreitete. Dieser Teil ähnelte dem Pas de deux aus der Balkonszene in *Romeo und Julia*, wenn sich die Liebenden berühren und die Welt um sie herum in den Hintergrund rückt. Ich hatte diesen Moment schon immer geliebt. Deswegen hatte ich ihn in meine Choreografie integriert.

Es dauerte eine Weile, bis unser Timing stimmte und Jude meine Hüften richtig zu packen bekam, nachdem ich mich gedreht hatte, aber es war großartig, wie sicher er mich hielt. Ich lächelte, weil ich an unsere erste Vamp-Probe denken musste, bei der er mich zum ersten Mal in die Hebung gezogen hatte. Es war aufregend und verwirrend gewesen, als hätte sich meine Welt und jedes Teil darin einen neuen Platz gesucht. Bei dieser Erinnerung wurde mein Rond de Jambe überschäumend und überdimensional groß.

Der Rest des Tanzes bestand aus einer Kombination von Schritten, die zu dem An- und Abschwellen der Musik passten, und Figuren, die ich aus meinen Lieblingsballetts entlehnt hatte. Am liebsten mochte ich den Part aus *Giselle*. Im zweiten Akt, wenn Giselle eine Wili ist, versucht sie, die anderen Wilis dazu zu überreden, den Mann, der ihr Leid zugefügt hat, am Leben zu lassen, weil sie ihn trotz allem noch liebt. Sie macht ein langsames Développé, streckt ihr Bein seitlich nach oben fast bis ans Ohr und hält es da, als wäre es nichts. Als würde sie ihren Körper vollkommen beherrschen. Diesem Teil hatte ich bisher nie große Beachtung geschenkt, aber jetzt sagte er mir etwas. Obwohl sie ihr Leben verloren hatte, fand Giselle Kraft und Frieden in dem, was danach geschah. Denn ihr Tod bedeutete nicht, dass sie jede Verbindung zu ihrer Vergangenheit verloren hatte. Sie liebt den Mann, den sie als Lebende geliebt hatte, noch immer und nutzt ihre Kraft, um ihn zu retten.

Zuletzt wiederholten wir die Kreise, aber diesmal bewegten wir uns voneinander weg, wobei die Kreise mit jedem Mal kleiner wurden, bis wir jeder wieder an entgegengesetzten Enden der Bühne angekommen waren. Ich wich langsam in die Kulissen zurück, während mir Jude mit ausgestrecktem Arm hinterherschaute, bereit, sich in den nächsten Teil der Traumsequenz hineinziehen zu lassen.

Jude wischte sich mit dem Saum seines T-Shirts den Schweiß von der Stirn, nachdem wir die ganze Kombination das erste Mal ganz durchgetanzt hatten. »Wie war ich?«, fragte er.

»Großartig.« Das war er wirklich. Er hielt mit, obwohl er vorher noch nie Ballett getanzt hatte. Ich ließ mein Fußgelenk kreisen. Es tat ein bisschen weh, aber nicht so schlimm, dass ich es nicht ertragen konnte.

»Nein, *du* bist großartig. Du kriegst dein Bein hoch bis ans Ohr und kannst es da oben halten, als wäre das gar nichts.« Er trank in gierigen Zügen aus seiner Wasserflasche.

Ich lächelte. Ich musste zugeben, dass ich selbst von mir beeindruckt war. Es kam mir vor wie eine Ewigkeit, seit ich das letzte Mal Ballett getanzt hatte, trotzdem war alles auf Anhieb wieder da gewesen. Wie bei einem Song, von dem man glaubt, man hätte ihn vergessen, aber dann läuft er irgendwo und man kann jedes Wort mitsingen.

Und klar fühlte es sich jetzt anders an. Aber nicht *schlecht* anders.

Vielleicht war meine Technik manchmal nicht die beste, und vielleicht wackelte mein Fußgelenk im Relevé ein bisschen, aber bei dem Tanz ging es nicht um Perfektion. Bei diesem Tanz ging es um Träume, Sehnsucht, Freude und Liebe. Das alles hatte ich in mir gespürt, während ich tanzte, vielleicht mehr als je zuvor.

»Und das hast alles du choreografiert?«, fragte Jude voller Ehrfurcht.

»Nicht alles. Ein paar Elemente sind aus meinen Lieblingsballetten.«

»Ach?« Er legte den Kopf schräg, als Aufforderung an mich, mehr zu sagen.

»Na ja. Ich hab mir gedacht, für viele im Publikum ist es vielleicht das einzige Mal, dass sie Ballett zu sehen bekommen. Und ... es ist vielleicht das letzte Mal, dass ich es tanze.«

Jude runzelte leicht die Stirn und spielte am Verschluss seiner Wasserflasche herum.

»Ich meine, ich weiß es noch nicht. Ich hab mich noch nicht entschieden. Aber es ist okay. Ballett wird immer zu meinem Leben dazugehören. Nur falls es das letzte Mal *sein sollte*, dass ich es tanze, dachte ich, könnte ich doch genauso gut ein paar Elemente aus meinen Lieblingsrollen mit reinnehmen.« Die Rollen, die ich nie würde tanzen dürfen.

Außer dass ich sie jetzt doch tanzen würde. Und auch wenn es nicht die Bühne des Metropolitan Opera House war, sondern die Aula der Eagle View – Geburtsstätte des mysteriösen Happy Crack, Bühne für Stepptänzer und Musical-Leute und Frauen, die ohne jede Ironie »fabulös« sagten –, war es trotzdem Ballett. Ich machte meinen Hut trotzdem fertig. Nur auf eine andere Weise, als ich gedacht hatte.

Sollte ich nach dem Musical wieder Ballett tanzen wollen, würde ich es tun. Und wenn nicht, würde ich es lassen. Das schien ein einfacher, aber gleichzeitig sehr bedeutsamer Entschluss zu sein.

»Wollen wir es noch mal durchgehen?«, fragte ich. Jude nickte und trank noch einen großen Schluck Wasser. »Denk dran«, sagte ich, als wir wieder zu unseren Positionen am jeweils anderen Ende der Bühne zurückkehrten. »Es ist ein Traum, eine Fantasie. Also gib alles, keine Hemmungen, okay?«

Er sah mir in die Augen. »Okay.« Ich machte die Musik an.

Ich folgte meinem eigenen Rat und legte noch mehr Energie und Schwung in jede Bewegung. Jude ließ die Augen nicht von mir, nicht ein einziges Mal. Diesmal passte ... einfach alles. Wir harmonierten perfekt. Ich konnte spüren, dass uns etwas Einmaliges, Wundervolles und Außergewöhnliches gelang. Ein Traum.

Während ich tanzte, dachte ich an die Autofahrt mit Colleen letzten Samstag zurück. Da war mir klar geworden, wie tief sich Kiras Stimme im Lauf der Jahre in meinen Kopf eingenistet hatte. Aber jetzt hörte ich sie nicht mehr, noch nicht einmal ganz leise. Alles, was ich von Kira über Bewegung, Musik und Anmut gelernt hatte, war jetzt meins. Nur meins. Ich konnte damit machen, was ich wollte.

Ich hatte Kira immer voller Bewunderung angesehen. Sie trug das Ballettwissen von Generationen in sich, an sie weitergegeben von ihren Lehrerinnen und deren Lehrerinnen vor ihnen. Sie war wie ein lebendes Ballettarchiv, das mit jeder Klasse, die sie unterrichtete, die Vergangenheit in die Gegenwart brachte. Aber Kira *war* nicht das Ballett. Sie war nur ein einzelner Mensch. Jetzt waren Colleen und ich an der Reihe, die guten Dinge, die wir von ihr gelernt hatten, zu bewahren und die schlechten hinter uns zu lassen. Jetzt waren wir dran mit Tanzen, nicht für sie und die Vergangenheit, sondern für uns und die Zukunft, wie auch immer die aussehen mochte.

Nachdem wir fertig waren mit Proben, sammelten Jude und ich schwer atmend unsere Sachen ein. Schweigend verließen wir die Aula, gingen durchs Foyer und nach draußen. Es war, als wären wir mit einem Zauber belegt, der gebrochen werden würde, sobald wir etwas sagten. Als wir ins Freie kamen, konnte sich Jude nicht länger beherrschen.

»Das war … das war so …« Er fuchtelte mit den Händen durch die Luft, als würde er versuchen, die richtigen Worte irgendwie zu fassen bekommen. »Nichts gegen meine Cousine, aber das gerade?« Er zeigte zurück zur Schule. »Das war echt ein ganz anderes Level. Gott, die Leute, die einfach ihr Urteil über irgendwas fällen und behaupten, es wäre nichts für sie, ohne der Sache überhaupt eine Chance zu geben, verpassen so viel. Ich wünschte, sie würden das begreifen.«

Mein Blick huschte zu seinen Augen, denn ich wusste, er dachte dabei an seinen Dad. Mir tat es leid, dass Jude so unter der Sache litt, und ich fürchtete, er konnte sich noch immer nicht verzeihen, dass er ihm etwas vorgelogen hatte. Trotzdem war ich froh, dass er sich in meiner Gegenwart sicher genug fühlte, um darüber zu sprechen, wenn auch nur indirekt.

»Und *du*«, fuhr er fort, »du bist echt unglaublich. Wenn du diese Grands Jetés machst, ist es, als würde die Zeit stehen bleiben und du einfach in der Luft schweben.«

Ich lächelte und freute mich wieder über seine Komplimente, fühlte mich angespornt von seiner Begeisterung und verliebte mich sogar noch mehr in ihn.

»Ich glaube, aus dir wird noch ein Ballettomane«, sagte ich.

»Was ist das?«

»Jemand, der Ballett wirklich liebt.«

»Okay. Ja, könnte hinkommen.«

Als sich unsere Blicke begegneten, richtete sich seine ganze stürmische Energie auf mich. Eine Sekunde vergaß ich zu atmen.

Ich riss mich zusammen. »Meine ehemalige Ballettschule führt in ein paar Wochen *Giselle* auf. Wollen wir zusammen hingehen?«

»Ja, gern. Dann lerne ich endlich die Wilis kennen.«

Wir verabschiedeten uns, ich setzte mich ins Auto und lehnte für ein paar Sekunden die Stirn ans Lenkrad. Na also. Es tat zwar ein bisschen weh, wenn ich jetzt etwas mit Jude machte, aber ich konnte es trotzdem hinkriegen. Ich konnte trotzdem mit ihm befreundet sein.

28

GERADE ALS ICH VOM PARKPLATZ fahren wollte, summte mein Handy. Ich lächelte und kramte es aus meiner Tasche, ich wusste auch ohne hinzusehen, wer es war.

Wie ist es gelaufen???

Ich überlegte mir meine Antwort sorgfältig. Wenn ich so etwas schrieb wie *»Richtig gut«*, würde Colleens romantisches Gemüt es mit *»Jude ist total in mich verknallt«* übersetzen.

Der Tanz ist grandios. Ich kann's kaum erwarten, dass du ihn siehst!

Ich bin so aufgeregt!! Ich fasse es nicht, dass du choreografiert hast. Krasser Move. Megakrass.

Jude hatte Ballettsachen an, konnte ich mir nicht verkneifen nachzulegen und wappnete mich für Colleens Antwort, die aus fünf durchgehenden Reihen Herzchenaugen-Emojis bestand. **Gibt's bei dir was Neues?**, schrieb ich. Ich wusste, sie musste bald vom ABT hören.

Nicht vom ABT. Aber Swanson und ich haben uns heute volle sechs Minuten unterhalten.

Vandervort vor!!

Sie antwortete mit einem Emoji, das die Augen verdrehte.

Wir schrieben, bis meine Finger taub wurden vor Kälte, weil ich ohne Heizung im eisigen Wagen saß, und Colleen wieder zur *Giselle*-Probe auf die Bühne musste.

Geh ein paar Typen zu Tode tanzen, tippte ich. Wir reden später.

Schließlich startete ich den Wagen und fuhr vom Parkplatz, aber nicht nach Hause. *Eine* beste Freundin hatte ich wieder. Jetzt musste ich noch die andere zurückholen.

Margots Augen weiteten sich, als sie die Haustür aufmachte, aber die Coolness war sofort wieder da. »Hey«, sagte sie.

»Hi.« Ich nestelte nervös am Riemen meines Rucksacks herum.

»Meine Eltern kommen gleich, und später muss ich mit ihnen zu TGI Fridays«, sagte sie. Margot hasste die monatlichen Samstagsessen mit ihren Eltern bei TGI Fridays. Sie nannte sie Geiselnahme.

»Vielleicht kann ich dich da raushauen«, sagte ich. »Ich sag ihnen, es wäre ein Notfall oder so was.«

Margot hob kurz den Blick und senkte ihn gleich wieder. »Nee.«

Oha. Dass sie sich die Chance entgehen ließ, dem Essen bei TGI Fridays zu entkommen, bedeutete, dass sie *wirklich* nicht mit mir reden wollte. Aber ich musste es weiter versuchen. »Kann ich reinkommen? Nur ganz kurz?«

Margot seufzte und machte die Tür frei. Wir gingen ins Wohnzimmer und setzten uns auf ein cremefarbenes Zweiersofa. Ich war noch nie bei Margot zu Hause gewesen, obwohl sie mich schon mehrfach eingeladen hatte. Eine neue Welle von Schuldgefühlen brach über mich herein, als ich daran dachte.

»Ich wollte mich für alles, was an der Eisbahn passiert ist, bei dir entschuldigen«, kam ich gleich zur Sache.

Margot zog die Schulter zu einem halbherzigen Achselzucken hoch. »Was soll's. Es war ja nicht nur deine Schuld. Ich hab dich Robobitch genannt, schätze, damit sind wir quitt.« Ihr Tonfall war frostig und endgültig und versetzte mir einen Stich. Ich wollte nicht mit ihr quitt sein. Ich wollte wieder mit ihr befreundet sein.

Margot und ich hatten uns nach den Ferien dieses Jahr gleich vom ersten Tag an verstanden. Sie hatte sich mir gegenüber geöffnet, was sie längst nicht bei jedem tat. Ich wusste jetzt, welches Privileg es war, wenn Margot Kilburn-Correa jemanden an sich heranließ. Hoffentlich hatte ich es nicht für immer verspielt.

»Du fehlst mir wirklich.«

Sie schwieg einen Moment. »Ja, du fehlst mir auch. Aber manchmal funktionieren Freundschaften eben nicht. Und wenn man erst mal an den Punkt kommt, wo man sich an der Eisbahn anbrüllt, bedeutet das wohl, dass es endgültig vorbei ist. Ich muss es schließlich wissen.« Ihr Blick zuckte zum Kaminsims, auf dem mehrere gerahmte Fotos standen.

Ich sah sie mir an. Auf einem waren Margot und ihre Abuela im Hershey-Freizeitpark zu sehen. Ein anderes zeigte Margot und Izzy bei der Abschlussfeier der Middleschool, Margot hatte unfassbar hübsch-adrette Sachen an und ihre kastanienbraunen Haare waren zu einem langen Seitenzopf geflochten.

Ich starrte zu dem Foto. »Du hast noch immer ein Bild von dir und Izzy hier stehen.« Ich war verwirrt, denn Margot schien mit diesem Teil ihres Lebens zu hundert Prozent abgeschlossen zu haben.

»Ich hab meiner Mom gesagt, dass ich es nicht mehr sehen will. Aber sie meinte bloß: ›Man darf seine Vergangenheit nicht vergessen, auch wenn sie einem nicht gefällt‹, und ich dann: ›Nicht alles im Leben muss eine Lektion sein, Mom.‹ Tja, sie hat gewonnen.« Margot tippte auf ihr Handy, um auf die Uhr zu gucken.

»Das ist … interessant.«

»Was?«

»Na ja, als mir klar geworden war, dass ich nie wieder auf den Spitzen tanzen kann …«, begann ich und kämpfte gegen meinen Widerstand an, mit Margot über Ballett zu reden. Ich hatte die Dinge zwischen uns leicht und oberflächlich halten wollen, aber so funktionierte Freundschaft nicht. Man musste auch über die schweren Dinge reden. Man durfte nicht ständig kneifen.

»Als mir das klar geworden war, hab ich sämtliche Ballettfotos in meinem Zimmer abgehängt, und meine Eltern haben daraufhin alle Ballettfotos im ganzen Haus weggeräumt. Sie haben es mir nachgemacht, und ich weiß, dass sie wirklich dachten, es würde mir helfen, aber … ich finde es nicht schlecht, daran erinnert zu werden, wer man mal war. Auch wenn man dieser Mensch nicht mehr sein kann oder sein möchte.«

Margot musterte mich mit einer Mischung aus Skepsis und Neugier, wahrscheinlich fragte sie sich, warum ich ihr das alles erzählte. Sie senkte den Blick wortlos auf ihren Schoß.

»Aber was soll's«, sagte ich fröhlich. »Dann breche ich eben bei euch ein und klaue das Bild. Ich lasse noch ein paar Wertsachen mitgehen, damit keiner Verdacht schöpft.«

Margots rechter Mundwinkel bog sich nach oben und sank gleich wieder runter.

»Margot, es tut mir leid, wenn ich dir das Gefühl gegeben habe, mir wäre meine Zeit zu schade, um sie mit dir zu verbringen«, sagte ich. »Denn das stimmt nicht. Du warst meine beste Freundin außerhalb der Ballettwelt, was toll war. Aber weil mein ganzes Leben vorher nur aus Ballett bestanden hat, wusste ich irgendwie nicht so richtig, wie Leben jenseits von Ballett überhaupt geht. Ich lerne aber.«

»Ich weiß«, sagte Margot. Dann seufzte sie. »Es hat wehgetan, das Gefühl zu haben, ich wäre deine Zeit nicht wert. Und es hat mich an die ganze Izzy-Sache erinnert.« Sie machte eine Handbewegung zu dem Bild hin. »Es lief alles immer nur nach ihren Bedingungen, und sie lebte viel zu sehr in ihrer eigenen Welt, um sich dafür zu interessieren oder mitzukriegen, was in meiner los war. Ich weiß, es lässt sich nicht miteinander vergleichen. Du hattest es mit was Lebensveränderndem zu tun und Izzy mit so Kram wie einen neuen Caterer für ihre Geburtstagsparty zu finden. Mit *nicht*-lebensverändernden Sachen. Aber trotzdem, es war richtig, richtig ätzend.«

Ich nickte. »Das weiß ich. Aber du warst mir wichtig, auch wenn ich mich nicht immer so verhalten habe. Du *bist* mir wichtig. Ich will, dass du das weißt. Und, oh Gott, ich fasse es nicht, dass ich zu dir gesagt habe, was Besseres als Izzy kriegst du nicht ab. Es ist einfach nicht wahr.« Ich holte Luft. »Und du bist auch für mich ein riesengroßer Grund, warum ich dieses Jahr überstanden habe. Du bist auch *meine* beste Freundin.«

Margot lächelte endlich richtig. Sie tat so, als würde sie mich abschätzig mustern. »Du meinst wohl ... *du* bist das Beste, was ich kriegen kann?«

Ich lächelte auch. »Sollte jemand Besseres vorbeikommen, werde ich sie zu Tode tanzen.« Margot prustete, und das letzte bisschen Schwere, das ich mit mir herumgetragen hatte, löste sich in Luft auf. Plötzlich wollte ich ihr alles erzählen.

Und das machte ich auch.

Ich erzählte ihr vom Ballett. Von Kira. Von Colleen und dass ich monatelang nicht mir ihr gesprochen, sie dann aber nach

Washington zum Vortanzen gefahren hatte. Ich erzählte ihr, was zwischen mir und Jude passiert war – dass wir uns geküsst hatten und dass ich zu ihm gesagt hatte, wir sollten besser nicht zusammen sein, und dass er ganz meiner Meinung gewesen war.

»Oh, oh, oh.« Margot schüttelte den Kopf. »Wieso *akzeptiert* er das einfach? Wieso steht er nur da, hört sich an, was du sagst, und *glaubt* es auch noch?«

Ich zuckte traurig mit den Schultern.

»Und was hast du jetzt vor? Denkst du immer noch, dass es mit ihm nicht klappen kann?«

Ich biss mir auf die Unterlippe und gab ihr eine Antwort auf beide Fragen. »Ich weiß es nicht.«

»Dann lass es uns rausfinden«, sagte Margot. »Willst du nicht Colleen mit dazuholen? Es wäre doch cool, wenn ich sie kennenlernen würde, und das hier scheint mir eine Sache zu sein, die man mit so vielen Mädchen wie nur möglich besprechen sollte«

Sie hatte recht. Ich wollte wirklich mit Colleen reden. Ich wollte, dass sie und Margot sich kennenlernten. Aber sie war den ganzen Tag in der Ballettschule. »Sie hat bis sechs Probe«, sagte ich. »Und musst du nicht nachher noch mit deinen Eltern essen gehen?«

Margot schüttelte den Kopf und schrieb schon in ihr Handy. »Einmal im Jahr darf ich es ausfallen lassen. Sieht aus, als würde ich jetzt davon Gebrauch machen. Kann Colleen heute Abend nach der Probe herkommen?«

Ich lächelte und kramte mein Handy heraus, um Colleen eine Nachricht zu schicken. Den Rest des Nachmittags verbrachte ich bei Margot. Wir redeten. Wir sahen uns YouTube-Clips von anderen *»Singin' in the Rain«*-Highschool-Aufführungen an und vergleichen sie mit unserer. Wir vertilgten Unmengen von Chicken Nuggets.

Um halb acht erschien Colleen mit Ferdinand im Schlepptau, denn Margot hatte »Oh mein Gott, *ja*« gerufen, als ich sie gefragt hatte, ob es okay wäre, wenn Colleen ihren Hund mitbringen würde. Gleich nachdem wir Colleen begrüßt hatten, ließ sich Margot auf die Knie fallen, sagte mit alberner Stimme »Hallo, Ferdinand!« und fing an, ihm das Hinterteil zu kraulen. Natürlich war Ferdinand sofort in sie verliebt. Ich hätte Margot nie für einen Hundemenschen gehalten. Andererseits hatte Margot viele überraschende Seiten.

»Wie kann er bloß so süß sein?«, quietschte Margot.

»Wie kann er dich bloß jetzt schon so lieben?«, fragte Colleen. »Normalerweise braucht er dafür mindestens zehn Minuten.«

»Ich hab eben ein magisches Händchen.« Margot wackelte mit den Fingern.

»Möchtest du ihm ein Käse-Erdnussbutter-Leckerli geben?« Colleen kramte in ihrer Tasche. »Aber ich muss dich warnen. Wenn du ihn damit fütterst, wird er sich den ganzen Abend nicht von deinem Schoß rühren. Und er wird furchtbar aus dem Maul stinken.«

Ich beobachtete Margot, die hemmungslos kicherte, als Ferdinand ihr das Leckerli aus der Hand schleckte; ihr smaragdgrünes Monroe-Piercing glitzerte im Licht. Colleen lach-prustete auf ihre skurrile Art, die ich so sehr vermisst hatte, und hielt sich mit einer so anmutigen Geste die Hand vor den Mund, dass es fast wie choreografiert aussah. Mir ging das Herz auf, und ich staunte, wie natürlich, überraschend, faszinierend und wunderbar Menschen sein konnten. Jeder für sich ein Kunstwerk.

Nachdem Ferdinand seine Zelte auf Margots Schoß aufgeschlagen hatte, rissen wir jede Menge Knabberzeugtüten auf und schauten *Singin' in the Rain*. Uns fielen fast die Augen aus dem Kopf, als Cosmo Brown seine atemberaubenden akrobatischen

Kunststücke in »Make 'Em Laugh« machte. Wir jubelten, als Kathy Selden einen Kuchen in Lina Lamonts Gesicht warf. Wir johlten, als Cyd Charisse mit Gene Kelly tanzte. Wir kamen zu keinem richtigen Fazit, was die Situation mit Jude anging, aber das war okay.

Als der Film zu Ende war, sog Margot erschrocken die Luft ein. »Oh mein Gott, wir haben noch gar nicht darüber geredet, was du zu Paul gesagt hast.«

»Hat dir Ethan davon erzählt?« Ich schob die Doritos von mir weg, weil ich so pappsatt war, dass ich gleich platzte.

»Was *hast* du denn zu Paul gesagt? Wer ist Paul?« Colleen ließ sich anmutig einen Kartoffelchip in den Mund fallen.

»Paul ist ein Dreckskerl«, sagte Margot. »Und nein, ich hab zufällig ein paar Leute auf dem Flur über die Sache reden hören, und Ethan hat es dann nur noch bestätigt.« Margot wandte sich Colleen zu. »Im Grunde hat sie dem Typen erklärt, dass die Leute denken, er hätte einen kleinen Schwanz, weil er ständig irgendwelche rassistischen, sexistischen Dinge von sich gibt. Also, sie hat es schöner formuliert, aber das war die Kernaussage.«

Colleen schrie auf. »Alina!« Dann machte sie ein gespielt ernstes Gesicht. »Was ist bloß in dich gefahren, junge Dame?«

Es war scherzhaft gemeint, aber ich fragte mich das auch. Ich dachte an die letzten Wochen. Ich hatte Paul die Meinung gegeigt. Ich hatte Diya und Colleen geholfen. Ich hatte wieder Ballett getanzt und es hatte sich gut angefühlt. Ich hatte die Dinge mit Margot, Ethan und Jude wieder geradegebogen. Was *war* in mich gefahren? Was immer es war, ich fand es gut. Ich zuckte mit den Schultern, was beide zum Lachen brachte.

Danach alberten wir fast nur noch herum, und mir ging auf, wie glücklich und entspannt ich hier mit ihnen war. Ich musste an Diya denken und daran, dass ich mich genauso gefühlt hatte, als ich mit ihr in ihrem Zimmer getanzt hatte. Wenn Diya jetzt in dieser ausgelassenen Stimmung dabei gewesen wäre, hätten sie und Margot sich vielleicht bestens verstanden. Es hätte lustig sein können. Aber ich war so froh, sie alle wiederzuhaben – Colleen und Margot und Ethan und Jude –, dass ich das jetzt noch nicht riskieren wollte.

29

ICH DURCHFORSTETE ZUM X-TEN MAL meinen Kleiderschrank und verfluchte mich, weil ich Jude vorgeschlagen hatte, mit mir zu *Giselle* zu gehen. Und ich verfluchte Margots Abuela, weil sie Margot und Ethan zu einem Konzert eingeladen hatte, weshalb die beiden heute nicht mit uns kommen konnten.

Ich freute mich darauf, Colleen als Myrtha zu sehen, wirklich, aber was sollte ich bitte anziehen, wenn ich mit dem Jungen, der früher mal mit mir zusammen sein wollte, jetzt aber nicht mehr, zu meinem Lieblingsstück in meiner ehemaligen Ballettschule gehen sollte? In Gegenwart jeder Menge anderer Leute bei den Proben mit Jude zusammen zu sein, war das eine. An einem Samstagabend mit ihm allein zum Ballett zu gehen, etwas völlig anderes.

Irgendwann hatte ich mich für ein kurzes, schmal geschnittenes graues Kleid, eine schwarze Strumpfhose und meine gefütterten Keds entschieden und rannte nach unten in die Küche. Jude würde jeden Moment hier sein.

Ich öffnete den Kühlschrank, nahm die Rosen heraus, die ich heute Morgen gekauft hatte, und hielt sie mir an die Nase. Der frische Duft beruhigte meine flatternden Nerven etwas und ein leises, bittersüßes Gefühl stellte sich ein. Es war nicht unbedingt ein unangenehmes Gefühl, ich wünschte nur, ich hätte einen Namen dafür gehabt. Ich hatte es in den letzten Wochen häufiger gespürt, wenn ich mit Jude bei den Proben zusammen gewesen war oder mit Colleen über den *Giselle*-Premierenabend hin- und hergeschrieben hatte.

»Wie süß, du bringst Jude zu eurem Date Blumen mit?« Josie war hinter mir aufgetaucht.

Meine Nerven fingen wieder wild an zu flattern. »Die sind für *Colleen* und es ist kein Date!«

Josie lachte. »Du solltest dich lieber wieder abregen.«

»Und du solltest …« Ich biss mir auf die Zunge. Ich hatte mir fest vorgenommen, Josie nicht mehr anzuschnauzen. Manchmal, so wie jetzt, war das eine gewaltige Herausforderung. Mom kam mit einem Stapel Aufsätze in die Küche und ich warf ihr einen flehenden Blick zu.

»Josie«, sagte Mom. »Was hältst du davon, wenn du nach oben gehst und schon mal die Sachen durchsiehst, die uns Tante Ruth aus dem Vintageladen geschickt hat? Wenn du was findest, das du behalten möchtest, gehört es dir.«

Als Josie die Treppe hochstürmte, entspannten sich meine Schultern. »Danke …«

»Bist du sicher, dass es kein Date ist?« Mom legte die Aufsätze auf den Tisch und füllte Wasser in den Kocher.

»Ja«, sagte ich zwischen zusammengebissenen Zähnen.

»Aber bist du sicher …«

»Sieht das für dich etwa wie ein Date-Outfit aus?«, blaffte ich. Mom taxierte mich. »Keine Ahnung. Sollte es?«

Ich seufzte. »Jude und ich sind nur gute Freunde, wie oft muss ich euch das denn noch sagen?«

»Tja, Süße.« Mom lehnte sich an den Küchentresen. »Wenn er

durchschnittlich aussehen würde, vermutlich bloß einmal. Aber er sieht so gut aus! Da brauchen wir wohl einfach etwas länger, um zu kapieren, dass ihr kein Paar seid.« Wir schraken beide zusammen, als wir Schritte den Hausaufgang entlangkommen hörten. Mom huschte ans Fenster. »Er trägt eine Krawatte«, informierte sie mich.

Ich schnappte mir meinen Mantel, stürmte aus der Tür und zog sie energisch hinter mir zu. Jude blieb abrupt stehen. Er *trug* eine Krawatte. Verdammt. »Hey …«, begann er und guckte mich verdattert an, als ich mit schnellen Schritten an ihm vorbei zum Wagen marschierte.

»Steig einfach ein«, sagte ich. »Ist besser so, glaub mir.«

Jude wechselte nicht, wie ich es erwartet hatte, zum Musical-Sender, kaum dass wir im Auto saßen. »Wie war dein Samstag? Was hast du gemacht?«, fragte er, als ich aus unserem Viertel bog.

Ach, bloß einen kleinen Klamotten-Ausraster gehabt und versucht, Josie und meiner Mutter begreiflich zu machen, dass wir kein Date haben. »Nicht viel. Und du?«

»Ich hab nur auf jetzt gewartet.« Er rieb seine Hände aneinander. »Ich habe jede Menge Theorien über die Wilis und will unbedingt sehen, ob ich richtigliege. Außerdem bin ich auf das Programmheft gespannt.«

»Warum?«

»Ich war mal bei einem Sinfoniekonzert, und in dem Programmheft dazu stand ein ganzer Abschnitt darüber, was man in der Pause alles tun könnte. Zum Beispiel: Sie können sich unterhalten! Sie können die Toiletten aufsuchen! Sie können sogar einen Imbiss zu sich nehmen! Ich will wissen, ob dieses Programmheft andere Empfehlungen in petto hat.«

Ich lachte, aber viel zu laut, und Jude zuckte leicht zusammen. Ich räusperte mich. »Das ist lustig.«

Ich spürte, dass mich Jude beobachtete. »Hey«, sagte er schließlich. »Ich freue mich wirklich darauf. Und wenn du irgendwann das Gefühl haben solltest, dass es dir zu viel wird, dann bin ich da, okay? Du weißt, du kannst mit mir darüber reden.«

Ich umklammerte das Lenkrad fester. Jude dachte, ich wäre nervös, weil ich gleich eine Aufführung meiner ehemaligen Ballettschule sehen würde, was ja zum Teil auch stimmte. Aber er ahnte nicht, wie sehr er zu meiner Nervosität beitrug, einfach nur indem er neben mir saß und so süße Sachen sagte.

»Ich weiß«, sagte ich knapp. »Danke.«

Den Rest der Fahrt waren wir eher still und schwiegen auch noch, als wir im Stadtzentrum auf das Epstein Theatre zugingen, dessen warm erleuchtete Fenster die Straße zum Schimmern brachten. Erst als wir das überfüllte Foyer mit seinen altmodischen Deckenlüstern und dem Terrazzofußboden betraten, hörten meine Jude-Nerven auf zu flattern. Ich spürte die prickelnde Energie der festlich gekleideten Menschen ringsum, die voller aufgeregter Vorfreude auf das warteten, was sie gleich zu sehen bekommen würden.

Ich führte Jude die Treppe nach oben zu den Eingängen der Logenplätze, und als wir in den Theaterraum kamen, hätte ich fast nach Luft geschnappt. Ganz egal wie vertraut mir der rote Samtvorhang und die goldenen Lampenhalterungen waren, der Anblick verschlug mir jedes Mal den Atem.

»Das ist ja unglaublich hier«, sagte Jude, der den Blick erst zur Decke und dann zu den Sitzplätzen im Parkett wandern ließ.

Ich lächelte und zeigte zum Orchestergraben. »Vor ein paar Jahren gab es hier einen Dirigenten, der so stark geschwitzt hat, dass er immer ein Handtuch um den Hals hängen hatte.«

Jude lachte. »Nein! Wie ein Boxer?«

»Jep.« Ich zeigte zum Logen-Balkon links von uns. »Und da

haben Colleen und ich uns manchmal versteckt und Käse gegessen.« Ich atmete jetzt etwas ruhiger und hatte meine Sprache wiedergefunden.

Jude mimte den Empörten. »Ich hatte ja keine Ahnung, dass ich mit einem Käse-Junkie hier bin.«

Das Licht flackerte zum Zeichen, dass die Aufführung gleich begann, und wir nahmen uns Programmhefte, bevor wir zu unseren Plätzen gingen. Es waren die besten – in der ersten Reihe des Balkons, damit wir hoch genug saßen, um die Formationen der Wilis zu sehen, und nah genug, um alles genau erkennen zu können.

Das Licht ging aus, und ich legte die Rosen unter meinen Sitz, als die dramatische Ouvertüre anschwoll. Der Vorhang teilte sich und enthüllte einen malerischen Dorfplatz voller Bauernmädchen, die tanzten und pantomimisch miteinander plauderten. Sie sahen alle wunderschön aus, jede ihrer Bewegungen saß perfekt und war voller Anmut. Eine heftige Welle des bittersüßen Gefühls überwältigte mich. Ich merkte erst, dass sich meine Finger um das Programmheft krampften, als Jude seine Hand auf meine legte. Mir blieb fast das Herz stehen. Ich löste meinen Griff und ließ das vertraute Gewicht seiner Hand auf meiner zu, warm, beruhigend und wunderbar.

Ich wusste, dass es nur freundlich gemeint war. Jude steckte voller solcher Freundlichkeiten, deshalb versuchte ich, die alberne Hoffnung, die in mir aufstieg, zu unterdrücken und mich auf Giselle zu konzentrieren, die jetzt ihren Auftritt hatte. Heute Abend war es Juliet, und sie tanzte mit einer unschuldigen Unbekümmertheit, die gut zur Rolle passte. Nach dem Bauerntanz begannen alle zu applaudieren, und Jude nahm seine Hand weg, damit er mitklatschen konnte. Er sah mich mit leicht hochgezogenen Brauen an, um stumm zu fragen, ob es mir gut ging.

Ich lächelte so zuversichtlich, wie ich konnte, und als die Musik wieder einsetzte, legte er seine Hände wieder auf seine Oberschenkel. Das war's.

Im Lauf des ersten Akts sah ich immer wieder verstohlen zu ihm hin. Colleen und die Wilis würden erst im zweiten Akt auftreten, und ich fürchtete, die vielen Bauerntänze könnten ihn vielleicht langweilen, aber sein Blick blieb wach und er folgte aufmerksam dem Geschehen auf der Bühne. Nachdem Giselle wahnsinnig geworden war und starb, weil sie erfahren hatte, dass Albrecht schon mit einer anderen verlobt war, ging das Licht zur Pause an. Bevor ich Jude fragen konnte, wie es ihm gefiel, begann er sich schon darüber aufzuregen, was für ein Mistkerl Albrecht war. »Er kommt in dieses Dorf, lügt Giselle was vor und verschweigt ihr die Tatsache, dass er verlobt ist. Was hat er denn gedacht, was passieren würde?«

»So weit hat er nicht vorausgedacht«, sagte ich und zog die Beine ein, um ein Paar vorbeizulassen, das auf den Gang hinauswollte. »Er hat nicht damit gerechnet, dass er sich in sie verlieben würde, und als es dann passiert ist, hat er schon bis über beide Ohren dringesteckt und konnte nicht mehr aufhören, bis alles auf ihn eingestürzt ist.«

Jude seufzte. »Auch wieder wahr. Aber für mich ist trotzdem er schuld an dem Ganzen.« Er wedelte zu dem Teil der Bühne, wo Giselle gestorben war. »Nur weil er sich verliebt hat, heißt das nicht, dass er machen kann, was er will. Er hätte sich sagen müssen: ›Okay, ich muss jetzt erst mal auf Abstand gehen und meinen eigenen Scheiß klären, bevor das hier weitergeht.‹ Oder etwa nicht?«

Dass Jude und ich so leidenschaftlich über mein Lieblingsballett sprachen, versetzte mir einen Stich ins Herz. Warum konnte er es nicht ätzend finden? Warum konnte er nicht sagen:

»Ja, cool«, und dann gleich wieder auf sein Handy schauen? Weil das nicht Judes Art war und genau das war das Problem.

Ich war erleichtert, als das Licht gedimmt wurde und sich der Vorhang für den zweiten Akt öffnete. Die Szenerie war eine ganz andere – ein schaurig-schöner Friedhof im Nebel, der von der Seitenbühne hereinwaberte.

Die Streichinstrumente spielten eine bewegende Melodie und Colleen glitt als Myrtha mit Pas de Bourrées über die Bühne. Ihre Füße bewegten sich schnell, aber ihr Oberkörper war so ruhig, dass sie tatsächlich wie eine Geistgestalt aussah, die durch den Nebel schwebte. Durch das Publikum ging ein Aufkeuchen und ich hörte Jude »Jesus« wispern. Ich spürte einen Anflug von Stolz.

Colleen schlug das Publikum völlig in ihren Bann. Sie war heiter und ätherisch, als sie sich ins Penché vorneigte, mit Arabesquen über die Bühne wandelte und die anderen Wilis zusammenrief. Sie war grimmig und entschlossen, als sie Albrecht anklagte. Ich ertappte mich dabei, dass ich mich auf meinem Sitz vorschob, obwohl ich das Stück schon hundertmal gesehen hatte. Eine faszinierende Mischung aus Macht und Anmut durchdrang jede Drehung ihres Kopfes und strahlte von ihren Fingerspitzen aus. Ich spürte es in meinem eigenen Körper und staunte darüber, dass diese fast zweihundert Jahre alte Geschichte hier und heute noch so frisch, lebendig und real sein konnte.

Als Giselle genug Zeit geschunden hatte, um Albrecht das Leben zu retten, und Myrtha und die Wilis bei Sonnenaufgang ihre Macht verloren und verschwanden, wollte ich, dass sie zurückkamen. Ich wollte, dass sie noch weitertanzten.

Das Licht ging an, und die Zuschauer standen auf, um zu applaudieren. Mein Herz war übervoll, leicht und weit geöffnet. Mir war nicht klar gewesen, wie sehr ich es vermisst hatte, Ballett live auf der Bühne zu sehen. Wie sehr es mich packen würde, auch wenn ich selbst nicht mittanzte.

Als der Beifall verebbte und das Publikum auf die Ausgänge zustrebte, blieb Jude still.

»Und? Stimmen deine Theorien über die Wilis?«, fragte ich, nachdem ich die Rosen unter meinem Sitz hervorgeholt hatte und wir uns aus der Sitzreihe schoben.

»Kein bisschen. Es war so dermaßen viel cooler. Wie fandest du es?« Er sah mich aufmerksam an.

Ich lächelte. »Ich habe es geliebt.« Ich winkte ihm mitzukommen, als ich mich durch die Menschenmenge im Foyer schlängelte, über einen langen Flur, an den Garderoben vorbei und durch die Tür, die hinter die Bühne führte. Hier roch es nach Holz, Schweiß und Haarspray. Ich betrat die dunkle Bühne und strich mit meinem kleinen Finger über den weichen Samt des geschlossenen roten Vorhangs, wie ich es vor jedem Auftritt immer gemacht hatte. Jude blieb diskret ein paar Schritte auf Abstand, wobei Abstand das Letzte war, was ich von ihm brauchte.

Als ich mich zu ihm umdrehte, nahm ich hinter ihm eine Bewegung wahr – Colleen kam den Seitenflügel entlanggeschwebt. Sie hatte sich umgezogen und trug ein fließendes weinrotes Kleid. Ich rannte zu ihr und umarmte sie ohne Rücksicht auf die gequetschten Rosen zwischen uns. Als wir uns schließlich voneinander lösten, überreichte ich ihr den Strauß. »Du warst wunderschön«, sagte ich. »Einfach nur …« Ich fand keine Worte, um es zu beschreiben.

Colleen lächelte. »Danke«, sagte sie. »Ich freu mich so, dass du gekommen bist.«

Jude wartete noch ein paar Sekunden, bevor er zu uns kam. »Colleen, das ist Jude«, sagte ich. »Jude, das ist Colleen.«

»Hi!«, sagten sie gleichzeitig. Beide grinsten von einem Ohr zum anderen und beide guckten ein bisschen beeindruckt und fasziniert. Weshalb Jude fasziniert war, wusste ich – er hatte Colleen gerade als Königin der Wilis gesehen. Aber Colleen? Wahrscheinlich hielt sie Jude für den Protagonisten der großen Lovestory, die sie sich in ihrem Kopf ausgeheckt hatte.

»Ich freu mich *so sehr*, dich endlich kennenzulernen!«, sagte Colleen, und ihr Blick huschte von mir zu Jude. Ich versuchte, ihr telepathisch mitzuteilen, dass sie etwas weniger dick auftragen sollte.

»Gleichfalls«, sagte Jude. »Du warst atemberaubend. Ich hab ziemlich viel über die Wilis nachgedacht, aber sie dann tatsächlich auf der Bühne zu sehen, war ...« Er stellte pantomimisch dar, wie sein Hirn explodierte.

Colleen lachte. »Danke! Und ihr beide seid Tanzpartner, oder?« Sie wusste natürlich, dass wir Tanzpartner waren, hielt aber die Augen auf Jude fokussiert, darauf lauernd, seine Antwort zu analysieren und als Beweis seiner Liebe zu mir zu verwenden.

»Jep«, sagte Jude und boxte mir kumpelhaft gegen die Schulter. »Anscheinend stimmt die Chemie zwischen uns.«

»Ach ja?« Colleens Brauen schossen in die Höhe. »Die *Chemie*?« Keine Ahnung, weshalb ich nicht vorausgesehen hatte, dass sie so auf Jude reagieren würde. Ich überlegte, wie ich das Thema wechseln konnte, aber ein paar Leute hatten die Seitenbühne betreten und eine vertraute Stimme ließ mich erstarren. Kira. Sie sprach zu einer Gruppe Eltern, die ihre jungen Töchter im Schlepptau hatten, von denen ich ein paar als Schülerinnen aus dem Anfängerkurs der KDBS erkannte.

Sosehr sich meine Gefühle Kira gegenüber im Lauf des letzten Jahres verändert hatten, sie selbst sah unverändert aus: die weißblonden Haare zu einem Chignon hochgesteckt, der schwanengleiche Hals und die aufrechte Haltung, die majestätisch huldvolle Art, mit der sie sich den kleinen Balletttänzerinnen zuwandte, die ehrfürchtig zu ihr aufschauten und an ihren Lippen klebten.

Mein erster Impuls war zu verschwinden, bevor sie mich sah, aber ich rührte mich nicht von der Stelle. Es half, Colleen und Jude an meiner Seite zu haben, aber es gab noch einen Grund, weshalb ich blieb. Einen, der mir erst allmählich klar wurde. Ich liebte das Ballett von ganzem Herzen, aber ich wollte nicht so sein wie Albrecht und es blind und unbedacht lieben. Ich wollte auch nicht sein wie die Wilis und es zerstören. Ich wollte nicht mal so sein wie Giselle und es retten, ohne es für den Schaden verantwortlich zu machen, den es angerichtet hatte. Ich wollte die guten Seiten am Ballett lieben und den bedenklichen die Gefährlichkeit nehmen. Und etwas von dem, was daran bedenklich war, stand direkt vor mir.

30

»ICH GEHE ZU IHR UND rede mit ihr«, sagte ich. »Bin gleich wieder da.«

Jude nickte. »Ich warte im Foyer auf dich.« Bevor er die Seitenbühne verließ, drückte er noch kurz meine Schulter, um mir zu signalisieren, dass er auf meiner Seite war und verstand, dass ich das hier ohne ihn machen musste.

»Ich komme mit«, sagte Colleen zu mir.

»Bist du dir sicher? Ich bin schließlich nicht mehr ihre Schülerin und muss mir keine Gedanken über das Casting nächstes Jahr machen ...« Ich verstummte. Wir hofften beide, dass Colleen zur Sommerakademie des ABT angenommen und anschließend aufgefordert werden würde, an der Schule zu bleiben, sodass sie nicht mehr mit Kira arbeiten müsste. Aber wenn nicht, hätte sie noch ein ganzes weiteres Jahr an der KDBS vor sich, und zwar ein wirklich wichtiges. Sie würde bei renommierten Ballettkompanien vortanzen und dazu würde sie Förderung und Unterstützung brauchen.

Colleen schüttelte den Kopf. »Kira würde mich nicht deshalb für eine Rolle nicht besetzen, weil sie mir etwas nachträgt. Sie ist nicht auf diese Art ungerecht. Es ist eher so, als wüsste sie nicht, *dass* sie ungerecht ist. Und abgesehen davon ist es mir auch selbst wichtig, mit ihr zu reden. Ich bin jetzt so weit. Ich will es.«

Ich stählte mich, wir hakten uns unter und gingen auf Kira zu, als die Eltern mit ihren Töchtern den Backstage-Bereich wieder verließen. Mir zitterten die Knie, genau wie letztes Jahr, als wir sie auf die *Nussknacker*-Besetzungsliste angesprochen hatten. Aber innerlich fühlte es sich diesmal anders an.

»Ah, Colleen, großartige Leistung heute Abend«, sagte Kira mit einem anerkennenden Nicken. Dann wandte sie sich mit leicht hochgezogenen Augenbrauen mir zu. »Alina. Schön, dich zu sehen.« Niemand konnte mir meinen Körper so sehr ins Bewusstsein rufen wie sie. Aber ich widerstand dem Drang, das Becken vorzuschieben, die Schultern zu straffen und das Kinn zu heben.

»Hallo, Kira«, sagte ich leise, aber entschlossen.

»Wie ich höre, tanzt du in eurem Schulmusical mit.« Sie stockte. »Wie nett.«

Ich nickte verlegen. Ich konnte mich nicht erinnern, mit Kira jemals über etwas anderes als über Ballett gesprochen zu haben, und es war ganz klar seltsam für uns beide.

»Du hast uns beim *Nussknacker* gefehlt«, fuhr sie fort. »Wobei Greta Chin eine gute Darbietung des Chinesischen Tanzes gezeigt hat.«

Da war sie, meine Eröffnung. »Darüber würde ich gern mit Ihnen reden.«

»Über Gretas Auftritt?«

»Über den Chinesischen Tanz. Ähm, haben Sie schon mal daran gedacht, ihn zu verändern?«

Kira runzelte die Stirn. »Wie verändern?«

Ich holte Luft und verlagerte das Gewicht von einem Fuß auf den anderen. »Na ja, im Moment ist der Tanz ziemlich … unsensibel. Einige der Bewegungen, zum Beispiel dieses ständige Schlurfen und Verneigen, sind doch eigentlich rassistische Klischees.«

In Kiras Augen blitzte ein verärgertes Funkeln auf, und ich dachte, sie würde wieder »Untersteh dich« sagen. Stattdessen reckte sie das Kinn. »Meine Aufgabe ist es, die berühmtesten Ballettstücke der Welt zu bewahren und weiterzuvermitteln. Und das tue ich. Außerdem ist es ein denkwürdiger Tanz und alle lieben ihn.«

»Nicht *alle*«, erwiderte ich. Kiras Lippen bildeten einen schmalen Strich, wie sie es immer taten, wenn man nicht nach ihren Vorgaben tanzte. Ich zwang mich, noch weiterzugehen. »Ich denke, er stößt Menschen mit asiatischen Wurzeln vor den Kopf – Tänzer wie Zuschauer – und gibt ihnen das Gefühl, nicht dazuzugehören. So als würde man sich über sie lustig machen oder sie verhöhnen.«

»Aber du hast ihn doch jahrelang getanzt«, sagte Kira und klang aufrichtig verwirrt.

»Mir ist anfangs nicht aufgefallen, was falsch daran ist. Und als ich es dann erkannt habe, wusste ich nicht, wie ich es ansprechen sollte. Aber jetzt weiß ich es.«

»Viele große Ballettkompanien verändern die Choreografien der Ländertänze wie dem Chinesischen oder dem Arabischen Tanz«, fügte Colleen hinzu. »Es ist eigentlich gar nicht so schwer.«

»Genau, und es ist eine gute Gelegenheit, sich über das Ballett Gedanken zu machen. Zum Beispiel wie man das Lustige am Chinesischen Tanz oder den Zauber beim Arabischen Tanz bewahren kann, ohne unsensibel oder verletzend zu sein.«

Kiras Blick huschte zwischen uns hin und her. Zum allerersten Mal erlebte ich sie sprachlos.

»Und es geht nicht nur um die Tänze«, sagte Colleen. »Manchmal habe *ich selbst* das Gefühl, als würde ich nicht dazugehören.«

Das riss Kira aus ihrer Sprachlosigkeit. »Was in aller Welt meinst du?«

»Ich meine damit, dass es für Sie leicht ist, in Ihren weißen Schülerinnen zarte und anmutige Geschöpfe zu sehen, perfekt für die Rollen der Fee, der Prinzessin oder der naiven Heldin. Sie sehen die Giselles und Odettes und die Zuckerfeen in ihnen. Aber wenn Sie mich anschauen, dann sehen Sie ›heißblütigen arabischen Kaffee‹ oder die ›rachsüchtige Königin‹. Sie *sagen,* es würde daran liegen, dass ich zu athletisch bin und nicht grazil genug für die Hauptrollen, aber das stimmt nicht. Ich weiß, dass es nicht stimmt.«

»Ich, also …« Kira hielt kopfschüttelnd inne. »Du …« Sie verstummte und sammelte sich. »Myrtha ist eine unglaublich wichtige Rolle und sie ist wie geschaffen für dich.«

»Aber warum ist Giselle nicht wie geschaffen für mich?«

Kira öffnete den Mund, brachte aber keinen Ton heraus. Ich war mir nicht sicher, ob es daran lag, dass sie die Antwort wirklich nicht wusste, oder ob sie es nur nicht zugeben wollte – uns gegenüber oder vielleicht auch vor sich selbst. Es war absolut klar, dass sie Colleen nie richtig wahrgenommen hatte, obwohl sie schon jahrelang ihre Lehrerin war.

»Ich glaube, Ihnen ist sehr viel von dem entgangen, wie ich tatsächlich tanze, weil Sie nur das eine Bild von einer Schwarzen Tänzerin im Kopf hatten. Wenn Sie sicherstellen wollen, dass *alle* Ihre Schülerinnen die Chancen bekommen, die sie verdienen, dann müssen Sie sich Ihre Vorurteile bewusst machen.«

Colleens Worte hingen im Raum, während Kira schwieg und mit gerunzelter Stirn an uns vorbeischaute. Nur das Stimmengemurmel hinter den Backstage-Türen war zu hören.

»Wir alle lieben Ballett«, sagte Colleen schließlich. »Wir alle wollen es so wunderschön machen wie nur möglich. Und dazu muss es sich verändern. Es wird eine Menge Arbeit werden, aber wir können alle dabei mithelfen.«

Ich nickte vehement. »Ballett ist nicht irgendwas Totes, das wir konservieren müssen. Es ist lebendig und sollte sich weiterentwickeln und entfalten dürfen.« Ich musste daran denken, wie Kira zu uns gesagt hatte, wir sollten dankbar sein, dass wir Teil dieser unveränderbaren Tradition waren und bei den großartigen Ballettmärchen mitwirken durften, ganz egal, in welcher Rolle. Ich war froh, dass ich das nicht mehr glaubte. »Sie sollten dankbar sein, dass Sie dem Ballett helfen können, sich weiterzuentwickeln.«

Kira sagte noch immer nichts. Die Backstage-Türen öffneten sich wieder, und größere Gruppen von Leuten kamen herein, laut lachend und plaudernd. Jemand rief Kiras Namen. Nach einer Sekunde holte sie tief Luft und sah uns in die Augen. »Entschuldigt mich bitte.« Sie entfernte sich mit steifen Schritten und ging zu den anderen.

Ich atmete auf und hörte Colleen das Gleiche tun. Wir drehten uns einander zu, aber es war, als hätten wir keine Worte mehr. Ich wusste nicht, wie Kira mit dem Gespräch umgehen würde, ob sie es ignorieren oder sich an die Arbeit machen und mithelfen würde, das Ballett zu verändern. Aber wir hatten gesagt, was wir sagen wollten. Wir waren *imstande*, es auszusprechen.

»Oh mein Gott«, flüsterte ich.

»Oh mein *Gott*«, flüsterte Colleen zurück.

»Da ist sie«, sagte eine tiefe Stimme aus der Menge. Ich ging ein paar Schritte zur Seite, als Colleens Familie sie umringte und in die Arme schloss und mit so vielen dunkelroten Rosen überhäufte, dass sie sie kaum alle tragen konnte.

Colleens Dad bemerkte mich als Erster. »Sieht aus, als würden heute Abend alle möglichen Geister erscheinen«, sagte er lächelnd. Colleens Mom umarmte mich. Colleens kleiner Bruder Jack erzählte mir aufgeregt, dass seine Rennmäuse Junge bekommen hatten, als wäre ich nie weg gewesen. Calvin, der nur ein paar Jahre jünger war als wir, winkte mir zu, hielt sich aber ansonsten zurück. Er hatte schon immer versucht, Colleen zu beschützen, und war bestimmt noch sauer auf mich. Aber ich würde ihm beweisen, dass ich gekommen war, um zu bleiben.

Während ihre Familie darüber beriet, wo sie feiern wollten, stupste mich Colleen mit dem Ellbogen an. »Geh Jude suchen. Und passt auf, dass ihr nicht das Gebäude abfackelt mit eurer ganzen«, sie senkte die Stimme zu einem anzüglichen Flüstern, »Chemie.«

Ich prustete, umarmte sie noch ein letztes Mal und bahnte mir einen Weg aus dem Backstage-Bereich ins Foyer, wo Jude auf mich wartete.

»Wie ist es gelaufen?«, fragte er und sah mich gespannt an. Ich fand noch immer keine Worte dafür, also nickte ich bloß und lächelte breit. Jude legte mir den Arm um die Schulter und drückte sie. Das gab mir das Gefühl, dass ich alles tun konnte. Aus diesem Theater davonfliegen. Die Welt regieren. Ihm sagen, was ich wirklich für ihn empfand.

»Ich hab die krasseste Tanzpartnerin Schrägstrich Nachbarin Schrägstrich beste Freundin der Welt.«

Das versetzte mir einen kleinen Dämpfer, aber ich lächelte tapfer weiter. Tanzpartnerin, Nachbarin, beste Freundin war nicht das Schlechteste, das man sein konnte.

Bevor wir gingen, verschwand Jude noch kurz auf die Toilette, und ich setzte mich auf eine Bank im Foyer, um auf ihn zu warten. Den Kopf gegen die Wand gelehnt versuchte ich, die vielen Emotionen zu sortieren, die in mir tobten, als ich in der Menge eine vertraute Beanie erspähte.

Ich beugte mich vor und fing Harrisons Blick auf. Er löste sich lächelnd aus einer Gruppe Frauen mittleren Alters und schaute suchend um sich, als er auf mich zukam. »Hey.« Er setzte sich neben mich. »Was machst du denn hier?«

»Ach, ich …« Mir ging auf, dass Harrison keine Ahnung hatte, dass die KDBS meine ehemalige Ballettschule war. »Ich hab mir die Aufführung angesehen. Und du?«

»Ich auch. Meine Mom wollte sie sehen. Ich hatte zwar nicht mit so viel Tod und Sterben gerechnet, aber ich fand es cool. Bist du mit Leuten hier?« Er sah wieder um sich. Ich seufzte, denn ich wusste, nach wem er Ausschau hielt.

»Stehst du auf Ethan?«, fragte ich unverblümt. Vielleicht war es taktlos, aber ich war im Moment vollständig ohne Filter.

Harrison zögerte eine Sekunde. Dann senkte er den Blick auf seine Schuhe. »Ist das so offensichtlich?«

»Du solltest es ihm sagen«, erwiderte ich schnell. »Ich weiß zwar nicht, was er für dich empfindet, und es gibt bestimmt jede Menge gute Gründe, warum du es ihm noch nicht gesagt hast, was ich absolut nachvollziehen kann, aber ich finde, du solltest die Möglichkeit in Betracht ziehen, dass es zu spät sein könnte, wenn du es ihm nicht bald sagst, und du dann vielleicht keine Gelegenheit mehr dazu hast.«

Ich holte Luft. Harrison schaute mich verwirrt aus großen Augen an. »Moment mal, warum sollte es zu spät sein?«

»Ich weiß es nicht, es *könnte* eben einfach sein, okay?«, sagte ich lauter. »Und dann erfährt er es vielleicht nie, was völlig in Ordnung wäre, solange du damit leben kannst. *Kannst du damit leben?*«

»Oha«, sagte Harrison. »Ich werde es ihm sagen. Ich hab's mir fest vorgenommen.«

»Hey.« Jude kam auf uns zu und ich zuckte zusammen. Er ließ den Blick zwischen Harrison und mir hin- und herwandern, bevor er mich mit schmalen Augen ansah. »Alles in Ordnung?«

Ich stand so lässig auf, wie ich konnte, und befahl mir, mich zusammenzureißen. »Ja. Mach's gut, Harrison«, sagte ich und marschierte das zweite Mal an diesem Abend an Jude vorbei zum Wagen.

31

DIE LETZTE WOCHE VOR DER Premiere war extrem. Wir hatten jeden einzelnen Tag von halb vier nachmittags bis elf Uhr abends Ablaufprobe, bei der die gesamte Aufführung mit Bühnenbild, Requisite und Beleuchtung durchgespielt wurde. Meine Eltern freuten sich, weil ich so eingespannt war. Für sie klang Singen und Tanzen in den Hallen der Eagle View nach jeder Menge Spaß und Vergnügen. Meine Eltern hatten eindeutig noch nie eine Woche Ablaufproben mitgemacht.

»Nehmt euch ein Zimmer, Herrgott!«, rief-flüsterte Margot, als sie in die Abstellkammer hinter der Bühne ging und sofort wieder rauskam. Noah und Laurel standen knutschend in der Kammer, ergriffen aber sofort die Flucht, als sie Margots Gesicht sahen. Margot deponierte seufzend ihre Requisiten-Zigarettenspitze auf einem der Regalbretter. »Was ist bloß *los* mit den Leuten?«

Ich zuckte gleichgültig mit den Schultern. Vor lauter Aufregung, Erschöpfung und Lampenfieber verloren alle ihre Hemmungen – nur ich nicht. Meine Hemmungen blieben, wo sie waren, und hinderten mich daran, herauszufinden, ob Jude seine Meinung, für eine Beziehung noch nicht bereit zu sein, eventuell geändert hatte.

In den letzten Wochen hatten wir *fantastische* Vamp- und Ballettproben zusammen gehabt, was mich manchmal Hoffnung schöpfen ließ. Aber ich durfte nicht vergessen, dass wir nur Rollen spielten. Der echte Jude wollte, dass wir bloß gute Freunde waren, und das hatte ich zu respektieren. Ätzend.

Ich drehte mich um, weil ich nicht verpassen wollte, wie Jude, Ethan und Diya »Good Morning« probten. Es war schon halb elf und wir waren noch nicht mal mit dem ersten Akt fertig. Mrs Sorenson und Ms Langford mussten noch ein paar Probleme mit der Beleuchtung klären, weshalb wir manche Nummern eine Million Mal durchgehen mussten. Wir würden heute Abend definitiv nicht mehr zu »Broadway Melody« kommen, das bedeutete, ich würde heute Abend nicht mit Jude tanzen, was doppelt ätzend war.

Margot und ich verließen den Backstage-Bereich und gingen zu unseren Plätzen im Zuschauerraum, wo wir unsere Abendverpflegung deponiert hatten, Red Vines und Root Beer. Ich knabberte an einer roten Fruchtgummistange, ohne die Bühne aus den Augen zu lassen. Mitten in der schnellsten und beeindruckendsten Stepptanz-Sequenz blieb Diya stehen und winkte nach Ms Langford. Die Musik aus dem Orchestergraben klang langsam und schwerfällig aus, während Ms Langford zur Bühne ging.

Ich konnte nicht hören, was Diya sagte, aber sie fuchtelte mit den Händen, redete auf Ms Langford ein und schüttelte energisch den Kopf. Es war die Nummer, mit der sie die Aufmerksamkeit der Casting-Leute auf sich ziehen wollte, weshalb alles, was ihrem Überraschungstanz vorausging, absolut perfekt sein musste. Jude und Ethan standen etwas abseits und sahen völlig erschöpft aus. Irgendwann fiel Ms Langford ein, dass sie noch da waren, und schickte sie weg, während sie und Diya weiterdiskutierten.

Ethan und Jude sprangen von der Bühne, stolperten den Gang entlang und brachen neben Margots und meinem Platz auf dem Boden zusammen.

»Das war der *schlimmste* ›Morning‹ aller Zeiten.« Judes Stimme klang gedämpft, weil er mit dem Gesicht nach unten lag.

»Das ist die Schuld von Robobitch, wie alles im gesamten Universum.« Ethan drehte sich auf den Rücken und legte den Arm über die Augen.

»Genau. Weswegen robozickt sie jetzt schon wieder rum?« Margot nahm einen Schluck Root Beer und schaute mit schmalen Augen zur Bühne, wo Ms Langford Diya immer noch nicht überzeugt hatte, weiterzumachen.

»Keine Ahnung«, sagte Ethan. »Ich hab schon vor Jahren aufgegeben, ihr zuzuhören.«

Ich wusste, dass es spät war und die anderen heute sehr viel länger auf der Bühne gestanden hatten als ich, was jedem stinken würde. Aber ich konnte dieses Robobitch-Gerede nicht mehr ertragen. »Vielleicht solltet ihr sie nicht mehr so nennen«, sagte ich leise.

Verglichen mit meiner Rede über die negative Korrelation zwischen großem Arschloch und kleinem Schwanz und meiner Auseinandersetzung mit Kira war das ziemlich schwach. Aber es war immerhin etwas.

»Warum, der Name passt doch so gut zu ihr.« Margot zupfte sich noch eine Red-Vine-Stange aus der Tüte, ohne zu realisieren, dass ich es ernst meinte. Jude hob den Kopf und guckte mich an. Mitten auf seiner Stirn hatte der Teppich eine rote Druckstelle hinterlassen, was anbetungswürdig aussah. Am liebsten hätte ich darüber gelacht und die ganze Sache einfach vergessen, aber ich konnte nicht.

»Nein, tut er nicht. Ihr zieht ständig über Diya her. Ich weiß, sie ist anstrengend, und es ist nicht unbedingt lustig, mit ihr zu proben, aber das heißt nicht, dass sie ein Roboter oder eine Bitch oder eine bizarre Mischung aus beidem ist.«

Jetzt starrten sie mich alle an.

»Oookaay«, sagte Margot gedehnt und musterte mich forschend. »Ich hab dich ein paarmal mit ihr reden gesehen, aber ich wusste nicht, dass ... ich meine, seid ihr ... du und Diya ... neuerdings Freundinnen?«

»Ja, sind wir, aber darum geht es nicht.«

»Worum geht es dann?«, fragte Margot.

»Es geht darum, dass ihr sie nicht leiden könnt, weil sie euch zu anstrengend oder zu ehrgeizig ist oder was auch immer. Mir ist schon klar, dass ihr Ehrgeiz der Grund war, warum sie Jude damals versetzt hat. Aber man kann anstrengend und ehrgeizig sein, ohne deswegen eine Roboter-Bitch zu sein. Man kann sogar jemandem das Herz brechen, ohne deswegen eine Roboter-Bitch zu sein. Oder etwa nicht?«

»Streng genommen schon«, sagte Ethan. »Aber sie hat nicht *irgendjemandem* das Herz gebrochen. Sie hat meinem *besten Freund* das Herz gebrochen. Deshalb kann ich sie nicht leiden. Aus Freundschaft zu Jude.«

»Okay, dann hasst sie, wenn ihr wollt, aber ...«, ich machte eine weit ausholende Handbewegung, die die gesamte Aula umfassen sollte, »die Leute hier hören auf euch. Wenn ihr Diya Robobitch nennt, tun es alle anderen auch. Und ich glaube nicht, dass sie es *alle* aus Freundschaft zu Jude tun. Ich bin mir sogar ziemlich sicher, dass die meisten es machen, weil Diya richtig gut ist und sie sich weniger bedroht fühlen, wenn sie sie Robobitch nennen.«

Ich schaute Jude an und zwang mich, den Blick von der anbetungswürdigen Druckstelle auf seiner Stirn zu lösen. »Ich finde es nicht in Ordnung, wenn ein Mädchen wie Diya als Bitch bezeichnet wird, nur weil sie etwas mit Leidenschaft tut. Ich hab euch echt gern, Leute, aber das ist nicht okay.«

Ich machte mich auf ihre Reaktionen gefasst, aber sie sagten nichts. Margot betrachtete nachdenklich ihre Root-Beer-Flasche. Ethan beobachtete stirnrunzelnd Diya auf der Bühne. Jude sah mich an. Sah in mich *hinein*, so eindringlich war sein Blick. Ich wusste nicht, was er da drin finden wollte. Vielleicht eine Entschuldigung dafür, dass ich seine Geschichte mit Diya wieder mal als Argument benutzte?

Mrs Sorenson ließ uns schließlich gehen. Ich sprang schnell auf. »Äh … bis morgen dann«, murmelte ich und hastete den Gang entlang aus der Aula.

Zur Generalprobe am nächsten Abend zog ich mir im Chorraum das tief ausgeschnittene knallgrüne Vamp-Kleid an. Aus dem Chorraum hatte man eine zweite Mädchenumkleide gemacht, weil die Umkleide im Backstage-Bereich aussah, als wäre darin ein Vintageladen explodiert, überall lagen Tanzschuhe, Strumpfhosen und Kleider im Stil der 1920er Jahre verstreut.

Die Tür wurde aufgestoßen, und Laney stürmte rein, sie trug ihr kanariengelbes Flapper-Kostüm und schwenkte eine Rolle Klebeband. »Ada hab ich schon und Margot lässt mich nicht. Jetzt bist du dran!« Sie zog mich am Ellbogen und führte mich hinter die Ablageschränke von Mrs Sorensons Büro.

»Dran womit?«, fragte ich, als Laney einen Streifen Klebeband abriss.

»Ich tape deine Möpse«, sagte sie. »Das gibt ein Mega-Dekolleté.«

»Wozu brauch ich ein Mega-Dekolleté?«

»Du weißt doch, dass man sich für die Bühne übertrieben stark schminkt, damit dein Gesicht auch von Weitem mehr zur Geltung kommt. Das ist so was Ähnliches, nur eben für deine Möpse.«

Oje. Ich hatte noch nie gewollt, dass meine Brüste auf der Bühne *mehr* zur Geltung kamen. Ich hatte sie immer als lästig und störend empfunden – sie brachten mich aus dem Gleichgewicht und vermasselten mir meine aufrechte Haltung. Für unsere Aufführungen an der KDBS hatte ich sie jedes Mal mit einem eng sitzenden hautfarbenen Trikot unter meinem Kostüm eingezwängt.

»Ähm …«, begann ich, aber mir fiel nichts Richtiges ein. Es war schwer, sich mit jemandem zu unterhalten, der einem die Brüste abklebt. »Wie läuft's mit dem Liebesrealismus?«

»Harrison und ich sind geschieden.« Laney riss noch ein Stück Klebeband ab, während ich dastand, meine Brüste zusammenquetschte und Mrs Sorensons gerahmte Fotos von ihren Töchtern betrachtete, die mit einem Corgi spielten. Völlig normal.

»Schade.«

Laney zuckte mit den Schultern. »Wir hatten unterschiedliche Interessen.«

»Und was jetzt? Suchst du dir einen anderen und fängst von vorn an?«

»Natürlich nicht«, erwiderte sie beleidigt. »In meiner Liebesrealismus-Zeitrechnung bin ich sechsundfünfzig, lebe neuerdings in Argentinien und lerne Tango.«

Ich lachte. »Du bist also nicht sauer auf ihn.«

»Nein. Harrison ist ein Hammer-Typ.«

»Der echte Harrison oder der Liebesrealismus-Harrison?«, fragte ich.

»Der echte Harrison. Der Liebesrealismus-Harrison war ein ziemlicher Idiot. Aber wer weiß? Vielleicht kommt ja für den echten Harrison was Gutes dabei raus«, sagte sie lächelnd.

»Was Gutes?«

Laney zuckte mit den Achseln. »Warte die Programmhefte ab«, flüsterte sie.

Bevor ich sie fragen konnte, was das zu bedeuten hatte, bedachte Laney meine Brüste mit einem zufriedenen Nicken und stürmte los, um sich ihr nächstes Opfer zu suchen.

Ich zog meine Träger hoch, ging wieder zurück, trat vor den Spiegel, der gegen die Wand gelehnt stand, und … Wow. Echt ein Mega-Dekolleté. In dem grünen Paillettenkleid und den Nahtstrümpfen sah ich wie ein anderer Mensch aus. Mir fehlte meine Stulpe, aber zur Kostümprobe konnte ich sie schlecht anziehen. Während ich mich noch fasziniert anstarrte, ging die Tür zum Chorraum auf und Ethan und Margot kamen rein. Sie sahen aus, als wären sie einem altertümlichen Foto entstiegen: Margot in einem glitzernden champagnerfarbenen Kleid und einer Kunstfell-Stola. Ethan in einem Anzug, den Hut auf perfekte Weise schief aufgesetzt.

Ihre Blicke wanderten sofort zu meinen Brüsten. »Sie hat dich erwischt«, sagte Margot. »Ich musste tatsächlich vor ihr wegrennen.«

»Ich hab mich ergeben. Mir gefällt's irgendwie.«

»Absolut zu Recht. Es sieht toll aus«, sagte Margot, und Ethan nickte, als sie sich auf den Chorstühlen niederließen. Ich ging zu ihnen und setzte mich neben sie.

»*Ihr* seht toll aus.« Ich zeigte auf ihre Kostüme. »Deine Abuela wird bestimmt eine Million Fotos von dir machen.«

»Das sollte sie auch besser. Ich werde nämlich nicht noch

mal mit ihr shoppen gehen, es muss also ihr Leben lang vor-
halten.«

Wir lächelten und dann schwiegen wir.

»Hey, du hattest recht mit der Robobitch-Sache«, sagte Margot
irgendwann.

Wir waren die ganze Zeit so damit beschäftigt gewesen, Kostüme anzuprobieren, Tänze einzustudieren und wann immer es
möglich war, ein paar Minuten Schlaf zu bekommen, dass wir
noch keine Zeit gehabt hatten, darüber zu reden.

»Es war beschissen von mir, dich so zu nennen, obwohl du nichts
anderes verbrochen hattest, als deinen Traum zu verfolgen. Und
dasselbe gilt für Diya. Zumal ich *weiß*, dass Mädchen auch dann als
Bitches bezeichnet werden, wenn sie Sachen machen, die überhaupt nicht bitchy sind. Ich meine, *ich* werde Bitch genannt, nur
weil ich mir nicht alles gefallen lasse, und ich hasse das. Ich weiß
es, ich hasse es, und trotzdem hab ich es getan. Es tut mir leid.«

Ich lächelte. »Danke. Das bedeutet mir viel.«

»Mir tut's auch leid«, sagte Ethan. »Na ja, ich war am Anfang
natürlich stinksauer auf Diya. Aber irgendwann war Jude drüber
weg, und ich weiß nicht, warum ich nicht erst recht. Schätze, ich
hab nie richtig drüber nachgedacht.«

»Ich auch nicht.« Margot zuckte mit den Achseln. »Sie zu hassen, war irgendwie so was wie ein Reflex geworden.« Sie zog die
Augenbrauen hoch. »Vielleicht sind *wir* ja die Robobitches.
Jedenfalls werden wir uns auch bei Diya noch entschuldigen und
jeden zusammenfalten, der sie weiter Robobitch nennt. So wie
du es bei uns gemacht hast.« Sie lächelte.

»Genau. Jude tut es auch leid«, sagte Ethan. »Aber im Moment
ist er, du weißt schon …« Er zeigte Richtung Bühne, wo Jude
vermutlich gerade so tat, als würde er Diya küssen, bevor er sein
»Singin' in the Rain«-Solo anstimmte.

Ich seufzte auf eine Weise, von der ich hoffte, dass sie nicht sehnsüchtig klang, was aber definitiv der Fall war.

»Okay.« Ethan schlug die Beine übereinander und sah mich an. »Wir sind gekommen, um dir zu sagen, dass du recht hattest und wir uns getäuscht haben. Darum ging es uns doch, oder?« Er drehte sich zu Margot.

»Ja.« Sie nickte feierlich.

»Das haben wir getan, und jetzt werden wir dir sagen, womit *wir* recht haben und du dich täuschst. Bereit?«

»Was? Nein. Womit täusche ich mich?«

»Du täuschst dich, was denjenigen angeht, wegen dem du gerade so mitleiderregend geseufzt hast«, sagte Margot.

»Du täuschst dich, was ihn *angeht*, nicht *in* ihm, das ist ein gravierender Unterschied«, fügte Ethan hinzu.

Ich nestelte an meinem Kostüm herum. »Inwiefern täusche ich mich, was Jude angeht?«

»Du hast ihm nicht gestanden, dass du unsterblich in ihn verliebt bist!«, rief Ethan und redete weiter, bevor ich ihn bitten konnte, leiser zu sein. »Und du hast es ihm deshalb nicht gestanden, weil du denkst, dass er es nicht möchte. *Damit* täuschst du dich.«

»Hör mal«, sagte ich. »Ich weiß, dass er mich mehr als nur gemocht hat. Aber dann ist ihm klar geworden, dass es nicht funktionieren würde mit uns. Das hat er mir selbst gesagt. Er hat gesagt, er wäre noch nicht bereit für eine Beziehung.«

Margot winkte ab. »Hast *du* ihm denn gesagt, dass du für eine Beziehung bereit wärst? Dann sähe die Sache nämlich anders aus.«

Ethan nahm seinen Hut ab und ließ ihn auf der Spitze seines Zeigefingers kreisen. »Jedem ist völlig klar, dass Jude in dich verliebt war, ist und immer sein wird. Und umgekehrt genauso.

Alles, was wir von dir wollen, ist, dass du dich entsprechend verhältst. Vorzugsweise irgendwo im Scheinwerferlicht, damit ich ein gutes Foto davon schießen kann.«

Margot boxte ihn in die Seite. »Hör auf, das ist ein ernster Moment.«

»Okay, gut. Du kannst natürlich auch eine Langweilerin sein und es unter vier Augen tun, wenn du willst.«

Ich musterte beide mit strengem Blick. »Habt ihr mit ihm darüber gesprochen? Wisst ihr ganz bestimmt, dass er das will?«

»Na ja, nein«, räumte Ethan widerstrebend ein. »Seit der Eisbahn schweigt er sich zum Thema Alina ziemlich aus.«

Ich ließ die Schultern hängen. Es war also alles reine Spekulation. Konnte ich es riskieren, mich noch mal mit ganzem Herzen in etwas hineinzustürzen, auch auf die Gefahr hin, dass es mir wieder gebrochen wurde?

Ja. Konnte ich.

Es wunderte mich, wie sicher ich mir war. Wenn es mit Jude nicht klappte, würde ich wieder am Boden zerstört sein, das wusste ich genau. Jedes Mal, wenn ich ihn sah, würde es mir einen heftigen Stich versetzen, wahrscheinlich eine ganze Weile lang. Aber damit konnte ich klarkommen. Schließlich hatte ich Erfahrung mit zerplatzten Träumen. Und selbst *wenn* noch mal alles in winzig kleine Splitter zerbrechen und in alle Richtungen herumwirbeln würde – nach und nach würde ich lernen, die Scherben wieder aufzusammeln und … nicht unbedingt, sie genau wie vorher zusammenzusetzen, sondern sie neu anzuordnen. Zu etwas Vertrautem, aber anders.

Ich richtete mich kerzengerade auf und lächelte die beiden an.

Sie johlten und stießen die Fäuste zu einem Faustcheck aneinander. Dann zogen sie mich zu einer spontanen Tanzeinlage vom Stuhl hoch. Als ich mich in meinem Mega-Dekolleté-Kostüm mit wiegenden Hüften durch den Chorraum bewegte, dachte ich daran, wie mein Leben letztes Jahr um diese Zeit in Scherben zerbrochen war. Jetzt tanzte ich mit zwei Menschen, denen mein Leben so sehr am Herzen lag, dass sie die Scherben unbedingt wieder perfekt zusammensetzen wollten.

»Macht ihr eigentlich wieder eure Filmabende, wenn die Musical-Zeit vorbei ist?«, fragte ich.

»Jep«, sagten sie gleichzeitig.

»Fabulös. Ich bin dabei!«

32

BACKSTAGE TRAT ICH NERVÖS VON einem Fuß auf den anderen. Judes Version von »Broadway Melody« erklang, klar und samtig. Ich hatte gehofft, irgendwann einen Moment mit ihm allein zu haben, bevor wir unsere gemeinsame Szene probten, um ihm zu sagen ... *na ja, irgendwas.* Aber ich hatte in dem Chaos keine Zeit dafür gefunden und wartete jetzt hinter dem linken Seitenvorhang auf den Auftritt der Charleston-Tänzerinnen. Als es so weit war und sich die Bühne mit den farbenfrohen Kostümen füllte, schlich ich mich hinter ihnen rein und setzte mich auf den Stuhl, der in der Ecke für mich bereitstand. Ich stülpte mir den Hut über die Schuhspitze und wartete. Die Musik wechselte, die Tänzerinnen und Tänzer gingen in einem Meer aus Farben wieder ab, und dann waren nur noch Jude und ich auf der Bühne.

Jude kniete sich neben mich, ich streckte ganz langsam mein Bein nach oben, er nahm den Hut, und dann legten wir los. Das Licht, die sinnliche Melodie der Blasinstrumente, Judes hinreißendes Kostüm mit der gelben Weste, mein Mega-Dekolleté, es kam alles zusammen. Ich konnte die Luft knistern hören, als ich ihn umschlängelte, und er starrte mich an, als wäre ich wunderschönes Dynamit.

Als er mich in die erste Hebung zog, spürte ich die Spannung in seinem Körper, sah das Verlangen in seinen Augen. Ich konnte nicht sagen, ob er Don war, der auf den Vamp reagierte, oder Jude, der auf mich reagierte. Es war mir auch gerade völlig egal. Jetzt auf der Bühne gehörte er mir.

»Wooooooh-woooh-woooh!«, schallte es aus den Zuschauerreihen von irgendwo da, wo Margot und Ethan saßen. Ich konnte sehen, dass Jude seinen Fokus verlor, weil er versuchte, nicht zu lächeln.

»Krass geiler Auftritt.« Das war's. Wir konnten nicht anders, als dämlich zu grinsen.

»*Glüht!*«, rief Ms Langford, und wir konzentrierten uns hastig wieder aufs Glühen. Ich schwang mein Bein hoch bis zu Judes Ohr, und er schnappte sich mein Fußgelenk – zum ersten Mal ohne die lila Stulpe. Durch meinen Bauch ging so etwas wie ein Stromstoß, als ich die Hitze seiner Finger spürte. Jude neigte mich in eine Rückwärtsbeugung, und als ich mich wieder aufrichtete, hätte ich eigentlich mit ungefähr fünfzehn Zentimetern Abstand vor seinem Gesicht verharren sollen. Aber etwas zog mich näher zu ihm. Meine Lippen streiften fast seine.

Das Licht wurde gedimmt, für mich das Signal, abzugehen. Ich sah ihm unverwandt in die Augen, während ich mich langsam rückwärts in die Kulissen zurückzog, um anschließend in mein rosa Ballettkostüm zu wechseln.

Er nahm den Blick nicht von mir. Das Licht blendete auf. Die Tänzerinnen und Tänzer strömten wieder auf die Bühne. Sie begannen die nächste Sequenz zu tanzen, aber Jude starrte immer noch mich an. Eine Sekunde später drehte er ruckartig den Kopf nach vorn und schloss sich ein paar Takte zu spät den anderen an.

Während unserer Ballettszene hörten wir keine Pfiffe und Anfeuerungsrufe aus den Zuschauerreihen. Es wurde ein paarmal laut die Luft eingesogen, zum Beispiel als ich das langsame Développé machte und die Position hielt. Aber ansonsten herrschte staunendes Schweigen. Als der Tanz zu Ende war, tat es weh, Judes Hand loszulassen und mich Kreise ziehend von ihm zu entfernen, um allein abzugehen. Aber er hatte gleich im Anschluss eine weitere Szene und war so ziemlich den ganzen restlichen Durchgang noch auf der Bühne. Wenigstens würde ich ihn heute Abend nach Hause fahren. Ich musste eben dann mit ihm reden.

Nachdem wir das Finale und die Verbeugungen geübt hatten, rief Mrs Sorenson alle zu einer abschließenden Besprechung auf die Bühne. Margot, Ethan, Jude und ich saßen als Grüppchen zusammen. Während Mrs Sorenson letzte Anmerkungen machte, begann jemand, die Show-Programmhefte auszuteilen. Abgesehen von den Namen der Mitwirkenden und der Reihenfolge der Szenen enthielt das Heft auch eine Art Mini-Jahrbuch für die Musical-Leute mit lustigen Fotos von den Proben und witzigen Bildunterschriften und Sprüchen.

»Alina«, übertönte Mrs Sorenson das Flüstern und Kichern. »Gegen Ende des Vamp-Tanzes hast du dich ganz dicht zu Jude vorgebeugt. Das war großartig, mach das bitte auch in der Vorstellung so.«

Ich nickte und ignorierte Margots und Ethans Blicke.

»Und Jude, wie du ihr nachgeschaut hast, obwohl sie schon abgegangen war, und deswegen die ersten Takte vom nachfolgenden Tanz verpasst hast, das war fabulös. Es betont, wie sie dich in ihren Bann gezogen hat. Übernimm du das bitte ebenfalls so für die Show.«

»Okay.« Jude senkte den Blick schnell wieder auf sein Programmheft. Ich glaubte zu sehen, wie er unter der dicken Schminkschicht rot wurde.

Dann sagte uns Mrs Sorenson, wie stolz sie auf uns alle war

und wie sehr sie uns in ihr Herz geschlossen hatte. Jedenfalls glaube ich, dass sie das sagte – das Gemurmel war lauter geworden, und ein paar Leute zeigten aufgeregt auf etwas in ihren Programmheften.

»Was *ist*?«, zischte Margot und blätterte durch ihr Heft.

Laney zwängte ihren Kopf zwischen uns. »Seite sieben«, flüsterte sie und krabbelte wieder weg.

Wir blätterten in unseren Programmen und entdeckten ein Foto von Ethan und Harrison, wie sie für eine Szene probten, in der Cosmo Brown eine Party verlässt und Harrison ihm in den Mantel hilft. Sie hatten die Szene sehr oft ohne Mantel einüben müssen und auf dem Foto lachten sie sich darüber kaputt. Die Bildunterschrift lautete: *Der Grund, warum ich im Musical mitgemacht habe: Ethan Anderson.*

Mein Blick huschte zu Ethan. Röte kroch ihm übers Gesicht, als er auf das Foto starrte, und seine Mundwinkel bogen sich zu einem langsamen Lächeln nach oben. Dann schaute er hoch und das Lächeln wurde sehr viel breiter. Ich drehte mich um und sah Harrison in den Kulissen stehen. Ethan stand auf, und die anderen rutschten hastig beiseite, um ihm Platz zu machen.

»Oh mein Gott«, sagte Jude, der aufgeregt seine Taschen abklopfte. »Das ist eine Liebeserklärung!« Als er sein Handy gefunden hatte, sprang er auf und lief los, um eine gute Position zu bekommen. Als sich Ethan und Harrison küssten, schoss Jude ein Foto und die anderen brachen in laute »Whoooooo-whooo-whoooo!«-Rufe aus.

Die Leute hielten sich zwar zurück und ließen die beiden in Ruhe, aber alle flüsterten aufgeregt, klatschten oder johlten und hüpften auf und ab. Mrs Sorenson und Ms Langford hatten es aufgegeben, noch irgendwelche Mitteilungen zu machen, und lächelten Ethan und Harrison mit mütterlichem Stolz zu.

Laney seufzte zufrieden.

»Du hast davon gewusst?«, fragte ich.

»Ja«, sagte sie träumerisch. »Alle meine Liebesrealismus-Beobachtungen haben darauf hingedeutet, dass Harrison auf Ethan steht. Und als wir uns dann angefreundet haben, hat er es mir erzählt. Er hat Ethan letztes Jahr in *42nd Street* gesehen und war sofort total verknallt. Deshalb wollte er dieses Jahr unbedingt fürs Musical vorsingen. Er hat erst auf alle möglichen subtilen Arten versucht, Ethan zu zeigen, dass er ihn mag, aber irgendwann meinte er dann plötzlich, ach Scheiß drauf, ich oute mich jetzt einfach.«

»Wow, ganz schön mutig«, sagte Margot. »Harrison ist echt krass.«

Mein Magen rumorte nervös. Sosehr ich mich für Ethan und Harrison freute, sosehr machte mir meine eigene Liebeserklärung Sorgen. Ich würde sie niemals so perfekt hinkriegen, und was, wenn es schiefging?

Tief im Innern wusste ich, dass es keine Rolle spielte. Ich musste es versuchen.

»Ich komme einfach nicht drüber weg, wie unglaublich das war«, schwärmte Jude noch immer begeistert von Harrisons Liebeserklärung, als wir die Straßen unserer Stadt entlangfuhren, die um fast halb zwölf Uhr nachts an einem Wochentag beinahe menschenleer waren. »Musical ist magisch. Das musst du doch jetzt zugeben!«

Ich lachte nervös. »Hast du gewusst, dass Harrison so was vorhatte? Wusste es Ethan?«

»Nicht wirklich.« Jude strahlte. »Ich meine, Ethan steht schon seit einer Weile auf Harrison, er war sich aber nicht sicher, ob Harrison auch so fühlt. Schätze mal, das tut er.«

»Ja.« Wir verfielen in angespanntes Schweigen. Das wäre jetzt der ideale Auftakt für mich gewesen, aber dann lief auf dem Musical-Sender »Singin' in the Rain«. Deshalb mussten wir natürlich darüber reden, was für ein komischer Zufall das war, ein sicheres Zeichen dafür, dass unsere Premiere morgen Abend grandios werden würde, bla, bla, bla. Ich suchte weiter nach einem Weg, unser Gespräch aus seinem seichten Fahrwasser zu lenken, konnte aber keinen finden.

Und dann bog ich in unsere Einfahrt. Einen Moment lang war es still, während ich langsam zum Stehen kam und den Automatikhebel auf Parken stellte. Ich kratzte meinen letzten Rest Mut zusammen. »Können wir reden …«

»Warte, darf ich zuerst was sagen?« Jude drehte sich auf dem Beifahrersitz so, dass er mich ansehen konnte.

Es war hart, mitten im Mut-Zusammenkratzen abzubrechen, zumal wir schon so oft mittendrin abgebrochen hatten. Aber Jude wirkte ein bisschen nervös, also nickte ich.

»Es ist wegen der Robobitch-Sache. Ich hätte den anderen sagen müssen, dass sie aufhören sollen, Diya so zu nennen. Ich gebe es nur ungern zu, aber als ich den Namen das erste Mal gehört habe, fand ich irgendwie, dass er passte. Ich war traurig und wütend und habe anscheinend auch viel von dem, was ich eigentlich gegenüber meinem Vater gefühlt habe, auf Diya übertragen. Aber dann ist mir aufgegangen, wie unfair das war. Denn hey, *natürlich* ist sie zu diesem Gesangscontest gegangen statt auf den Weihnachtsball. Das ist schließlich das, wofür sie lebt, ihre berufliche Zukunft. Ich hab Ethan oder Margot oder sonst wem nie gesagt, dass sie aufhören sollen, sie so zu nennen, weil … Das klingt jetzt mies, aber ich glaube, ich hatte mich so an den

Namen gewöhnt, dass ich einfach nicht mehr drauf geachtet habe.«

Ich spielte an meinen Mantelärmeln herum. »Es ist manchmal komischerweise leicht, miese Dinge einfach auszublenden«, sagte ich.

»Ja. Jedenfalls, nachdem du die Sache zur Sprache gebracht hast, hab ich mich scheußlich gefühlt deswegen und mir totale Vorwürfe gemacht. Aber dann musste ich daran denken, wie du mich gefragt hast, warum ich mir selbst nicht auch mal zugestehen kann, etwas zu vermasseln. Warum ich bei anderen so verständnisvoll bin, mir gegenüber aber immer gleich so hart. Und ich glaube ... ich glaube, es ist wegen meinem Dad. Mir selbst gegenüber hart zu sein, ist etwas, das ich von ihm gelernt habe. Und ich möchte das nicht mehr. Wenn ich was vermassle, möchte ich etwas *tun*, um es wiedergutzumachen. Deshalb habe ich Diya um Entschuldigung gebeten und sie hat meine Entschuldigung angenommen. Ich weiß, damit ist nicht einfach plötzlich alles wieder gut, aber es ist ein Anfang.«

Mir ging das Herz auf. »Es ist definitiv ein Anfang«, sagte ich.

Jude senkte den Blick auf seine Hände und stieß kurz den Atem aus. Er schaute auf und sah mich an. Der traurige Ausdruck in seinen Augen, die Falte auf seiner Stirn, seine Lippen, die ich nicht auf meinen spürte ... Ich hielt es nicht mehr aus.

»Ich will nicht, dass wir nur gute Freunde sind!«, platzte ich heraus. Judes Brauen schossen hoch, aber ich redete einfach weiter. »Ich will mehr als bloß Freundschaft, schon seit einer ganzen Weile, ich wusste nur nicht, ob ...«

Jude öffnete seinen Sicherheitsgurt, beugte sich zu mir und küsste mich.

Ich erwiderte seinen Kuss, wobei ich fieberhaft nach dem Auslöser für meinen Gurt tastete. Es war Jude, der ihn schließlich fand, und als ich frei war, zog er mich über die Mittelkonsole auf seinen Schoß. Ich saß auf dem Beifahrersitz auf Jude, mein rechtes Bein war eingeklemmt, die heiße Luft aus den Heizungsschlitzen brannte mir im Rücken. Und es war der schönste Platz auf Erden.

Ich weiß nicht, wie lange ich dort saß – ich verlor jedes Zeitgefühl –, als der Sender die schwermütig klagende Melodie von »Memory« spielte. Ich drehte mich um und wollte es abstellen, aber Jude hielt mein Handgelenk fest. »Nein, warte, lass das laufen.«

Ich starrte ihm einen Moment fassungslos in die Augen. Dann bekam ich einen Lachflash. »Wenn du nur zu Musicalsongs knutschen kannst, haben wir ein Problem«, schaffte ich schließlich hervorzuprusten. Er lachte, schlug aber meine Hand immer wieder vom Radio weg.

»Echt jetzt? *Cats?* Ausgerechnet jetzt willst du einen Song aus *Cats* hören?« Ich versuchte mein Bestes, entrüstet zu sein, konnte aber nicht aufhören mit Lachen.

Jude lächelte, sagte aber nichts dazu. Er schob nur seine Hände unter meinen Mantel und kitzelte mich, sodass ich gezwungen war, meine Finger vom Radio wegzunehmen. Aber als diese Frau endlos über ihre Erinnerungen jammerte, erinnerte *ich* mich plötzlich an etwas.

»Memory« war der einzige Musicalsong, den ich erkannt hatte, als ich Jude das erste Mal nach Hause gefahren hatte. Er hatte zu dem YouTube-Rabbit-Hole geführt, was zu »Finishing the Hat« geführt hatte, was zum Weihnachtsball geführt hatte und zu traurigen Hundewelpen, zu sexy Tanzen, Trampolinspringen, Schlittschuhlaufen und zu Ballett. Er führte zu Küssen. Er führte zu diesem Moment jetzt.

»Okay. Lassen wir es laufen«, sagte ich.

Judes Lächeln wurde breiter, strahlend und wunderschön. Er wickelte sich eine meiner Haarsträhnen um seine Finger. Dann sang er leise mit.

Und ja, der Song war eine Schnulze. Aber er prägte sich gerade tief in mein Herz ein und ich würde mich immer an ihn und an diesen Moment erinnern.

33

ALS ICH ENDLICH INS HAUS ging, war es Mitternacht und Josie stand in der Küche, um sich ein Glas Wasser zu holen. Ihre Augen weiteten sich bei meinem Anblick. Mein Bühnenlippenstift war über mein ganzes Gesicht verschmiert. Ich wusste es, weil er auch über Judes ganzes Gesicht verschmiert war.

»Was zum Teufel …?« Josie starrte mich entsetzt an.

»Hey!«, sagte ich strahlend.

»Was ist mit deinem Gesicht passiert? Wieso lächelst du? Ist alles in Ordnung mit dir?«, fragte sie völlig entgeistert.

»Mir geht's sogar blendend. Bestens, wirklich. Wieso bist du noch auf?«

Josie musterte mich noch immer misstrauisch, schien aber zumindest überzeugt, dass keine Aliens von mir Besitz ergriffen hatten. »Ich kann nicht schlafen. Ich bin total gestresst vom Casting für mein Schülerprojekt. Ich hab noch immer keinen Partner für mein Stück gefunden.«

»Echt nicht?« Das wunderte mich. »Aber es ist so eine tolle Choreografie. Es reißen sich doch bestimmt jede Menge Leute darum, mitzumachen.«

»Schon. Aber es ist niemand dabei, der geeignet ist. Ihr Tanzstil passt nicht auf die Art zu dem Stück, wie ich es mir vorstelle. Er ist meinem zu ähnlich. Es muss ein Widerspruch erkennbar sein, eine Disharmonie. Erst dadurch kommt Spannung rein.«

Ich durchforstete mein Hirn nach möglichen Lösungen, irgendwas, das sie für ihr Casting ausprobieren konnte.

Josie strich mit dem Zeigefinger über den Rand ihres Wasserglases. »Hättest … hättest du vielleicht Lust, es zu machen?«

Ich sah sie blinzelnd an. Josie und ich im selben Stück? Zum ersten Mal seit zehn Jahren? Das würde merkwürdig werden. Aber vielleicht auch … lustig? Modern Dance war zwar nicht gerade mein Lieblingsstil, aber es würde interessant sein, mal was Neues auszuprobieren. »Solange du mich nicht zwingst, einen Matrosenanzug anzuziehen, klar.«

»Echt jetzt? Du willst das wirklich machen?«

»Ich will das wirklich machen«, sagte ich lächelnd.

Josie erwiderte mein Lächeln. »Okay«, sagte sie. »Cool.«

Nachdem ich die Treppe hoch in mein Zimmer gegangen war und mir den Lippenstift aus dem Gesicht gewischt hatte, kramte ich in meiner Tasche nach meinem Smartphone. Ich würde jetzt sowieso noch nicht schlafen können und musste Colleen und Margot unbedingt von Jude und mir schreiben. Ganz egal, wie spät es war.

Als ich das Telefon endlich unter meinem Jazzdanceschuh gefunden hatte, sah ich, dass ich schon eine Nachricht von Colleen bekommen hatte.

Ich bin drin.

Ich las die Worte noch einmal. Oh mein Gott! Das ABT! Sie war drin!

Ich rang nach Luft, die Aufregung wirbelte wie Konfetti durch meinen Bauch, Gänsehaut überzog meine Arme. Sie hatte die Nachricht schon vor Stunden geschickt. Ich war so mit der Probe beschäftigt gewesen und dann mit Jude, dass ich eine Ewigkeit nicht auf mein Handy geschaut hatte.

Ich gratulierte ihr mit einer Million Ausrufezeichen und Feuerwerkskörper-Emojis. Ich spürte diese Feuerwerkskörper auch in mir aufzischen und zu einem Farbenmeer explodieren. Colleen würde grandios sein, und ich war stolz auf mich, weil ich ihr geholfen hatte, ihr Ziel zu erreichen. Weil ich zu diesem unglaublichen Auftakt beigetragen hatte.

Daaaaanke!!, schrieb sie zurück. Ich freu mich so, bin aber auch nervös, freu mich aber soooo. Aaaaaah!! Ich muss unbedingt anfangen, Spitzenschuhe zu horten.

Sommerakademien bedeuteten, bei feuchtschwüler Hitze stundenlang auf den Spitzen zu tanzen, weshalb die Schuhe viel schneller verschlissen. Und Spitzenschuhe waren nicht gerade billig, das war der einzige Haken an den Sommerintensivkursen.

Und dann fiel mir ein, dass ich noch mehrere ungetragene Paare hatte, die ich letztes Jahr in Vorbereitung für die Sommerakademie bekommen und dann weggepackt hatte.

Ich habe drei Paar. Wir haben doch noch dieselbe Größe, oder?, schrieb ich zurück. Wollen wir am Wochenende shoppen gehen und die restlichen besorgen, wenn ich dich vom Unterricht abhole?

Ja gern!

Ich hatte Colleen gesagt, dass ich sie jederzeit zum Unterricht fahren würde, falls es für sie schwierig werden sollte, das Auto ihrer Eltern zu bekommen. Und weil Jack am Samstag ein Fußballspiel hatte und Calvin bei einem Mathe-Wettbewerb mitmachte, würden Colleen und ich zum ersten Mal seit einer Ewigkeit zusammen zur KDBS fahren. Ich konnte es kaum erwarten, mit ihr übers ABT zu quatschen. Und über Jude.

Ich ging zu meinem Schrank und holte die Spitzenschuhe

heraus. Sie standen neben dem alten Karton von Capezio Dancewear, in dem ich alle meine Ballettbilder verstaut hatte.

Ich atmete tief durch und öffnete den Deckel. Ich ging Foto für Foto von mir und Colleen durch und legte einen Stapel davon auf mein Bett.

Dann schlich ich mich nach unten in Moms Arbeitszimmer, wo unser Farbdrucker stand. Ich loggte mich in ihren Computer ein, rief Ethans Instagram-Seite auf und scrollte mich durch. Da war Jude beim Casting, lächelnd und erhitzt, nachdem er »Maria« gesungen hatte. Da war Margot, den »Time Warp« tanzend auf der Pre-Cast-Party, sie sah aus wie eine durchgeknallte Meerjungfrauen-Königin. Harrison »Beautiful Girl« singend auf dem Weihnachtsball.

Das ganze Jahr war hier abgebildet, nur verschönert. Oder hatte es wirklich alles so ausgesehen und mir fiel es jetzt erst auf? Ich druckte mehrere Bilder aus und huschte wieder nach oben.

Ich fand Klebestreifen in meiner Schreibtischschublade und machte mich daran, die alten Bilder wieder an meinen Wänden aufzuhängen, immer abwechselnd mit den neuen. Colleen und ich in *Ein Sommernachtstraum* neben Jude beim Vorsingen. Colleen und ich in *Coppélia* und darunter Margot auf der Party.

Als ich mit meinem Zimmer fertig war, griff ich mir noch ein Foto. Es zeigte mich, als ich mein erstes Paar Spitzenschuhe geschenkt bekommen hatte. Ich trug eine Zahnspange und lächelte so breit, dass mein Mund die ganze untere Hälfte meines Gesichts einnahm.

Ich war elf und hatte keine Ahnung, was die Zukunft bringen würde. Hatte ich immer noch nicht.

Ich ging auf leisen Sohlen wieder nach unten, sorgsam darauf bedacht, niemanden zu wecken. Ich lehnte das Foto an einen Rahmen mitten auf dem Kaminsims. Dann huschte ich zurück in mein Zimmer, machte das Licht aus und legte mich endlich schlafen.

MÄRZ

34

»ICH BIN WEG«, RIEF ICH, als ich, die Haare in Wasserwellen gelegt und im Nacken zu einem Fake Bob festgesteckt, die Treppe runterlief. Ich griff mir meine Tasche und vergewisserte mich dreimal, dass ich meine Schminksachen, Kostüme und Tanzschuhe eingepackt hatte. Während ich kramte, hörte ich Mom, Dad und Josie aus der Küche kommen. »Okay, jetzt bin ich wirklich weg«, sagte ich. »Eure Eintrittskarten habt ihr?« Als ich mir die Tasche umhängte und mich zu ihnen umdrehte, starrten sie mich alle an. In Moms Augen schimmerten Tränen.

»Du siehst wunderschön aus. Wir können es kaum erwarten, dich tanzen zu sehen.«

»Wir sind sehr stolz auf dich, Süße«, sagte Dad.

Mir wurde warm ums Herz und mein Brustkorb zog sich zusammen. Dann räusperte sich Josie. »Ich hab ihr die Haare gemacht, vergesst das nicht.« Sie kam auf mich zu und zupfte sie zurecht. »Das ist Arbeit auf Profiniveau.«

Dad legte seine Arme um uns zwei. »Wir sind sehr stolz auf unsere *beiden* talentierten Mädchen.«

»Aaah, Dad, bring ihre Frisur nicht durcheinander«, jammerte

Josie und hielt schützend die Hand vor meine Haare. »Ich brauche ein Bild.«

»Gute Idee«, sagte Mom. »Alina, stell dich doch bitte mal …«

»Nein, nur von der Frisur«, sagte Josie. »Ich will mir eine Mappe anlegen, damit ich einen Job in einem Salon in einer reichen Gegend kriege, wo ich massig Trinkgeld kassieren kann.«

»Gut, denn ich werde mir vermutlich bald was leihen müssen«, sagte ich und hielt den Kopf ruhig, während Josie fotografierte.

»Warum?«

Ich zuckte mit den Achseln. »Weil ich mich wahrscheinlich an Colleges in New York bewerbe und das Leben da ist teuer.«

Es wurde still um mich herum, abgesehen vom Klicken von Josies Handykamera. Ich schaute auf und sah Mom und Dad freudestrahlend einen Blick wechseln. Sie hatten bis jetzt nicht gewusst, wie ich zu der ganzen College-Sache stand. Ich wusste selbst immer noch nicht, an welchen Colleges ich mich bewerben sollte oder was ich als Hauptfach studieren wollte, aber ich hatte noch genug Zeit, es herauszufinden.

Zufrieden mit den Bildern, trat Josie einen Schritt zurück. »Okay, jetzt mache ich noch ein richtiges Foto.« Sie lotste mich zum Kaminsims. Als sie das Handy hochhielt, verzog sich mein Mund zu einem peinlichen, monströs breiten Lächeln.

Und ich hörte den gesamten Weg zur Eagle View und in die Aula und den Backstage-Bereich nicht auf zu lächeln. Schon den ganzen Tag glomm so ein Glücksgefühl in jeder Zelle meines Körpers. Die Vorfreude auf die Premiere, die Erinnerung an den Kuss, die Ungeduld, mit meinen besten Freundinnen darüber zu reden, und das euphorische Hämmern meines Herzens, weil ich ihn gleich wiedersehen würde.

Jude.

Ich schlängelte mich durch den brechend vollen Gang

backstage, wo sich die anderen Darsteller drängten und aufgeregt plappernd nervöse Energie verströmten. Mein Handy summte.

Ist doch cool, wenn ich ein T-Shirt trage, auf dem dein Name in Glitzerbuchstaben steht, oder?

Ich wusste, dass Colleen nur einen Scherz machte, traute ihr aber durchaus zu, dass sie es durchzog. Wenn du das tust, bringe ich zu deinem ABT-Debut ein Megafon mit.

Das ist es mir wert. Hals- und Beinbruch heute Abend (aber nicht wörtlich nehmen).

Ich versuch mein Bestes.

Ich steckte das Handy weg und sah Margot aufgebrezelt in ihrem Glitzerkleid am Bühneneingang stehen. »Du siehst mega aus«, sagte ich und boxte sie in den Oberarm.

»*Du* siehst aus, als hättest du mit Jude rumgemacht.« Margot boxte mich zurück.

Wir boxten uns noch ein paarmal und gingen dann zur Seitenbühne. Hinter dem Vorhang lag die Bühne im Halbdunkel. Leute aus der Crew huschten hin und her, um noch schnell alles herzurichten. Ethan und Jude standen in der Bühnenmitte mit dem Rücken zum geschlossenen Vorhang; Mrs Sorenson sprach ihnen Mut zu und rückte ihnen die Fliegen zurecht. Margot verschwand, um ihre Zigarettenspitze aus der Requisitenkammer zu holen, und ich betrat die Bühne.

In dem Moment wanderte Judes Blick zu mir. Sein eben noch ernster Ausdruck änderte sich völlig. Seine Augenbrauen hoben sich, und sein Mund öffnete sich leicht, als wäre er erstaunt, mich zu sehen. Ich staunte auch. Darüber, dass ich mir das Ganze nicht bloß eingebildet hatte, darüber, dass er tatsächlich hier vor mir stand.

Nach der ganzen Küsserei gestern Abend hatten Jude und ich noch lange im Wagen gesessen und über alles Mögliche geredet.

Über Ballett, den Weihnachtsball, die Eisbahn, seinen Dad. Jude hatte erzählt, dass ihm sein Vater an einem Tag das Gefühl geben konnte, der wichtigste Mensch der Welt zu sein, und am nächsten, dass er die totale Enttäuschung wäre. Dass es ihm Angst machen würde, sich noch immer dabei zu ertappen, dass er sich die Anerkennung seines Vaters wünschte, was dazu führte, dass er seinen eigenen Gefühlen nicht traute. Aber er wollte auf keinen Fall aufhören, das zu machen, was er gern machte, weil er fürchtete, er würde seine Gefühle damit nur noch mehr durcheinanderbringen.

Ich hatte ihm erzählt, dass ich auch Angst gehabt hätte. Dass ich uns beide davor hätte schützen wollen, verletzt zu werden, weshalb ich diesen ganzen Quatsch zu ihm gesagt hatte, von wegen dass ich ihn genauso versetzt hätte wie Diya. Er hatte mich angesehen und gesagt, dass er unbedingt wollte, dass ich das mache, wofür ich brenne, auch wenn das bedeuten würde, dafür andere Sachen sausen zu lassen. Ich musste ihm versprechen, nicht seinetwegen auf irgendwas zu verzichten, das mir wirklich wichtig war. Tief im Inneren wusste ich zwar schon, dass ich das nicht tun würde, aber es tat trotzdem gut, es zu hören.

Ich sah Ms Langford zu Mrs Sorenson eilen, um etwas mit ihr zu besprechen, und sobald beide abgelenkt waren, lief Jude zu mir. »Ich muss dir was zeigen.« Er nahm meine Hand und führte mich in die Mitte der Bühne direkt hinter den Vorhang. Von hier aus konnte ich die vertrauten Geräusche der Zuschauer hören, die raschelnd zu ihren Plätzen gingen und miteinander plauderten.

Jude zog den Vorhang eine Winzigkeit auseinander und gab mir ein Zeichen, durch den Spalt zu schauen. »Ganz hinten an der Wand«, flüsterte er. Ich spähte zu der rückwärtigen holzvertäfelten Wand der Aula. Da, in einer Spalte zwischen zwei Holzpaneelen, grinste mir ein groteskes Smiley-Gesicht aus verschossenem roten Bastelpapier entgegen – zwei schräg versetzte Augen und ein schiefer Mund.

Ich blinzelte irritiert. »Was ist ... oh Gott. Ist *das* der Happy Crack?«

»Das ist der Happy Crack. Den hat jemand mal irgendwann gemacht, damit alle daran denken, während der Aufführung zu lächeln, und wir holen ihn jedes Jahr aus Mrs Sorensons Büro und hängen ihn auf.«

»Wer hat ihn gebastelt?«, fragte ich. Das Papier wirkte ziemlich verblichen, selbst von der Bühne aus.

»Das weiß niemand. Er ist bestimmt zwanzig Jahre alt.«

Ich fing an zu kichern.

»Was?« Jude lächelte mich an, als wir wieder zurück ins Dämmerlicht der Bühne gingen.

»Sorry, aber der Happy Crack ist die totale Enttäuschung. Ihr habt einen viel zu großen Hype darum gemacht.«

»Wart's ab«, sagte er. »Du wirst den Happy Crack schon noch verstehen.«

Er schlang seinen Arm um meine Taille und ich legte meine Arme über seine Schultern. »Ach übrigens«, sagte er, während er sanft an einer der Wasserwellen zupfte, die Josie so akribisch gelegt hatte. »Ich habe heute meinen Dad angerufen.«

»Echt?«

»Ich hab ihm gesagt, wenn er mich noch mal sehen will, kann er es heute Abend hier. Keine Ahnung, ob er kommt. Es wird sich zeigen.«

Ich strich ihm durch die Haare. »Finde ich toll.«

»Ich finde *dich* toll.« Jude schaute mich mit seinem anzüglichsten Don-Lockwood-Grinsen an.

»Spar dir das für die Show auf«, sagte ich, neigte mich ihm aber trotzdem entgegen.

Unsere Lippen berührten sich fast schon, als eine Hand neben unseren Gesichtern eine schnelle Bewegung machte.

»Verschmiert eurer Make-up nicht!«, sagte Ms Langford. »Wartet damit bis danach«, fügte sie augenzwinkernd hinzu, bevor sie ging. Früher wäre das für mich absolut stimmungstötend gewesen. Aber jetzt konnte mich nichts und niemand mehr davon abbringen, Jude küssen zu wollen.

Diyas klare Stimme schallte durch die Aula, als das Orchester die ersten fröhlichen Töne von »Good Morning« spielte. Es war schon das Ende des ersten Aktes. Nicht zu glauben, wie schnell er vorbeigegangen war. Die Zuschauer reagierten auf alles genau richtig und das beflügelte uns. Wir spielten besser als je zuvor.

Ich schlich mich hinter den Seitenvorhang, um zuzuschauen. Ich beobachtete Diya und suchte nach irgendwelchen Anzeichen von Nervosität, aber ich hätte mir keine Sorgen machen müssen. Anstatt sich den Regenmantel um die Taille zu schlingen und einen Hula zu tanzen, schleuderte sie den Mantel mit theatralischer Geste von sich und begann ekstatisch den Kopf hin und her zu schütteln und mit dem Becken zu zucken; alles das, was wir eingeübt hatten. Unsere Inspiration war der *Rocky-Horror*-Tanz von der Pre-Cast-Party gewesen, dieses Gefühl hemmungsloser Selbstvergessenheit, das völlige Aus-sich-Herausgehen.

Zuerst starrten Jude und Ethan Diya vollkommen perplex an. Dann drehten sie sich ruckartig den Kopf zu mit einem Blick, der sagte: *Weißt du, was das soll?* Das passierte so synchron, dass es fast wie choreografiert aussah. Und das Publikum schluckte es.

Dann kam das große Finale: Diya machte den Wurm. Oder besser gesagt, sie scheiterte daran, den Wurm zu machen, was natürlich so gewollt war. Auf die Art war es lustiger. Die Zuschauer fingen schon an zu johlen, bevor der Song endete. Ich hätte gern gewusst, wo die Casting-Leute saßen, um zu sehen, wie sie reagierten, doch das war unmöglich. Aber ganz egal, was sie dachten, Diya hatte sich selbst übertroffen.

Als sie abging und hinter den Seitenvorhang kam, umarmten wir uns. Ich wollte ihr zuflüstern, wie phänomenal sie gewesen war, wurde aber zu sehr von meinen Gefühlen überwältigt. Auf einer Bühne aufzutreten, machte komische Sachen mit einem. Ich blieb stumm – Diya würde schon verstehen, was ich sagen wollte.

Und dann war es auf einmal Zeit für »Broadway Melody«. Hinter den Charleston-Tänzerinnen auf der Bühne sitzend, konnte ich jenseits der leuchtend bunten Kostüme die Gegenwart der Zuschauer spüren. In wenigen Sekunden würde nichts mehr zwischen uns sein. Zum ersten Mal seit meiner Verletzung würde ich selbst wieder vor richtigem Publikum tanzen.

Die Tänzerinnen stoben auseinander, und ich saß allein im Rampenlicht, das Bein ausgestreckt, den Hut auf meiner Schuhspitze. Ich schaute ins Publikum. Und sah den blöden Happy Crack.

Ich schaute ihn auch beim Vamp-Tanz und danach beim Ballett-Part weiter an. In seinem jämmerlich schiefen Mund und den ungleichen Augen sah ich die vielen nett gemeinten, aber erbärmlich unangemessenen Bemerkungen wie »Vielleicht ist es ja besser so«, die ich im letzten Jahr so oft zu hören bekommen hatte. Ich konnte damit immer noch nichts anfangen. Worte wie *gut* oder *schön* hatten für mich bisher nur eine einzige Bedeutung gehabt. Aber jetzt begriff ich, dass sie nicht immer so eindeutig waren. Schönes hatte schlechte Seiten, und Schlechtes hatte gute Seiten, und ich wusste jetzt, dass ich damit umgehen konnte. Ich konnte mich an das Schöne und Gute halten. Ich konnte versuchen, das Schlechte zum Guten zu verändern. Ich wusste zwar nicht mehr, welche Richtung ich im Leben einschlagen würde, aber das war okay. *Ich* war okay. Ich war hier. Ich tanzte.

Am Ende der Vorstellung schaute ich der Revuetanztruppe zu, wie sie auf die Bühne lief, um sich zu verneigen, während alle »Singin' in the Rain« schmetterten. Mrs Sorenson hatte gesagt, ich dürfte mir aussuchen, welches Kostüm ich für meine Schlussverbeugung anziehen wollte – das grüne Vamp-Kostüm oder das rosafarbene Ballett-Outfit. Heute Abend hatte ich mich für das rosafarbene entschieden.

Jude schlich sich von hinten an mich heran, anbetungswürdig gut aussehend in seinem altmodischen Anzug mit Hut. Er nahm den Hut ab und hielt ihn mir hin. »Hey«, flüsterte er. »Du hast den Hut fertig gemacht.«

Ich küsste ihn, setzte mir den Hut auf und ging raus auf die Bühne. Die Deckenbeleuchtung war eingeschaltet, sodass ich die Zuschauer klar erkennen konnte. Alle standen. Zweite Reihe Mitte waren Mom und Dad, frenetisch Beifall klatschend. Neben ihnen strahlte Judes Mom. Josie johlte mit ihren Freundinnen von den oberen Rängen. Margots Abuela Isabel formte die Hände zu einem Trichter vor dem Mund und rief: »Brava!« Birdie hielt ein Baby im Arm, sie griff die Hand der Kleinen und winkte mir damit zu. Colleen und ihre zwei Brüder hüpften meinen Namen rufend auf und ab. Vor ihnen standen ein paar Grundschüler, die ehrfürchtig zu mir aufblickten. Ich fragte mich, ob sie heute, mit Jude und mir, zum ersten Mal Ballett zu sehen bekommen hatten.

Eigentlich sollte ich mich verbeugen. Aber ich fühlte viel zu viel, um nur das zu tun.

Deshalb breitete ich den rechten Arm aus und den linken. Dann sank ich in einen tiefen Knicks und neigte langsam den Kopf.

DANKSAGUNG

Das größte Dankeschön der Welt geht an alle, die geholfen haben, *So federleicht wie meine Träume* in ein Buch zu verwandeln, und an alle, die es lesen.

Allie Levick, die alle meine Erwartungen an eine Literaturagentin übertroffen hat: Danke, dass du die Geschichte von Anfang an gemocht und mir geholfen hast, sie zu erzählen, danke für deinen unerschöpflichen Einsatz und deine Expertise. Alex Hightower, Lektorin der Extraklasse: Vielen Dank für deine fabelhaften Anmerkungen, die mich immer dazu gebracht haben, tiefer zu graben, danke für deine umsichtige Anleitung und dafür, dass du dich so unerschütterlich für dieses Buch eingesetzt hast. Ich bin sehr froh, Teil dieses Dream-Teams zu sein!

Ich danke den großartigen Mitarbeitern des Verlags *Poppy and Little, Brown Books for Young Readers*, die Alina ein so gutes Zuhause gegeben haben: Farrin Jacobs, Jen Graham, Cover-Designerin Jenny Kimura, Cover-Illustratorin Anne Pomel und allen anderen in diesem unglaublichen Team. Ich kann euch gar nicht genug danken!

Cecilia de la Campa und Alessandra Birch, die sich um die Vermarktung meines Buches im Ausland kümmern: Danke für die wunderbare Arbeit, die ihr geleistet habt, um Alinas Geschichte zu einer größeren Leserschaft zu verhelfen. Ebenso gilt mein Dank den fantastischen Filmagentinnen Mary Pender und Olivia Fanaro: Ich habe jedes unserer Gespräche über dieses Buch genossen. Vielen Dank für eure wertvollen Einblicke und euer Engagement!

Ein riesengroßes Dankeschön geht außerdem an meine Vorableser, die den Roman auf Glaubwürdigkeit und Stimmigkeit geprüft haben: Phil Chan, dem Autor von *Final Bow for Yellowface*, danke ich für sein herausragendes Buch und dafür, dass er so großzügig war, *So federleicht wie meine Träume* mit kritischem Blick zu lesen und mit mir zu besprechen. Wer mehr über Rassismus, Antirassismus und die aktuelle Antirassismus-Arbeit beim Ballett erfahren möchte, dem empfehle ich sein Buch und einen Besuch auf der Webseite *yellowface.org*. Mein Dank gilt gleichermaßen Sonora Reyes und Ravi Teixeira, deren Hilfe von unschätzbarem Wert war.

Außerdem bin ich wahnsinnig dankbar für meine wunderbaren Freundinnen, die Alinas Geschichte in mehreren Entwicklungsstadien gelesen und mir sowohl großartige Rückmeldungen als auch dringend benötigten Zuspruch gegeben haben: Hillary Bliss (30FT Superstar), Asmaa Ghonim, Kate Peters und Casey Wilson (die so viele Versionen dieses Romans gelesen hat, ich kann ihr nicht genug danken).

Zu guter Letzt bedanke ich mich bei meiner Familie – Andrew Wilson, Mark, Jean, Adam, Natania, Hiro und Ronin Turk – nicht nur dafür, dass sie meine Arbeit schon seit Jahren lesen und unterstützen, sondern auch, weil sie mir die liebsten Menschen auf der Welt sind.

Autorin

Mariko Turk unterrichtet Kreatives Schreiben und Rhetorik an der University of Colorado Boulder. Sie promovierte im Fach Englisch an der University of Florida, mit dem Schwerpunkt Kinder- und Jugendliteratur. *So federleicht wie meine Träume* ist ihr Debütroman.

Übersetzerin

Dagmar Schmitz lebt und arbeitet nicht weit von Köln in einem kleinen Haus am Wald, durch den sie täglich spaziert, bevor sie sich an die Bücher setzt, die sie aus dem Englischen überträgt, sich ans Sätzetüfteln macht und sich zwischendurch von ihrer Katze auf der Nase herumtanzen lässt.

Mehr zu unseren Büchern auch auf Instagram

Nicola Yoon

Als wir Tanzen lernten

384 Seiten, ISBN 978-3-570-16631-4

Evie glaubt nicht mehr an die Liebe. Erst recht nicht, als etwas Unfassbares geschieht – sie kann plötzlich die Zukunft von Liebespaaren voraussehen: Alle Liebesgeschichten enden tragisch. Evie versucht noch, mit ihrer seltsamen Gabe zurechtzukommen, als sie bei einem Tanzkurs auf X trifft, der alles verkörpert, was Evie ablehnt: Abenteuerlust, Risikobereitschaft, Leidenschaft. X lebt nach dem Motto, zu allem Ja zu sagen – auch zu dem Tanz-wettbewerb, den er und Evie gemeinsam antreten. Evie will sich auf keinen Fall in X verlieben. Doch je länger sie mit X tanzt, desto öfter stellt sie infrage, was sie über das Leben und die Liebe zu wissen glaubt. Ist die Liebe das Risiko vielleicht doch wert?

www.cbj-verlag.de

20333